Nuova Narrativa Newton

819

Della stessa autrice:

Una fredda mattina d'inverno

Titolo originale: *The Truth We Bury*

Traduzione dall'inglese di Marco Bisanti e Tessa Bernardi
Prima edizione: gennaio 2018

Roma, Casella postale 6214

ISBN 978-88-227-1355-1

www.newtoncompton.com

Realizzazione a cura di The Bookmakers Studio editoriale s.r.l.s.
Stampato nel gennaio 2018 presso Puntoweb s.r.l., Ariccia (Roma)
su carta prodotta con cellulose senza cloro gas provenienti
da foreste controllate, nel rispetto delle normative ambientali vigenti

Barbara Taylor Sissel

La finestra sul parco

Newton Compton editori

A B2, Barbara Poelle, agente straordinaria,
per festeggiare cinque libri e cinque anni grandiosi.

Capitolo 1

Appena girato l'angolo, Lily vide l'auto grigia. Era ferma sulla carreggiata opposta a quella del suo condominio, ma l'istinto le disse che gli occupanti del veicolo, una coppia di omoni robusti, erano poliziotti e aspettavano lei. Gli passò davanti con la macchina come se abitasse da un'altra parte, in un'altra vita. Come se la strada di casa sua non si snodasse in un complesso intrico di vie immerse nel verde che alla fine la riportarono dritta al suo vialetto privato, accanto al cancello d'ingresso del residence, dove ad aspettarla c'erano ancora quegli uomini – detective, se l'esperienza non la ingannava. Sollevò il piede dall'acceleratore e guardò nello specchietto. L'avrebbero seguita, costretta ad accostare e chiesto di uscire dall'auto? Era passato un sacco di tempo ormai, ma ancora ricordava il male che facevano le ginocchia contro l'asfalto. Occhi fissi in avanti, fece manovra per entrare in retromarcia nel passo carrabile. Le serviva un attimo per ricomporsi.

Decise di non dirgli niente. Avrebbe fatto la svampita davanti a qualsiasi domanda. Era facile che abboccassero. Dopo tutto, era bionda. Si fece coraggio, andò a marcia indietro e schiacciò il telecomando del garage restando a guardare la saracinesca che si alzava, come di certo stavano facendo anche loro. Gli uomini schizzarono dall'auto con una tempistica perfetta, come azionati da un grilletto, e andarono ad aspettarla mentre lei entrava in garage. Pensò di abbassare la saracinesca e barricarsi in casa. Mosse del genere però avrebbero solo posticipato l'inevitabile. Uscì dalla BMW e li raggiunse nel vialetto.

«Serve qualcosa?», chiese, molto più sicura di quanto non fosse.

«Lily Isley?», si informò il più alto dei due.

Stava per confermarglielo, ma quello le parlò sopra.

«Sono il detective Hatchett, lui è il mio collega, il detective Lawlor. Siamo del distretto di Dallas».

Con gesti efficienti e precisi esibirono entrambi il distintivo.

Lily adocchiò le loro armi nelle fondine sotto l'ascella. Le fischiarono un po' le orecchie.

«Axel Jebediah Isley è suo figlio?», chiese Hatchett. «Si fa chiamare AJ, vero?».

Dritti al punto.

Il nome di AJ per esteso, giuridico. Sapeva già che lo avrebbero pronunciato, ma dentro di lei franò lo stesso un cupo sentore d'inevitabile a lungo trattenuto che le fece tremare le gambe. Era stato l'altro piedipiatti a precisare. A spaccarle il petto col peso di una pietra, un'incudine.

«Sì», rispose. «AJ è mio figlio. Che è successo?»

«È qui?», chiese Lawlor. Era più basso di lei, paffuto, con una sporgenza belligerante sul mento.

«No». *Rispondi solo alle domande*, le dettò una voce nella testa. Era il consiglio che le aveva dato Edward, il ricordo della sua prudenza che ritornava dal passato.

«Quando l'ha visto l'ultima volta?»

«La scorsa settimana. È venuto a cena. Che è successo?», chiese di nuovo Lily.

«Da quanto non vi sentite?», domandò Hatchett.

«Devo rispondere alle vostre domande? Dovreste farmi vedere un mandato», sbottò Lily. Forse in quel momento AJ era già dentro una cella e quei tizi – quei poliziotti – stavano solo facendo giochetti. «Non risponderò più finché non mi dite che succede».

Guardandosi intorno, Hatchett disse che forse le conveniva entrare in casa. «Così può sedersi», suggerì.

Era tanto brutta la notizia? Lily si voltò senza fare domande e fece strada ai detective passando dal portone principale del condominio, piuttosto che dal garage. Non erano amici passati a trovarla. Non si sarebbero messi sugli sgabelli davanti all'isola in granito della cucina a perdersi in stupide e inutili chiacchiere. Dalla saletta d'ingresso con il tetto a volta li portò nel salotto buono, dove su entrambi i lati di un camino di marmo c'erano due poltrone di pelle imbottita che si intonavano a un divano. Il pianoforte bianco a mezza coda, regalo di suo marito Paul per il venticinquesimo anniversario di nozze, tre anni prima, campeggiava davanti alle alte finestre vittoriane che davano su un parco curato nei minimi dettagli.

In quel periodo dell'anno, prima che arrivasse il caldo rovente del Texas, l'erba dei prati era prospera come il velluto e faceva da tappeto a una teoria di aiuole sempreverdi di bossi potati a sfera, azalee dalle forme più varie e macchie di agapanto, iris e gigli. Due volte a settimana veniva una squadra a curare i giardini. Era uno dei vantaggi che rientravano nel fatto di vivere in un complesso condominiale. Paul non aveva né tempo né voglia di occuparsi personalmente del giardino. E poi, come diceva sempre, lui era il proprietario. Che figura ci avrebbe fatto se l'avessero visto là fuori in maniche di camicia a spingere un tosaerba? Scherzava. Era il suo tormentone. Ogni volta che lo riproponeva davanti a nuove persone, Lily sorrideva. Sorrideva sempre, lei.

Non adesso però. Non davanti a quegli agenti. Si guardavano intorno in un modo tutto loro. Quel Lawlor aveva piegato la sua petulante boccuccia in una specie di ghigno. Era la smorfia che fa la gente quando è invidiosa e non vuole farlo notare. Lei posò la borsa sul divano, una pochette in pelle scamosciata rosa shocking con sottili cuciture blu e gialle. Un'esplosione bohémien di colori che stonava alquanto sulla pelle bianca della tappezzeria. Chi l'aveva scelta quella pelle bianca, i vezzosi cuscini di lino color crema, le tende di seta, i bei quadri impressionisti alle pareti, e tutte le altre cose disposte con gran gusto? Quella stanza poteva tranquillamente stare sulla copertina di «Southern Living». Chi ci abitava? Negli ultimi tempi, non riusciva più a immaginare la coppia, la famiglia che...

«Signora Isley? Può dirci dov'è suo figlio?». Lawlor aveva smesso di studiare la stanza ed era passato a esaminare lei.

«Ha venticinque anni, santo cielo, e vive dall'altra parte della città. Non posso sapere sempre dov'è». Le venne un fremito di timore. Se l'avesse sentita Paul... Incrociò le braccia davanti al petto. «Avete contattato mio marito?»

«Crede che sappia dov'è vostro figlio?», chiese Lawlor.

«Ma cos'è successo?»

«Quand'è stata l'ultima volta che ha parlato con AJ?». Il tono apparentemente più ragionevole di Hatchett attirò la sua attenzione.

«Ieri pomeriggio. Voleva che ricordassi a suo padre del loro appuntamento di stamattina per l'ultima prova degli smoking. AJ si sposa il 21 di questo mese». Mancavano solo due settimane e mezza.

«Dove dovevano vedersi?»

«Da Manheim, al Village». Era un'esclusiva boutique per uomo vicino Turtle Creek.

«Non a casa di AJ?»

«No, dopo il negozio dovevano pranzare... dov'è Paul?»

«Signora Isley, suo marito ha detto di aver aspettato AJ da Manheim per mezz'ora stamattina e, dato che il figlio non si è presentato, è andato a casa sua. Nessuno rispondeva alla porta, così è entrato da solo. Suo marito ha le chiavi?»

«Sì». Spaventata, si sedette sul bordo del divano e le venne un brivido sentendo sotto i pantaloni leggeri il freddo che l'aria condizionata aveva lasciato sul rivestimento in pelle.

«Signora Isley, suo marito ha trovato una giovane donna in casa di vostro figlio. Morta. A quanto pare, l'hanno strangolata e poi accoltellata più volte».

Lily fissò il detective Lawlor con la testa vuota, in silenzio.

«AJ non c'era», proseguì Lawlor. «Continua a non rispondere al cellulare, abbiamo chiamato al Café Blue e il suo capo ci ha detto che ieri sera non si è presentato al lavoro».

«Cosa mi sta dicendo?».

Lawlor fece per rispondere.

Lei lo interruppe. «Dov'è Paul?»

«A casa di AJ con la polizia, a meno che non l'abbiano già portato in centrale. Quando ha trovato il cadavere della ragazza ha chiamato il 911».

Lo sguardo le cadde a terra. Paul aveva chiamato il 911 e non lei. Aveva lasciato che la cogliessero alla sprovvista. Forse però non pensava che l'avrebbe scossa, essere abbordata dalla polizia per ricevere una notizia tanto orribile. Anzi, forse non aveva pensato a lei in nessun senso.

«Sapete chi è lei? Non è Shea Gallagher, vero? La fidanzata di AJ». Chissà che effetto le avrebbe fatto quella, di notizia. AJ però adorava Shea; non le avrebbe mai fatto del male.

«Il nome della vittima è Becca Westin». Il detective Hatchett alzò gli occhi dal taccuino. «La conosce?»

«No». La risposta le uscì da sola insieme a un forte sospiro di sollievo. «Cioè, non personalmente».

«Il nome però le dice qualcosa», disse Hatchett.

«Sì. È una delle testimoni di Shea». Lily ci pensò un attimo. «L'ho conosciuta all'addio al nubilato…».

«Ma suo figlio, Axel – AJ – era amico di Becca? Erano intimi?», chiese Hatchett.

«No, non credo». Lily distolse lo sguardo, nuovamente afflitta all'idea di quanto poco sapesse della vita di suo figlio. Fu un gesto automatico, privo di rabbia o rancore: le cose stavano così. Poteva prendersela con Paul, a volte lo faceva pure, ma lui non avrebbe potuto relegarla dietro le quinte della vita di AJ se non fosse stata lei a permetterglielo.

«Sa se tra i due c'erano delle ruggini? Può essere che abbiano avuto una lite?», domandò Hatchett.

«Che io ricordi, non gliel'ho mai sentita nominare». Lily prese il cellulare dalla borsa. «Voglio chiamarlo». Guardò in fretta i detective e, visto che nessuno dei due obiettava, fece il numero di AJ restando in attesa col batticuore. I detective la studiavano e quegli sguardi la spaventarono. Si sentì sospettata. Sperava che il figlio rispondesse ma non lo fece, così fu costretta a lasciare un messaggio. «Ti prego, richiamami quando senti il messaggio», disse senza aggiungere altro.

Chiusa la chiamata, guardò Hatchett. «Non risponde».

«Gliel'ho detto, ci abbiamo provato anche noi». Hatchett indugiò su di lei con uno sguardo tagliente, penetrante.

Lily era stordita. «Non può pensare che lui sia...». Si fermò trattenendo in bocca la parola *coinvolto*. Certo che era coinvolto. Una ragazza era morta in casa sua.

«Ha idea di dove possa essere, signora Isley?». La domanda venne dal detective Lawlor, non senza cortesia.

Al ranch, pensò Lily, all'xL. Era l'unico posto dove poteva andare AJ se si sentiva minacciato. Fu molto indecisa se dirlo o meno. *Qualunque cosa dirà potrà essere usata contro di lei.* L'avviso le riaffiorò alla mente da una storia mezza dimenticata, insieme ad altri piccoli lampi: braccialetti di metallo stretti ai polsi, la mano di uno sceriffo sulla sua testa che si china per infilare la portiera di una volante. Nell'abitacolo, una puzza di sudore e vomito rappreso mista a un sottofondo di paura le avevano fatto da bavaglio.

«Suo padre ha un ranch a sud, a Hill Country, giusto? L'xL? Fuori Wyatt?». La voce di Lawlor ricatturò la sua attenzione.

Ovviamente sapevano già tutto, pensò. Inutile rispondere. Lawlor, comunque, non le diede il tempo.

«Abbiamo cercato di contattare suo padre lì, Jeb Axel. Nemmeno lui risponde al telefono».

«Be', se mi chiedete dov'è anche lui, è un uomo piuttosto cresciuto...».

«Che mi dice della sua domestica, Winona Ayala? O del figlio, Erik? Erik Ayala è molto amico di AJ, vero?»

«Sì, ma che c'entrano Winona ed Erik con...».

Lawlor non la lasciò finire. «Cosa sa di Erik Ayala, signora Isley?»

«Che significa, cosa so di lui?». *Tutto. Gli cambiavo il pannolino insieme a AJ*, poteva dire. Erik era più grande; quando AJ portava i pannolini da neonato, a lui servivano già quelli per bimbi ai primi passi. Lei e Winona avevano fatto da madre a entrambi. E prima ancora, Winona aveva fatto da madre a lei, dopo che a sua madre avevano diagnosticato un cancro ovarico in stadio avanzato; Lily aveva solo dieci anni. Win era casa per lei; Winona era il suo rifugio, anche se ultimamente non si erano viste tantissimo.

Hatchett la incalzò bersagliandola di domande. «Secondo lei, Erik sa dov'è AJ?»

«Dovreste chiederlo a lui».

«Anche sua madre abita lì, all'xL, no? Fino a poco tempo fa ci abitavano insieme ma ora Erik si è trasferito a Wyatt, giusto?»

«Perché me lo chiede se è ovvio che ha già tutte le risposte?»

«Cerchiamo solo di raccogliere più informazioni possibili, signora Isley, per riuscire a trovare suo figlio».

Hatchett disse: «AJ e Shea Gallagher si sono conosciuti all'Art Institute, la scuola di cucina di Dallas, dov'erano colleghi».

«Sì», confermò Lily pur non essendo sicura in realtà di dove si fossero conosciuti. «La scorsa settimana hanno finito l'ultimo semestre».

«E Shea è ancora in città?»

«No, è tornata a casa della madre, a Wyatt, per gli ultimi preparativi del matrimonio. Shea e AJ si sposeranno nel giardino di sua madre».

«La donna della scuola con cui abbiamo parlato ha detto che vogliono entrare nella ristorazione, me lo conferma?». Hatchett sembrava interessato alla questione ma, per conto di Lily, era tutta una recita.

«Veramente, l'hanno pensata più in grande. Vogliono aprire un *farm-to-fork* qui in città».

Hatchett guardò Lawlor. «Un posto dove si mangia solo cibo fresco e allevato nei paraggi».

Lawlor disse che lo sapeva.

Paul non era affatto convinto del sogno di AJ, di diventare uno chef. Lo definiva un "capriccio", mentre "Ormai puoi anche finirla coi capricci e fare un vero lavoro, qualcosa che ti permetta di vivere in modo decente". Nemmeno lei gli avrebbe consigliato quella strada, ma era certo più sicura di quella che aveva intrapreso prima di arruolarsi.

Lawlor lesse dal taccuino. «Nel 2011 Axel e Erik sono entrati nei marines. Erik non riuscì a superare l'addestramento e fu respinto, suo figlio invece andò in missione in Afghanistan». Rialzò la testa verso Lily. «Che lei sappia, questo causò delle frizioni tra Ayala e suo figlio?»

«Per niente. Dev'essere tutto nei suoi appunti, detective. Erik è il testimone di AJ. Le fa pensare che abbiano frizioni?».

Hatchett sparò un'altra domanda. «Suo figlio in passato ha avuto qualche guaio con la giustizia, vero?»

«Sono certa che sa già le risposte a entrambe le domande… a tutte le domande che mi sta facendo». La spavalderia di Lily era un bluff.

«È stato arrestato per omicidio, vediamo…», Hatchett consultò il taccuino.

«Sei anni fa, nel 2010», disse Lily. «Poi è stato anche prosciolto».

«Sì», la interruppe Hatchett. «Sappiamo dell'insufficienza di prove...».

Lily gli parlò sopra. «Ha servito il suo paese, ha messo la sua vita nelle mani della nazione, ha riportato a casa delle ferite...». Una minaccia di lacrime la bloccò. Non voleva che quegli uomini la vedessero piangere.

«Ferite mentali, vero?», intervenne Lawlor. «Abbiamo sentito che ha avuto scompensi emotivi, problemi a gestire la rabbia, depressione. Ha già avuto delle denunce in merito. La gente del suo condominio si è lamentata del fatto che urla, attacca briga...».

«Ha gli incubi...».

«Suo figlio è stato in carcere l'anno scorso, signora Isley, e pochi mesi fa di nuovo, per aggressione, vero?». Gli occhi di Lawlor erano coltelli.

«Non è stato lui a iniziare, né la rissa, né...».

«Ma a finirle entrambe sì, giusto? In ospedale ha steso un tizio. Per sua fortuna, la vittima ha ritirato le accuse». Lawlor fece un sorrisetto compiaciuto.

Lei non rispose.

Il detective Hatchett allungò un biglietto da visita. «Se ha notizie di suo figlio, gli dica di chiamarci, d'accordo?»

«È indagato per l'omicidio della signorina Westin. Abbiamo diramato un'allerta a tutte le unità». Lawlor spiegò queste cose mentre Lily li accompagnava alla porta. La richiuse, tornò in salotto e prese il cellulare cercando in rubrica il numero di Erik. Il telefono le squillò prima che riuscisse a trovarlo.

«Paul?». Quel nome era una domanda, una supplica. «Se n'è appena andata la polizia...».

«Lily, ascoltami. Non ho molto tempo», l'interruppe. «Se senti AJ, digli di tenere la bocca chiusa. Mi ha chiamato Jerry».

L'avvocato di Paul. Un civilista, esperto in diritto societario.

Non Edward Dana, l'ultimo penalista di AJ. Erano tre anni che non vedeva Edward. Chissà se ricordava, se ogni tanto ripensava a lei.

«Lily?».

Lily tornò in sé. «È vero, Paul? Sei andato a casa di AJ e hai trovato… hai trovato Becca Westin…».

«Oddio, Lily, è stato bruttissimo… non ho mai visto niente… nemmeno in Vietnam, in Cambogia… è stata accoltellata. I poliziotti non sanno dire quanti colpi le hanno inferto, ma a casa di AJ c'era sangue ovunque, sul letto, a terra. Lei era… le avevano abbassato le mutande. Era solo una ragazza… solo una ragazza, Lily…».

«Paul, non può essere stato AJ».

«E se avesse fatto qualcosa che l'ha provocato? Sai com'è a volte…».

«Non può essere stato lui, Paul», ripeté Lily a denti stretti.

Paul cambiò musica. «Il detective qui, il sergente Bushnell, dice che AJ si vedeva con Becca. Tu l'hai mai incontrata?»

«Non con lui, no». AJ non portava quasi mai le sue ragazze a casa. Solo Shea, l'unica che dopo il suo ritorno dall'Afghanistan era riuscita a penetrarne le difese. «Però Becca l'ho vista il mese scorso a Wyatt, all'addio al nubilato di Shea».

«Credi che AJ abbia contattato Erik? Hai sue notizie? Io ho provato a chiamarlo ma non risponde».

«I detective che sono stati qui mi hanno fatto un sacco di domande su Erik. Secondo me credono che sia coinvolto, forse pensano che nasconda AJ. Però AJ potrebbe anche essere con Shea dalla madre».

«Bushnell mi ha chiesto il suo numero».

«Gliel'hai dato?»

«Cavolo, certo che gliel'ho dato. Voglio che trovino nostro figlio, Lily, anche se… soprattutto se… prima che succedano cose peggiori. Cose con cui non riusciremmo a convivere».

Tipo? si chiese Lily. Una sparatoria con la polizia? O un

suicidio? Se a combinare quel casino fosse stato davvero AJ, si sarebbe suicidato? Il terrore le diede un pugno allo stomaco.

«Stavolta la polizia non lo lascerà andare facilmente, lo sai, vero?».

Lily andò alla fila di finestre che davano sul parco. «A questo punto, non so più niente, Paul».

«Non ha più diciannove anni, non è più un minore finito nel giro sbagliato. La polizia ci andrà pesante. Penseranno che l'ha già passata liscia una volta; e che ora ha ucciso di nuovo».

«Quella storia non c'entra niente...».

«Andiamo, Lily. L'ultima volta gli ha fatto fare una figura di merda. Non lasceranno che risucceda, specialmente ora che gli hanno diagnosticato quel cazzo di DPTS. Lo useranno per inchiodarlo, ci puoi scommettere. "Veterano mentalmente instabile", stronzate simili».

Paul ne parlava come fosse uno scherzo, come se il trauma vissuto da AJ, il fatto di essere andato in guerra, non avesse avuto alcun effetto e parlarne in termini di danno mentale ed emotivo fosse vergognoso e poco virile. Lily però non poteva insegnare niente a Paul sulla guerra; anche lui aveva fatto la sua parte. Ne conosceva così bene i danni da tenerselo per sé. Per lui, le uniche ferite riconosciute erano quelle che si vedevano: un braccio o una gamba mutilata, uno squarcio sull'addome. AJ invece era tornato a casa come era partito. «Nemmeno un graffio», aveva detto Paul facendolo sembrare quasi un insulto. Non si parlava mai del fatto che, esposto al fuoco nemico, AJ avesse salvato un uomo a cui avevano sparato in faccia, caricandolo sulle spalle come un sacco di pietre.

«Secondo te è stato davvero lui». La rabbia di Lily era mista a incredulità. «Secondo te l'ha accoltellata lui quella ragazza».

Paul fece un sospiro e, mal celando tutta la sua disperazione, disse di non sapere cosa pensare. «È cambiato, Lily».

«Sta meglio ora. Da quando c'è Shea», aggiunse.

«È stato in carcere due volte in sei mesi per aggressione. L'hai scordato? E il mese scorso al ristorante, davanti a Shea...».

«Non scordo niente, Paul». Solo, non voleva ripensare all'incidente al ristorante, alla scenata di AJ che aveva urlato al cameriere minacciandolo con un pugno, quando il poveretto aveva confuso le comande. AJ era diventato tutto rosso. «Tanto pazzo da uccidere», aveva detto Paul quella volta. Solo Shea era riuscita a calmarlo, a farlo tornare in sé. A quel punto, AJ si era abbondantemente scusato con tutti, incluso il cameriere.

«Devi tenerti pronta», le consigliò Paul a mezza voce.

Pronta? Quella parola la confuse. Come si fa a essere *pronti* all'ipotesi che il proprio figlio abbia strangolato e accoltellato a morte una persona?

«Devo andare», disse Paul. «Bushnell vuole portarmi in centrale. Tu resti lì, in caso AJ torni a casa?»

«Non credo proprio che tornerà», rispose lei guardandosi intorno. Paul era uno degli imprenditori edili più attivi tra Dallas e Fort Worth. Era specializzato nel settore commerciale ma aveva realizzato anche progetti residenziali. Loro avevano vissuto in molte di quelle case. Quel residence era la sua ultima impresa, portata a termine da appena un anno. AJ non ci si era mai trasferito davvero; non l'aveva mai chiamata casa. Una volta aveva detto a Lily che, quando era dall'altra parte dell'oceano, quasi ogni notte sognava la vecchia casa di legno del ranch.

«Che vuoi dire? Che intendi fare, Lily?»

«Paul, voglio trovare AJ prima che lo faccia la polizia».

Ci volle poco a indossare i jeans, una maglietta aderente e i vecchi stivali da film western. Fece la coda ai capelli e si sentì un po' meglio, più se stessa. Mise in un borsone un altro paio di jeans, qualche maglietta e una camicia di flanella. Era appena iniziato maggio ma la notte faceva ancora freddo a Hill Country. Aggiunse della biancheria e i trucchi. Cambiò borsa passando da quella frivola scamosciata a una vecchia di pelle coi manici, più grande e sportiva, che ricordava più una bisaccia che una borsa da signora; poi, prima di scendere, sedette sul bordo del letto e chiamò Winona, ansiosa di sentirla. Lei però non rispose.

«Winona», disse Lily alla segreteria non riuscendo a dominare il tremolio della voce. «È successa una cosa...». *Brutta.* Stava per aggiungerlo ma non lo fece. «Sto venendo al ranch, ma chiamami quando senti il messaggio. Se vedi AJ, digli... digli che ho bisogno di parlargli subito. Okay?». Guardò di sfuggita il soffitto e all'improvviso si sentì come quando era piccola, profondamente afflitta, prima per la prematura morte della madre, poi per quella storia orribile che aveva vissuto da ragazza in Arizona. Winona le era stata accanto anche allora, tenendola stretta e dandole conforto... «*Vas a estar bien, querida... Ahora estoy aquí*».

Lily abbassò gli occhi. «Dovrei essere lì per le quattro», disse. Chiudendo la chiamata, considerò se avvertire o meno suo padre. Meglio di no. Meglio non dirgli che stava arrivando. Avrebbe capito che c'era sotto qualcosa e lei non voleva essere costretta a spiegare tutto per telefono. Sentire che AJ era nei guai – di nuovo – gli avrebbe spezzato il cuore.

Scesa giù, Lily entrò in macchina e, posato il borsone sul sedile del passeggero, prese il cellulare dalla borsa facendo il numero di AJ e sperando che rispondesse. Ma si sentì solo una serie di squilli, uno... due... sei, stavolta senza nemmeno lo scatto della segreteria.

Capitolo 2

Il cellulare di Dru suonò un'intera sinfonia aspettando che lei tirasse fuori dal forno la seconda teglia di lemon bars. Poteva aspettare che gli squilli facessero scattare la segreteria, o urlare a Shea che venisse a rispondere lei. Ma non lo fece. Un insolito timore strisciante le fece posare la teglia sul ripiano e allungare le mani sul telefono. Quando vide sullo schermo il nome di Amy fu sollevata.

«È troppo tardi per cambiare il menu», scherzò Dru.

«Oh, Dru, non ho chiamato per il rinfresco». Amy sembrava seccata. «Ken mi ha appena detto una cosa… niente di bello».

Ken Carter era il fratello di Amy, nonché sergente di polizia a Wyatt.

«Che è successo?». Il timore di Dru tornò a galla.

«Non so proprio come dirtelo, e se penso a Shea…».

A Dru piaceva Amy; la adorava. Si erano conosciute quando Dru insegnava ancora a tempo pieno alla Wyatt Elementary e già allora Amy, maestra di scuola materna, ci metteva un'eternità per arrivare al punto. «Dillo e basta, okay?», le suggerì.

«Stamattina la polizia ha trovato il cadavere di Becca Westin in un appartamento di Dallas. Ken dice che è stata uccisa».

Dopo un attimo di assoluta, cieca incredulità, Dru sbottò: «Cosa?». E a ruota: «Sei sicura? Che ci faceva lì? Lei abita qua. Proprio l'altro giorno, Shea mi ha detto che Becca era venuta a Wyatt per passare l'estate con i suoi».

«Hanno trovato la sua auto e la borsa: Ken ha detto che l'hanno identificata dalla patente. Shea sarà distrutta quando lo saprà. Becca era anche una sua testimone, vero?»

«Sì ma, oddio, sto pensando a Joy e Gene», rispose Dru nominando i genitori di Becca.

«Credo che qualcuno, un agente di Wyatt che li conosce, stia andando a dirglielo».

«Ma chi farebbe una cosa del genere? Si sa? Becca era... era dolcissima e silenziosa, un vero...».

«Angelo», completò Amy.

«Sì», disse Dru, anche se lei aveva pensato a *gatto*, Becca era sempre stata silenziosa come un gatto. «Uno o due giorni fa è venuta qui ad aiutarci per il matrimonio...».

«Mamma?».

Dru incappò nello sguardo preoccupato di Shea. «Amy, devo andare. Grazie per aver chiamato. Il rinfresco di venerdì è confermato, vero?». Più che avere davvero quell'informazione, cercava di posticipare il momento in cui avrebbe dovuto affrontare Shea. Sapeva che la festa degli insegnanti della Wyatt Elementary si sarebbe fatta, si faceva ogni anno a fine scuola. Date le circostanze poteva sembrare crudele, ma per quelli che venivano solo sfiorati da una tragedia, era nella natura delle cose continuare a fare la loro vita e rispettare le abitudini.

Amy confermò le sue attese e la data dell'evento.

«Che è successo?», chiese Shea quando Dru chiuse il telefono.

«Era Amy». Dru restò in silenzio, cercava le parole, come se ce ne fossero alcune migliori di altre. Alla fine, decise di farla il più breve possibile. «Tesoro, non esiste un modo facile per dirlo. Amy ha sentito Ken – il fratello che fa il sergente giù in città, ricordi? – e lui le ha detto che stamattina la polizia ha trovato il cadavere di Becca in un appartamento di Dallas. Qualcuno l'ha... è stata uccisa».

Dru sostenne lo sguardo attonito della figlia e, dato che non diceva niente ma era diventata improvvisamente pallida, la fece sedere nell'angolo colazione, le portò un bicchiere d'acqua e si sedette davanti a lei prendendole le mani. Tremavano sotto le sue carezze.

«Non capisco», disse Shea.

«Be', nemmeno io. Non era a casa dei suoi per l'estate?»

«Intendeva restarci», disse Shea. «Non sarebbe più tornata a Dallas».

«Davvero? Non me l'avevi detto».

«Per lei la scuola di cucina era solo una prova, un modo per scappare da Wyatt. Non le è mai piaciuto cucinare. L'hai vista. Quando è venuta a trovarci io mi sono rimboccata le maniche per aiutarti col lavoro, lei invece non si è mai fatta coinvolgere».

Dru ci pensò un attimo. «Hai ragione. Non ci avevo fatto caso».

«Mamma, sicuro che si tratti di Becca?»

«Hanno trovato la sua macchina sul posto. Nell'appartamento c'era la sua borsa con dentro la patente».

«Ma fino a ieri stava male, era a letto a casa dei suoi. Non ci ha nemmeno accompagnate a prendere i barattoli».

Barattoli di vetro. Shea li aveva cercati per settimane. Si sarebbe sposata nel giardino di casa sua indossando l'abito di sua nonna, la madre di Dru. Non voleva una cosa formale, preferiva una cerimonia semplice in giardino, al tramonto, con balli a seguire sulle ultime luci del giorno. Dru non era una giardiniera assidua, ma l'ammasso intricato di fiori e i cedri ricoperti di piante rampicanti davano a quel posto un fascino rustico. Rose, iris e clematidi avevano appena iniziato a germogliare, abbastanza da riempire tantissimi barattoli di vetro. Shea voleva anche i girasoli che loro non avevano e non erano ancora riuscite a trovare. Alla fine però, avevano scovato un negozio d'antiquariato vicino Fredericksburg che aveva una riserva di barattoli di vetro, e le ragazze – Shea e le sue damigelle, Kate Kincaid, sua migliore amica e testimone insieme a Leigh Martindale e Vanessa Lacy – erano andate a prenderli il giorno prima. Sfruttando l'occasione, avevano anche pranzato in una azienda vinicola del posto.

Era stata la prima volta che Becca non le accompagnava, per quanto ne sapeva Dru.

«Ci ha detto che aveva passato tutta la notte a vomitare», disse Shea. «Ci siamo augurate tutte di non beccarci lo stesso virus». Poi le si spezzò la voce e fece una smorfia di dolore. Cominciò a piangere.

Dru trovò un fazzoletto. «Allora sei andata da lei? L'hai vista?»

«No, mi ha chiamata. Stavo per andarci. Ero già passata a prendere le altre». Shea si soffiò il naso. «La polizia sa chi è stato? Amy te l'ha detto?»

«No», rispose Dru.

Shea uscì dalla cucina per andare a chiamare AJ.

Dru tagliò i lemon bars, li impacchettò e li mise in freezer. Quando tornò in cucina, Shea la trovò che affettava del cavolo rosso da mettere nell'insalata asiatica di pasta che stava facendo per il rinfresco degli insegnanti. Dru si voltò a guardarla.

«Non risponde. Forse è ancora con suo padre. Stamattina dovevano andare a fare l'ultima prova del vestito».

Dru sciacquò il tagliere. Si chiese se ci fosse abbastanza insalata di pasta per portarne un po' ai Westin. Poteva arrostire un pollo, fare un'altra teglia di lemon bars. Per un attimo le venne un groppo in gola, pensando a loro, Joy e Gene. Che avrebbe fatto lei se avesse perso Shea, in quel modo poi, per un atto di efferata violenza?

«Ho provato a chiamare Erik; non risponde nemmeno lui».

«Be', sarà con AJ, no?», disse Dru. Erik era il testimone di AJ. Anche a lui serviva un bel vestito su misura.

«Non penso. Ha appena iniziato un nuovo lavoro, non può allontanarsi. Ci andrà verso il fine settimana, credo».

«Dov'è che lavora adesso?»

«A Greeley». Era un posto a Madrone County, a nord di Wyatt. «Fa il venditore in una concessionaria della Ford che c'è lì».

«Col fascino che ha, se la caverà alla grande», disse Dru. Pensò a Erik Ayala, ai suoi lineamenti latini da bel tenebroso e ai suoi denti bianchissimi: sarebbe riuscito a vendere specchi anche a un cieco. Erik le piaceva molto più di AJ. Era più spensierato e non perdeva occasione di mostrarlo a tutti.

Però lui stava con Kate. Anzi, si erano fidanzati da poco, e la madre di Kate, Charla, non riusciva a non dire quanto fosse emozionata.

«Dovremmo posticipare il matrimonio?», chiese Shea.

Dru chiuse il rubinetto e si asciugò le mani. «Mancano solo due settimane e mezza».

«Come facciamo ad annullarlo?», disse Shea, impotente.

«Come facciamo a farlo, con Becca... fra pochi giorni ci sarà un funerale».

«Oh, mamma». Lo sguardo afflitto di Shea si appellò al suo.

«Tuo zio Kevin forse è già in viaggio». Il fratello minore di Dru, l'unico parente che le era rimasto, stava in Nord Dakota dove abitava con la moglie, Mary, e le due figlie: Kara, di dodici anni, e Lacey, di quattordici.

«Hanno preso il camper, vero? Ne approfittano per fare una vacanza?».

Dru calò la testa. «Dobbiamo decidere in fretta».

«I genitori di AJ hanno molti più parenti di noi in arrivo».

«Pezzi grossi», commentò Dru. Politicanti e frequentatori di salotti, intrallazzatori, soci in affari con Paul Isley. Inutile dire che quegli eleganti armatori avrebbero cambiato l'atmosfera vintage del matrimonio fuori porta organizzato da Shea e AJ. Non che a loro importasse. Dru però si era chiesta se avesse dovuto avvertire Lily del prato in cui si sarebbe tenuto il ricevimento: poteva essere una vera maledizione per i tacchi a spillo tanto carini che amavano indossare alcune di quelle donne.

«Ho parlato con Kate», disse Shea. «Anche con Leigh e Vanessa. Nessuna sapeva che Becca fosse andata a Dallas. Sono scioccate quanto noi. Verranno qui dopo il lavoro». Kate era infermiera di pronto soccorso al Wyatt Regional. Quanto a Leigh e Vanessa, a Dru pareva di ricordare che fossero nel personale amministrativo di una ditta locale.

Shea sedette al tavolo della colazione.

«Cappuccino?», le chiese Dru.

«Se lo fai anche per te».

Dru montò il latte a mano e, mentre lo faceva scaldare nel microonde, versò nelle due tazze il residuo di caffè rimasto dalla colazione che poi incappucciò con la schiuma bianca. Non erano proprio cappuccini; erano più delle imitazioni. La versione dei poveri. Lei e Shea ne andavano matte.

Dru portò le tazze a tavola e si sedette.

«Non eravamo più intime come prima», disse Shea. «Cioè, amavo Becca come una sorella; è stata fondamentale in passato».

«Eravate amiche dalla scuola media; tu, Becca e Kate eravate come i tre moschettieri».

«Lo so, ma te l'ho detto, al liceo è cambiata. Non avevamo più molto in comune».

Dru bevve un sorso di cappuccino. *Tu e Kate siete cambiate*. Gliel'avrebbe anche detto, ma non voleva rimestare di nuovo in quella storia. Shea e Kate si erano finalmente lasciate quel brutto periodo alle spalle. Non erano più le *rebelle fleurs* che erano state a quindici anni, quando erano scappate dal campeggio ad Abilene, dopo aver mentito sulla loro età, e si erano fatte tatuare quell'espressione francese in una deliziosa ma preoccupante grafia sul collo à la Rihanna, il loro idolo del momento. Il tatuatore aveva abbellito il lavoro aggiungendo una rosa dal gambo lungo sotto le parole: non c'è rosa senza spine. Ovviamente, le spine arrivarono: quando le ragazze tornarono, gli ufficiali di campeggio furono costretti a espellerle. Dru e Charla erano andate insieme a prenderle, entrambe furiose ma per motivi diversi. Charla era agitata per sciocchezze come il giudizio degli amici che incontrava in chiesa, Dru invece era preoccupata che le ragazze potessero pentirsi in futuro. Fino ad allora aveva dovuto combattere solo contro trucco esagerato, capelli tinti e piercing, danni facilmente rimediabili. Né Kate né Shea avevano mai detto se si fossero pentite di quei tatuaggi, adesso che portavano i capelli del loro colore naturale. Kate aveva delle striature bionde come sua madre, mentre Shea aveva preso dal padre. Aveva i capelli castani di Rob, ma tanto scuri da sembrare quasi neri. I piercing ormai si limitavano alle orecchie, all'ombelico e al minuscolo grano di diamante che portava sul naso. Dru non ci faceva più caso. Non pensava più nemmeno al tatuaggio.

Shea disse: «È brutto dirlo, ma ho chiesto a Becca di farmi da testimone solo perché è stata lei a farmi conoscere AJ. Lo conoscevo già dalla scuola, ma ci ha presentati lei. Chiederle di farmi da testimone era un modo per ringraziarla».

«Be', c'eri comunque legata. Ricordo che una volta hai detto – almeno, a me – che lo facevi in nome dei vecchi tempi».

«Sì, anche», ammise Shea. «Ma ero dispiaciuta, e anche Kate. Volevamo davvero starle vicino come quando eravamo piccole. Becca però... Becca non diceva mai niente». Shea si sporse in avanti, scostando di lato il cappuccino ancora intonso. «Proprio non capisco. Che ci faceva a Dallas? Perché ci è andata? Con chi stava? Amici in quella città non ne aveva, e non era proprio il tipo che va col primo sfigato che passa».

«Si vedeva con qualcuno?»

«Non che io sappia, me l'avrebbe detto. Becca piaceva a

tutti...». Shea si interruppe ma la sentì anche Dru, la suoneria eterea del cellulare di sua figlia che squillava in camera da letto. «Scommetto che è AJ», disse scattando fuori dalla cucina.

Quando Shea tornò, Dru stava caricando le tazze in lavastoviglie.

«Era la signora Gordon», disse, «la rappresentante scolastica. La polizia è andata nel suo ufficio. Volevano parlare con me».

«Perché?». Dru entrò subito in allarme.

«Non lo sa. Dice che devo chiamare questo detective, il sergente Troy Bushnell». Shea lesse il nome su un pezzo di carta. «Vogliono parlare anche con AJ».

«AJ». Dru ripeté con aria infelice il nome del suo futuro genero.

«Continua a non rispondere. Inizio a preoccuparmi. Forse, prima di chiamare questo detective, dovrei parlare con lui, che dici? Cioè, cosa vogliono da noi? Che ne possiamo sapere? Ieri sera non ero a Dallas».

«AJ sì».

«Sì, ma al Café Blue, al lavoro. In teoria, doveva stare fino a mezzanotte, ma è uscito prima perché c'erano pochi clienti».

Dru abbozzò un'ipotesi. «Magari vogliono solo chiedervi che tipo era Becca, se conoscete qualcuno che potesse volerle male, cose così». Dru non sapeva se fosse davvero così. Poteva solo ripetere quello che aveva sentito guardando programmi come *Dateline* in televisione. Comunque, era turbata e confusa quanto Shea. Che cosa poteva volere da lei la polizia?

«Che devo fare, mamma?».

Chiama e falla finita. Questo stava per dirle, quando le squillò il telefono. Lo prese e vide chi era sullo schermo. «È la madre di AJ», spiegò.

«Rispondi. Potrebbe sapere dov'è».

Dru rispose con riluttanza e salutò la madre di AJ con una

certa formalità. Lei e Lily Isley non erano mai state amiche. Lily invece aveva un tono molto concitato.

«Hai visto AJ?», le chiese. «Shea l'ha visto? È da voi?».

Dru si irrigidì. «Perché lo cerchi?».

Restarono un attimo in silenzio, come se Lily prendesse del tempo per inventare una risposta.

«Mamma?», Shea le si avvicinò. «Che succede?».

Dru guardò la figlia scuotendo appena la testa.

Lily si scusò. «Perdonami», disse. «Non voglio... spaventare né te né Shea, ma... nessuna di voi ha visto AJ? Non l'avete nemmeno sentito?»

«No. Shea ha provato a chiamarlo. Hai saputo di Becca Westin, vero?», tirò a indovinare Dru.

«È stata uccisa ieri sera. Lo so. Terribile».

«Sì», concordò lei. E sentì che c'era sotto qualcosa, chissà perché non si fidava di Lily. Incrociò lo sguardo allarmato di Shea, provò a reggerlo ma non riuscì. Solo in seguito avrebbe capito che non era stato per smorzare la paura di sua figlia, ma per fuggire dalla netta sensazione che ancora una volta le loro vite avessero preso all'improvviso una piega oscura, un sentiero tortuoso di cui lei finora aveva ignorato l'esistenza.

Lily aggiunse dell'altro. «La polizia ha detto che AJ e Becca si frequentavano».

Dru poteva anche confermarglielo ma, preoccupata com'era da quella percezione di realtà che andava a pezzi, non lo fece.

«Sto andando a Wyatt», disse Lily. «Al ranch. Dovrei essere lì più o meno tra mezz'ora».

L'intuizione che il peggio dovesse ancora venire le diede una fitta al cuore. «Perché? Che sta succedendo, Lily?»

«Becca è stata uccisa in casa di AJ». Lo disse tutto d'un fiato. «Secondo la polizia lui è coinvolto in questa storia».

No, pensò Dru. *Credono sia stato lui*. Guardò di nuovo Shea serrando i denti e, respirando a fatica, cercò di restare lucida, calma. Ormai però aveva la mente annebbiata. L'aveva sempre saputo – vero? – che AJ sarebbe stato solo una fonte di guai: dal momento in cui Shea gliel'aveva presentato. Quel tipo era una bomba a orologeria, uno di quegli ordigni che cercano un posto in cui esplodere. Non le era mai fregato niente della sua medaglia o del coraggio che aveva mostrato in battaglia. Gliel'aveva letto negli occhi, il casino che era diventata la sua testa, e le dispiaceva anche per lui. Le dispiaceva per tutti quei ragazzi, quei bei giovani che per servire il loro paese ci rimettevano il corpo e la mente. La compassione per i danni che avevano subito, però, non cambiava la loro nocività. L'aveva visto anche lei cos'erano in grado di fare... aveva visto la stessa follia incontrollata negli occhi del suo ex marito, dodici anni prima, la notte in cui aveva fatto scappare lei e Shea dalla loro casa a Houston minacciandole con un fucile carico.

AJ aveva lo stesso sguardo stravolto, ossessionato. Non sempre, certo, ma Dru se n'era accorta lo stesso. Il ragazzo cercava di mascherarlo ma la follia era sempre lì. Eccome, se c'era. Dru non voleva che AJ si prendesse sua figlia. Se avesse potuto, avrebbe evitato quel matrimonio. Purtroppo, Shea lo amava come amava il padre. E guarda ora. Guarda.

«Mamma?».

Dru si voltò e si avvicinò alla figlia.

«La polizia sta cercando AJ, Dru. Credo sia al ranch», disse Lily.

«Hai chiamato?»

«Non voglio fare preoccupare papà, e Winona non risponde al cellulare».

Winona Ayala era la madre di Erik, nonché domestica in casa di AJ. Dru la conosceva. Non di persona, ma Wyatt era una città piccola. Tutti parlavano di tutti. Col tempo, la storia di Winona non era stata più un segreto: era dell'Oaxaca, di una cittadina chiamata Loma Bonita, vicino al confine con Veracruz. Era arrivata negli Stati Uniti a diciassette anni con un visto e un cugino le aveva trovato lavoro dai nonni di AJ: Jeb e la defunta moglie, Roseanne, quando a Roseanne avevano già diagnosticato un cancro ovarico. Winona se l'era dovuta guadagnare la cittadinanza, Erik invece era nato a Wyatt. Dove fosse il padre non si sapeva... forse nell'Oaxaca, se le voci che aveva sentito erano vere.

Era un bravo ragazzo. L'aveva anche assunto una volta, quando Shea, che all'epoca andava alla scuola media, l'aveva convinta ad adottare due asini rimasti orfani. All'inizio, lei li aveva sistemati nel vecchio fienile che c'era nel suo terreno. Non sapendo affatto come occuparsene però, si era fermata a un negozio di animali in città dove Erik faceva un part-time. Il ragazzo si era offerto di portarle a casa ogni settimana la quantità necessaria di paglia e fieno, anche se non rientrava nelle sue mansioni e non era obbligato a farlo. Ogni volta che veniva, Shea e Kate gli svenivano quasi davanti. Facevano tanto le sceme da farla disperare. Erik era più grande, aveva diciotto anni, loro solo tredici, così Dru aveva pensato che lui si sarebbe stufato ben presto e avrebbe mollato. Chissà come, invece, quei tre erano diventati amici. Ora si facevano tutti delle grasse risate ricordando quei tempi e meravigliandosi del fatto che Shea si era dovuta fare tutta la strada fino a Dallas, dove c'era la scuola di cucina, per incontrare AJ che invece aveva passato quasi ogni estate lì, nel ranch di suo nonno, sempre insieme a Erik.

Lily le stava parlando della scarsa ricezione dei cellulari all'xL. «Winona sarà lì ma temo che ci sia anche la polizia. Per caso hai sentito il notiziario, sai se ci sono andati?»

«No, ma hanno chiamato Shea dalla scuola a Dallas, dicendo che la polizia vuole parlare con lei e con AJ. Lily, Shea non c'entra niente con questa storia. Non voglio che la coinvolgano». *Non c'entra niente con la polizia e nemmeno con tuo figlio.* Quel suo stesso pensiero le diede un'enorme amarezza.

«Coinvolgermi in che?», chiese Shea. Attenta a ogni sfumatura di ostilità che sprizzava dal tono di Dru, la ragazza si staccò dall'abbraccio della madre.

Quando si parlava di AJ, Dru non aveva mai nascosto i suoi dubbi. Niente di personale, però; non che lo odiasse chissà quanto, come invece diceva sempre Shea, era solo un fatto di intuito: sentiva che non era la scelta giusta per sua figlia. Più volte aveva cercato di scrollarsi di dosso quella sensazione, ma il brutto presentimento su quel ragazzo non se n'era mai andato.

Evitando di guardare Shea, rispose a Lily. «Ora tu chiami Paul e lo fai parlare con uno dei suoi amici politicanti altolocati o chi vuole lui e gli dite di lasciare in pace mia figlia...». Si interruppe, senza capire bene cosa l'avesse fermata. Una sorta di gemito afflitto, se di Shea o di Lily non fu chiaro. Nessuna di loro però aveva bisogno di altro dolore.

Dru sfiorò il ripiano della cucina con la punta delle dita. Aveva esagerato. La rabbia era un suo difetto, era la prima ad ammetterlo: quando aveva paura di qualcosa, ci ricadeva.

E, cavolo, se adesso aveva paura... tantissima.

«Mi dispiace», rispose Lily. «Non so che altro dire». La sua voce si sentiva disturbata.

Dru riuscì a distendere i nervi. Lily non c'entrava niente. Non aveva ucciso lei Becca, non aveva mandato lei AJ in guerra. Se quello che le aveva detto Shea era vero, era stata tutta opera del padre. Evidentemente, Paul Isley aveva cercato un modo per fare diventare uomo suo figlio. «Devo dire a mia figlia cosa succede, Lily».

«Non è stato AJ, Dru», le ribadì. «Te l'assicuro. Non è da lui».

Dici? Allora non ha ucciso nessuno in Afghanistan, combattendo per il suo paese, nemmeno per difendere il compagno a cui avrebbe salvato la vita da morte certa, meritandosi una medaglia? «Spero che potrà spiegare tutto quando la polizia lo troverà». Non sapeva che altro dire.

«Spero sia al ranch. Lo ama quel posto, sai? Fin da piccolo», aggiunse Lily trattenendo un singhiozzo.

A Dru venne un groppo in gola.

«Tu o Shea mi chiamerete se avrete sue notizie?», chiese Lily.

Lei glielo promise e Lily fece altrettanto, quando Dru le chiese lo stesso.

«Perché gliel'hai detto? Perché hai detto di far chiamare a Paul i suoi amici politici?». Shea la incalzò prima ancora che finisse di salutare Lily. «Non posso credere al tono con cui le hai parlato, mamma».

«Non voglio che tu sia coinvolta, Shea».

«Ma lo sono già. La polizia vuole interrogarmi».

«Forse vuole saperne di più su AJ... l'ultima volta che l'hai visto, che gli hai parlato...».

«Perché?»

«Perché, tesoro, hanno trovato il corpo di Becca in casa sua».

Capitolo 3

Dopo aver parlato con Dru, Lily restò accostata ancora un po' sul bordo della statale. Le girava la testa, chiuse gli occhi e aspettò che le passasse. Ogni tanto la sua BMW era scossa dal vento delle altre auto che le sfrecciavano accanto. Guardando dal finestrino, adocchiò una guidatrice con la mano sollevata come per sottolineare qualcosa. L'uomo che le stava accanto, sul sedile del passeggero, rideva. Fu un attimo, ma si sentì investita dalla loro felicità, la gioia reciproca che si davano fu come un pugno che le fece chinare la testa e lottare contro la voglia di piangere. Lo squillo del cellulare la fece sobbalzare. *AJ!*

Purtroppo, era Paul. «Dove sei?», chiese quando Lily rispose.

«A nord di Greeley. Ho appena finito di parlare con Dru. Lei e Shea non l'hanno né visto né ci hanno parlato». Lily ripulì la voce da qualsiasi accenno a quanto fosse offesa per come le aveva parlato Dru. L'avrebbe solo irritato: a Paul la futura suocera di AJ piaceva ancor meno di quanto piacesse a lei. «La polizia vuole parlare con Shea però. Forse pensano che sappia dov'è AJ».

«E lo sa? Gliel'hai chiesto?»

«No», ammise Lily. «Ma Dru me l'avrebbe detto». *Me l'avrebbe detto?* Dru voleva solo proteggere Shea, non il fidanzato di sua figlia. Era comprensibile: Lily aveva lo stesso istinto verso AJ, ma dubitava che lui la volesse, quella protezione. L'abisso che c'era tra loro era così antico che il ragazzo ormai lo imputava a una scelta precisa della madre e non, invece, al fatto che avesse il cuore spezzato.

«Lily, devi chiederlo direttamente a Shea. Non fidarti della madre. Dobbiamo saperlo prima della polizia».

Ora tu chiami Paul e lo fai parlare con uno dei suoi amici politicanti altolocati..., l'ordine di Dru le martellava la testa. Dru però si era fatta un'idea sbagliata sull'importanza degli Isley. Se avessero avuto *amici* del genere, Paul non li avrebbe certo chiamati nell'interesse di Shea.

«Non posso parlare tanto», disse lui. «Sono in commissariato, nel bagno degli uomini. Non volevo chiamarti dalla stanza dove mi hanno interrogato, potevano esserci delle microspie».

Chissà come faceva a essere così certo che non ce ne fossero anche nei bagni.

«Quando eravamo ancora a casa sua, mi hanno chiesto che macchina guida AJ, se ha un computer, se ha una pistola. Un cellulare».

«Ha tutto».

«Sì, tutto sparito. Hanno trovato il portafoglio. Nient'altro».

«È assurdo. Perché avrebbe lasciato il portafoglio?»

«Come diavolo faccio a saperlo?».

Lily serrò i denti, non voleva litigare. Paul aveva paura; l'avevano entrambi, e questo li rendeva ostili. E poi si erano già scannati, l'ultima volta che avevano parlato di AJ. «Quando me ne sono andata, c'era una volante che piantonava la casa», disse lei cercando di sedare quella scintilla.

«Bastardi», mormorò Paul. «Senti, se d'ora in poi un poliziotto o chiunque altro – me ne sbatto – ti chiede qualcosa, tu gli dici di mettersi in contatto con Jerry Dix. Capito?»

«Allora l'hai chiamato?»

«Sì, sta venendo qui».

«In commissariato? Perché?»

«Cristo, Lily. È un avvocato».

Civilista, pensò. Non l'avrebbe detto. Non avrebbe tirato

fuori il nome di Edward, nel caso in cui avessero... AJ avesse avuto di nuovo bisogno di un penalista. Meglio non pensare alle complicazioni che potevano nascere da una storia ancora troppo frammentata.

«Jerry ha ottime conoscenze; sa come muoversi nell'ufficio del procuratore distrettuale. Può ottenere informazioni che noi non possiamo avere».

«Paul?». Non sapeva come dirglielo. «E se gli assassini di Becca... se avessero rapito AJ prendendogli anche il furgone, la pistola, il computer e il cellulare? Potrebbe essere anche lui una vittima».

«Bushnell dice che non lo escludono. Dovevo dirtelo», ammise Paul. Era sfinito. Sconvolto. Prima le aveva detto che ogni volta che chiudeva gli occhi vedeva Becca – *con le mutande abbassate, accoltellata, in una pozza di sangue* – parole che le ritornavano sempre in mente. Così ora la vedeva pure lei, anche se trovarsi davvero davanti a quello spettacolo doveva essere stato molto peggio e, sommato al fatto che la casa di loro figlio era il teatro di un delitto e che il loro bambino era coinvolto...

«Bushnell dice che finora vogliono solo fargli delle domande, ma io dico che mi prende per il culo, Lily. Fa tutto l'amicone. Non dimentichiamo che ci sono dei precedenti».

Si stava per ripetere, ma lei non aveva intenzione di ascoltare. Accese la macchina. «Devo andare, Paul».

«Chiama quando arrivi al ranch, ok?»

«Sono preoccupata per papà, non so come reagirà. Negli ultimi tempi dimentica le cose...». Non era solo questo. Winona aveva detto che la mattina si svegliava sempre tardi, cosa che non aveva mai fatto. Diceva che doveva ricordargli lei di cambiarsi la camicia e di mangiare. *Sembra un altro, non va bene*, aveva detto Win.

«Oh, andiamo, Lily. Ti comporti davvero come se Jeb si stesse rincretinendo. Quella carogna è sveglia come sempre».

Carogna. Tra loro si chiamavano così, Paul e suo padre. Erano amici da quasi trent'anni. Lily aveva conosciuto Paul così, come amico del padre, quello che ogni tanto le portava dei regali; una volta – quando lei aveva tredici anni – un coniglio di peluche. Finché non si era accorto che era diventata troppo grande per i giocattoli e aveva iniziato a portarle gioielli, orecchini d'opale, una collana con un ciondolo d'oro a forma di ferro di cavallo. Né lui né il padre di Lily potevano ormai essere più considerati giovani. Ovviamente, lei non l'avrebbe mai detto a Paul e, pur sapendo quello che si diceva in giro, un'altra cosa di cui non avevano mai parlato erano i loro ventitré anni di differenza, comunque impossibili da ignorare. Era l'elefante in salotto del loro matrimonio. «Devo andare», ripeté Lily. Controllò il flusso del traffico nel retrovisore.

«Sai cosa ho pensato stamattina, quando AJ non è venuto?».

Lily aspettò.

«Ho immaginato che ci stesse ripensando», disse Paul.

«Parli del matrimonio?», gli chiese abbassando lo sguardo.

«Sì. Prima di arrivare a casa sua, mi ero fatto l'idea che volesse fare marcia indietro».

No, pensò Lily. Finché erano lei e Paul a disapprovare quella unione, finché potevano sperare che il figlio avesse qualcosa in più di un diploma di scuola di cucina e un matrimonio con la figlia tatuata e bucherellata di una single che gestiva un catering nella cucina di casa sua, lei aveva la certezza che il cuore di AJ avesse trovato la sua casa. Aveva visto come AJ la prendeva a braccetto quando passeggiavano. E quando Shea diceva qualcosa, lui inclinava la testa verso di lei come se non sopportasse di perdersi una sola parola. Shea lo faceva ridere; tutti e due ridevano molto insieme. Al ristorante, quando AJ aveva fatto quella scenata spaventosa, erano state la mano di Shea e il conforto della sua voce a farlo tornare in sé. Lily non riusciva a immaginare che AJ potesse lasciarla, non di sua volontà, non per sua scelta. Di questo, però, a Paul non disse niente. Gli chiese invece del passaporto di AJ. «L'hanno trovato?»

«Non lo so», rispose Paul. «Ma non gli serve un passaporto per andare in Messico».

Altri paesi. Lily pensò che ormai, per AJ, non esistevano paesi troppo lontani da raggiungere. Era già stato oltreoceano sei anni prima con il corpo dei marines in cui era entrato su insistenza di Paul, dopo che l'avevano scagionato dall'accusa di omicidio. Secondo Paul, l'addestramento militare l'avrebbe temprato, l'avrebbe trasformato in un uomo. Lily aveva avuto il chiaro presentimento che fosse la cosa sbagliata, ma niente di quel che disse aveva fatto alcuna differenza. AJ era partito, come se anche *lui* l'avesse considerata l'unica opzione.

«Ti chiamo dal ranch», disse a Paul.

Tornata sulla statale, accese la radio per distrarsi un po', finché non sentì su una stazione il nome di Becca Westin. Le si fermò il cuore. Voleva spegnerla – la radio, l'auto, il terribile futuro che incombeva. Invece, si mise ad ascoltare il commentatore che ripercorreva fatti a lei già noti, il come, cosa, quando e dove. Sentire il nome di AJ – il chi – la fece sobbalzare. Chissà se suo padre era sintonizzato in quel momento sulla stessa radio. Chissà se gli era venuto un ictus o un attacco di cuore: forse non c'era nessuno con lui. Lily accelerò facendo zigzag tra le macchine. Guidò in modo spericolato, incosciente, aprì il cancello di ferro ad arco col telecomando ed entrò al ranch.

Quando l'ingresso si chiuse dietro di lei col fragore definitivo di una cella carceraria, Lily si fermò lasciando le mani aggrappate al volante. Se ci fosse stato un modo per non farlo, un modo qualsiasi per non dire al padre che il suo adorato nipote... ma non c'era. Rimise il piede sull'acceleratore e fece lentamente l'ultimo chilometro che portava davanti alla casa. Il bisnonno aveva costruito quel ranch per allevare il bestiame creando il marchio xL ispirato al cognome di famiglia, Axel, e aveva fatto fare quella strada più di un secolo prima, aprendo tra le querce un viale tanto largo da farci passare le carrozze o i carri trainati dai cavalli. All'epoca, il manto stradale era di ghiaia e granito sbriciolato. Da allora, a quel mix si era aggiunto l'asfalto e gli alberi erano cresciuti allargando i tronchi e intrecciando sempre più i rami tra loro. Curvi sull'asfalto, ora facevano ombra agli anziani che si appoggiavano l'uno sulle spalle dell'altro ansimando al vento che rinfrescava l'aria. I raggi del sole bucavano il groviglio di quel baldacchino di legno mettendo in risalto le fossette del lastricato irregolare. I prati erano punteggiati di erba nuova e chiazze bianche e gialle di margherite e fiordalisi che, dopo il primo rigoglio, si piegavano rasentando l'asfalto sgretolato sul ciglio della strada. Di tanto in tanto, la galleria d'alberi si diradava aprendo scenari assolati su terreni calcarei rivestiti di ginepro. In fondo, si intravedevano i recinti del bestiame, un paio di fienili e il laboratorio.

AJ poteva essere in uno di quei capanni, o in chissà quale altra costruzione delle tante che punteggiavano la tenuta. Lily passò il ponticello che si inarcava su Copper Creek pensando: *Forse si è nascosto qui sotto.* C'erano tantissimi posti in cui nascondersi.

Quando iniziò a intravedere la casa colonica bianca a due piani, le venne una stretta allo stomaco. Il grande porticato di legno a forma di L era vuoto, le sei finestre nere allineate sul prospetto erano deserte. Portò l'auto sul retro temendo di avvistare il furgone di AJ, ma non c'era. Dalla porta aperta del garage si vedevano solo il portello posteriore del pick-up di suo padre e il retro della vecchia jeep che usava solo per andare in giro dentro la tenuta. Non vedendo al solito posto invece il SUV Subaru di Winona, il sogno che Lily coltivava da quando aveva lasciato Dallas – di trovarla lì – si infranse contro la parete del suo stomaco.

Scesa dalla macchina, fece di corsa i gradini del portico sul retro, facendo attenzione a non sbattere la porta e rilassandosi un po' all'impatto con un delizioso profumo di zenzero. A una trave scoperta del portico erano appesi i lunghi bastoncini, grezzi e interi, spediti a Win dai parenti che stavano ancora nell'Oaxaca dov'era nata lei. Lo usava per cucinare qualsiasi cosa, dalla cioccolata calda alla salsa per le *enchilada*. Pur non avendo visto la sua auto, Lily si aspettava ancora in parte di trovare Winona in cucina, che invece era vuota e buia, senza alcun odore residuo di quello che potevano aver mangiato a colazione o a pranzo. Confusa e agitata, entrò nella stanza e con la punta delle dita sfiorò al passaggio il bordo dell'isola di marmo, quasi senza accorgersi dell'appiccicaticcio che c'era sia lì che sul pavimento sotto i suoi piedi. Il grande lavabo antico di porcellana era pieno di piatti sporchi; lo strofinaccio che pendeva sghembo dal manico del forno era sudicio. Tutto molto insolito.

In salotto c'era la televisione accesa a basso volume su un quiz pomeridiano. La grossa poltrona reclinabile in pelle di suo padre era vuota come la cucina. La pila disordinata di giornali accanto alla poltrona culminava con una tazza di caffè e un posacenere con dentro un sigaro lasciato a metà.

«Papà?», chiamò attraversando la casa, diretta allo studio di suo padre che dava sul porticato davanti. «Sono io. Lily».

«Uh? Cosa?». L'uomo voltò le spalle alla finestra guardandola con sorpresa ed eccolo, lo smarrimento nei suoi occhi, come se non la riconoscesse. Era già successo altre volte, i primi istanti in cui la rivedeva. Passava dei secondi a dubitare nel panico più assoluto, mentre la parte di lui che si rendeva conto di doverla conoscere gli rovistava nella mente. Questo lo angustiava; si capiva anche dalla faccia. Suo padre odiava sentirsi così vulnerabile. Lei, del resto, non ne usciva meno sconvolta. Era come se in mezzo a loro il terreno, o qualcosa di più simile a una sede istituzionale, franasse. Stavolta, però, Lily non aveva tempo per riflettere in silenzio sulle conseguenze negative che per tutti loro avrebbe avuto quella perdita di lucidità mentale.

«Sono Lily, papà», disse con dolcezza.

«Lo so», rispose. «Che ci fai qui? Non hai chiamato», la accusò.

«Ho delle... notizie e volevo dartele di persona. Dov'è Winona?»

«È andata nell'Oaxaca».

«Cosa? Quando?»

«Giovedì scorso. È morta sua madre».

«Perché non mi ha chiamata?». Lily si lasciò cadere stupefatta sulla vecchia poltrona che c'era davanti alla scrivania del padre. Un tempo, con Win parlavano quasi ogni giorno di tutto e di niente: di un libro che avevano letto, di una ricetta, di cosa facevano Erik e AJ. Più di recente, invece, le pochissime volte in cui parlavano al telefono, l'argomento era solo il padre di Lily. «Non pensavo che Win si sentisse ancora con sua madre. Non dopo la nascita di Erik».

«Non si sentivano infatti».

«Lui l'ha accompagnata?». Sembrava logico che Erik fosse andato con la madre: questo avrebbe anche spiegato perché continuava a non rispondere al telefono.

Il padre di Lily però rispose: «No. Sono parenti che lui non conosce. Nemmeno Win ci sarebbe andata se non fosse stata la figlia buona e cattolica che è».

Lily non fiatò, ma provò una punta di fastidio. Voleva sapere perché mai Win era partita senza lasciar detto niente, visto che era lei a dover ricordare a suo padre di cambiarsi la camicia. Ma non poteva certo chiederlo a lui, no?

«Prima di incazzarti», le disse, come leggendole nel pensiero, «sappi che ce l'ho mandata io. Ha provato a convincermi che poteva benissimo non farlo, ma so che non è vero. Voleva fare pace. Non potevo mettermi di traverso a una cosa del genere».

«Papà?», disse poi Lily, interrompendosi subito e guardandosi le mani attorcigliate sulla pancia.

«Che c'è? Inizio a credere che non sia venuta solo per controllare il tuo vecchio». Si sedette alla scrivania e prese a fissarla.

«Non volevo essere costretta a dirtelo».

«Si tratta di AJ? Gli è successo qualcosa?»

«Sì», rispose raccontandogli tutto in breve e cercando in ogni modo di attenersi ai fatti.

Lui impallidì all'istante, sembrò scosso, ma un attimo prima che potesse dargli conforto, sbatté la mano aperta sul piano della scrivania e disse: «Dannazione!», come se Lily gli avesse cavato fuori la parte vitale, quella in grado di spiegare tutto.

«Ero certa di trovarlo qui. Tu non l'hai visto?», gli chiese.

«No. Ma lo sai che sono un mucchio di cazzate, vero?»

«Paul teme che stavolta non lo lasceranno andare facilmente».

«Lily, l'altra volta non l'hanno lasciato andare: è stato assolto. Dal procuratore distrettuale di Dallas. Per mancanza di prove. Entrambi sappiamo che AJ ha cercato di fermare quel ragazzo cercando di togliergli la pistola. L'ha confermato anche un testimone», aggiunse suo padre.

«Quando gli hai parlato l'ultima volta?»

«La scorsa settimana. È passato con Erik, cercavano un posto dove arrostire il maiale per la cena pre-matrimoniale».

Il tema hawaiano era stata un'idea di AJ, gli era venuta quando aveva deciso con Shea di rinunciare alla luna di miele a Kailua per risparmiare soldi. Se volevano davvero realizzare il sogno di aprire insieme un ristorante servendo cibo coltivato e allevato in proprio, sarebbe servito fino all'ultimo centesimo. Avevano pensato di fare il *luau* nel pascolo a nord della tenuta; se il tempo si metteva male, potevano trasferirsi nel fienile. Shea e AJ, insieme a Dru e Winona – anche lei si era offerta di aiutare – avrebbero cucinato quasi tutto da soli. A Lily era sembrata un'impresa titanica. Paul l'aveva definita una solenne scemenza. Quel matrimonio era tutta una stronzata fai da te, e il loro strampalato progetto di ristorante un'impresa amatoriale che avrebbe dato risultati amatoriali. Nel giro di un anno si sarebbero trovati col culo per terra, aveva detto. Lily sapeva che Paul era stizzito, persino ferito, perché AJ non gli aveva chiesto nemmeno un parere, non aveva cercato il suo aiuto. Il pronostico sul fallimento di AJ era un balsamo, un modo per sfamare il bisogno di rivendicazione di Paul. Non ammetteva fallimenti lui, né suoi né di suo figlio.

«Hai già provato a chiamare AJ, vero?». Il padre le lanciò un'occhiata cupa.

«Decine di volte».

«Conosceva la ragazza morta?»

«Era un'amica di Shea, una testimone».

«Non la ragazzetta con cui sta Erik… Kate, giusto?»

«No. Kate è un'altra testimone di Shea. Questa… si chiamava Becca, Becca Westin. La polizia dice che lei e AJ avevano una relazione…». Il cellulare di Lily squillò e lei si chinò sul bracciolo rovistando nella borsa per prenderlo. Ma non era AJ: si irrigidì e, scuotendo la testa davanti al padre, disse col labiale "Shea".

«Signora Isley?»

«Sì, Shea, hai sentito…».

«No, volevo sapere se lei…»

«L'ho riempito di messaggi… non posso credere che…».

«No, nemmeno io».

Continuarono a parlarsi una sull'altra, creando una serie sconnessa di frasi incompiute che terminò all'improvviso in un silenzio imbarazzante.

Lo ruppe Lily dicendo che si trovava all'xL. «Ho pensato che forse era venuto qui». *Per stare vicino a papà, a Erik e a te.* Il sottotesto, almeno per Lily, era chiaro – che cioè AJ avrebbe scelto la compagnia del nonno, del suo migliore amico e della sua fidanzata, piuttosto che quella di sua madre. Abbassò lo sguardo per non far vedere al padre il dolore che sapeva di avere dipinto in faccia.

«Non è stato AJ, signora Isley».

La voce di Shea tremava ma Lily fu colpita dalla nota di vera convinzione che sottostava a quelle parole e le suscitò un improvviso senso di gratitudine e sollievo, un affetto sincero che non si aspettava e che la imbarazzò. «No», la assecondò. «Non è stato lui».

«Dicono che devo chiamare la polizia di Dallas, il sergente Bushnell. Non so perché vuole parlare con me, non so cosa dire. Non so niente di niente», ammise Shea.

«Ha detto... il sergente Bushnell ha detto a Paul...», Lily si interruppe chiedendosi se dovesse ripeterle proprio tutto. E se Shea ancora non lo sapeva? Non c'era più tempo per i segreti però. Dovevano venire tutti a galla ormai. Anche i suoi. «Il sergente ha detto a Paul che Becca e AJ avevano una storia».

«Sì, ma si sono lasciati più di un anno fa. È stata Becca a farmi conoscere AJ. Si prendeva sempre il merito di averci fatti mettere insieme».

«AJ non mi ha mai parlato...».

«Oddio!», la interruppe Shea. «Il sergente sospetta di me, vero? Pensa che Becca l'abbia uccisa *io* perché ero gelosa?».

Lily rifletté sulla possibilità che Shea avesse un movente. Era davvero tanto assurdo pensare che la morte di Becca fosse il risultato di un triangolo amoroso finito male? La polizia stava indagando su quella ipotesi?

«È ridicolo», disse Shea, infelice.

Avrebbe dovuto concordare con la ragazza, pensò Lily, ma la sua testa non le ubbidiva più. Le si era completamente bloccata la lingua dentro la bocca.

«Becca e io eravamo amiche... dalla scuola», aggiunse Shea.

«Tu lo sai dov'è AJ?». Lily si era fatta diffidente, ricordando che Paul le aveva intimato di chiederlo proprio a Shea. «Quando l'hai visto o gli hai parlato l'ultima volta?»

«L'ho visto domenica, prima di lasciare Dallas per venire qui da mia madre», rispose Shea. «Abbiamo parlato ieri sera. Mi ha chiamata quando è uscito dal lavoro».

«Sicura che fosse al lavoro? Il detective Bushnell ha detto a Paul che ieri non ci è andato».

«AJ non mi ha mentito, signora Isley. Il sergente Bushnell farebbe meglio a verificare di nuovo le sue fonti».

Lily. Chiamami Lily, pensò senza dirlo, anche se gliel'aveva già detto un'infinità di volte.

Un altro breve silenzio vacillò su un filo teso.

«E se...», iniziò a dire Shea.

«No», la zittì. Non voleva nemmeno parlarne, dell'ipotesi che AJ potesse essersi ferito, che fosse anch'egli vittima; anche se era possibilissimo, e lei stessa ne aveva già parlato con Paul. Lei l'avrebbe saputo se gli fosse successo qualcosa di orribile, no? L'avrebbe sentito. Era sua madre e, malgrado i suoi errori, quel legame era assoluto e aveva un canale di comunicazione tutto suo, infallibile. Non dicevano sempre così?

«Ho chiamato tutti quelli che conosco a scuola», disse Shea. «Non l'ha visto né sentito nessuno. Non so che fare. Forse dovremmo fare dei volantini e appenderli a Dallas, nella zona intorno alla casa di AJ. Dobbiamo spargere la voce anche fuori città, nel caso in cui...».

«Domani», disse Lily. «Aspettiamo domani, prima di fare qualcosa». Se AJ fosse stato nei paraggi, pensò, si sarebbe allontanato subito, vedendo la polizia. Gli sarebbe venuta in mente l'ultima volta; avrebbe saputo di cosa lo accusavano e come poteva andare a finire. Anche se era innocente, non avrebbe rischiato la libertà. Chiusa la telefonata, Lily rimise il cellulare in borsa.

«Sa qualcosa?», le chiese il padre.

«Non ne sono sicura. Teme di essere sospettata dalla polizia. Se AJ si vedeva con Becca, e se Shea lo sapeva...». Lily si interruppe davanti alla mano alzata del padre in un gesto liquidatorio.

«AJ non è uno che tradisce. Lo sai anche tu».

Le sarebbe piaciuto saperlo. Ma chi poteva dire di conoscere davvero un'altra persona? In tutta la sua vita, lei aveva agito in modi e preso decisioni che, col senno del poi, la stupivano ancora per l'incredibile e cieca ottusità che le aveva generate. Come poteva giudicare le azioni di un altro, anche se si trattava del proprio figlio?

«Lasciando AJ fuori da questa storia», continuò suo padre, «Shea è troppo esile. Non ha affatto l'aria di una che fa a pugni. Quanto peserà, cinquanta chili?»

«Più o meno», disse Lily.

«Lo capisci che AJ potrebbe anche essere nei guai, vero?». Suo padre accennò di nuovo all'ipotesi ancora in ballo, l'unica alternativa realistica che avrebbe avvalorato l'innocenza di AJ, proprio lo scenario che lei non aveva voluto discutere con Shea.

Doveva pregare che fosse vero? Pregare che suo figlio fosse in pericolo?

«Chiunque abbia ucciso la ragazza... potrebbe averlo rapito», continuò suo padre. «Oppure è fuggito pensando a quello che gli è successo in passato...». Si mise in piedi. «Andiamo».

«Dove?». Si alzò anche Lily.

«Ti sei messa gli stivali. Facciamo una cavalcata. Se AJ è qui in giro, dobbiamo trovarlo prima della polizia».

Gli era venuta in mente la stessa cosa di Lily che era andata lì proprio a caccia del figlio. Fuori però, quando il padre andò verso il garage e prese dalla tasca le chiavi del pick-up, Lily si fermò a guardarlo. «Papà?».

Lui si voltò e la guardò dritto in faccia, impaziente.

«Pensavo che volessi andare a cavallo».

Assente, era tornato completamente assente, come quando lei era appena entrata in casa. Ci volle un attimo, forse anche due, prima che si schiarisse le idee ma, mentre rimetteva le chiavi in tasca, il dolore causato da quel vuoto di memoria si manifestò tutto nell'angolo della sua testa chinata, nella curva molle, da sconfitto, che presero le sue spalle.

«Vado a prendere i cavalli al pascolo e li porto nel fienile», disse Lily con tanta vivacità da farlo sussultare.

Lily era salita su un cavallo ancor prima di imparare a gattonare. Quand'era ragazza, suo padre amava raccontarlo a tutti. Gli piaceva dire che quando cavalcava era una poesia in movimento. Per lei era imbarazzante ed emozionante insieme, vedere la faccia di suo padre raggiante di orgoglio. Splendeva come i mezzi dollari luccicanti che le dava di tanto in tanto da ragazzina, quando faceva i lavoretti in casa su sua richiesta. Lui, Lily e Winona avevano insegnato a cavalcare anche a Erik e AJ e per un certo periodo, quando i ragazzi andavano ancora al liceo, se si trovavano tutti e cinque al ranch sellavano i cavalli prima dell'alba e risalivano insieme il crinale est per andare a guardare sorgere il sole. I ragazzi avevano imparato a usare il lazo, marchiare il bestiame e tagliare il fieno. Sapevano riparare una staccionata. D'estate si iscrivevano alle gare di rodeo per mettersi un po' in mostra. Lily e Winona ridevano sempre per come si pavoneggiavano lanciando sguardi da sotto la tesa del cappello per capire quale ragazza li stesse osservando. Lily e Win, comunque, avevano vietato ai figli il tabacco da masticare e, con loro gioia, il padre di Lily le aveva appoggiate.

Furono questi ricordi ad accompagnarla mentre riportava al fienile il palomino di suo padre, Sharkey, e la sua puledra dal bel manto, Butternut. Dicevano che si può capire molto di una persona dal cavallo che monta. Lei non aveva mai dubitato della preferenza di suo padre per uno stallone. Lui e Sharkey erano molto simili, entrambi testardi, irascibili e decisi a comandare loro. Sharkey ormai era anziano, quasi quanto suo padre in proporzione agli anni di un cavallo, ma aveva ancora un passo deciso e lei continuava a stargli alla larga.

Nel fienile, passò Sharkey a suo padre e iniziarono a sellare i cavalli.

Fu lui a rompere il silenzio. «So che hai paura, stella».

Lily aveva le mani sul sottopancia della sella, verificava che non fosse troppo stretta; sentì quella frase e chinò la testa sul collo di Butternut, ascoltando uscirle piano il fiato dalle froge. Da quanto tempo non la chiamava "stella"? Certo, da prima che facesse tutti quei casini in Arizona. Anche allora aveva avuto paura e un disperato bisogno del suo conforto.

«Pronta?», le chiese.

«Sì», disse lei montando e cavalcando insieme a lui nella luce del tardo pomeriggio che aveva sfumature d'oro martellato. La mano invisibile del vento increspava l'erba alta. L'aria sapeva di polvere e primavera verdeggiante.

Suo padre disse che sarebbero andati fino al vecchio bosco dei cervi, al confine nord del pascolo. «I ragazzi si nascondevano lì quando cercavano di scansare i lavori in casa, ricordi?».

Lily sorrise.

Suo padre aveva spezzato il silenzio che si era creato. «Quello che hanno fatto a quella ragazza... è opera di un maniaco. Solo uno squilibrato farebbe una cosa del genere. AJ non c'entra».

«A volte è fuori di sé, papà». Lily si chinò in avanti e carezzò il collo di Butternut che scrollò la testa come per ringraziarla.

«Chi non lo sarebbe, dopo lo schifo che ha passato in Afghanistan?»

«Dovevi vederlo quella sera al ristorante...».

«Me l'ha raccontato. Si è spaventato anche lui. Ma è successo solo quella volta».

«Ha aggredito delle persone».

«Un paio di volte. E allora?»

«È andato in galera. È un brutto precedente».

«Sì. Okay. Ma a sentire AJ, quegli stronzi se la sono andata a cercare tutte e due le volte. Per alcuni non c'è altro modo di imparare a rispettare l'onore e la reputazione della gente».

«Con te ne parla?»

«Dell'Afghanistan? Di quello che ha passato là? A volte».

«Paul è tremendo su questo». Lily fu un po' scossa sentendosi uscire quelle parole. Non criticava quasi mai il marito, specie davanti a suo padre, ma aveva detto la verità e, col passare degli anni, le veniva sempre più difficile non dire la sua in proposito. «Se AJ parla della difficoltà, degli… degli orrori che ha passato, Paul gli chiude la bocca. Gli dice di fare l'uomo e piantarla di frignare. Mi fa imbestialire».

«Vuole solo che suo figlio sia forte, tutto qua. Se un giovane non è forte, la vita lo stende. Lo mette in ginocchio. Paul non vuole questo per AJ. Nessun padre vuole che il suo ragazzo sia debole».

«Quand'è che soffrire per le atrocità della guerra è diventato segno di debolezza? Questa è pazzia». Le orecchie di Butternut si girarono, forse per la veemenza di Lily.

Suo padre disse: «Il mondo è fatto così… la società è fatta così», poi restarono entrambi in silenzio.

Più andavano avanti, più il terrore di Lily si intrecciava al suono del vento e al cigolio delle selle. Il sole cadde dietro una merlatura di nuvole basse che si permearono di luce lilla. Di norma, si sarebbe lasciata andare godendo quello spettacolo, la cavalcata con il padre e la bellezza del paesaggio. Per quanto, ormai, anche stare in pensiero per AJ rientrava nella norma. Da quando era tornato dall'Afghanistan, Lily aveva sempre il timore che fosse in pericolo, che gli succedesse qualcosa. Questa cosa, adesso… per quanto fosse irrazionale dirlo, se l'era aspettata una cosa del genere, un disastro di proporzioni enormi.

«Te l'ha detto che ha smesso di andare dall'analista?», gli chiese. «Ha mollato tutto, terapia di gruppo, incontri individuali...».

«Ha detto che non lo aiutavano». Suo padre era imperturbabile. «Troppe elucubrazioni sul passato, lui vuole andare avanti. Mi ha parlato dell'ipotesi di entrare nel Wounded Warrior Project, secondo me gli farebbe un gran bene. Ma deve trovare la sua strada da solo, Lily».

«Mi piacerebbe che...».

Il padre la guardò scettico.

Lei scosse la testa.

La lista di quello che le sarebbe piaciuto era troppo lunga, troppo difficile da pronunciare. Ma avere l'amore e la fiducia di AJ, fargli capire che con lei poteva aprirsi, chiederle aiuto quando era nei guai, erano in cima alle altre cose. Se solo avesse saputo come arrivare a lui, come accorciare la distanza che li separava. Ma non lo sapeva e questo le spezzava il cuore.

«Neanch'io ho mai parlato con mia madre», le disse il padre. «Non volevo darle dispiaceri».

Lily non aveva mai conosciuto i genitori di suo padre. La nonna era morta quando lei aveva due anni, mentre il nonno era morto prima che nascesse. «Ho fatto un po' di ricerche e gli uomini che hanno combattuto possono avere dei flashback; sono ipervigili, paranoici. Possono credere di essere in pericolo, di doversi difendere. Fanno cose...», disse.

«Non AJ», la zittì il padre. «Non come quelle fatte a quella ragazza».

Nel bosco dei cervi non c'era traccia di AJ, nessuna traccia recente di presenza umana. Però, accanto a uno dei cancelli di servizio, c'erano impronte fresche di pneumatico.

«Sono del tuo pick-up?», Lily alzò la testa china sul terreno segnato verso il padre.

«Nah». Si tirò indietro il cappello. «Ma potrebbero essere del furgone di Wylie».

«Wylie Evers? E che ci fa nella nostra terra?». Wylie era il proprietario del ranch accanto, il Triple Oak, e Lily era rimasta al fatto che lui e suo padre avevano litigato perché Wylie si era rifiutato di pagare le riparazioni quando, qualche anno prima, le sue bestie spaventate dai fulmini avevano danneggiato parte della recinzione dell'xL. «Pensavo che non vi parlaste più».

«Forse gli affitto la terra», le rispose, «o magari gliela vendo. Non ho ancora deciso».

«Stai scherzando, vero?», reagì lei. Ma si vedeva che era serio. Aveva gli occhi stanchi e l'ombra afflitta della rassegnazione.

«Sono stanco delle responsabilità. Se alla fine vendo davvero, mi terrò la casa, il fienile e forse cinque ettari: bastano per allevare qualche capo, se AJ e Shea lo vorranno».

«E la casa di Winona? Ci rinunci?»

«Ho costruito quella casa per Win dopo che tua madre è morta. È sua, finché non avrà altre esigenze».

«Okay, ma pensavo che vendere la mandria, l'anno scorso, ti avesse già ridotto lo stress, dato più tempo libero».

«A quanto pare non so che farmene del tempo libero. Ormai sono vecchio, ho settantaquattro anni e non so cosa fare di me stesso. Bella fregatura, no?»

«Ma c'è Erik. Se il ranch lo lasci a lui…».

«Ha già rifiutato. Tre volte. Non glielo chiederò ancora».

«Oh». Le dispiacque molto per lui. Non riusciva proprio a capire perché Erik preferisse una sfilza di lavori umili alla titolarità dell'xL come responsabile dell'allevamento. Certo, il padre di Lily aveva venduto la mandria già dopo il primo rifiuto. Ora però c'era in gioco la terra. Chissà se Erik sapeva cosa aveva in mente suo padre, chissà se saperlo gli avrebbe fatto riconsiderare tutto.

«Non gli è mai piaciuto spaccarsi la schiena», le disse il padre. «L'hanno cacciato pure dall'addestramento. Ricordi?»

«Che c'entra, papà. Gli si era acutizzato l'asma. Metà del tempo lo passava al pronto soccorso a cercare di respirare. Non capisco perché te ne esci sempre con questa storia». Lily però mentiva: sapeva che a farlo parlare così era l'umiliazione del rifiuto subito che, se non altro, equivaleva all'umiliazione di Erik per essere stato bocciato all'addestramento militare. «Spero che Winona non ti senta mai».

«Sa già tutto», le disse in modo da farle pensare che tra Win e suo padre c'erano state discussioni, probabilmente accese. «Se potesse, anche lei gli farebbe cambiare idea, ma non ha alcuna influenza sul figlio. Quel ragazzo fa sempre di testa sua. Subirà le conseguenze delle sue cazzate come tutti».

«È quello che dice Paul su AJ che vuole fare lo chef».

«AJ ha un obiettivo; non ha paura di lavorare sodo per quello che vuole. Mi sarebbe piaciuto che si occupasse del ranch, ma sono ugualmente felice che abbia un sogno e la volontà di inseguirlo».

«Avete parlato dell'ipotesi di occuparsi della fattoria?»

«Sì, ma è straconvinto che per allevare qualche centinaio di capi non gli servano duecentocinquantotto ettari. Ha parlato di gestire pochi esemplari di quell'elegante allevamento di marca – Akaushi, si chiama – forse qualche pollo ruspante e un paio di filari di verdure. È tutto quello che gli serve per rifornire il suo ristorante. Sono felice di poterlo aiutare».

«Anch'io», disse Lily.

«Cavolo, magari posso mettermi a lavorare per lui. Trovarmi qualcosa da fare».

«Da allevatore a contadino». Non riusciva a immaginarselo, il padre, col grembiule e un forcone in mano.

Lui sollevò il cappello e lo rimise in testa. «Andiamo», disse spronando i fianchi di Sharkey. «Stiamo perdendo tempo».

Tornarono a casa che era già buio, stanchi e affamati. Lily chiamò Paul ma non c'era nessuna novità. Solo paura e attesa.

Lavò la vecchia padella di ghisa che c'era nel lavabo e fece le uova strapazzate. Suo padre fece i toast ma quando si misero a tavola nessuno di loro riuscì a mangiare molto, così, senza altre discussioni affrontarono la pila di piatti sporchi: Lily lavava, il padre asciugava. Data un'ultima passata sui ripiani, gli lanciò un'occhiata. «Vai a letto, papà. Sembri a pezzi».

«Sì», disse grattandosi la punta del naso. «Sono distrutto. Non so se riuscirò a dormire, comunque».

«Provaci, okay?»

«Tu come stai? Lo sai dov'è la tua vecchia camera, no?». Gli occhi di suo padre si addolcirono di una luce ironica.

Lei sorrise. «Troverò la strada».

Prese il borsone e la borsa dallo studio e poi lo seguì su per le scale.

La camera di suo padre dava sul prospetto della casa, da cui si vedeva il viale d'accesso e più lontano una distesa di colline, mentre la camera di Lily dava sul retro e si affacciava sul fienile e il recinto del bestiame. Davanti alla sua porta, in corridoio c'era un bagnetto. Né quello né la camera venivano usati da un sacco di tempo, l'aria sapeva di muffa, ma non le importava. Accese il lume sul comodino, un mobiletto sui toni del rosa, comprato con la madre perché si intonava al baldacchino anch'esso rosa del letto. L'arredo non si addiceva certo alla stanza di un adulto. Suo padre le aveva proposto di cambiarlo, Winona l'avrebbe aiutata a sbarazzare la camera, ma Lily aveva rifiutato. Voleva che quel posto restasse com'era quando sua madre era ancora viva. L'avevano arredato insieme quando lei aveva dieci anni. Era stato il loro ultimo progetto prima che le diagnosticassero il cancro.

Lily aprì una finestra, si sfilò gli stivali e si stese sul letto pensando di fare un bel bagno e lavarsi i denti ma, dopo un attimo, allungò la mano e spense la luce. La luce della luna proiettava ombre tremule sulle pareti. Il vento si era alzato e fischiava attorno agli angoli della casa, stormendo tra le querce. I grilli cantavano nell'erba verde. Lily pensava che non si sarebbe mai addormentata, ma quando sentì il primo squillo del telefono in corridoio, si convinse che fosse un sogno. Era un vecchio telefono fisso, di quelli a disco. Non ricordava nemmeno l'ultima volta che l'aveva sentito suonare. Ormai usavano tutti il cellulare.

Non si alzò subito, restò ad aspettare che finissero gli squilli. Non finirono. Levò di scatto i piedi con le calze sul bordo del letto e uscì in corridoio, dove il vecchio telefono stava ancora su un tavolo laccato rosso, a metà fra la sua camera e quella di suo padre. Quando allungò la mano sulla pesante cornetta nera, ombre minacciose dai contorni seppiati e vecchi fantasmi appesi alle pareti prolungavano un'atmosfera di sogno. Alzò il ricevitore sentendone tutto il peso in mano e il freddo contro l'orecchio.

«Pronto?», rispose piano.

«Mamma», gracchiò una voce.

Lily drizzò la schiena. «AJ! Dove sei? Stai bene?»

«Mamma? Mi porti il passaporto?», chiese con una voce bassa e rauca. Sembrava ferito.

«Oh, AJ, dove sei? Devi tornare a casa da tuo padre, o venire qui al ranch. La polizia...».

Si accese la luce in corridoio, Lily batté le palpebre.

«Fammici parlare», le disse suo padre. Ma quando le prese il telefono, dicendo: «Ragazzo, devi venire qui e farti aiutare da noi», non ebbe alcuna risposta.

AJ non c'era più. Aveva riagganciato.

Capitolo 4

«Io e AJ non potremmo mai uccidere nessuno, detective», disse Shea facendo trasalire Dru.

Anche solo l'idea che la figlia si sentisse obbligata a difendersi la faceva imbestialire. Voleva strapparle il cellulare di mano per parlare di persona con quello stupido detective. *Lascia in pace mia figlia. Lei non c'entra niente con questo incubo.* Invece infilò nel sacchetto della spesa i lemon bars che aveva cucinato – quando, quella stessa mattina? – insieme al pollo arrosto in carta stagnola da portare ai Westin.

Dietro di lei, Shea faceva su e giù a piccoli passi tra il piano cottura e il tavolo della colazione dov'erano sedute Kate, Leigh e Vanessa con gli occhi incollati sull'amica. Tutte fuori di testa per la paura, secondo Dru. Erano terrorizzate, come lei del resto. Sì, era un buon riassunto della situazione. Il sangue le batteva alle tempie. La sola idea che la figlia fosse interrogata… coinvolta, santo cielo. Cosa l'aspettava adesso? L'avrebbero portava via in manette?

Era ridicolo.

Dru si voltò verso Shea. «Dammi il telefono», disse. «Gli dirò che eri qui con me ieri sera».

Shea la allontanò con un gesto della mano. Non le serviva l'intromissione della madre. Era perfettamente in grado di gestire la cosa. Sapeva difendersi da sola, grazie tante. E anche AJ.

Ormai era cresciuta, aveva ventitré anni. Era adulta. Così aveva detto.

Quello che però Shea si rifiutava di capire, pur vivendolo ora in prima persona, era la velocità con cui la persona che ami, il compagno a cui hai affidato la vita, può mettersi contro di te. Come Rob, il padre di Shea, aveva fatto con lei.

Era successo nel loro tredicesimo anno di matrimonio. Erano stati amanti e migliori amici, avevano fatto tutto insieme. Con l'arrivo di Shea, poi, il quadretto familiare si era completato fino al giorno, almeno, in cui una coppia di delinquenti aveva aggredito Rob in un parcheggio in centro città, a Houston. Lui gli aveva dato portafoglio, orologio e fede nuziale, ma quelli l'avevano ugualmente steso a terra. A quel punto, l'avevano preso a calci rompendogli le costole e spaccandogli la milza. Poi l'avevano lasciato lì, solo, con un'emorragia interna… a morire. Era stato trovato da un passante. Prima di ricevere quel giorno la chiamata della polizia, l'unica idea che Dru aveva avuto della criminalità se l'era fatta guardando il telegiornale, cioè che grossomodo era una cosa orribile che succedeva agli altri.

All'inizio si era immaginata che le ferite di Rob, per quanto gravi, fossero solo fisiche, questione di interventi chirurgici e lenta guarigione. Non era preparata al male psichico, ai suoi incubi e all'ansia, a quella tendenza a sospettare sempre di tutto. Bastava che lei o Shea entrassero nel suo campo visivo per farlo sobbalzare, così avevano imparato ad annunciare la loro presenza, per non rischiare di essere picchiate. Su insistenza di Dru avevano consultato un terapista, ma negli ultimi tempi Rob aveva smesso di andare alle sedute sostenendo di non avere alcun problema, di essere migliorato e perfettamente in grado di controllarsi. Lei aveva fatto l'errore di credergli, fino alla sera in cui l'aveva minacciata con un fucile carico.

Shea si era spaventata, aveva gridato: «Non sparare alla mia mamma, papi. Non spararle, ti prego!». Dru sentiva ancora quella vocina rotta dall'isteria. Dopo tutti quegli anni, il ricordo di quella sera, la scena a cui aveva assistito Shea, la sua paura e quella di Dru su come poteva andare a finire, le faceva venire ancora le palpitazioni. Era stata l'ultima goccia. Si era presa Shea lasciando Rob prima che venisse ad arrestarlo la polizia, chiamata dai vicini. Mesi dopo, era andata da sola a consultare uno psicologo che le aveva spiegato che probabilmente Rob soffriva di disturbo post-traumatico da stress, DPTS, dovuto all'aggressione subita. Anche se fosse andato in terapia, prendendo in caso pure dei farmaci, niente garantiva che non l'avrebbe rifatto. A quel punto lei aveva presentato istanza di divorzio. Mettere fine al suo matrimonio l'avrebbe uccisa, ma non poteva rischiare di esporre Shea a quella situazione.

Ora Shea era cresciuta e si era innamorata di un uomo a cui, per motivi diversi, avevano fatto la stessa diagnosi. Un uomo con evidenti lati oscuri, almeno per lei. E quell'uomo forse era un assassino. Inutile nasconderlo, Dru era terrorizzata. Era affacciata davanti alla fila di finestre sul ripiano della cucina e guardava fuori. Era tardo pomeriggio, il sole era sceso, la luce iniziava a essere incerta. Le ombre strisciavano verso casa sua come ladre.

Dietro di lei, Shea raccontava al detective che l'ultima volta che aveva parlato con AJ era stata la sera prima. «Intorno alle dieci e mezza», disse, «stava uscendo dal lavoro. Di solito non stacca prima di mezzanotte, ma c'erano pochi clienti. Parliamo sempre, prima di andare a letto».

Silenzio.

«No, non mi stava mentendo sul fatto che era al lavoro. Tra noi non ci sono bugie».

Silenzio.

«Con chi ha parlato al Café Blue? È assurdo...». Shea si interruppe ascoltando il sergente.

«Quale vicino l'ha visto? Come si chiama?».

Silenzio.

«No, detective, non era Becca né nessun'altra. Gliel'ho detto, non mi farebbe mai una cosa del genere».

Dru provò compassione. La certezza di Shea era… del genere che è facile mal riporre.

«Be', certo, lo so che uno col cellulare può essere ovunque». Shea incrociò lo sguardo di Dru e fece una smorfia di insofferenza. «Sì, se lo sento glielo faccio sapere», rispose con una punta di sarcasmo. «Idiota», mormorò, chiuso il telefono.

«A noi ci interrogheranno?», chiese Vanessa.

«Me lo chiedevo anch'io», disse Leigh. «È inquietante. Cioè, non sappiamo assolutamente niente di tutta questa storia. Del perché hanno ucciso Becca. È stata una specie di vendetta? È stato qualcuno contrario al matrimonio? Potremmo essere tutte in pericolo».

«Che vorresti dire, Leigh? Chi sarebbe contrario? AJ?», sbuffò Shea, disgustata. «Nemmeno la polizia ha fatto intendere una cosa del genere».

«Davvero non sai dov'è?», Vanessa aveva iniziato a fissarla. Shea non se la prese, ma solo grazie allo scetticismo che Dru le conosceva bene.

«Credete che se lo sapessi me ne starei ancora qui?». Shea guardò di scatto prima Vanessa, poi Leigh e infine Kate, che evitarono tutte di guardarla negli occhi, e in quell'istante Dru capì che, forse a esclusione di Kate, sua figlia non aveva l'appoggio delle amiche. E non avrebbe avuto nemmeno il suo, rispetto alla certezza sull'innocenza di AJ; così come, del resto, Dru non sperava nemmeno che le cose stessero altrimenti.

«Voi pensate che sia stato lui». Shea posò il cellulare sul tavolo con più forza del necessario facendo saltare Vanessa e fare uno scatto a Kate e Leigh. Anche Dru si spaventò.

«Quei due stavano insieme!». Vanessa si mise in piedi alzando la voce, in tono di sfida. «Prima di te».

«Cioè più di un anno fa. E quanto è durata? Due mesi? Bastano a dire che era una cosa seria?»

«Per Becca lo era», rispose Vanessa. «Non ha mai voluto che lo sapessi, ma provava ancora qualcosa per AJ».

Shea restò un attimo a fissarla. «Ma è stata lei a farci conoscere. Dicendomi che tra loro era finita».

«Forse per AJ», spiegò Vanessa.

Shea si voltò verso Dru, in cerca di rassicurazione, ma lei non ebbe niente da offrirle perché era possibilissimo che ci fosse del vero in quello che sosteneva Vanessa. Non era una forzatura chissà quanto inverosimile. A Joy si era mostrata più di una volta afflitta per la volubilità di Becca e la sua tendenza al melodramma.

«Non lo sapevo nemmeno io... che Becca provasse ancora qualcosa per AJ», disse Leigh.

«Non me lo sto inventando», ribadì Van guardando Shea e poi Kate in cerca di sostegno.

Kate guardò da un'altra parte.

Per non dire quello che pensava, intuì Dru.

«Be', mi spiace se continuava ad amarlo in segreto», disse Shea. «Questo però non significa niente».

Le ragazze si guardarono e, dalle loro reazioni, Dru capì cosa le avrebbero ribattuto. *Becca era a casa di AJ. Lui è uscito prima dal lavoro ed è stato visto lì. Ora è scomparso.*

Nessuna però disse niente.

Leigh fece degli arabeschi col dito a sfiorare il bordo del tavolo. Lei era stata la prima di loro cinque a sposarsi. Subito dopo il liceo, col ragazzo che amava fin dalle medie. Una volta aveva detto a Dru che tutto quello che voleva era un marito, dei figli e una casa di cui occuparsi.

Al matrimonio, Terri, la madre di Leigh, un po' brilla aveva detto a Dru che col padre di Leigh avrebbero desiderato qualcosa di più per la figlia. Ma quando un figlio compie diciotto anni, non importa più cosa vogliono i genitori, aveva aggiunto. Allora, ripensando a quando Shea aveva quindici anni, al tatuaggio sulla nuca che ogni mattina, prima di andare a scuola, doveva coprire per evitare di subire una serie di conseguenze dai suoi compagni e dagli insegnanti, Dru aveva capito che, se una persona è testarda, l'età non c'entra niente.

«Certo, lo so come sembra», disse Shea. «Ma le cose non sono sempre come sembrano».

«Le ultime volte che ho parlato con lei, Becca mi è sembrata molto tesa». Kate guardò le altre intorno al tavolo. «A voi no?»

«Sì», disse Van, «sembrava preoccupata per qualcosa ma, quando le ho chiesto di più, mi ha tagliata fuori».

«E tutta quella storia sul fatto che ieri stava male, quando siamo andate a prendere i barattoli?», disse Leigh. «Io non ci ho mai creduto».

«No, neanch'io», confermò Vanessa.

«Le era successo qualcosa», ipotizzò Kate.

«Be', a me sembrava tutto a posto», ammise Shea, «ma forse solo perché ero nel mondo fatato del matrimonio». Dopo un attimo, la ruga sulla fronte di Shea si era già accentuata. «Aveva deciso di chiudere con la scuola di cucina». Seguì il filo dei suoi pensieri ad alta voce. «Lo sapevate, no? Sembrava anche sollevata. Felice». Shea si guardò intorno ma nessuna reagì. «Aveva le idee chiare». Si fece insistente. «Si sarebbe presa l'estate per stare con i suoi e in autunno si sarebbe iscritta al GCC».

Il GCC era un'università di Greeley che offriva corsi di primo livello. Dru sapeva che tanti ragazzi delle sue parti andavano lì, dopo aver preso la maturità alla Wyatt High e prima di passare alla specialistica.

«Diceva che forse le sarebbe piaciuto insegnare alle elementari, come sua madre», disse Shea.

«Be', con me non ne ha mai parlato», disse Kate. Le squillò il cellulare. «È Erik». Sembrava agitata.

«Oh», disse Shea, «è da un sacco che cerco di parlargli. Rispondi. Forse sa dov'è AJ».

Ascoltando le risposte che dava Kate, però, fu chiaro che Erik aveva saputo della morte di Becca in circostanze orribili, ma AJ non l'aveva sentito e non aveva idea di dove fosse.

Chiudendo la telefonata, Kate riferì: «Secondo lui potrebbe essere da qualche parte lì in zona, forse si è nascosto al ranch».

«È quello che crede la madre di AJ», confermò Shea.

«Perché nascondersi?», intervenne Dru facendo la più ovvia delle domande... almeno, per lei.

«Non si sta nascondendo, mamma». Shea era stizzita.

«Erik verrà qui dopo il lavoro». Kate non sembrò particolarmente contenta della cosa.

«Fra poco ci sarà un anello anche per voi, no?», chiese Van.

Dru aveva sentito Vanessa definirsi la zitella del gruppo. Per quanto ne sapesse, non aveva mai avuto una relazione seria. Shea diceva che Van era troppo categorica. Aveva una frusta al posto della lingua. Nessun ragazzo aveva voglia di ribattere al cinismo che Van usava su di loro, su se stessa e sul mondo.

«Non lo so», rispose Kate. «Io non ho fretta. Specie ora, dopo quello che è successo. È l'ultima cosa a cui penso».

«Erik ti ha detto quando ha parlato l'ultima volta con AJ?», chiese Shea a Kate con aria implorante.

Dru si commosse. Voleva andare da Shea e stringere la figlia tra le braccia ma sapeva che non era il caso, sapeva che lei non l'avrebbe voluto.

«Ieri, a pranzo», rispose Kate. «AJ l'ha chiamato per capire quando pensava di andare dal sarto per il vestito. Tu però hai parlato con AJ dopo. Devi essere stata l'ultima a parlarci».

«Per quanto ne sappiamo noi, almeno», disse Shea. «Dev'essergli successa una cosa orribile». Andò alla finestra davanti al tavolo della colazione. «Me lo sento». Si voltò a guardarle tutte, sua madre e le amiche. «Chiederò alla gente di cercarlo. Non mi importa cosa dicono. Dobbiamo preparare dei volantini, spargere la voce».

«Dove?», chiese Dru.

«A Dallas, nell'isolato del condominio e nel quartiere della scuola. Anche qui, in città. E sulla 1620, da qui allo svincolo per l'xL». La statale 1620 era la strada principale che tagliava Wyatt da est a ovest. Sul tratto citato da Shea c'era solo qualche bottega, un negozio di alimentari e un paio di benzinai.

«In realtà, potrebbe essere ovunque», disse Kate.

Shea rispose che il punto era proprio questo. «Potrebbe essere ferito. Potrebbero averlo rinchiuso chissà dove; non ne ho idea io. Ma qualcuno lo sa. Ecco perché dobbiamo spargere foto di lui ovunque. Potrebbero riconoscerlo. Se riuscissimo a far arrivare la cosa anche ai giornali...».

«Se l'hanno rapito, potrebbe essere gente pericolosa», disse Vanessa. «Forse è meglio lasciare le ricerche alla polizia».

«Ma loro non lo stanno cercando; gli stanno dando la caccia come se fosse un criminale».

Van chinò la testa.

Shea guardò Kate. «Mi aiuti a fare i volantini? Possiamo usare il computer».

Dru fece capolino dall'archetto che separava cucina e angolo colazione e disse: «Non è che vuoi venire con me dai Westin? Gli porto un po' da mangiare e gli faccio le condoglianze».

«Cosa?». Era sbalordita. «Sei pazza, mamma? E se credono che sia stato AJ, come la polizia?»

«Ho sentito che la polizia ha convocato i suoi genitori a Dallas per il riconoscimento del cadavere», disse Vanessa.

«Oddio, è terribile», reagì Kate.

Dru prese il sacchetto pieno di cibo dalla cucina. «Se non sono in casa lo lascio ai vicini».

«Davvero te ne stai andando?», Shea era incredula.

«Sì, non importa come è successo: Joy e Gene hanno perso la figlia. Portargli qualcosa è il minimo che possa fare».

«Okay, ma non sorprenderti se ti sbattono la porta in faccia». Shea aveva un tono più sconsolato che risentito.

«Ti trovo quando torno?», le chiese Dru. Poi guardò le altre ragazze. «Potrei portare una pizza».

La proposta fu accolta da un coro di forse. Shea disse chiaro e tondo che non avrebbe mangiato.

Lasciando le cose come stavano, Dru uscì a prendere l'auto. Un SUV che non riconobbe si accostò al vialetto di casa, una Lexus così nuova da avere ancora attaccati gli adesivi del concessionario. Al volante riconobbe Erik Ayala. Lei aprì il garage col telecomando, facendogli capire che stava per uscire e che doveva parcheggiare nello spiazzo.

«Ehi, signora Gallagher», disse andandole incontro.

«Macchina nuova, eh?», rispose lei.

Lui buttò un occhio al SUV. «Nah. L'ho presa in prestito al lavoro. Guidare le auto è uno dei vantaggi del mestiere. Bel gioiellino però, vero?». Non aspettò la risposta di Dru. «Gesù, non riesco a credere a quello che sta succedendo. Povera Becca». I suoi occhi scuri erano tristi, preoccupati.

«Lo so. È tremendo. Shea, Kate, Leigh e Vanessa sono in casa. Tu, di AJ, proprio nessuna notizia?»

«Magari». Erik distolse lo sguardo. «Lo so come sembra, quello che dicono tutti».

«Shea ha dovuto parlare con un detective di Dallas. A quanto pare, la polizia ritiene che sappia dov'è AJ e che in qualche modo sia coinvolta in questa storia».

«Sì, ci ho parlato. Pensano la stessa cosa di me». Erik tornò a fissarla. «Per quanto siamo amici, sa. Come sta reagendo Shea?»

«Vuole fare dei volantini per chiedere in giro se l'ha visto qualcuno. Lily è quasi riuscita a convincerla che sia al ranch, nascosto da qualche parte. Però non capisco perché dovrebbe nascondersi. Tu?»

«Io spero che sia davvero al ranch perché, come ho detto a Kate, l'alternativa è… non vorrei che l'obiettivo fosse AJ. Forse, l'hanno rapito per chiedere un riscatto».

«Santo cielo, non ci avevo pensato». Le uscì con la stessa aria drammatica dei film o di uno sceneggiato in televisione. Dru scrutò lo sguardo turbato di Erik. «Hai detto *l'hanno*. Secondo te, se è andata così, chi l'ha rapito non era solo?»

«AJ è bello grosso».

Il concetto era chiaro. AJ era alto più di un metro e ottanta e ben piazzato. Domarlo non era affatto facile. «Ma non c'è stata una richiesta di riscatto, vero?», chiese al ragazzo.

«Non che io sappia, ma non credo che la polizia lo direbbe ai quattro venti».

Erik aveva ragione, pensò. Forse avevano costretto persino Lily a mantenere il riserbo.

«Becca era una così brava persona», disse Erik. «Molto dolce e gentile. Non ha mai fatto male a nessuno. Che cazzo. Mi dispiace».

Si riferiva al suo linguaggio. Dru lo tranquillizzò e aggiunse: «Vanessa pensa che Becca provasse ancora qualcosa per AJ».

Erik si rabbuiò. «Davvero? Voglio dire… li ho fatti mettere insieme io. Era la vigilia di capodanno, un anno fa. Si sono lasciati dopo qualche settimana».

«Quindi non era una cosa seria?»

«Non per AJ. È stato lui a lasciarla».

«E Becca, c'è stata male?»

«Sì, però sapeva che AJ non sarebbe tornato indietro».

«Comunque è stata lei a presentare AJ a Shea, vero?».

Erik fece una tossetta ironica. «Sì, ma non credo proprio che allora immaginasse di far mettere insieme la coppia del secolo».

«Se n'era pentita?»

«Becca sarà stata anche un po' melodrammatica, ma era una persona sportiva. Era felice per loro. Si vantava sempre di essere stata una grande paraninfa».

«Allora che ci faceva in casa di AJ?»

«Non lo so. Magari pensava di potergli far cambiare idea». Erik fece spallucce.

«Lui l'ha fatta entrare e poi hanno litigato...», Dru pensava a voce alta.

«Può darsi che sia entrata da sola», disse Erik. «AJ teneva una chiave fuori dalla porta, nascosta dentro un lume a gas. Lo sapevamo tutti».

Dru spostò il pesante sacchetto sull'altro braccio.

«Ma cosa voleva dire Van? Che Becca era diventata una stalker e AJ l'ha uccisa per questo? Stronzata col botto. Scusi, mi è scappato».

«Tranquillo». Dru chiese a Erik di sua madre. «Ho saputo che è tornata nell'Oaxaca, che le è morta la madre. Mi dispiace».

«Già», disse Erik. «Non erano molto legate, ma mamma si è sentita in dovere di andare. Sa come sono i cattolici, maestri del senso di colpa». Fece un sorrisino. «Mia nonna non ha mai perdonato mia madre per averla abbandonata là, in cerca di una vita migliore. Diceva sempre che mamma aveva voltato le spalle alla sua gente».

«Be', dev'essere stata dura per tua nonna, avere una figlia e il nipote così lontani... in un altro paese».

«Quella non è la mia gente, comunque, e l'Oaxaca non è il mio paese. Io sono nato qui. Sono americano. Non parlo nemmeno lo spagnolo».

Sembrò irritato, non voleva parlarne. Forse però era il suo modo di reagire al fatto che il padre fosse nell'Oaxaca e non lì, dove poteva far parte della vita di suo figlio. Dru si era fatta delle domande su di lui... se fosse stata davvero una scelta del padre di Erik, e non di Winona, il fatto di stare alla larga. Se le lingue lunghe della città avevano una risposta a quel mistero, se l'erano tenuta per loro.

«Sto portando qualcosa ai Westin», gli disse indicando il sacchetto. «Ho detto alle ragazze che al ritorno avrei preso una pizza. Perché non rimani anche tu?».

Erik la ringraziò e fece per entrare in casa.

«Congratulazioni, a proposito», disse Dru alle sue spalle.

Lui si voltò, perplesso.

«Se non sbaglio, è la prima volta che ci vediamo da quando hai ottenuto il nuovo lavoro, e ho saputo che Kate ha detto sì».

«Già. La settimana scorsa. Sua madre mi adora», aggiunse.

«Charla, sì, lo so». Dru si sforzò di non tradire tutto il suo scetticismo davanti all'idea della devozione di Charla. «È un gran vantaggio avere la madre della tua fidanzata dalla tua parte».

Il sorriso di Erik fu immediato, spontaneo, riflesso della sua gioia sincera ma durò appena quegli attimi evidentemente utili a ricordarsi di AJ, di quella storia tremenda e dell'incertezza di come sarebbe andata a finire. Il ricordo del suo fidanzamento con Kate, quel periodo felice della loro vita, sarebbe stato per sempre rovinato da tutto questo, pensò Dru, a prescindere da come sarebbe andata a finire.

I Westin abitavano in una zona a est di Wyatt, Mustang Hill, vecchio quartiere di stradine tortuose, segnato da un miscuglio di bungalow, piccole case di pietra del quindicesimo secolo e villette del diciottesimo secolo. Nell'insieme era un luogo affascinante, sembrava di tornare a un'altra epoca, in un paesaggio che si poteva trovare in un'illustrazione di Norman Rockwell per il «Saturday Evening Post». La prima volta che lei e Shea erano andate lì da Houston, quando Dru aveva accettato il ruolo di insegnante alla scuola media, avevano visitato varie case in quel quartiere, ma gli spazi esterni erano troppo piccoli. Per quanto ne avessero quasi tutte di bellissimi, quei giardini avevano le dimensioni di un francobollo.

Era stato un grosso sacrificio in termini economici, comprare un ettaro e mezzo di terra e la fattoria ai confini della città. La casa, costruita nel 1910, aveva bisogno di una manutenzione continua, ma Dru l'adorava. E poi, col tempo era diventata anche un'idraulica e un'elettricista provetta. L'ultima estate, con l'aiuto di Shea, aveva rimosso il rivestimento della lavanderia, portando alla luce le travi di quercia e il pavimento in legno di pino. Aveva imparato abbastanza da sentirsi pronta ad affrontare la cucina. Voleva allargarla e buttare giù le pareti che la separavano dal tavolo per la colazione e dalla sala da pranzo. Gli affari con il catering andavano sempre meglio; quello spazio poteva servirle.

Dru si accostò al marciapiede davanti al bungalow ben curato dei Westin. Le ombre della sera calavano sulla casa addolcendo gli angoli del portico e cancellando le grondaie sul tetto. Le finestre erano scure, il vialetto davanti casa vuoto. Non c'era nessuno. Si sentì sollevata ma, proprio per questo, anche in colpa, al pensiero di dove fossero i Westin e del terribile compito che stavano affrontando.

Quando già era arrivata al portico di ingresso col sacchetto al braccio, sentì avvicinarsi un'auto, si voltò e riconobbe con un sussulto il Suburban di Joy. Gene, al volante, aveva un'aria torva. Joy guardava proprio verso di lei ma senza dare segno di averla vista, non sembrava nemmeno viva. Gene parcheggiò davanti al garage e, mentre lui e Joy scendevano dall'auto, si aprì la porta del vicino di casa, da cui uscì come una scheggia il loro figlio di otto anni, TC, che corse per il giardino verso il padre gettandogli infine le braccia attorno ai fianchi. Gene gli arruffò i capelli dicendo qualcosa come «Ehi, piccolo mio».

TC fece uno scatto indietro con la testa alzando gli occhi. «Avete trovato Becca, papà? L'avete portata a casa?».

Suo padre si inginocchiò davanti a lui sul marciapiede. «L'abbiamo trovata», disse, «ma non siamo riusciti a portarla a casa. Non ancora. Non potevamo».

«Perché no?».

Gene guardò Joy che restò muta, il viso contratto dal dolore.

Dru sentì un nodo in gola. Incrociò lo sguardo della vicina.

Sharon Jefferson scosse la testa. *Atroce*. Forse l'aveva detto a voce alta.

Gene prese la mano di TC. «Entriamo in casa, okay?».

L'uomo non diede alcun segno di aver visto che c'era Dru finché non raggiunse i gradini del portico, quando lei – non sapendo cos'altro fare – si fece avanti dicendo quanto le dispiaceva. Allora lui si fermò e la ringraziò... la ringraziò! Aveva gli occhi infossati e l'aria smarrita di uno invecchiato di vent'anni. Lei si sentì tremendamente in colpa. Ebbe l'istinto di correre con tutto il sacchetto verso la sua auto. A che serviva mangiare? Non doveva andarci. Poi arrivò Joy e, mentre Gene apriva la porta di casa, con TC aggrappato alla sua mano libera, Dru allungò la mano verso la madre del bambino stringendola con un braccio solo e mormorando tutto il suo dispiacere tra una scusa inutile e l'altra.

Joy sopportò le attenzioni di Dru senza ricambiarle.

«Vi ho portato qualcosa da mangiare, un pollo, un'insalata di pasta», disse staccandosi da Joy.

«Sei stata gentile», rispose lei, «non dovevi disturbarti».

«Nessun disturbo», protestò Dru. Joy aveva gli occhi asciutti, forse era in stato di shock, forse era meglio chiamare qualcuno. Avevano una famiglia a cui appoggiarsi? Dru non si sentiva con Joy da più tempo di quanto ricordasse.

«Anch'io ho preparato qualcosa», intervenne Sharon. «Vado a prenderlo».

Dru non capì mai se fossero stati i Westin a invitarla in casa, o se avesse fatto tutto da sola seguendoli dentro. Una volta li conosceva bene, più Joy che Gene, ma quell'epoca risaliva al tempo in cui Shea, Kate e Becca erano state inseparabili. Era passato un sacco di tempo – qualche anno, in effetti – ma Dru ricordava perfettamente quella casa; così, mentre Joy, Gene e TC andavano in salone, lei andò in cucina a posare il cibo e mettere tutto in frigorifero. I ripiani erano completamente vuoti: a guardarli, si poteva scommettere che Joy avrebbe dovuto fare la spesa a breve. Poteva fargliela lei, pensò, se Joy glielo permetteva.

Chiusa l'anta del frigo, si guardò intorno sentendosi inutile e chiedendosi cos'altro potesse fare. Doveva esserci una famiglia da avvertire, un funerale da organizzare. La casa però era immersa nel silenzio. Il telefono non squillava; e non c'era nessun altro. Dov'era il pastore Ingalls o tutti quei metodisti uniti che i Westin frequentavano andando in chiesa? Anche Dru era una di loro, sebbene non si facesse vedere ormai da un po'. Non frequentava più come quando Shea viveva ancora in famiglia. Non le piaceva andarci sola.

Riattraversò la casa fino al salone pensando di offrirsi di chiamare il pastore Ingalls prima di andare. Joy era seduta su un divano mentre Gene, sul sofà, aveva TC sulle ginocchia e gli raccontava che Becca era in paradiso.

«È un angelo adesso?», chiese TC.

«Sì», disse Joy. «È il tuo angelo e starà sempre con te».

TC fece uno scarabocchio sui jeans di Gene passandogli il dito sulla coscia. «Quando tornerà a casa?».

Quella domanda le spezzò il cuore. Come faceva un bambino a comprendere una cosa del genere, quando non riuscivano ad accettarlo nemmeno i genitori, ad accettare il fatto che la loro bambina fosse morta prima di loro?

«Be'», rispose Gene, «non può. È così che funziona. Quando vai in paradiso e diventi un angelo, devi restare lì».

«Fra qualche giorno le faremo un funerale», disse Joy accarezzando i capelli del figlio.

«Come quello che abbiamo fatto a Molly?»

«Sì», disse Gene.

Chissà quando Joy doveva essersi accorta di Dru, perché a quel punto la guardò. «Il nostro cane», spiegò.

«Ricordo», disse Dru. «Posso fare qualcosa? Chiamo il pastore Ingalls o qualcun altro?»

«Lo sa già. Verrà più tardi».

«Faccio un po' di caffè allora?». Voleva fare qualcosa, qualunque cosa, quasi quanto voleva andarsene via.

«Oh, saresti gentile», la risposta di Joy non fu accompagnata da alcuna espressione del viso né della voce. I gesti che faceva erano meccanici. Era strano e orribile al contempo.

Dru si voltò e andò in cucina. Trovò il necessario per fare il caffè e, quando fu pronto, i Westin la raggiunsero sedendosi in cucina. Avevano messo un film per TC.

«*Toy Story*», disse Gene.

«È quello che ama di più guardare con Becca», spiegò Joy. Teneva gli occhi su Dru che intanto riempiva le tazze. «Dovrei fargli qualcosa da mangiare». Quella frase le uscì quasi piagnucolando.

«Ha detto che non ha fame. Ricordi, tesoro?», disse Gene.

«Sì, ma...».

Dru portò le tazze. «Che ne dite di un po' di pane con burro d'arachidi e marmellata?», chiese. «Credi che TC lo mangerà?»

«Non so cosa dire al pastore Ingalls per il funerale». Joy parlò come se Dru non avesse detto niente. «All'obitorio nessuno ci ha saputo dire quando possiamo portare Becca a casa. Forse non prima della prossima settimana».

Gene diede un'occhiata a Dru. «Devono farle un'autopsia».

«È un pensiero insopportabile». Joy curvò le spalle tenendo i gomiti sui palmi delle mani. «Tutta quella gente, la polizia e i medici legali, tutti lì a guardarla, a toccarla. Becca l'avrebbe odiato. Non le è mai piaciuto stare al centro dell'attenzione, era timidissima. Nemmeno da me si faceva vedere in mutande e reggiseno».

Gene emise un misto tra un colpo di tosse e un singhiozzo.

Dru gli posò una mano sulla spalla, lui la guardò, poi guardò lei e gli occhi gli si riempirono di un odio che sfiorava la ripugnanza. Dru tolse subito la mano.

«Sappiamo che è stato quel teppista che sposerà tua figlia. Ha fatto del male a nostra figlia». Gene la fissava. «Lo sa anche la polizia».

«Non credo che abbiano questa certezza». Dru fece un passo indietro, sconvolta dall'accusa di Gene malgrado gli avvertimenti di Shea.

«Becca è stata uccisa in casa sua». Gene iniziava ad alzare la voce. «Lui è scomparso. Fai due più due».

L'aveva fatto due più due e, tralasciando il fatto che AJ non avesse un movente, la sua conclusione era la stessa di Gene, ma non poteva dirgli quanto ci stesse male per questo. Non senza tradire Shea, unica cosa che non avrebbe mai fatto, che non poteva fare... per nessuno. Nemmeno per i Westin, tanto dilaniati dal dolore.

«Quel ragazzo non mi è mai piaciuto. Andavo a scuola con la madre. Lily Axel». Gene pronunciò quel nome come una farsa. «Una figlia di papà. Si credeva migliore di tutti. Almeno, prima della merda in cui si è ritrovata con la polizia di Phoenix. Tale madre, tale figlio».

Quale merda? voleva chiedergli Dru, ma ovviamente non lo fece. Non poteva.

«A quanto ho sentito, si è sposata con quel vecchio, Paul Isley, no? È solo per le sue conoscenze e i soldi del paparino che ne è uscita fuori, ma che io sia dannato se AJ se la caverà allo stesso modo. Prima che succeda, manderò Jeb Axel e quel fottuto teppista di suo nipote all'inferno, se tanto dovrò finirci anch'io». Gene si alzò di scatto rovesciando lo sgabello che schiantò a terra. Dru fece un salto e trasalì anche quando Gene uscì sul retro sbattendo la porta così forte da far tremare il vetro.

Dru guardò Joy ma la donna fissava l'interno della sua tazza ancora non bevuta di caffè, ormai freddo. Aveva il naso rosso che le colava; la faccia piena di lacrime. Per certi versi, quelle lacrime la calmarono. Trovò un pacco di fazzoletti nel gabinetto di servizio accanto alla cucina e ne portò un po' a Joy, allungandoglieli con la mano.

«Becca era incinta».

Dru stava rialzando lo sgabello. «Incinta?», ripeté. *Cioè, aspettava un bambino?* si domandò stupidamente tra sé.

«Il medico legale ha detto che era alla quinta settimana». Joy si voltò a guardarla.

«Non sapevo nemmeno che si frequentasse con qualcuno».

«Infatti... non dopo che AJ l'aveva lasciata. Le dissi che doveva uscire di più, trovarsi un altro ragazzo, era il modo più veloce per ricucire un cuore spezzato, ma lei non ne voleva sapere. Diceva che l'unico uomo della sua vita era AJ e anche che per lui non c'era altra donna che lei».

Dru restò a fissarla, senza parole.

«Nemmeno a me piaceva sentirlo, credimi. Evidentemente si sono incontrati da Starbucks, a marzo, credo. Una cosa poi tira l'altra. Becca me l'ha detto solo un paio di settimane fa». Joy si interruppe. «Mi dispiace per quanto ne soffrirete tu e Shea».

«Il bambino era di AJ?»

«Be', sì. Di chi sennò? Il medico legale sta facendo un test del DNA per accertare la paternità, ma gli ho detto che a me non interessava saperlo».

«Quel bastardo assassino l'avrebbe detto a Shea?». Dru strinse lo schienale dello sgabello che aveva raddrizzato. Pensò subito a Erik, a quando aveva detto che non c'era alcuna possibilità che a AJ interessasse ancora Becca. AJ aveva fregato anche lui.

«Becca diceva che aspettavano il momento giusto. Ecco perché è andata a Dallas martedì. Diceva che avrebbero risolto tutto, così l'ho lasciata andare». La testa di Joy cadde di scatto all'indietro. «L'ho lasciata andare», gemette nel tono più straziante che Dru avesse mai sentito. Dopo un attimo, guardandola dritto negli occhi, disse: «Non me lo perdonerò mai».

Inutile discutere. Al posto suo, anche lei si sarebbe data la colpa. Distogliendo lo sguardo serrò i denti e trattenne la rabbia a fatica. Se AJ le fosse capitato davanti, l'avrebbe strangolato a mani nude. Come aveva potuto fare una cosa del genere a Becca e a Shea? Tradirle in modo tanto orribile. Certo, ora il motivo per cui era fuggito era chiaro: era quello che facevano i vermi traditori, fuggivano.

«Gene dice che Becca si illudeva. Che AJ non voleva il bambino», continuò Joy. Era tornata a parlare con l'inquietante voce piatta di prima. «Gene dice che, se fosse nato, avrebbe impedito a AJ di fare quello che voleva, cioè continuare a fottersi – a scoparsi, Gene ha detto, scoparsi – Becca alle spalle di Shea».

«E tu che dici, Joy?»

«Non lo so. Becca sembrava convinta che AJ l'amasse». Joy si passò la tazza di caffè tra le mani. «Forse non è stato AJ, forse in casa c'era un'altra persona».

«E chi? Chi altri aveva motivo di…».

«Una persona che la odiava». Joy incrociò gli occhi di Dru, fissandola con uno sguardo atroce, sconvolto, in una sorta di sfida.

Sembrava aspettare che Dru afferrasse il concetto e, quando avvenne, le si torsero le budella. «Vuoi dire che è stata Shea! Tu hai parlato con quel detective, Bushnell. Te l'ha messa lui quest'idea in testa».

«Mi ha chiesto di lei…».

«Santo cielo, Joy, Shea sta a casa con me da domenica scorsa. Le ragazze erano tutte insieme martedì, sono andate a prendere i barattoli a Fredericksburg e poi hanno pranzato. Becca stava male…».

«Questo l'ho detto alla polizia, ma Shea può essere andata a Dallas dopo».

«No. Martedì sera è stata qui, tutta la sera. Abbiamo cenato. Abbiamo pensato ai preparativi per il matrimonio». Dru disse la prima cosa che le venne in mente. Con Shea forse avevano fatto un'altra cosa, persino niente. La cosa importante però, quello di cui era certa, era che Shea non era andata né a Dallas né altrove, da quando era tornata a Wyatt.

Joy non accettò né rifiutò quella difesa di Shea, ma tra lei e Dru si creò un'atmosfera sinistra, l'ombra più scura del dubbio.

«Il matrimonio è tra due sabati». Chissà perché le era uscita di bocca quella frase.

«Avrò già seppellito mia figlia», disse Joy.

Capitolo 5

All'incirca un'ora prima dell'alba, Lily chiamò Paul che rispose con la voce rotta da una notte passata in bianco, come la sua.

«Ho appena sentito AJ», gli disse. «Mi ha chiesto di portargli il passaporto».

«Allora non è uscito dal paese», considerò Paul dopo un attimo. «La polizia però non l'ha trovato il suo passaporto».

«Ha una cassetta di sicurezza da qualche parte?». Avrebbe dovuto saperlo? Gli altri genitori sanno cose del genere sui loro figli cresciuti?

Paul ignorò la domanda. «Ti ha detto dov'è? Come ti è sembrato?»

«Non lo so. Stanco?», rifletté Lily. Suo padre era sceso a preparare il caffè mentre lei era rimasta in corridoio, al primo piano, accanto al vecchio telefono fisso, nel timore che AJ richiamasse e lei non fosse lì a rispondere. «Più che parlare, sussurrava».

«Avrebbe dovuto chiamare me», disse Paul con dispiacere evidente.

Lily gli diede ragione. «Già, tu l'avresti gestita meglio». Era seria; anche lei avrebbe voluto che AJ avesse chiamato Paul. Quando sarebbe emerso che non ne sapeva più di lei, infatti, avrebbe potuto maledire solo se stesso.

Paul disse che AJ una cassetta di sicurezza ce l'aveva. Se n'era preso cura lui quando il figlio era andato all'estero. Se Lily non lo sapeva era perché se l'era dimenticato lei, non perché Paul non gliel'avesse detto. «Bushnell può ottenere un mandato», le disse, «se non me la faranno aprire. Ne sta chiedendo già uno per il cellulare di AJ. Solo che ci vuole un sacco di tempo».

«Non credi che sia ora di chiamare Edward e fargli sapere quello che sta succedendo?», gli domandò. Se aveva visto il telegiornale, ormai forse sapeva tutto. E forse le avrebbe anche dato una mano. Quell'ipotesi le diede le palpitazioni. La sola possibilità di parlargli di nuovo, di vederlo, la emozionava e le metteva ansia allo stesso tempo.

«Secondo me è prematuro coinvolgere un penalista, ma se ne avremo bisogno non chiamerò Dana. Mi rivolgerò a un altro», rispose Paul.

Lily si stupì. Che voleva dire? Aveva paura di chiederglielo. Paura che il dialogo potesse finire in litigio. Paul avrebbe capito che lei ci teneva, che per lei era importante. Non poteva permettersi questo rischio.

Così furono presi dal silenzio, una stanza vuota senza uscita.

Fu Paul a spezzarlo. «Ho chiesto a Bushnell se pensasse ancora all'ipotesi del rapimento e al fatto che in qualche modo Becca c'è finita in mezzo. Come imprevisto».

Lily non riusciva a parlare. Aveva la bocca asciutta, asciutta come il deserto.

«Dalla faccia che ha fatto, ho capito che l'ha scartata. Io ci spero quasi, sai? Ci chiedono un riscatto? Almeno sappiamo con che merda abbiamo a che fare. La polizia chiede una mano all'FBI e fa muovere il culo a qualche cervellone».

Paul in genere non era scurrile. Diceva sempre che chi usava le parolacce lo faceva per mostrare la sua ignoranza o la sua mancanza di civiltà. Ormai però era alla frutta, aveva perso il controllo. La polizia non era alle sue dipendenze; non prendeva ordini da lui. Dentro, doveva certamente ribollire di rabbia. Doveva essere pronto a esplodere.

«Se Bushnell o uno di quegli stronzi ti chiama, non dirgli

che hai parlato con AJ», le disse. «Non voglio aiutarli a trovarlo, finché non ne sappiamo di più sul casino in cui è finito. Digli di chiamare Jerry… falla sbrigare a lui».

«Ma non capisco». Lily andò fino in cima alle scale, guardò giù ma non vide niente. «E se AJ è stato rapito, o qualcuno lo *sta* trattenendo contro la sua volontà? Ci serve la polizia per liberarlo. Non dirlo alle autorità potrebbe farlo uccidere». *E io non ti perdonerei mai, non ti parlerei mai più.* Il pensiero di minacciarlo fu dirompente. Era quello che gli aveva urlato contro, dopo che Paul aveva costretto AJ ad arruolarsi.

«Vuoi che lo arrestino e lo accusino di omicidio? Bene allora: parlaci, diglielo. Io non posso fermarti».

«No, Paul. Non volevo dire…». Lily si interruppe. «Paul?», disse pur sapendo che lui aveva riagganciato e che parlava al vento.

Il fatto, poi, che suo padre fosse d'accordo con Paul la infastidì.

«Se AJ sta cercando di scappare, di andare in un posto in cui si sente al sicuro, noi non la facciamo proprio la soffiata alla polizia», le disse suo padre. «Se gli sbirri lo mettessero spalle al muro e la faccenda si surriscaldasse, potrebbe finire male in un attimo».

Si erano seduti sulle due vecchie sedie a dondolo nel porticato di ingresso, a bere il caffè che aveva fatto lui.

«Paul ha detto che probabilmente stanno controllando gli aeroporti».

«Perché non hanno trovato il passaporto».

«Già». Lily posò la tazza, era troppo debole per reggerla. Prima di uscire all'aria aperta, si era messa sulle spalle un vecchio maglione trovato nell'armadio dei cappotti, che ora strinse un po' più attorno al collo.

«Non credo che il ragazzo fuggirebbe senza dirlo a qualcuno. Se non a te, a me o a Paul, magari a Shea. Voleva stare con lei».

«Eppure, lei non gli ha parlato».

«Così dice».

Lily si voltò verso il padre. «Credi che lo stia coprendo?»

«Non la conosco abbastanza per dirlo. Ma sappiamo entrambi che la gente mente. Per tantissimi motivi», aggiunse distogliendo lo sguardo da quello di Lily e facendola sentire strana.

«Paul ha detto che stanno recuperando le registrazioni delle telefonate di AJ. Così scopriranno chi ha chiamato e dov'è?»

«Sì, ma devono spiccare un mandato di comparizione e per farlo ci vuole un po' di tempo, ammesso che un giudice gli accordi la richiesta. La polizia deve motivarla».

A Lily sembrò che di motivi ce ne fossero a palate. Mentre loro due stavano seduti a parlare delle varie alternative – forse AJ era un fuggiasco, forse un ostaggio – le prove indicavano qualcosa di molto peggio, un'ipotesi che nessuno di loro intendeva considerare, men che meno discutere. «Paul vuole che chiami Jerry Dix se la polizia prova a farmi ancora domande».

«Dix? È un civilista, santo cielo. Chi era l'avvocato con cui avete già lavorato quando hanno arrestato AJ? Edward qualcosa».

«Edward Dana. Secondo me dovremmo chiamare lui, ma Paul vuole assumere un altro».

«Ma se non fosse stato per Dana, quando AJ è finito in tutti quei guai sarebbe andato dritto in carcere. Paul lo sa. Perché ora non lo vuole?»

«Non lo so». Lily mentiva e forse suo padre lo sapeva. Sentiva di avere il suo sguardo addosso, ma non voleva incrociarlo. Temeva che, come di certo aveva già fatto Paul, avrebbe capito i suoi sentimenti per Edward, leggendole in faccia i segni dell'attrazione che continuava a provare per lui. L'ultima volta che si erano visti risaliva ormai a tre anni prima, in uno dei loro posti – uno dei tanti – il piccolo bar sulla strada con quel cibo orrendo e il caffè ancora peggio, a nord di Greeley. Quel giorno aveva piovuto così forte che l'acqua le era entrata fin dentro le suole delle scarpe basse schizzandole sulle caviglie. Mentre stavano sotto il tendone, in attesa che l'acquazzone diminuisse per allontanarsi di corsa, Edward le aveva sfiorato la mano; poi aveva incrociato il mignolo con quello di Lily. Già solo quel ricordo – il ricordo di quel minimo contatto – le ravvivava il desiderio. Ed era sbagliato. Non doveva succedere.

Il canto improvviso di un uccello ruppe il silenzio e lei scattò subito alla sua ricerca. *Guardami, guardami, guardami*, sembrava gridare. Lily trovò il ramo su cui si nascondeva e vide il lampo rosso vivo di un cardinale che volteggiava nel folto scheletrico di una vecchia quercia accanto alla stradina asfaltata.

Il padre disse: «Lo capisci che chiunque abbia ucciso Becca potrebbe aver preso le carte di credito e la patente di AJ, gli estremi del suo conto».

«Ma il suo portafoglio è stato trovato in casa».

«C'era tutto dentro?»

«Non lo so».

«Be', sappiamo che hanno preso la sua auto, a meno che ormai non l'abbiano abbandonata».

La mente di Lily fu oscurata dall'immagine di AJ che guidava per chissà dove con una pistola puntata alla tempia. La scacciò subito via. «Se è stato arrestato in un altro Stato, passeranno giorni prima di riavere sue notizie», disse senza stupirsi quando il padre si voltò per guardarla dritto negli occhi.

Aveva perfettamente capito a cosa si riferiva Lily. Quando lei era scappata con Jesse Kerman dopo la maturità, suo padre era rimasto senza sapere dove fosse per un'intera settimana, finché non l'avevano arrestata e messa in carcere a Phoenix per aver fatto da complice in una rapina a mano armata finita con un omicidio, quando Jesse aveva svaligiato un mini emporio. La polizia del posto l'aveva trattenuta quasi per settantadue ore, prima di permetterle di chiamare suo padre. A quel punto però, lui era già quasi impazzito per l'apprensione. Lily aveva sempre pensato che l'unico motivo per cui il padre non l'aveva uccisa, quando era andato a prenderla a Phoenix con Paul, era stata la paura.

All'epoca lei aveva diciotto anni, qualche mese in meno di AJ, quando era stato arrestato. Nel caso di suo figlio anche l'accusa era stata la stessa: complicità in omicidio. E persino le circostanze. AJ era uscito con la pessima comitiva di amici con cui aveva legato, proprio come la cricca con cui se la faceva Jesse, gente già invischiata nella microcriminalità. Erano tutti più grandi di lui, proprio come la banda di cui faceva parte Jesse, e avevano un'aria di pericolosità che AJ aveva pensato di voler assumere anche lui. Chissà perché. Lily non aveva mai capito cosa l'avesse spinta a farlo. Ma a AJ era successo di trovarsi nel posto sbagliato al momento sbagliato, proprio come lei. Nel caso di AJ, a una festa, durante una rissa per una ragazza finita in sparatoria. Due tizi erano morti, tre erano rimasti feriti. AJ aveva cercato di fermarli; alla fine le prove l'avevano dimostrato, proprio come diversi elementi avevano provato l'innocenza di Lily. Ma c'erano voluti mesi di costosissime battaglie legali e, quando il calvario di AJ era finito, Paul ormai era sul lastrico. Era stato allora che gli aveva dato l'ultimatum: o si arruolava o usciva di casa. In entrambi i casi, Paul non lo avrebbe mantenuto più. A AJ serviva disciplina; doveva crescere, dare una direzione alla sua vita. Essere uomo.

Lily ne era uscita straziata.

Suo padre le aveva dato una risposta simile quando l'aveva riportata a casa da Phoenix. «Trovati un lavoro, torna a scuola o sposati», aveva detto. Lui e Paul si erano esposti garantendo per lei e dandole una seconda occasione. Il padre non le avrebbe permesso di sprecarla. «Non pensavo che l'avrei mai detto», le aveva confessato, «ma sono contento che tua madre sia morta, che non sia viva per vedere come ti sei ridotta».

Quelle parole, pronunciate da suo padre, l'avevano quasi annientata. Lily aveva sempre pensato che se la madre fosse stata ancora viva, lei sarebbe stata una persona migliore. Non avrebbe mai fatto errori tanto gravi e irrimediabili.

Si girò verso il padre. «AJ ti ha mai detto di avere sognato questa casa quand'era in Afghanistan?»

«Sì». Lui si sfregò le mani dall'anca al ginocchio. Guardò Lily, poi guardò altrove.

«Che c'è?»

«Sai», esordì, «questo… quello che sta succedendo ora… lo sai che non c'entra niente con quella schifosa gang a cui si era unito prima di arruolarsi nei marines. Quella volta era colpa sua, e lo sapeva… non per la violenza che ha fatto secchi quei ragazzi, ma per essersi fatto coinvolgere da quegli sfigati. Questa faccenda, l'omicidio di questa ragazza… è diverso».

Lily gli disse che lo sapeva.

Suo padre andò alla ringhiera del porticato, gettò il fondo del suo caffè sul prato e, girandosi verso Lily, fu distratto quanto lei da un rumore di auto. Dopo qualche minuto, videro arrivare due SUV – uno nero metallizzato, l'altro rosso tramonto – che parcheggiarono nello spiazzo asfaltato accanto al prospetto della casa.

«Che ci fa lui qui?», disse il padre di Lily quando dal SUV nuovo – forse una Lexus, pensò lei – uscì Erik.

«Tranquillo papà», gli disse. «È preoccupato per AJ quanto noi». Poi, vedendo uscire dall'altro SUV più vecchio Dru e Shea, Lily si avvilì e aggiunse: «Dobbiamo unire gli sforzi per il bene di AJ», dicendolo più a se stessa che a chiunque altro.

«Sono così felice di vederti», disse poi a Erik abbracciandolo forte quando salì tutti i gradini del porticato. Era alto, spalle larghe e ben piazzato come AJ, tanto che se ne staccò malvolentieri. «Quando non mi hai richiamato, ho cominciato a temere che fossi sparito anche tu». Le venne in mente il periodo in cui i due ragazzi erano più piccoli e se ne andavano chissà dove per il ranch, promettendo di tornare a casa per cena, ripensò a come si guardavano lei e Winona quando ormai aveva fatto buio da mezz'ora e di loro non c'era traccia né si sentiva ancora rumore di zoccoli. Qualche volta lei, Win o suo padre avevano sellato il cavallo per uscire a cercarli. Certo, ora quella paura impallidiva al confronto e forse Erik se ne accorse, perché si scusò.

«Ho un nuovo lavoro», disse. «Pazzesco».

«Ah!», sbuffò suo padre. «L'avevo sentito. Ti sei messo a vendere auto, vero? A Greeley? L'hai presa lì la Lexus? Per questo sei andato a lavorare lì? Per toglierti lo sfizio di guidare una macchina che non potevi permetterti?»

«Papà...». L'attacco di suo padre a Erik l'aveva provocata, ma in parte lo comprendeva. Si chiese se era vero che Erik avesse scelto di fare il venditore di auto, piuttosto che rilevare il ranch xL, solo per potere guidare una macchina costosa e fare il figo in giro. Anche se glielo aveva negato di persona, forse preferiva vivere in città, indossare giacca e cravatta al lavoro, avere le unghie pulite. Forse il lavoro in concessionaria era perfetto per lui. A differenza della madre, taciturna e riservata, Erik a volte era tanto socievole e bonario da diventare molesto. Era perfetto per una carriera da venditore.

Lily gli sfiorò il braccio. «Sono contenta di vederti». Era sincera.

Dru si era avvicinata restando dietro Erik e ora studiava Lily nascondendosi dietro le spalle del ragazzo. Lily capì che si era accorta delle scintille tra suo padre ed Erik.

«Spero che non vi disturbi vederci qui. Non riuscivo più a stare a casa e aspettare», disse Shea.

Lily la abbracciò; sembrava la cosa giusta da fare e, dopo un attimo di titubanza, si abbracciarono anche con Dru. Fu un po' strano, in circostanze normali non sarebbe mai successo.

«AJ ci ha chiamato ieri sera», disse appena Dru si staccò da lei.

Shea restò senza parole, gli occhi tormentati da mille domande.

Lily raccontò subito la telefonata nei minimi dettagli e intanto si sedettero tutti tranne suo padre – Dru e Shea sulle due sedie a dondolo, Erik e Lily sull'altalena.

Il padre di Lily si appoggiò alla ringhiera del porticato.

Parlarono del fatto che AJ aveva chiesto il passaporto, della possibilità che fosse stato rapito. Il padre di Lily ribadì la sua opinione che AJ fosse ancora nei paraggi.

«Stamattina, abbiamo sparso in tutta la città dei volantini per chi lo vedesse, ma dobbiamo coinvolgere anche i media. In televisione non se n'è parlato quasi per niente», disse Shea.

«A Dallas sono scomparsi un consigliere comunale con la sua ragazza e un bel pacco di soldi. Parlano tutti di questo», spiegò Erik.

«Bene», intervenne Dru, «ora che vi ho ascoltati tutti però, se AJ è davvero nei paraggi, se non è trattenuto contro la sua volontà, perché non va dalla polizia? Cioè, avete detto che è innocente, no?». Li guardò tutti, uno per uno.

Lily si accorse però che nessuno osava incrociare lo sguardo di Dru. Nessuno rispondeva. Questo la ferì. Dru non sapeva del precedente arresto di AJ, della storia che ora lo trasformava in un sospettato di primo piano. Lo sguardo di Shea incappò in quello di Lily, che negli occhi della ragazza lesse un'autentica supplica. *Non dirglielo*, sembrava dire.

Lily scese dall'altalena. «Vado a prendere la jeep e faccio un giro qui intorno. Forse non ha senso, ma se AJ è da queste parti...».

Anche Erik si alzò. «Siamo venuti per questo, pensavamo di... be', dobbiamo fare qualcosa, no? Anche se stupida. AJ ha sempre amato il ranch».

Lily gli mise una mano sulla spalla.

Lui la guardò. «Lo troveremo», disse con tanta convinzione da rincuorarla. Quel ragazzo non avrebbe mai mollato finché non si fosse trovato AJ, e lo stesso valeva per lei.

Suo padre disse che avrebbe sellato Sharkey per cavalcare a ovest, verso Little Bottom Creek. «In quella zona sarà più facile cercare a cavallo».

Lily si stupì di sentir dire a Erik che l'avrebbe accompagnato.

«Sicuro di poterti assentare dal lavoro?», chiese suo padre al ragazzo, indispettendola di nuovo.

«Certo. Ho raccontato la situazione al mio capo. È stato comprensivo». Semmai Erik si fosse offeso, non lo diede a vedere. «Sto lì da pochissimo ma in un mese sono diventato un asso delle vendite».

Lily guardò suo padre per dirgli qualcosa di confortante, ma lui non la guardava, così toccò a Shea e Dru riempire quel silenzio congratulandosi col ragazzo.

«Vorrei venire con lei ed Erik», disse Shea al padre di Lily. «AJ una volta mi ha parlato di un fortino che avete costruito insieme da quelle parti... poco dopo il ruscello, vero? Voleva farmelo vedere ma ormai era quasi sera».

Il padre di Lily sorrise e, lanciando un'occhiata a Erik, disse: «Quanti anni avevi quando l'abbiamo costruito? Dodici, se non sbaglio. AJ ne aveva nove. Era una baracca improvvisata sugli alberi».

«Sì», confermò Erik, «ma era fantastica. Ci sentivamo pionieri. Costruimmo una zattera con i tronchi di cedro e traghettammo il materiale per fare la capanna sul Little Bottom in sella ai cavalli».

«Te lo ricordi quando perdemmo quel carico?».

Gli occhi del padre di Lily su Erik adesso ardevano di affetto.

Erik scoppiò a ridere. «Quella primavera, l'acqua si era alzata per le piogge. AJ e io dovemmo nuotare come disperati per recuperare la zattera. Se non ci fossi stato tu, l'avremmo persa».

«Da qualche parte devo avere ancora i disegni del progetto». Suo padre aveva un'aria sorniona.

«Dobbiamo andarci», disse Shea.

«Sì», confermò Erik. «L'ultima volta che ci sono stato però era crollata quasi completamente. Non credo che ormai ci si possa salire».

Il padre di Lily si riebbe. «Bene, c'è un inferno di strada da fare. Diamoci una mossa».

Shea si rivolse alla madre. «Tu non devi restare per forza. Erik ti può portare a casa».

«No», rispose Dru. «Se resti tu, resto anch'io. Sul cavallo però non ci salgo. Non vado molto d'accordo con i cavalli».

«Puoi venire con me in jeep, se vuoi», disse Lily quasi senza accorgersene.

Dru voleva rifiutare, Lily sperava che lo facesse ma, dopo un attimo, scrollò le spalle e disse: «D'accordo.». Le servì un'altra lunga pausa per agire, mettersi in piedi e infilare la borsa a tracolla.

Lily guardò suo padre. «Noi andiamo a sud, al vecchio pozzo. Daremo un'occhiata anche alla baita e al ponte della ferrovia».

«Perfetto», disse stringendole per un attimo il braccio e guardandola dritto negli occhi, per dirle con quel contatto – il miglior modo che conoscesse per farlo – che lui non avrebbe mai mollato, né la convinzione dell'innocenza di AJ, né la speranza di ritrovarlo.

Lily si perse in quello sguardo cercando tracce dell'episodio di annebbiamento che lui aveva avuto il giorno prima ma, grazie al cielo, non ne trovò. Da qualche parte aveva letto che i primi sintomi dell'Alzheimer o della senilità – quel genere di disturbo al cervello – potevano essere intermittenti, andare e venire. In quel momento, il padre le sembrò forte, pronto come sempre a farsi carico di tutto. Forse quei vuoti di memoria erano dovuti allo stress. Da quando aveva smesso di gestire lui il ranch e aveva venduto la mandria, non sapeva più che fare di se stesso. Lei non osava pensare cosa sarebbe accaduto se avesse davvero venduto anche la terra. Dove sarebbe andato a vivere? In città? Impensabile. Sulla costa texana? Gli aveva sentito dire che a lui bastava poter sentire il rumore dell'oceano, se in un posto o in un altro non importava. Secondo lei però il trasferimento l'avrebbe ucciso. L'xL era una parte di lui.

Lo seguì sul retro insieme a Shea, Dru ed Erik in fila dietro di lei e, prima di dividersi, si scambiarono i numeri di cellulare concordando di rincontrarsi a casa dopo tre ore; a meno che non scoprissero qualcosa prima.

Dru aspettò nello spiazzo che Lily uscisse con la jeep, poi montò sul sedile del passeggero. Litigò con la cintura di sicurezza.

«Non funziona», disse Lily. «Nemmeno l'aria condizionata».

Dru le lanciò un'occhiata stizzita e incredula al contempo.

Lily serrò i denti. «Tranquilla, con me sei al sicuro», disse. «Non sono una maniaca».

Capitolo 6

Al contrario di tuo figlio, pensò Dru, svicolando dallo sguardo di Lily. Sistemò la borsa sul tappetino ai suoi piedi. Appesantita da una 38 special a canna corta. Era sua; aveva il porto d'armi. Il suo istruttore di Houston le aveva riconosciuto un talento naturale, dicendo che era una gran tiratrice. Lei non aveva mai pubblicizzato quel complimento; non ne andava fiera. Le armi non le piacevano affatto, non avrebbe mai immaginato di possederne una ma, quando l'uomo che dice di amarti, quello a cui ti stringi la notte, che ti ha fatto ridere e sentire al sicuro per tredici anni, da un momento all'altro, alla minima provocazione può sbatterti fuori di casa puntandoti addosso un fucile, sei costretta a rivalutare le cose. Non puoi più comportarti come hai sempre fatto, fidarti del mondo, delle persone che lo abitano e che alla fine ti spezzeranno il cuore o proveranno a ucciderti.

Shea non sapeva che la madre si fosse portata una 38: non le sarebbe affatto piaciuto, ma lei era ancora abbastanza giovane da fidarsi della gente, specie delle persone che amava. Credeva a suo padre, quando le diceva che si sarebbe dato una raddrizzata e non avrebbe più ceduto alla violenza. Shea era convinta di conoscere le persone e quello che gli passava per la testa. Dru non poteva permettersi di essere tanto ingenua. Non quando in gioco poteva esserci la vita di sua figlia. A differenza di Shea e di Jeb Axel, lei non pensava che AJ fosse nei paraggi. Non era così stupido. A quell'ora doveva aver lasciato la zona, forse anche lo Stato. Se avesse creduto che lui fosse ancora lì, avrebbe trovato un modo per far restare Shea a casa.

La jeep saltellò su una grata di recinzione per il bestiame e Dru mise la mano sul cruscotto per reggersi. La stupì che avessero un mezzo tanto vecchio. Sarà stato del 1980. Ciò che la stupiva anche di più era vedere Lily Isley al volante, con addosso solo un paio di jeans logori e stivali western di cuoio sbiadito. Old Gringos, a una prima occhiata. Aveva i capelli raccolti in una coda improvvisata. La maglietta tutta sgualcita. Aveva un'aria trasandata, mezza angosciata e sfinita, ma anche così restava una donna attraente. *Regale*, per essere precisi, pensò, di una bellezza nobile e fredda.

«Me l'ha insegnato papà a guidare questa jeep», disse Lily. «Anche a AJ».

Dru appoggiò il gomito sul bordo del finestrino.

«So che non ti piace mio figlio, ma ti sbagli se pensi che abbia a che fare con la morte di Becca».

E a te non piace mia figlia. Dru pensò di lanciare quella battuta nella mischia. Pensò di dire come la faceva sentire, sapere che Shea – tanto bella dentro quanto fuori, piena di entusiasmo per la vita, in cui aveva una fiducia fuori dal comune – per Lily invece non fosse all'altezza di AJ. Ma sentiva anche che Lily faticava a controllarsi e questo la irritava, tanto da continuare a tacere.

«Non c'è il movente». La voce di Lily si era indurita.

«Ieri sera ho portato un pensiero alla famiglia di Becca», disse Dru. «Erano appena tornati dall'obitorio di Dallas. Sono stati convocati dalla polizia per identificare il cadavere di Becca».

Lily si voltò verso di lei, in un misto di shock e orrore, e Dru capì che finora non aveva mai pensato all'obbligo tremendo dei genitori di Becca, di firmare l'identificazione del cadavere della figlia. «Quando erano lì, il medico legale...», Dru si interruppe per riflettere. Joy le aveva parlato in confidenza?

Anche se fosse stato così, i media non avrebbero rispettato affatto la privacy dei Westin.

Sentì addosso il peso dello sguardo di Lily.

«Becca era incinta», le disse.

Silenzio. Lily sprizzava incredulità dagli occhi, serrò le mani al volante fino a imbiancarsi le nocche.

«È vero», ribadì. «Il medico legale ha detto a Joy – la madre di Becca – che era alla quinta settimana».

«Non è di...? Non stai dicendo che era di AJ, vero?». Lily si voltò di scatto verso di lei, poi tornò con gli occhi sulla strada. «Oddio, lo sai che è pazzo di Shea. Non la tradirebbe mai».

«Però l'ha fatto. Becca ha detto a Joy che aveva ripreso a vedersi con AJ, stavano insieme da marzo».

«No».

«Lei era felice», proseguì Dru. «Immagino che lo fosse anche AJ, finché Becca non gli ha detto di essere incinta». Le venne in mente anche la teoria di Gene, che un bambino avrebbe impedito a AJ di avere la sua bella fetta di torta. Ma non la riferì; non avrebbe infierito sull'angoscia di Lily.

«Non è possibile», reagì Lily a denti stretti, severa.

Rifiuto, pensò Dru. L'ultimo rifugio. Pensò a quando lei si era rifiutata di credere a Joy che aveva insinuato un ruolo di Shea nell'omicidio di Becca. Dru si era anche forzata a considerare quell'ipotesi, ma era semplicemente illogica. Aveva visto Shea andare a letto intorno alle undici, martedì sera, e quando era passata davanti alla sua camera, intorno alle sette della mattina di mercoledì, l'aveva vista rannicchiata dall'uscio aperto della stanza, coi capelli neri sparsi sul cuscino. Era rimasta un attimo lì ferma, a pensare che ormai le restavano pochissime mattine da condividere in casa con la figlia, potendola guardare dormire senza svegliarla. Sentimenti a parte, comunque, se la polizia avesse avuto il minimo sospetto di un coinvolgimento di Shea nella morte di Becca, l'avrebbero interrogata personalmente, no? Non l'avrebbero obbligata ad andare a Dallas, invece di farle domande al telefono? Questo si chiedeva Dru. Forse voleva solo illudersi di sapere come agivano i tutori della legge.

La jeep rallentò curvando a destra su una stradina tortuosa. La luce del mattino scintillava sulle superfici di roccia calcarea e riscaldava l'aria che entrava soffiando dai finestrini dell'auto. Al termine di una grande curva, Dru vide la baita in lontananza. Con le pareti in tronchi di cedro e una lamiera arrugginita per tetto, se ne stava assurdamente abbandonata all'ombra di una straordinaria e imponente quercia rossa.

Lily ruppe il silenzio. «Se sei tanto convinta che sia stato AJ a fare quelle cose orribili, se per te è un bugiardo, un impostore e un assassino, che ci fai qui? Ma soprattutto, perché c'è anche Shea? Dovreste odiarlo. Dovreste volerlo morto».

Seguirono istanti atroci e angoscianti di silenzio. Shea non sapeva del tradimento di AJ, né del bambino che ne era seguito. Nasconderle la verità non era intenzione di Dru ma, arrivando a casa la sera prima con la pizza, aveva trovato la figlia in salone con Erik e Kate, in un'atmosfera così carica di tensione e ansia – la paura di Shea era palpabile – che Dru aveva mentito davanti alle sue domande sulla visita ai Westin. Se la cavavano, le aveva risposto. Il nome di AJ o di Shea non era mai uscito fuori, aveva detto.

Lily si accostò alla baita, accanto a quel che restava del portico di ingresso, e spense la jeep.

«Shea non sa che Becca era incinta». Non lo disse guardando Lily, ma tenendo gli occhi fissi sulla facciata triste e scalcinata della baita. La porta di ingresso era sghemba, appesa a un solo cardine, mentre le finestre che la affiancavano erano senza vetro. Sembravano occhi sgranati con l'iride in frantumi.

«Nessuno sa veramente chi l'ha costruita», disse Lily. «Era già qui, quando il mio bisnonno comprò la terra. Papà ha sempre pensato che l'abbiano costruita i primi coloni. Tedeschi che vennero a ovest. Sul retro c'è una roccia che, secondo noi, fa parte delle fondamenta del granaio originale, dov'è incisa la data 1862».

Dru le lanciò un'occhiata, non sapendo che farsene di quella lezione improvvisata di storia. Forse era un diversivo, un modo per tenere a bada le emozioni. Lei stessa aveva quasi la nausea per il groviglio di sentimenti che provava.

«Vado a dare una controllata. Tu puoi aspettare qui fuori, se vuoi». Lily scese dalla jeep infilando le chiavi nella tasca degli jeans.

«No, vengo anch'io». Dru guardò la sua borsa pensando alla 38. Alla fine, però, la lasciò dove stava e seguì Lily. Sembrava superfluo portarsi la pistola.

Dentro la baita c'era puzza di muffa. Avevano appena passato la soglia, quando qualcosa piombò loro addosso sfiorandole, una macchia nera che poi se la squagliò dalla porta aperta. Dru non seppe come trattenere l'urlo di terrore che le raschiò la gola.

«Un pipistrello», disse Lily portandosi gli occhiali da sole sulla testa.

Dru la imitò aspettando di abituare la vista alla penombra.

Per qualche istante nessuna di loro si mosse.

La luce che passava dalle cornici rotte delle finestre batteva sul pavimento frusto in legno di pino, trasformando la polvere alzata dalle due donne in mulinelli scintillanti. In fondo alla stanza c'era una sedia a dondolo in vimini dalla foggia sorprendentemente fine, messa davanti alle fauci spalancate e annerite di un camino in pietra grezza. La sedia guardava fuori dalla finestra. Sicuramente nascondeva una di quelle storie che la appassionavano, pensò Dru. In un'altra occasione avrebbe iniziato a fare domande, cioè, se lei e Lily fossero state amiche. Se si fossero trovate lì per qualunque altro motivo che non la ricerca del figlio di Lily, che poteva essere un pericolo o in pericolo. In quella circostanza, l'unica domanda era quale dei due scenari fosse quello reale.

Su entrambi i lati della sala di ingresso c'erano due camere da letto in cui entrarono a dare un'occhiata. Nella seconda, accostato alla parete più lontana c'era un grazioso e antico letto a baldacchino, a cui mancava una colonna e il materasso. Insieme alla sedia a dondolo, il letto era l'unico altro pezzo di arredamento della casa. Di AJ, nessuna traccia. Niente lasciava intendere che fosse stato lì, né lui né nessun altro da un bel pezzo. Mentre uscivano, Dru notò che le sue impronte e quelle di Lily erano le uniche lasciate sulla polvere del pavimento. Allo stesso modo, fuori, lo spiazzo d'erba alta che portava all'ingresso della baita era segnato solo dalla scia dei pneumatici della jeep e delle loro scarpe. Si girò verso Lily e sobbalzò accorgendosi che lei la stava già fissando.

«Glielo dirai?».

Dru scrutò la campagna oltre la strada. Il vento piegava l'erba scolpendo onde asciutte dai suoi fianchi alti. «Vorrei tanto proteggerla». Tornò a guardare Lily.

Si studiarono a vicenda e capirono all'unisono quanto si somigliassero come madri nel desiderio di difendere i figli – erano pur sempre dei figli, a prescindere dall'età.

«Potrebbe saperlo in qualunque altro modo… dai giornali, se rilanceranno la notizia», le disse Lily.

«Glielo dirò», confermò lei. «Prima però volevo fare qualcosa per lei, venire qui insieme… sostenerla, farle capire che…». Distolse di nuovo lo sguardo senza completare la frase: che cioè, dopo aver saputo della gravidanza, temeva che Shea potesse infuriarsi con lei. Shea avrebbe dato per scontato che sua madre fosse felice per quella conferma della scarsa opinione che aveva di AJ, quando invece niente poteva essere più lontano dalla verità.

«Hanno fatto il test del DNA? Si sono accertati che il padre fosse AJ?»

«Non ancora. Joy ha detto che per i risultati ci vorrà qualche giorno, forse anche settimane».

Se Lily fu sollevata, non lo disse. Invece, accennò al vecchio ponte della ferrovia. «È qui vicino. Erik e AJ ci andavano sempre da piccoli». Abbassò gli occhiali da sole per riparare gli occhi e prese di tasca le chiavi dell'auto. «Prima però ti riporto a casa. Puoi aspettare Shea lì. Sarà più comodo per entrambe».

Quando Lily disse in altre parole che non voleva più la sua compagnia, Dru accusò il colpo. «Niente di personale, sai». Dru la fissò muta da sopra il tetto della jeep.

«Che c'è? Odi mio figlio o speri che sia morto come Becca?»

«Oddio! Non l'ho mai detto… non puoi negare che AJ abbia dei…», tentennò Dru. «Problemi. Non è l'unico a essere tornato dall'Afghanistan, dalla guerra, con delle ferite, e la cosa mi preoccupa. Sì, per mia figlia, il suo benessere, la sua sicurezza e la sua felicità. Quello che è successo a AJ non è colpa sua. Noi non siamo… gli Stati Uniti dovrebbero fare di più per aiutare i nostri veterani».

«I nostri veterani? Tu che ne sai, Dru? Shea non si è arruolata. Non ha mai rischiato la vita per salvare gli altri come ha fatto AJ. Ti sembra il gesto di un assassino? Uno che ha rischiato tantissime volte la vita come AJ tornerebbe a casa per uccidere qualcuno, una donna incinta?». Lily ansimava, scossa dal disgusto, su un fondo ancor più roco di lacrime trattenute.

«So che non vuoi crederci, ma può aver avuto un attacco, un attacco psicotico. Succede».

«AJ non potrebbe mai…».

«Il mio ex marito, Rob, il padre di Shea, ha il DPTS», disse Dru. Non voleva parlare troppo della sua vita personale, ma si sentì spinta a farlo. «Nel suo caso non c'entra la guerra. È stato aggredito e rapinato. I criminali che l'hanno attaccato, l'hanno picchiato lasciandolo in fin di vita. Per quanto orribili, le ferite fisiche che riportò furono la cosa meno grave. La notte soffriva di incubi. Era paranoico. Pensava che tutti stessero sempre per colpirlo, persino io. Comprò varie armi, una per ogni stanza della casa. Veniva a letto e... dormiva con una 357 sotto il cuscino, un occhio sempre aperto, un piede...».

«Mi dispiace, ma non ho tempo per...».

«Una notte mi ha sentita in cucina», continuò Dru. «Mi ero alzata perché Shea non stava bene, ero andata a controllarla e poi ero scesa di sotto a farmi un po' di latte caldo col miele. Il mio ex ha detto che pensava che fossi un intruso, che fossi entrata in casa a rapinarlo. Aveva un fucile e continuava a minacciarmi. Shea ci sentì e, quando venne giù, Rob non si rese conto nemmeno che era sua figlia. Per poco non ci uccise. Ancora oggi, ogni tanto mi chiedo perché non lo fece».

«Mio figlio è scomparso, Dru, forse è ferito, forse peggio». Lily le lanciò uno sguardo duro. «Devo continuare a cercarlo».

«Se non fossi stata lì e non l'avessi visto coi miei occhi, non avrei mai creduto che Rob fosse capace di tanta violenza». Dru si interruppe per ostacolare l'emergere di un sentimento sporco. «Amavo mio marito con tutta me stessa», disse sottovoce. «Lo amo ancora. È stato l'unico. Il nostro matrimonio non era perfetto; lui non era perfetto, ma fino a quell'aggressione, era... era una gran persona. Forse, se dopo l'aggressione mi avesse parlato... se si fosse confidato con qualcuno... ma non l'ha fatto. Si è isolato, si è chiuso a riccio. Quando mi guardava, non riuscivo a capire cosa gli passasse per la testa». Dru cercò lo sguardo di Lily. «Se un unico atto di violenza può cambiare una persona in modo tanto irreparabile, non oso immaginare le ripercussioni emotive di violenze reiterate come quelle vissute dai soldati durante la guerra».

Lily distolse lo sguardo. Quella storia però l'aveva colpita. Dru intuiva che il senso le era perfettamente arrivato. Non l'avrebbe mai ammesso, certo. Non aveva alcuna intenzione di esporsi dicendo che AJ aveva il DPTS e che, come Rob, poteva aver perso il contatto con la realtà diventando un pericolo per gli altri e forse per se stesso.

Dru entrò nella jeep.

«Credimi, la comprensione non mi manca», disse, «mi dispiace davvero».

Lily accese il motore, senza nemmeno farle capire se l'avesse sentita.

«Vengo con te al ponte della ferrovia», disse Dru.

«Perfetto», rispose Lily. «Il vecchio pozzo è pochi chilometri più avanti. Voglio andare anche là».

Lily disse che c'erano altre costruzioni, altri pozzi, baracche e roba del genere; ci sarebbero voluti giorni per controllarli tutti, ma Dru intuì che avesse deciso di sciorinare tutte quelle parole per ignorare il rancore che c'era tra loro. Forse aveva persino deciso di soffocarlo.

«AJ conosce il ranch come mio padre», disse Lily. «Potrebbe essere ovunque».

«Ammesso che si nasconda, cioè».

Lily non rispose.

«Ascolta, l'idea che tuo figlio e mia figlia si sposino non mi piace più di quanto non piaccia a te... già prima di questa storia», continuò Dru.

«Già, ma come sai non è un fatto personale. Qualunque cosa pensi io, lui ha scelto Shea».

«Quindi, te ne fai una ragione».

«Faccio quello che devo per sostenere mio figlio».

«E lui sa come ti senti?»

«No, ma anche se lo sapesse, la mia opinione non conta molto per lui».

Dru si voltò a guardarla, stupita e commossa da quella confessione.

«Non siamo molto intimi». Lily si passò una mano tra i capelli.

«Mi dispiace», disse sinceramente Dru e, quando Lily le chiese del matrimonio – se ci fosse un modo per evitare di annullarlo – le rispose che pensava di no.

«Sarà tremendo», disse Lily. «Parliamo di oltre cento invitati, vero?»

«Sarà facilissimo, rispetto all'organizzazione del funerale di una figlia», ribatté lei.

«Già».

«Le testimoni della sposa ci aiuteranno a porgere le scuse».

«Io posso occuparmi degli ospiti della nostra lista e cancellare la prova del menu. Oppure, se vuoi essere aiutata a gestirla in un altro modo…». Lily si voltò a guardarla.

«Pensavo che potremmo contattare ognuna gli ospiti che ha invitato».

«E i fornitori?»

«Sì. Sembra brutto, vero? Impossibile… come fermare un treno».

Lily stava per rispondere ma le squillò il telefono, così accostò schiacciando il piede sul freno e afferrò la borsa.

Dru la osservava col batticuore.

«È Paul». Lily alzò lo sguardo dal numero sullo schermo.

«Mi sgranchisco le gambe», disse Dru scendendo dall'auto. Chiuse adagio la portiera della jeep e andò dall'altro lato della strada, dove su un tratto del vecchio guardrail in legno di cedro si era appoggiato un grosso rampicante che lo nascondeva con cascate di campanule azzurro cielo. Eppure, anche da lì si sentiva l'ansia che attraversava la voce di Lily: «Davvero non l'ha visto nessuno?». Pausa. «È assurdo pensare che…». Il vento portò via il resto della frase. Poi: «Potrebbe non aver…». Dru perse il resto della conversazione.

Ad ogni modo, quando Lily la chiamò, fece finta di voltarsi: «Dru! Dobbiamo andare ora. Io devo tornare a Dallas».

«Che è successo?», Dru salì sulla jeep.

«La polizia ha trovato il cellulare e il portatile di AJ». Lily fece inversione. «Alla stazione dei pullman di Dallas, abbandonati sotto un sedile».

«L'ha visto qualcuno?»

«Un addetto alle pulizie ha detto di aver visto AJ che usciva dal bagno degli uomini, intorno alle tre di mattina. Si è ricordato di lui perché indossava occhiali scuri e gli è sembrato strano, visto che era notte fonda».

«Allora è salito su un pullman? Sta scappando?». La voce di Dru uscì in un tono di accusa ma in quel momento pensava a Shea, al dolore tremendo che l'aspettava. Ancora non sapeva che Becca era incinta. E ora, quest'altra novità. «La polizia sa dov'è andato?»

«Lo so come sembra, ma alla fine nessuno ha detto di averlo davvero visto salire su un pullman». Lily la guardò di sbieco.

Dru si girò dall'altra parte. Era stanca di sentire le versioni degli altri… come se le cose non fossero state proprio come sembravano. Come se per le azioni di AJ potesse esserci un'altra spiegazione, a parte quella ovvia.

Lily chiamò suo padre e si accordarono per vedersi a casa. A quel punto, le due donne non si parlarono più per vari chilometri, finché Lily non disse: «È mio figlio, e resta mio figlio».

Colpevole o innocente, non importa.

Dru lo capiva. Si sarebbe sentita nello stesso modo, se si fosse trattato di Shea. I figli sono figli, si amano incondizionatamente. Insieme a questo però capiva un'altra cosa: Lily non era tanto certa sul conto di AJ come voleva far sembrare.

Anche lei aveva dei dubbi.

Quando arrivarono a casa, gli altri ancora non erano tornati. Lily andò dentro a raccattare le sue cose, mentre Dru la aspettò nel porticato. Un attimo dopo, sentì la porta che si apriva e poi la voce di Shea.

«Mamma?»

«Oh, Shea». Fece un passo verso la figlia ma, quando Shea alzò le mani, si fermò all'istante.

«Sto bene». *Stop*. Era come se l'avesse urlato. Aveva i denti serrati, sembrava contrariata. Non ci credeva, per lei AJ non stava scappando. Ma come faceva a non crederci? Tanta fiducia in lui sarebbe comunque finita. Quando avrebbe saputo del bambino.

Dru incrociò lo sguardo di Erik che le raggiunse nel porticato.

«Ehi», salutò senza dire altro.

Sembrava affranto: reazione molto più in linea con quello che Dru si era aspettata dalla figlia, sentendo che il fidanzato, un uomo ricercato, era saltato su un pullman tagliando la corda. A guardare Erik, sembrava che avesse iniziato ad accettare l'idea che il suo migliore amico avesse fatto una cosa tremenda, mostruosa.

Lily uscì di casa con un borsone in spalla, seguita dal padre. E non la guardò più, al contrario di Jeb Axel. Gli occhi di quell'uomo, una tonalità di azzurro sbiadita dal tempo e dalle intemperie, caddero in una rete dalle maglie strette, ma il suo sguardo riuscì comunque a bucarla. Non aveva affatto l'aria contrita. Stando alle voci che giravano in città, all'epoca tutte le ragazze si prendevano una cotta per lui, il padre di Lily Axel. Lo paragonavano a Clint Eastwood. Per la sua età, era ancora un gran bel vedere: gli anni non l'avevano imbolsito. Tutt'al più, avevano tolto qualunque dolcezza avesse potuto avere in passato, come il vento cesella via il terriccio dalla superficie di una roccia. Dru odiava ammetterlo, ma Jeb Axel la intimoriva.

«Sei pronta?», chiese a Shea.

«Nessuno ha visto AJ salire sul pullman, mamma». Era una sfida. Convinta di sapere tutti i fatti, Shea gettava il suo guanto.

Sapendo cosa l'aspettava, il dolore tremendo fermo al varco, Dru lasciò correre. Non avrebbe affrontato la cosa lì, non davanti a Jeb e Lily – anche per Erik, per quanto fosse un buon amico di Shea. Nessuno doveva assistere alla scena del mondo di Shea che cadeva a pezzi.

«Non è da lui andarsene così». Shea fu categorica. «Non mi farebbe mai una cosa del genere. E non la farebbe a voi». Shea si voltò verso Lily e poi guardò Jeb.

Lily stava cercando qualcosa nella borsa, forse le chiavi dell'auto, pensò Dru, ma a quel punto si fermò e sgranò gli occhi come se le dichiarazioni di Shea su AJ l'avessero sbalordita.

«Vorrei tanto sapere a cosa credere», commentò Erik.

Jeb, che stava ancora camminando, si fermò, batté un pugno sul palmo dell'altra mano e disse che Shea aveva ragione. «Non ci sono santi: AJ non è salito su nessun pullman», dichiarò.

A quel punto crollò accasciandosi a terra.

Dru assistette alla scena, alla danza disarmonica dei passi che prima lo fecero barcollare, poi cadere sulle ginocchia e infine crollare di fianco sul pavimento del porticato. Essendo ben più alto di un metro e ottanta, gambe lunghe e stazza pesante, quando andò giù fece un gran rumore per poi rimanere steso e immobile, mentre l'unico dolce suono che si sentì fu quello del vento di primavera che passava tra le querce e il canto a squarciagola di uno scricciolo che in quell'istante si appollaiò sulla ringhiera del porticato.

Capitolo 7

Lily si paralizzò guardando il padre cadere. Fu come assistere all'abbattimento di un albero con l'accetta, un albero che stava in piedi da un'eternità. Scrollandosi di dosso il borsone, si inginocchiò accanto a lui e gli sollevò la guancia tra le mani scostandogli delle ciocche di capelli bianchi dalla fronte. Era freddo ma non gelido, e madido di sudore. Gli si vedevano le pulsazioni a occhio nudo: uno stantuffo in miniatura gli batteva sotto la tempia. Il petto faceva su e giù in una serie di respiri cortissimi. «Papà?», sussurrò, e lui batté le palpebre.

Dietro di lei, Erik diceva qualcosa; aveva preso il telefono e cercava di chiamare il 911. Quando capì che il suo cellulare non aveva campo, Dru e Shea dissero che avrebbero provato loro.

«In casa», disse Lily. «Sopra. Usate il fisso».

«No».

Lily guardò suo padre a terra.

«Non mi serve l'ambulanza». Rotolando sulla schiena, emise dei gemiti e fece un respiro così profondo da vibrare in tutto il corpo.

«Sei sicuro?». La figlia gli carezzò di nuovo la faccia, poi la spalla.

«Sto bene, Lily. Aiutami ad alzarmi».

Lily lo prese a braccetto dal gomito mentre lui si raddrizzava mettendosi a sedere, con la schiena appoggiata alla ringhiera del porticato.

Lei lo osservò bene. Pallido come il latte scremato, si passava sulla faccia le mani tutte tremanti. Aveva dita lunghe e nocche solide, forti. L'aveva visto atterrare un vitello con quelle mani, brandire un'ascia, bendarle le ginocchia. Ormai erano le mani di un anziano, con le chiazze sul dorso e la pelle tanto assottigliata dal tempo che le vene somigliavano a strade segnate su una mappa. Quand'era invecchiato così tanto?

«Che è successo?», gli chiese teneramente.

«Un giramento di testa». Reclinò la testa sulla ringhiera chiudendo gli occhi come per farla sparire – far sparire tutti i presenti – dalla sua vista.

Lily pensò che fosse imbarazzato e ne soffrì anche lei.

«Andate tutti ora. Sto bene. Lily, chiamami quando arrivi a Dallas».

«Non ci vado», disse.

Lui protestò ma sapeva che, quando si metteva in testa una cosa, la figlia sapeva essere testarda quanto lui. Così, insieme a Erik, lo portarono in casa. Dru tenne la porta aperta. Shea raccolse la tazza di caffè caduta e li seguì in cucina.

«Che possiamo fare?», chiese Dru.

«Niente», rispose Lily aiutando il padre a sistemarsi adagio su una sedia davanti al tavolo. «Grazie», aggiunse, «ma è tutto a posto. Stiamo bene». Intanto, guardava suo padre.

Lui annuì.

«D'accordo allora», disse Dru. «Be', chiamaci se hai bisogno di qualcosa, ok?».

Lily incrociò il suo sguardo un istante. «Sì, grazie», ripeté.

Dru e Shea se ne andarono e, mentre Erik rimase con suo padre in cucina, Lily uscì nel porticato per chiamare Paul, facendosi coraggio perché non sapeva come avrebbe reagito alla notizia che non sarebbe tornata a Dallas. Probabilmente si sarebbe arrabbiato ma, sotto le più fredde correnti dell'ansia e della preoccupazione per AJ e suo padre, Lily si sentì sollevata. Non era contenta di quel collasso, ma non le dispiaceva che quell'episodio la trattenesse lì.

Beccò Paul che usciva dalla stazione di polizia, da una porta sul retro, specificò. «Davanti è pieno di giornalisti. Che non aspettano me», aggiunse irritato, quando Lily espresse il suo sgomento. «Vogliono quel consigliere, Hawkes. Non auguro del male a nessuno, ma qualunque sia il casino in cui è finito quel tizio, allontana i riflettori da noi. Hawkes è un pesce più grosso».

Lily si appollaiò sul bordo dell'altalena. «Ma tu che ci fai in commissariato? Non ti hanno già fatto la radiografia?».

Paul fece una mezza risata. «Non lo so», disse. «A quanto pare sono sospettato».

«Perché?»

«Stanno ricamando sul fatto che non c'erano segni di effrazione e che il cadavere l'ho trovato io».

«AJ conservava una chiave fuori».

«Cosa?»

«AJ lasciava sempre una chiave di casa nel lume a gas che c'è fuori, accanto alla porta. Ce ne aveva anche parlato e tu gli avevi detto che non era una buona idea. Becca, o chiunque altro lo sapesse, potrebbe averla usata per entrare. Devi andare a vedere se è ancora lì».

«Lo dirò a Bushnell, ma avendogli già detto che io ho una chiave tutta mia, dubito che farà qualche differenza. È infuriato perché stamattina mi sono fatto raggiungere qui da Jerry. Ho avvocatizzato la cosa, come dicono loro, ma col cazzo che li affronto da solo, senza un consulente legale… per come quei bastardi rigirano sempre la frittata».

«Jerry è il tuo avvocato civilista, Paul. Per questa cosa, ci serve Edward».

Pronunciare ad alta voce quel nome le fermò quasi il sangue, ma in quel caso non si era inventata nessuna scusa per nominarlo. Erano davvero in cattive acque, non era una farsa inventata sperando che Edward ne venisse al corrente sentendosi costretto a rivederla.

«Continuo a pensare che sia prematuro chiamare un penalista, Lily. Fidati di me. So io cos'è meglio fare».

«D'accordo».

Lily si costrinse a dargli ragione, a sembrare amichevole, anche se la ribellione le serrava già i denti. Era sbagliato rimandare; lo intuiva chiaramente. Voleva gridarlo a Paul, dirgli *Qui non si parla di te e di quello che vuoi tu. Qui c'è in ballo nostro figlio... la sua vita...*

Paul continuava a parlare, disse qualcosa sulle telecamere di controllo.

Lily si scusò. «Scusa, puoi ripetere?»

«La polizia ha ottenuto le registrazioni delle telecamere vicino all'appartamento di AJ. Se la qualità video è buona, potranno vedere chi è entrato in casa a parte me, AJ e la ragazza. Comunque, ci metteranno un po' per esaminarle».

«Un'altra attesa», disse Lily pentendosene all'istante, vista l'immediata reazione di Paul.

Era stanco di aspettare, disse. Aveva detto a Bushnell di muovere il culo. «Mentre lui perde tempo con me, il vero assassino è lì fuori, a piede libero, e trattiene nostro figlio».

Lily si alzò, tanto di scatto da spingere l'altalena di traverso. «C'è una cosa che devi sapere, Paul». *Forse ormai lo sa già.*

«Cosa?»

«Becca era incinta».

Silenzio. Di incredulità, di shock. Anche Lily aveva perso il dono della parola quando l'aveva appreso. «Paul?»

«Chi lo dice?».

Lily gli raccontò tutto, ripetendo quello che aveva sentito da Dru, che l'aveva saputo dalla madre di Becca, che l'aveva appreso dal coroner. «Ovviamente faranno il test del DNA per stabilire la paternità, ma potrebbero passare settimane prima di avere il risultato».

Altro silenzio.

Lily lo chiamò di nuovo. «Paul?»

«Non so che dire, non so più che diavolo credere o pensare. Se lui avesse voluto liberarsi del problema...».

«No!». Lei non l'aveva mai avuto, il dubbio di Paul. Non gli aveva dato spazio, aveva fatto ricorso a tutta la sua riserva di fiducia come antidoto per neutralizzarlo. «A questo punto, non sappiamo più niente», gli disse. «Dobbiamo aspettare il DNA».

«La polizia spera di ricavare qualcosa di utile dal suo cellulare e dal computer».

Le probabilità che il contenuto di quei reperti condannasse o scagionasse AJ erano esattamente le stesse. Questo la spaventò. Voleva un avvocato, qualcuno che li rappresentasse, che li proteggesse. Voleva Edward. Era la cosa più logica. Ma le bastò ripensare a lui, alla sua pelle, per infiammarsi di desiderio.

«Non credo che mi troverai a casa quando torni. Ho delle cose da sbrigare», le disse Paul.

«Io non torno, Paul, non preoccuparti», rispose raccontandogli il collasso di suo padre. «Voglio portarlo da un medico se riesco a convincerlo».

Fu felice che Paul non avesse nulla da obiettare in proposito. «Devo andare», concluse. «Ho lasciato Erik con papà e forse deve tornare in ufficio».

«A quanto pare, la polizia pensa che Erik stia coprendo AJ. Tu che dici, ha senso?», le chiese Paul.

«No», rispose. «Erik non sa niente, è angustiato quanto noi».

Erik aveva fatto qualche sandwich mentre lei parlava con Paul, pane di segale con prosciutto e formaggio. Lily tornò in cucina e lo trovò che sistemava i piatti sulla tavola. Lei riempì i bicchieri con del tè freddo, li portò a tavola e si sedette.

«Non mi servono tante attenzioni», disse suo padre.

«Becca era incinta», disse Lily.

«Cosa?». Il padre la fissò sbalordito.

«Cazzate». Erik si appoggiò allo schienale, gli occhi sgranati, quasi stordito. «Era di AJ?».

Lily raccontò di nuovo quello che le aveva detto Dru.

«Lo capisci che così diventa un duplice omicidio», disse suo padre.

Lily posò il mezzo sandwich che aveva appena preso. Non ci aveva pensato. Che genere di mostro ucciderebbe la donna che porta in grembo suo figlio? *Scott Peterson*. A un tratto le si affacciò alla mente quel nome. L'estrema attenzione che, dopo tutti quegli anni, i media continuavano a dedicare al suo arresto e al processo per l'omicidio di sua moglie e del figlio non ancora nato, le fece ricordare quella faccia, quello sguardo inquietante di piatta noncuranza che rivolgeva alle telecamere. Lo stesso sguardo vuoto di Casey Anthony, accusato per l'omicidio della figlia piccola. Erano psicopatici, secondo gli esperti. Narcisisti. Potevano anche essere estremamente affascinanti in modi pericolosi, ma non avevano nessuna vera capacità di provare emozioni, nessuna. Compassione. Rimorso. Sincero amore. Nemmeno una rabbia genuina. E il numero di persone del genere – quelle prive di umanità – cresceva. Come un'epidemia. Volendo credere agli esperti, uno su venticinque bambini nati in quel momento sarebbe stato un sociopatico o uno psicopatico. Era vero? O era una balla mediatica?

La madre di Casey Anthony si era presentata spontaneamente, no?

E lei, se avesse saputo – saputo senza ombra di dubbio – che AJ era un assassino, l'avrebbe denunciato? Per un attimo le si fermò il cuore.

«Shea lo sa?».

Guardò Erik. «Dru ha detto che aveva in mente di dirglielo».

«Ci resterà secca». Erik portò il suo piatto nel lavello.

«Io l'ho visto come la guarda AJ».

Lily incrociò lo sguardo di suo padre. Aveva recuperato un po' di colorito; dopo aver mangiato sembrava essersi ripreso, le mani non gli tremavano più.

«AJ la adora», disse. «Non le farebbe mai del male». Il padre di Lily si asciugò la bocca col tovagliolo. «Il DNA – chiunque sia il padre di quel bambino – ci dirà chi è l'assassino, e non sarà AJ».

Erik tornò a tavola fermandosi in piedi dietro la sua sedia e appoggiandosi alla spalliera.

Il padre di Lily lo squadrò. «A te l'ha mai detto che si era rimesso con Becca?».

Erik scosse la testa. «Però, cioè, da quando è tornato non è più lo stesso».

«In che senso?», domandò stizzito il padre di Lily.

«È più riservato, lunatico. Se gli faccio troppe domande, diventa evasivo. È come se si fosse chiuso a riccio».

«Secondo Dru ha avuto un esaurimento».

I maschi guardarono Lily.

«Ho l'impressione che non le piaccia molto», disse suo padre.

«Infatti è così», confermò lei. «Se potesse, gli impedirebbe di sposare Shea». Poi si rivolse a Erik. «Tu conosci Dru. Con te ha mai parlato di AJ?»

«Sa che è meglio evitare».

Lily piegò il tovagliolo accanto al piatto. «Non credo che sappia che AJ è già stato arrestato. Se già ha una pessima idea di lui, figurati quando lo scoprirà».

«È passato un sacco di tempo», disse Erik. «Dopo l'arresto, quel ragazzo ha preso una medaglia al merito per quello che ha fatto in guerra. È un eroe».

«Non credo che a lei importi della sua carriera militare».

«È una stupida», borbottò suo padre tra i denti.

«Non sono d'accordo». Il padre la fulminò con lo sguardo ma lei fece spallucce. A Dru era costato, raccontarle l'esperienza col suo ex marito. Per quanto Lily volesse pensarla altrimenti, Dru non si era confidata per cattiveria, per aggiungere dolore al dolore. Certo, dopo aver sentito la sua storia con l'ex marito, adesso Lily era ancora più in ansia per AJ. Quando le aveva descritto il modo in cui si era ridotto e come aveva agito, il suo sguardo spento e l'incapacità di riconoscere Dru o il contesto in cui si trovava... c'erano troppe inquietanti somiglianze col modo in cui si era comportato AJ al ristorante. E adesso che Erik diceva che suo figlio era cambiato, da quand'era tornato dall'Afghanistan... a malincuore, Lily capiva benissimo cosa intendesse. Le venne la pelle d'oca fino alle orecchie.

Sapeva che AJ era in difficoltà. E sapeva con quanta rapidità si può perdere la bussola. Questione di secondi, e si possono fare cose – cose orribili – che non si erano mai immaginate prima. Si accorse che il padre la guardava. Se lo ricordava o no, come aveva reagito lei alla veglia funebre della mamma, i suoi improvvisi scatti di ira, la sua altalena emotiva? Era stato quello stato d'animo a metterla sul sedile posteriore della moto di Jesse, quella notte di tanto tempo fa?

Quando suo padre andò a coricarsi, Lily accompagnò Erik alla macchina. «Sono preoccupata per papà».

«Sì, quando è crollato a terra mi sono spaventato. Grande e grosso com'è. Non ci avevo mai pensato...». Spostò lo sguardo altrove. «Persone come Jeb Axel... sono invincibili. Supereroi, no?».

Lily calò la testa.

«È arrabbiato con me, ma al momento nemmeno io sto benissimo con lui».

«È solo deluso, Erik. Per lui è stata dura vendere la mandria, chiudere l'xL. Io lo capisco perché non hai voluto prendere in mano tu le cose, qui», disse anche se non era vero. «Hai bisogno della tua autonomia, di fare quello che ritieni più giusto per te. Però, credo che papà contasse moltissimo su uno di voi: AJ o tu...».

«Però a AJ non ha mai offerto di occuparsene lui, vero?».

Quella domanda la colse impreparata e, mentre cercava di riordinare le idee – gliel'aveva chiesto o *no* suo padre a AJ? – Erik fece uno scatto all'indietro con la testa e si lamentò.

Poi si scusò.

«Oddio! Che mi prende? Voi siete angosciati – lo siamo tutti – e io faccio critiche sul nulla».

Lily gli mise una mano sul braccio. «Tranquillo».

«Vado a vedere se riesco a prendermi qualche giorno. Poi torno. Setacceremo ogni angolo di questo ranch, tutta Madrone County... tutto il merdoso Texas, se necessario. Oh, scusa...».

«Non mettere a rischio il tuo lavoro, Erik».

«AJ è il mio migliore amico; è mio fratello. Tu per me sei una seconda mamma. Vi sento come una famiglia».

«Ma lo *siamo*, Erik. Lo sai».

«Già». Erik distolse lo sguardo. «Avrei solo voluto che AJ mi parlasse».

«Anch'io», gli disse.

«So che non è stato lui. Lo so». Erik tornò a guardarla.

«No», confermò Lily.

«Continuo a pensare che prima o poi si farà vivo, sai? Magari a casa mia; può darsi che mi chiami...».

La voce tremula di Erik le fece venire un nodo alla gola. «Senti», gli chiese dando un taglio al discorso per superare quel momento, «come sta Kate? Ho saputo che vi siete fidanzati».

«Sì, alla fine ha detto sì, la settimana scorsa».

«Avete fissato la data?»

«Non ancora. Non l'ho nemmeno portata a comprare l'anello. Ma lo farò presto. Prestissimo. AJ sarà il mio testimone, come io sono il suo».

«Stupendo».

«Sarei l'uomo più felice del pianeta». Si tranquillizzò. «Cioè, non volevo...».

«Hai tutto il diritto di essere felice». Lily gli carezzò il braccio. «Non farti rovinare tutto da questa storia, okay? Provaci, almeno».

«Quando riavremo AJ e rimetteremo questo casino a posto, faremo la festa più grande e cazzuta che Madrone County abbia mai visto. Arrostiremo dieci maiali...».

Lily scoppiò a ridere. «Faremo arrivare le ghirlande dalle Hawaii».

«Ci metteremo i gonnellini di paglia». Erik entrò nella Lexus.

«Hai detto di AJ a tua madre?», gli chiese Lily quando lui abbassò il finestrino.

«Non ancora».

«Non riesco a credere che non mi abbia chiamato per farmi sapere della morte di sua madre e che stava andando lì per il funerale».

«Be', lei in effetti non aveva intenzione di andarci, poi però Jeb l'ha convinta. Sapeva che, se non andava, poi ci sarebbe stata malissimo».

«Vi siete sentiti?»

«Una volta. I telefoni lì prendono malissimo. Comunque, non voglio dirglielo al telefono. È già abbastanza dura per lei essere là: mi ha detto che sta cercando di chiudere tutte le pratiche rimaste in sospeso, così non sarà più obbligata a tornarci».

«Ma tornerà? Qui, cioè, all'xL?». A un tratto, le era venuto il timore che non sarebbe più tornata.

«Domenica, o lunedì», rispose Erik.

Lily annuì. Non si fidava della propria voce; quel sollievo le aveva fatto venire voglia di piangere.

«Si incavolerà con me per non averle detto niente». Erik guardò oltre il parabrezza, riflettendoci su. «Non solo di AJ, anche di Jeb. Se mamma sapesse del collasso che ha avuto, salterebbe sul prossimo volo».

«Non c'è problema. Io resterei qui anche se ci fosse lei».

Erik annuì e accese la macchina. «A presto», disse. «Chiamami se hai bisogno di qualcosa».

Lily tornò in casa e, andando a controllare suo padre, lo trovò che dormiva sonoramente sul divano dello studio. C'era un plaid leggero piegato sullo schienale: lo aprì e glielo mise sopra. Aveva un'aria indifesa che non c'entrava niente con l'uomo coriaceo di cui aveva parlato Erik. Lily gli sfiorò con la mano la curva della fronte e la guancia magra, rugosa. Gli accarezzò i capelli argentei che gli scendevano dalla testa come ciuffi di dente di leone. Poteva essere duro; aveva un pessimo carattere, certo. Ma poteva avere anche un cuore dolce come un marshmallow fuso.

Lily si allontanò e andò di sopra a farsi una doccia e lavare i capelli. Quando tornò giù, lui pisolava ancora. Così lei iniziò a gironzolare entrando in cucina e pensando che forse poteva rimettere la sella a Butternut per uscire di nuovo, magari diretta a est, a controllare la casa di Winona. Ma probabilmente ci aveva già pensato Erik. Allora si appoggiò al ripiano. Mettersi a cercare da sola era inutile, comunque, non avendo una direzione precisa in cui andare. Prese il cellulare, uscì di casa, si fermò sul portico e sedette sull'altalena. Era un pomeriggio caldo e umido, sembrava più estate che primavera, l'aria era pesante come le ore che passavano. Dopo qualche istante si rimise in piedi e cominciò a passeggiare.

In televisione aveva visto tante storie di famiglie a cui era scomparso qualcuno.

Dicevano tutti la stessa cosa, che l'attesa e il fatto di non sapere erano insopportabili, un inferno. Raccontavano che, ogni volta che squillava il telefono, ogni volta che bussavano alla porta, saltavano in aria. Parlavano di impotenza e di paura. Lily non aveva mai immaginato che sarebbe stata una di loro.

Preso di tasca il telefono, fece scorrere la rubrica e, quando trovò il numero che non aveva inteso cercare, ci premette il dito sopra.

Lui rispose al secondo squillo. «Edward Dana», disse.

Quella voce le fece tremare le ginocchia, tornò all'altalena e si appollaiò sul bordo del sedile.

«Sono io», disse.

Capitolo 8

Dopo aver lasciato l'xL, Shea dichiarò di non aver fame, ma Dru si fermò ugualmente da Crickets, il bar sulla piazza di Wyatt, a comprare un sandwich con insalata di pollo. Tornata in macchina, passò il sacchetto a Shea. «Ne ho preso solo uno», disse. «Possiamo dividerlo».

«Va bene», rispose Shea.

Ah!, pensò lei.

Le cose non andavano bene per niente ma, appena partite dall'xL, Shea aveva informato la madre che non aveva alcuna intenzione di partecipare al "tribunale delle ipotesi" su AJ e sul perché il suo portatile e il cellulare erano stati trovati alla stazione dei pullman. *Queste però non sono ipotesi.* Dru aveva serrato i denti per riuscire a non dirlo. Il fatto inconfutabile dal quale si poteva trarre solo una conclusione era che AJ era stato alla stazione e, dato che era scomparso, stava scappando. Dru si reimmise nel traffico.

Becca era incinta! Quelle parole le ronzavano in mente come mosche. Perché non poteva pronunciarle e farla finita? Né lei né Shea però aprirono bocca. Anche quando parcheggiarono dietro casa e Dru spense il motore restarono in silenzio, a fissare dritto davanti a loro. Il parabrezza incorniciava una veduta sulla terrazza a pianoterra, arredata con due poltroncine di vimini, un tavolo di ferro vintage con tre sedie di ferro, tutte di stili diversi. Dru non aveva trovato una quarta altrettanto originale. Si voltò verso Shea.

«Che c'è?». La figlia era diffidente. Pronta ad alzare le difese, nello scontro finale su qualunque cosa avrebbe detto la madre.

«Devo dirti una cosa», esordì Dru.

Dalla borsa di Shea si sentì uscire una musichetta e lei ci frugò dentro in cerca del telefono.

Dru iniziò ad agitarsi. Stava diventando la regola, ogni volta che squillava un telefono.

«Papà?», disse Shea. Aprì la portiera della macchina, uscì e lanciò un'occhiata a Dru accennando una smorfia dispiaciuta.

Dru la guardò andare in terrazza e sedere su una poltroncina. Lei invece prese il sacchetto col pranzo ed entrò in casa. Chissà se Rob aveva saputo cos'era successo, se aveva chiamato per questo. Non poteva esserne certa. I telegiornali di Houston avevano già la loro indigestione di crimini locali da coprire.

Quando Shea la raggiunse dentro, lei aveva già diviso in due il sandwich e messo le due metà su due piatti.

«Vuoi un bicchiere di tè freddo?», chiese Dru. «È al lampone».

«Hai parlato con papà?»

«Non ci parlo da giorni. Perché?»

«Perché siete uguali. Secondo lui AJ ha ucciso Becca e ora sta scappando».

«Ha detto questo? Non pensavo che avrebbe avuto…».

«Dopo tanti anni, è la prima cosa che vi sento dire su cui siete d'accordo. Chissà perché».

Dru portò i piatti a tavola, poi andò a prendere i bicchieri di tè. «Vieni a mangiare», le disse.

«Becca era incinta», sbottò Shea sedendo a tavola.

Dru la fissò ammutolita.

«Papà è andato a pranzare al bar dove trasmettono le partite. In tv c'era il notiziario. Lo sai già, comunque, no? Te l'ha detto la madre di Becca».

«Oh, tesoro». Si sedette davanti a lei. «Avrei dovuto dirtelo. Solo che non riuscivo a...».

«Non era di AJ».

«Be', il DNA ci dirà...».

«Non mi serve il DNA per sapere che il bambino non era di AJ. Come non mi servono prove schiaccianti per sapere che non è un assassino. È nei guai, mamma. O è così, oppure è...», Shea si bloccò e incrociò le braccia stringendole al petto.

Morto.

Quella parola risuonò nell'aria diventando ancor più terribile perché non era stata pronunciata.

«Sua madre lo sa... della gravidanza?», chiese Shea.

«Gliel'ho detto io», ammise Dru. Pensò a quanto si somigliavano Shea e Lily nel rifiutarsi di credere in certe cose.

«La madre di Becca, che cosa ha detto? Non pensa che fosse di AJ, vero?».

Shea agganciò lo sguardo di Dru, non lasciandole spazio per svicolare, ma lei non ebbe il coraggio di dirle che, stando a Joy, AJ e Becca erano di nuovo una coppia e si erano rimessi insieme alle spalle di Shea.

«Neanche per sogno», disse Shea, benché la sua fiducia fosse già abbastanza scossa. Dru vide sbriciolarsi il muro che la figlia aveva davanti agli occhi e le si spezzò il cuore.

«Papà dice che se AJ mi contatta, devo convincerlo a presentarsi alla polizia. Dice che forse in questo momento per lui è difficilissimo capire qual è la cosa giusta da fare. Dice che forse la mente di AJ è in un milione di pezzi».

«Be'», le disse, «tra tutte le persone, immagino che tuo padre sia il primo a sapere come ci si sente».

«Perché anche a lui hanno diagnosticato il DPTS», sbottò Shea come emettendo una sentenza di condanna.

«È quello che li accomuna. Il motivo per cui sono preoccupata. Non voglio che tu sia minacciata come lo sono stata...».

«La storia di AJ non c'entra con quella di papà, mamma.

Papà non era un soldato addestrato. Non ha mai avuto una pistola prima che lo aggredissero».

«Allora, siccome AJ è stato addestrato a combattere, siccome sapeva maneggiare le armi, è mentalmente ed emotivamente più attrezzato per sopportare la violenza a cui l'hanno esposto? Stai dicendo questo?».

Shea fece uno scarabocchio sul tavolo con la punta del dito. «Forse devo dirtelo prima che lo faccia papà».

«Dirmi cosa?»

«AJ è già stato arrestato una volta... per complicità in omicidio».

«Cosa? Quando?»

«Prima di entrare nei marines. Era a una festa ed è scoppiata una rissa tra alcuni ragazzi. Uno di loro, uno che AJ conosceva e riteneva suo amico, aveva una pistola. Un paio di persone si presero una pallottola».

«Da AJ?». Dru si sentì svenire.

«No, dal suo amico. AJ provò a fermarlo, ma fu arrestato lo stesso, anche se non sapeva che "l'amico" – Shea segnò le virgolette nell'aria – era andato alla festa con una pistola».

«Be', mi dispiace, ma io dico che AJ doveva saperlo».

«Chiama la polizia, mamma. Chiedilo a loro. Le accuse contro AJ caddero perché non c'erano prove contro di lui».

Dru allontanò il suo piatto. Non sapeva che dire. AJ era pericoloso, fine. Era stato pericoloso anche prima del servizio militare. La violenza che covava non era un'aberrazione. Era parte della sua indole.

«Non riesco a credere che i media abbiano rivangato quella storia. A AJ non piacerà che lo sappiano tutti. La gente si farà un'idea sbagliata». Shea incrociò lo sguardo di Dru. «Mamma, non è un criminale».

Voleva il suo appoggio, ma Dru non poteva darglielo.

«È l'ultima persona che...». Shea si interruppe portandosi una nocca del dito alla bocca, per riflettere. «Dopo tutto quello che ha passato in guerra», riprese, «dopo tutto l'orrore che ha visto laggiù, le cose che ha dovuto fare... per il suo paese...», continuò isolando quella frase, piena di sarcasmo, «credimi, è l'ultima persona che farebbe del male a un altro essere umano. Non lo capisci?».

Dru si piegò in avanti per sfiorarle la guancia, asciugarle le lacrime; le mise una ciocca di capelli dietro l'orecchio. «Io voglio credergli, davvero, ma sei tu quella che mi interessa di più, la tua sicurezza. Anche tuo padre era un uomo meraviglioso e gentile che non avrebbe fatto male a una mosca».

«Oddio, mamma!», si sfogò Shea alzandosi in piedi. «Che ti prende? AJ non è papà! E comunque, papà è stato aiutato. È andato in terapia. Per anni! Lo sai bene. E sai che da allora non ha puntato un'arma su nessuno. Ormai non ne ha più neanche una». Poi alzò la voce. «*Tu*... tu hai una pistola perché pensi ancora che papà sia uno psicopatico, che voglia ancora inseguirci. Tu ce l'hai ancora con lui, e ora ce l'hai pure con AJ. Non ne posso più, mamma. Non. Ne. Posso. Più». Fissò Dru dall'alto in basso, tremando e col fiatone. In quello sguardo si intrecciavano il dolore e la furia. «Sai qual è il tuo problema?», le chiese prima che Dru potesse dire niente. «Tu non ti fidi... né di me né di nessuno».

Dru continuava a guardarla sentendo di aver perso il dono della parola. Non riusciva nemmeno a pensare, si limitò a guardare Shea che rimetteva a posto la sedia, spingendola sotto il tavolo. Poi, seguì la veloce ritirata della figlia dalla cucina.

«Dovremo darci da fare per annullare il matrimonio». Dru trovò la voce. «Oggi», aggiunse. «Non posso...».

«Che devo dire?». Shea si voltò di scatto a guardarla. «Oh, mi dispiace, il matrimonio è cancellato. Una delle mie testimoni è morta e il mio fidanzato è scappato perché tutti, inclusi i miei stupendi genitori di larghe vedute, pensano che l'abbia uccisa lui?»

«Non dovrai parlare con nessuno, tesoro».
«No, certo che no. Che stupida. Ne parlano tutti i giornali».
«Però dobbiamo scrivere agli invitati che lo cancelliamo per circostanze impreviste, qualcosa del genere. Il modo più rapido per dirlo a tutti è via mail, se abbiamo gli indirizzi. Altrimenti dovremo affidarci alla posta ordinaria».
«E zio Kevin e zia Mary? Sono già sulla strada, no?»
«Forse non sono ancora partiti. Ora li chiamo».
Shea si pressò le tempie, emettendo un piccolo gemito. «È orribile, mi sembra un incubo. Continuo a pensare che fra poco mi sveglierò».
«Ce la caveremo», disse Dru, non avendo idea di come fare. «Più tardi Kate, Vanessa e Leigh verranno a darci una mano con le mail, mentre Lily si occuperà della sua lista di invitati e di tutto quello che riguarda la prova del menu».
«Anche lei pensa che dovremmo cancellarlo?».
A un tratto Shea sembrò piccolissima e disorientata. Come si era arrivati a questo, dopo tutti quei meravigliosi progetti per le nozze? La domanda era scritta nel solco della sua fronte, nella contrazione estrema della bocca, nel mento che le tremava. Dru si alzò, la gola stretta nel tentativo di non piangere, e andò dalla figlia per stringerla in un abbraccio. Era tutto quello che aveva, tutto quello che sapeva di poter fare.
«Lo amo tantissimo, mamma», disse Shea con la voce rotta. «Non mi importa del matrimonio. Voglio solo che stia bene. Voglio che torni a casa».
Dru sentì le lacrime di Shea sulla camicia. «Lo so, tesoro», mormorò. «Lo so».

«Non so cosa sperare», disse più tardi a Rob. Era uscita in terrazzo a chiamarlo, non volendo rischiare di farsi sentire da Shea, anche se la figlia era andata in camera convenendo che dovesse almeno cercare di riposare, finché non arrivavano Kate, Leigh e Vanessa. Dru si sedette sul bordo di una poltroncina. «Non so se è meglio che sia colpevole o innocente, che torni o venga arrestato».

«È tremendo, lo so, ma Shea deve affrontarla questa cosa... e tutti dovremmo considerare il fatto che potrebbe pure essere morto a quest'ora, per mano sua o di qualcun altro».

«Non l'hai detto a lei, vero?»

«Certo che no. Non è pronta a sentire una cosa del genere».

«Quello che mi preoccupa è che non è disposta a riflettere davvero sul ruolo di AJ in tutta questa storia... sulla possibilità che sia il padre del bambino di Becca e, quindi, sull'ipotesi che l'abbia uccisa lui. Non le si spezzerebbe solo il cuore, Rob, le farebbe molto più male».

«Sono preoccupato anch'io», disse Rob. «Ma lei è forte, Dru, come sua madre», aggiunse.

Dru incrociò le caviglie. Era a piedi nudi e fu attratta dalla vista delle sue unghie; lo smalto rosso Cina si era scrostato. Questo le ricordò i tempi in cui era lei a dipingere le unghie di Shea, quando la figlia era ancora una bambina. Rosso, sempre rosso, e lo smalto se ne andava sempre malgrado le tante ore passate a metterglielo. Adesso rivedeva quella manina, allargata come una stella marina, le minuscole unghie picchiettate di rosso. «Non rinuncerà mai a lui. Anche se è colpevole».

«Non fraintendermi, non lo sto giustificando, okay? La penso come te. Probabilmente è stato AJ; forse l'ha uccisa lui quella ragazza. Ma che possa uccidere qualcuno a sangue freddo non me la bevo. Non è uno psicotico, un sociopatico. Ha dei problemi, certo, ma dev'essergli successo qualcosa che l'ha spinto a...».

«Stai dicendo che vuoi che sposi nostra figlia? Cioè, ammesso che lo trovino e ne esca fuori in qualche modo», lo interruppe Dru, non sopportando il tentativo di Rob per calmarla. «L'idea ti rende felice? No, perché Shea non sembra pensarla così... era stupita che io e te avessimo lo stesso giudizio negativo...».

«Dru, non sta a me decidere con chi si sposa Shea».

«Allora non pensi alla sua incolumità. Giusto? Certo, perché dovrei sorprendermi, visto che chiaramente non ti importava nemmeno quando vivevamo insieme». Dru si alzò in piedi. Tremava, si strinse il braccio libero attorno alla vita.

«Cristo, Dru, ho provato in tutti i modi a farmi perdonare per il dolore che ho causato a te e Shea».

«Rob, questa cosa non si risolve con un programma di recupero. Qui non si parla di te che bevi troppo e svieni sul divano ogni santa notte. In quel caso, avresti fatto del male solo a te».

«Non sono d'accordo. Che differenza c'è tra l'ossessione del bere e quella della paura? Possono essere entrambe letali. L'unica differenza è che quando uno smette di bere, i segni della ripresa sono evidenti. Per la paura, invece, ci si dovrebbe solo fidare di chi dice che non ne soffre più, che non è più un paranoico. Ormai so come gestirla. Tu però dovresti fidarti di me e immagino che non accadrà mai, vero?».

Dru non rispose, cosa che odiava… odiava il proprio silenzio e il modo in cui se ne sentiva prigioniera.

«Sai», riprese con prudenza Rob, «non avrei mai detto che fossi una persona capace di serbare rancore. È una maledizione per me, perché ti amo ancora, e non so perché».

«Dovrei stare male per Rob?», chiese Dru a Amy.

Erano davanti al garage di Dru, caricavano nell'auto di Amy il cibo da portare al rinfresco degli insegnanti. Dru le era molto riconoscente: Amy si era offerta di venire a prendere il cibo e il servizio da tavola non solo per quel pranzo, ma anche per gli altri catering in programma per tutta la settimana successiva. C'era un bel gruppo di clienti a cui portava da mangiare ogni giorno, più una selezione di dessert da fornire a un club femminile di bridge e una cena per dieci, organizzata per un venticinquesimo anniversario di nozze. A quel punto, la curva dell'attenzione di Dru non superava quella di un moscerino e, anche se fosse stata capace di maggior concentrazione, chi poteva dire se avrebbe avuto il tempo di preparare tutto assicurandosi di fare bene il suo lavoro? Le catastrofi hanno un calendario e un programma tutto loro.

«Te l'aveva mai detto che ti ama? Cioè, da quando avete divorziato», chiese Amy.

«Non con tutte queste parole». Dru sistemò un sacchetto con tovaglioli di seta e posateria varia dietro il sedile del passeggero.

Amy chiuse la portiera. Incrociò lo sguardo dell'amica. «Senti, tutte le cose che mi hai sempre detto su Rob mi fanno pensare che… che vuole solo un'altra occasione».

Dru guardò in strada.

«E se fosse vero che ora sta bene? Cioè, se potessi saperlo, se potessi avere la certezza che si è ripreso, che è tornato a essere la persona che hai sposato, cosa vorresti? Te lo riprenderesti?».

Dru fissò l'amica. «Se mi desse una garanzia, vuoi dire?».

Amy le fece una smorfia e lei rise.

«Sappiamo entrambe che, quando si parla di uomini, non esistono garanzie», sentenziò Amy.

«Onestamente?», disse lei finendo di ridere. «In questo momento non riesco a pensare a quello che voglio io o a quello di cui ha bisogno Rob. Shea è in pericolo».

Amy le sfiorò il braccio. «Mi dispiace tantissimo per quello che state passando, sia tu che lei».

«Ormai lo saprai anche tu, che Becca era incinta».

«Non posso crederci. Quando Ken mi ha detto che è stata accoltellata lì… nell'addome…».

Dru fece un lieve scatto con la testa. Questo non lo sapeva.

«È così», ribadì Amy. «Sette volte allo stomaco e quattro al petto. Ken ha detto che uno dei suoi colleghi di Dallas gli ha raccontato che secondo loro è stata anche violentata. Aveva le mutande abbassate e sulla schiena le hanno trovato una scritta che diceva: SISTEMATA. Credono che sia stata fatta con la matita per le labbra».

«Oddio, come faccio a dirlo a Shea?».

Amy le carezzò il braccio per darle sostegno.

«È strano sperare che non si svegli mai più?»

«O che si risvegli tra cent'anni come Rip van Winkle. Forse troverebbe un mondo meno malato». Amy fece il giro dell'auto fino al lato del guidatore e si sedette al volante.

Dru la seguì.

«Se vuoi, ripasso più tardi per aiutarti con l'annullamento del matrimonio».

«Grazie», le rispose, «ma credo che ce la caveremo, con Kate e le altre. E poi, hai già fatto tantissimo. Non so se riuscirò mai a sdebitarmi».

«Lo sai che non faccio sconti, vero?», le disse Amy facendo l'occhiolino. «No, sul serio, sono felice di dare una mano. Se hai bisogno di qualcosa, ci sono, okay? Basta che mi chiami».

Dru distolse lo sguardo. «Non essere tanto carina o crollo definitivamente».

«Oh, tesoro. Vuoi che resti?».

Dru tirò su col naso, asciugò gli occhi, si diede un contegno e disse: «No, sto bene. Ma tu sei un dono del cielo, lo sai, vero?»

«Telefoni a mio marito e lo dici anche a lui?», rispose Amy senza alcuna ironia.

La battuta funzionò. Dru sorrise.

Poco dopo arrivarono le ragazze. Dru svegliò Shea che si unì alle altre, tutte sedute al tavolo della colazione. Aveva gli occhi gonfi e arrossati, non perché avesse o non avesse dormito, pensò Dru, ma per il pianto. Kate, seduta accanto a Shea, le prese la mano. Anche Vanessa e Leigh si allungarono per abbracciarla. Dru era contenta di loro, del loro sostegno.

Shea ne aveva bisogno. Lei intanto portò a tavola dei bicchieri e una caraffa di tè.

«So che Becca era incinta», disse Shea. «Voglio metterlo subito in chiaro. So anche che tutti pensano che fosse di AJ, ma vi sbagliate, lo capirete quando usciranno i risultati del test del DNA».

«L'hai sentito dov'è stata accoltellata Becca, vero?», disse Vanessa.

Dru mise una mano sulla spalla di sua figlia. «Non c'è bisogno di scendere nei dettagli».

Shea alzò la testa e la guardò. «Ti sei dimenticata che ho un computer? Posso informarmi anche da sola».

Dru non rispose.

«È tremendo e sto malissimo. Sto male come tutte voi, ma questa storia non c'entra niente con me e AJ».

Dru ebbe un tale attacco d'angoscia che indietreggiò e si voltò per andare in cucina e accasciarsi sul ripiano di lavoro.

«Allora, come ci muoviamo?», sentì chiedere a Shea. «Come lo cancelliamo il mio matrimonio?».

Quando Dru tornò dalle ragazze, Van stava aprendo il suo computer.

«Quando non sai una cosa, Google», disse.

«Sei seria?», chiese Kate.

«Certo. Al contrario di Siri, Google sa tutto. È tutto qui. Anche come scrivere la mail».

«Hai già controllato?», chiese Leigh.

«Meglio farlo in fretta... come togliersi un cerotto».

«Perfetto», disse Shea.

Kate alzò gli occhi al cielo.

«Era così, per dire». Vanessa guardò le altre intorno al tavolo. «C'è una formula standard, così nessuno deve pensare a cosa scrivere. Non si deve per forza entrare nei dettagli». Van ora parlava a Shea che la guardava con la massima serietà.

Aveva buone intenzioni, pensò Dru.

Shea allungò le braccia sul tavolo. «E se torna? Se riesce a spiegare tutto?»

«Allora vi sposate. E io ballerò al tuo matrimonio». Kate sorrise.

Anche Shea sorrise alleviando un minimo la pena della madre. Dru prese il suo computer portatile e sedette accanto a Van per lavorare alla mail. Shea, Leigh e Kate intanto dividevano la lista in categorie, separando gli ospiti di AJ dai loro, e facendo un controllo incrociato di tutti gli indirizzi.

Qualche ora prima Dru aveva chiamato il fratello lasciandogli un messaggio in segreteria. Aveva già parlato anche con un gruppetto di amici, tanto intimi sia per lei che per Shea da pensare che dovessero essere contattati di persona. Le reazioni erano state le più diverse: comprensione, shock e/o orrore, in base a quante informazioni avessero già avuto su quella storia. Per fortuna, nessuno aveva fatto troppe domande.

Dru iniziò a sentire qualche avvisaglia di mal di testa. Era esausta, gli occhi le pulsavano di stanchezza. Si scusò e andò in cucina a prendere un'aspirina. Mentre stava ferma sul lavello, Kate le sfiorò il gomito. «Tutto bene?»

«Sì», rispose, pensando che mentire fosse la cosa migliore. «Sono solo stanca. Tu come stai? Erik è felicissimo da quando gli hai detto sì».

«Lui... è felice, cioè».

«Tu no?». Qualcosa nel tono di Kate, nel suo atteggiamento, non le tornava.

«Credo di sì. Cioè, gli voglio bene. Mi fa ridere. Mamma e papà lo adorano. Mamma, soprattutto».

«Lo so. Tua madre non fa che parlare di lui. Però, cara», Dru sollevò il mento di Kate, «sei tu quella che lo sposerà e ci starà per tutta la vita... o almeno, dovrebbe. Devi essere sicura tu che lui sia quello giusto, non tua madre, capito?».

Kate evitò di guardarla negli occhi.

«Lo sei?»

«Mi tratta come una regina».

«D'accordo», disse Dru, pensando però che venerazione e amore fossero due cose diverse.

«Sono distrutta per Shea. In teoria è lei la mia testimone. L'abbiamo sempre sognato, di andare l'una al matrimonio dell'altra, vivere nello stesso quartiere, crescere i nostri figli insieme». Kate la fissava da una patina di lacrime. «Eravamo migliori amiche che avrebbero sposato migliori amici. Era perfetto, no?».

Dru l'abbracciò sussurrandole l'assurdità di circostanza, che col tempo si sarebbe aggiustato tutto. A un certo punto, si accorse che di là si erano scaldati un po' gli animi. Sentì chiudere la porta sul retro – non proprio sbattuta, ma quasi – e poi una delle ragazze che alzava la voce, forse Leigh, piena di costernazione.

Dru seguì Kate passando sotto l'arco dell'angolo colazione.

«Guardate cos'ha appena trovato Leigh sotto il tergicristallo della sua auto». Shea reggeva in mano quello che sembrava un bigliettino d'auguri otto per dodici con su scritto qualcosa... in rosa.

«È rossetto? Fammi vedere», disse Dru.

«Matita per le labbra. È un biglietto di scuse, scritto con la matita per le labbra». Shea passò il biglietto alla madre.

«Dice che non può farci niente». Leigh leggeva ad alta voce, quasi urlando. «Perché l'ha messo nella *mia* macchina? Perché non nella *tua*?». Parlava con Shea.

«*Mi dispiace ferirti*», lesse Dru. «*Sono nei guai e non credo di potermi fermare*». Scritto con una matita per labbra, come il messaggio lasciato sul corpo di Becca. Dru alzò gli occhi e fissò Shea.

«Potrebbe essere di chiunque», disse lei.

«Non la riconosci la scrittura?», chiese Leigh.

«No», rispose Shea. «È stampatello. Potrebbe averlo scritto qualunque bambino dell'asilo».

Ferma, gomito a gomito con Dru, Kate disse: «Dobbiamo chiamare la polizia».

«Nooo». Shea trasformò il monosillabo quasi in un gemito.

Kate andò da lei e le mise un braccio intorno alla vita.

«Ho paura», disse Leigh.

«Santo cielo, anch'io». Van urlò come se non potesse crederci, che lei, che tutte quante, potessero avere paura.

Eppure ne aveva tutti i motivi, pensò Dru tornando in cucina per recuperare il telefono: chiunque fosse stato l'autore di quel biglietto – ed era impossibile pensare ad altri, se non a AJ – aveva dato un chiaro avvertimento sull'intenzione di uccidere ancora.

Capitolo 9

«Non sapevo chi altri chiamare», disse Lily saltando i convenevoli: nella sua mente colma di paura non c'era spazio per nient'altro.

«Che è successo?», il tono di Edward era neutrale, impossibile immaginare a cosa stesse pensando.

«Puoi... ti andrebbe di incontrarci?». Lily smise di respirare. Non aveva previsto di chiederglielo.

«Dove? Quando?».

Non riusciva a pensare.

«Ho un buco oggi pomeriggio». Riempì lui il silenzio. «Potrei essere a Greeley per vederci da Bo Dean alle quattro. Che ne dici?»

«Va bene», rispose. «Grazie».

Si creò un silenzio un po' imbarazzante, come se nessuno dei due credesse davvero all'appuntamento che si erano dati. Si erano detti che non si sarebbero visti mai più, che sarebbe stato sbagliato per tantissimi motivi. Lei considerò di tirarsi indietro, di dirgli di non preoccuparsi, poi però lui pronunciò il suo nome – «Lily?» – e in quel momento seppe che non l'avrebbe fatto.

«Sono felice che mi hai chiamato», le disse prima di riattaccare.

Quando più tardi si svegliò suo padre, Lily stava in cucina. «Ti stavo scrivendo un biglietto», gli disse.

«Non riesco a credere di essermi addormentato». Andò al lavello, aprì il rubinetto e si sciacquò il viso con l'acqua fredda. «Novità?»

«Nessuna». Lily gli passò uno strofinaccio.

«Che biglietto mi stavi lasciando?». Il padre si tamponò gli occhi e le guance, asciugando poi il resto della faccia.

«Pensavo di fare un salto a Greeley per comprare qualcosa da mangiare. Il supermercato che c'è lì è molto più fornito di quello di Wyatt».

Il padre non disse nulla.

«Come va? Te la senti di restare solo?», gli chiese.

«Tranquilla. Non devi starmi appiccicata. Ma non abbiamo niente da mangiare qui? Non è che abbiamo tutta questa fame, dopotutto».

«Dici?». Lily lo fissò per un attimo senza sapere come gestire la cosa. «Ho bisogno di distrarmi». Si pentì subito dopo averlo detto. Magari anche lui aveva bisogno di distrarsi, no? Forse le avrebbe chiesto di accompagnarla.

Invece, le rispose che non la biasimava. «Dovresti chiamare Mary Nell». Era la sua migliore amica al liceo, si era trasferita a Greeley da poco. «Ogni volta che la incontro, vuole sapere perché non vi siete più sentite».

Lily prese la borsa pensando che, se Mary Nell aveva chiesto di lei, probabilmente era solo per riguardo verso suo padre. Lui se le ricordava ancora piccole, quando amavano i cavalli e le corse nei sacchi, gli esperimenti con il nuovo ombretto o le uscite in città, al Sonic, per flirtare con i ragazzi. Cose da ragazzine. Aveva dimenticato quanto fosse cambiata dopo che lui l'aveva riportata a casa da Phoenix, quanto somigliasse poco ormai alla fanciullina spensierata che era stata la migliore amica di Mary Nell. Aveva fatto cose ed era stata in posti così brutti da non poterne nemmeno parlare, e di certo non a Mary Nell che si sarebbe terrorizzata. E poi, si sarebbe sparsa la voce. In una città piccola come Wyatt era inevitabile. Lily aveva cercato di evitarlo isolandosi. A parte suo padre, Winona e Paul, da allora non aveva più rivisto nessuno di quelle parti. Continuava a stare per conto suo. Cosa aveva in comune con Mary Nell, dopo quasi trent'anni soprattutto, considerata tutta la storia taciuta che le separava? Inutile chiederlo a suo padre.

«Magari la chiamo, Mary Nell», disse invece, felice di vedere negli occhi del padre un barlume di sollievo. «Sicuro che te la cavi?», gli chiese. «Dovrei tornare per le sei. Ti preparerò la cena».

Le fece segno con le mani di sparire. Avrebbe sellato Sharkey, disse, per continuare un po' le ricerche. Avrebbe tenuto acceso il cellulare. «Tu ce l'hai il tuo?».

Lily lo tirò fuori dalla borsa insieme alle chiavi della macchina e glielo mostrò.

Un'ora dopo arrivò a Greeley quasi senza rendersene conto. Bo Dean, il bar lungo la strada dove stava per incontrare Edward, era a più di quindici chilometri a nord dalle ultime case della città. Era stato uno dei loro posti preferiti. Il caffè era amaro, il cibo pessimo e i clienti abituali pochissimi. Perlopiù erano camionisti e gente impegnata in lunghe tratte, famiglie con bambini, commessi viaggiatori. Il fatto che fosse quasi impossibile incontrare qualcuno che li riconoscesse lo rendeva un posto ideale.

Era in anticipo, ma Edward era arrivato ancor prima di lei. Stava in un chiosco appartato sul retro. Quando incrociò il suo sguardo, per un attimo la felicità di vederla gli illuminò il viso. Il mondo fece un passo indietro e, in mezzo agli odori di caffè amaro e olio rancido, come riemerso da un ricordo mai cancellato, Lily sentì il profumo di appretto che emanava la camicia fresca di Edward. Riconobbe l'odore discreto del suo dopobarba, un misto di pino e agrumi. Rispetto all'ultima volta che si erano visti, aveva qualche filo d'argento in più sulla testa scura, ma i capelli erano sempre arruffati e mantenevano tutto il loro fascino ribelle, come quelli di un giovane strafottente. Ora però, a guardarlo, sembrava aver messo giudizio, forse per l'aria seria e un po' diffidente che gli lesse negli occhi castano scuro quando la salutò.

«Signora?». Una cameriera le spuntò di fianco come dal nulla.

«Grazie», le disse. «Sono con lui».

La donna annuì e si allontanò, ma Lily restò immobile con le radici piantate a terra e i crampi allo stomaco per l'emozione di stargli così vicino, anche se una voce dentro di lei continuava ad ammonirla sul fatto che quell'incontro era un errore. Era rimasta in jeans e stivali, non aveva messo neanche il rossetto, ma quella mancata cura non cambiava il fatto che, almeno in parte, il suo intento restava quello di corteggiarlo. Era ancora lì, il dolce e spaventoso desiderio di avere quell'uomo. Non era diminuito, non era cambiato.

E lei non ne aveva alcun diritto.

Edward poteva anche non essere sposato, ma lei sì.

Forse, invece, aveva cambiato stato civile. In tre anni poteva essersi fatto una moglie e anche dei figli, per quanto ne sapeva lei. Quel pensiero le gelò il cuore.

Ad ogni modo, gli andò incontro e, scivolandogli davanti con lo stivale per poi allontanarsi di nuovo, lo ringraziò per essere venuto.

L'intensità di quello sguardo la fece arrossire. *Che succede? Che stiamo facendo?* Domande che non gli servì pronunciare per risultare evidenti.

«Si tratta di AJ», spiegò Lily.

«Lo immaginavo», le disse appoggiandosi allo schienale. «Ho sentito qualcosa poco fa, mentre venivo da Dallas».

«Non l'ha uccisa lui quella ragazza, Edward».

«E tu non sai dov'è?»

«No. Ha chiamato ieri sera e mi ha chiesto di portargli il passaporto, ma gli ho detto che doveva venire al ranch o andare a casa da Paul».

«Il tuo rifiuto l'ha innervosito?»

«Non lo so. Papà ha preso il telefono ma, prima di potergli dire niente, AJ ha riagganciato, o è caduta la linea».

«Sai che potrebbero averlo costretto a fare quella chiamata».

«Sì, ma ora mi mordo le mani. Se l'avessi assecondato, avrebbe dovuto dirmi dov'è».

«Sicura che fosse AJ?».

Lily si prese un attimo. «Sicura», confermò. «Per quanto è possibile».

«I telegiornali dicono che hanno trovato il suo portatile e il cellulare in una stazione di pullman a Dallas».

«Però nessuno l'ha visto salire su un pullman».

La cameriera li raggiunse al tavolo. Ordinarono due tazze di quel caffè tremendo e, quando la donna se ne andò, restarono in silenzio. Edward guardò fuori dalla finestra. Lily voleva sfiorare con la punta del dito il delicato reticolo di rughe che gli si era formato sull'angolo dell'occhio. Voleva tracciare un percorso da lì alla fossetta che gli spuntava quando sorrideva. Non osò fare niente di tutto questo.

Dall'ultima volta che si erano visti lì, riparati dalla pioggia sotto il tendone del bar, quando le loro dita si erano intrecciate per un secondo, o quando Edward l'aveva presa a braccetto accompagnandola alla macchina, non si erano mai più sfiorati, non di proposito. Eppure, il fuoco vivo di quegli incontri rimasti nella memoria le faceva ancora male.

«Vuoi il mio parere di penalista? Per questo mi hai voluto vedere?». Edward la richiamò a sé.

Lily non capì se quella punta di tensione nella sua voce fosse dovuta a rabbia o delusione. Una volta, abbassando la guardia in un momento di intimità, le aveva detto di non aver mai conosciuto una donna come lei, una a cui sentiva di poter dire qualsiasi cosa senza rischiare di essere giudicato. Era stato dopo che le aveva confessato il suo più oscuro segreto: che aveva una dipendenza dal gioco d'azzardo. Il giorno in cui l'aveva capito, le aveva raccontato, era stato il giorno in cui aveva messo in ginocchio un altro uomo puntandogli una pistola alla testa, con l'intenzione di rapinarlo per farsi dare dei soldi con cui andare al casinò. Era stato quell'incidente a bucare finalmente la nebbia in cui stava vivendo la sua vita. Era successo su una strada di campagna, da qualche parte in Louisiana: si era risvegliato a se stesso – così aveva definito la fine del suo agire compulsivo – e si era dato alla fuga lasciando quell'uomo in ginocchio e abbandonando la propria auto con la portiera sul lato guidatore ancora aperta. Alla fine, la polizia l'aveva catturato. Il giudice gli aveva dato la libertà vigilata e l'ordine di entrare in un programma di recupero che poi aveva seguito. Quando le aveva raccontato quell'esperienza, non faceva una scommessa né entrava in una sala da gioco già da diciotto anni. Ora, ne erano passati ventuno. E lui continuava a mantenere quella promessa.

Edward le diceva sempre che le promesse fatte agli altri non erano mai importanti come quelle fatte a se stessi. Quello che contava, le aveva spiegato, era quello che ognuno di noi fa al riparo dallo sguardo degli altri. Lily continuò a guardarlo dritto negli occhi. «Se... quando troveranno AJ, se gli servirà un avvocato, sì, voglio che sia tu a rappresentarlo. Lo vorrà anche lui».

«E Paul? Cosa vorrà Paul?».

A quel punto, toccò a lei guardare fuori dalla finestra. Lo sguardo le cadde sull'autostrada oltre il parcheggio del bar, dove il flusso del traffico continuava a scorrere regolare, monotono, incurante. Quando Paul aveva contattato Edward Dana, dopo il primo arresto per omicidio di AJ, l'aveva fatto su segnalazione di un amico che lavorava nel suo stesso studio. Edward aveva fatto scagionare il figlio dell'amico da un'accusa di aggressione premeditata. Aveva detto che Edward era un asso in aula di tribunale, che se non riusciva lui a far liberare AJ, non ci sarebbe riuscito nessun altro.

Paul aveva dissuaso Lily dal partecipare alla discussione in cui avrebbero messo in piedi la difesa di AJ. Le aveva detto che era una cosa da uomini. Lei però c'era andata lo stesso, presentandosi nell'ufficio di Edward senza appuntamento, prima di Paul e AJ, decisa a informare Edward della sua intenzione di essere ammessa agli incontri. *AJ è anche figlio mio*, si era ripetuta mille volte in testa. *Stare qui è un mio diritto*, aveva programmato di dirgli. Quando però Edward era apparso in sala d'attesa, tutto era diventato incredibilmente difficile. Lily aveva perso il dono della parola. Dopo un po', o un'eternità – non sarebbe mai stata certa del tempo passato davvero – arrivò Paul, la trovò già lì che parlava con Edward e si piantò a terra guardando prima l'uno e poi l'altra, a turno, come cercando di capire cosa avesse interrotto.

«Non ci crederai», gli disse tornando a guardarlo, «ma prima di questa storia, non vedevo l'ora che passasse il matrimonio di AJ».

«Per fare che? Non è cambiato niente, o sbaglio? Sei ancora sposata».

«No. Sì. Non lo so». Risposte uscite una subito dopo l'altra. La stupì realizzare che davvero non sapeva quale fosse quella corretta.

La cameriera venne a portare le tazze. «Panna?».

Lily chinò la testa, afferrò il bricchetto e ne versò un po' nella sua tazza, sapendo bene che questo non avrebbe reso più commestibile quell'intruglio amaro.

«Che c'entra la fine del matrimonio di AJ col resto?». Edward aspettò che la cameriera fosse a distanza di sicurezza per chiederlo. «Non ho tue notizie da tre anni. E ci ho provato, ho fatto di tutto per…». Si interruppe e agitò la tazza di caffè in cerchio, restando a contemplarla.

Dimenticarti.

Lily sapeva che aveva fatto di tutto per dimenticarla. Non le serviva che lo dicesse per avere la conferma. Lei aveva cercato di fare lo stesso con i ricordi che aveva di lui.

«Sei anni fa», Lily tornò indietro fino all'inizio, «quando AJ fu accusato di omicidio, quando pensai che sarebbe finito in carcere, ho pregato. Non so se esiste un Dio e se ci ascolta, ma lo implorai di salvargli la vita. A quel Dio dissi che non ero nemmeno sicura che, se avesse graziato AJ, io sarei stata una persona migliore, una moglie e una madre migliore».

«E lui si salvò». Lily alzò la testa e incrociò lo sguardo di Edward. «Grazie a te, grazie alla tua competenza, la mia preghiera fu esaudita. Ma non sono mai stata una buona madre. Anche prima di quella storia, a volte... avevo sempre paura che gli facessero del male per colpa mia... mia... delle mie mancate attenzioni. Quando AJ aveva due anni, noi... Paul assunse una tata. Si occupava lei di AJ».

«Perché? Era successo qualcosa?»

«Io... era successo...», Lily si interruppe. Non riuscì a parlare della prima volta in cui aveva fatto un patto col suo Dio precario per salvare la vita di AJ. Era già abbastanza mortificata.

«Eri giovanissima quando è nato. Avevi solo vent'anni, no?».

Ne aveva ventuno, ma la giovinezza non era una scusa valida. Pensò alle mille volte che si erano visti con Edward in passato. Con qualche rara eccezione, le loro conversazioni erano sempre state frivole, insignificanti. Condividevano l'amore per i libri. A entrambi piaceva stare all'aperto. Se Lily amava i cavalli e andare al galoppo, Edward adorava planare sull'acqua con la sua barca a vela. Aveva una seconda casa sul lago Buchanan e una barca a cui aveva dato il nome di *Summer wind*, per la canzone di Sinatra.

Lui le avrebbe insegnato a veleggiare.

Lei gli avrebbe insegnato a cavalcare.

In un mondo ideale.

«Sai che ho un figlio e non lo vedo da quando aveva dodici

anni», disse Edward. «Ormai Charlie ne ha trentatré e non so nemmeno dove abita».

«Per il gioco d'azzardo».

«Sì».

«Una volta mi hai detto che pensavi di assumere un investigatore privato per trovarlo».

«Sì, be', a quanto pare non ho avuto il fegato di farlo. Avrei dovuto affrontarlo, in quel caso. Spiegargli perché piazzare una scommessa era più importante che essere suo padre».

Edward e Lily continuarono a guardarsi: dagli occhi di lui traspariva tutto l'amore per il figlio e il dolore di averlo perso. Non erano più in un mondo ideale, pensò Lily, ma dentro i più aspri confini della realtà, nei territori della vita in cui sapevano di avere fallito. «Io e AJ non ci parliamo molto. Lui non mi conosce... non sa cosa sognavo, la vita che avevo in mente di fare».

«Prima di Jesse, intendi».

Edward conosceva quella storia. Sapeva che Jesse l'aveva abbordata sulla statale appena fuori Wyatt, un giorno dell'estate in cui lei aveva finito il liceo e non riusciva a cambiare una gomma bucata. Si era fermato e si era offerto di farlo lui. Lei era rimasta incantata dal suo bell'aspetto di ventenne ribelle, da quel corpo muscoloso e snello, dal modo in cui saliva sulla motocicletta e dai lunghi capelli ricci che gli scendevano sul colletto della giacca di pelle. Guidava una Harley come quella del film *Easy Rider*. Potevano tranquillamente scambiarlo per Peter Fonda.

L'aveva scortata a casa fino all'xL, riuscendo in qualche modo a raggirare suo padre e farsi dare un lavoro. Oltre al lavoro però, Jesse aveva voluto anche Lily, la figlia del capo. Il potere che lei si era accorta di esercitare – sia su Jesse che su suo padre – aveva iniziato a eccitarla. Così aveva finito per farli impazzire entrambi, per motivi diversi. Quando suo padre l'aveva beccata a fumare dell'erba con Jesse dietro il fienile e quando li aveva trovati mezzi nudi in soffitta, lei aveva goduto in maniera perversa il fatto di dovergli delle spiegazioni.

La cosa non durò molto, Jesse si era presentato con lei all'xL da una settimana, forse dieci giorni, quando suo padre lo cacciò a pedate fuori dalla sua proprietà: se non che, andato via Jesse, lei era partita con lui. Si credeva una gran figa. Era andata al settimo cielo quando lui l'aveva presentata ai suoi compari di motocicletta, portandola in mezzo a loro come un trofeo, una tacca da aggiungere alla cintura. Nel mese in cui avevano girovagato insieme, se un altro uomo provava a ronzarle intorno, lui lo sfidava. Se poi il tizio di turno voleva andare fino in fondo, lui lo stendeva a terra di botte. In quelle settimane di vita comune, però, aveva riversato il suo carattere anche su di lei usando i pugni e mirando in basso, dove nessuno avrebbe visto il danno. Quando facevano sesso, le si avvicinava all'orecchio e la chiamava *troia* e *puttana*. Al solo ricordo, le si torcevano le budella.

«AJ non sa niente di Jesse, né che sono stata arrestata», disse Lily. «Paul mi ha proibito di parlarne. Io ho pensato che non importava, meglio fingere che non fosse mai successo».

La cameriera tornò a chiedere se volevano il secondo giro e andò via dopo il rifiuto di entrambi.

«Per te, non dirlo a AJ è stato un errore invece». Quella di Edward non era una domanda.

«Sì, ma non sto paragonando le nostre storie. Lo dicevo perché capisco la tua paura di incontrare Charlie, dovresti spiegargli perché non hai fatto parte della sua vita...». Lily si interruppe stringendo appena le spalle.

«Al contrario di me, però, tu non hai niente da rimproverarti, Lily. Sei arrivata a quel discount sul sellino posteriore della moto di Jesse, pensando che comprasse birra e sigarette. Non sapevi che stava entrando in negozio con un'arma».

Era vero. Quando Jesse le aveva intimato di non seguirlo, lei ignorava completamente che si fosse infilato nella cintura dei jeans la 357 che teneva sempre nella borsa della moto. La giacca gliela teneva nascosta. E in ogni caso, lei era presa da tutt'altro. Era ancora emozionatissima. Lui le aveva insegnato a guidare la Harley promettendole che l'avrebbe portata lei quando lui fosse uscito da quel discount. Così era scivolata sul sedile fino al manubrio, aveva toccato le chiavi e girato le manopole fingendo di accendere la moto. Sentiti gli spari, si era guardata intorno pensando che fosse scoppiata la marmitta di un'auto sulla statale. Avrebbe dovuto essere più sveglia. Era cresciuta in un ranch, aveva sparato con un sacco di armi diverse. «Il ragazzo ucciso da Jesse era più giovane di me», disse piano. «Aveva solo diciassette anni».

La memoria di quel giorno fu così viva, a quel punto, da farla tremare. Sentiva ancora l'odore che faceva l'asfalto di quel parcheggio riscaldato dal sole. Sentì di nuovo gli spari, tre in rapida successione: *bam, bam, bam*. Il peso di Jesse che montava all'improvviso sulla Harley dietro di lei le aveva fatto quasi perdere l'equilibrio. «Vai! Vai! Vai!», le aveva urlato dentro l'orecchio.

«Tranquilla», disse Edward.

Scivolò sulla sedia accanto alla sua e lei sentì il soffio del suo respiro sui capelli. Quando le mise un braccio intorno e la strinse a sé, Lily si paralizzò. La gamba di lui, lunghissima – fianco, coscia, polpaccio – premeva contro la sua. Gli sentiva sollevare il petto a ogni respiro. Voleva guardarlo, vedere cosa c'era nei suoi occhi, ma aveva paura, non avrebbe più saputo trattenersi dal baciarlo e stringerlo fortissimo.

Come leggendole nel pensiero, Edward le girò il viso verso di lui. Agganciò lo sguardo al suo e lei sentì il pollice di lui che risaliva il contorno del suo labbro inferiore. Con la punta delle dita la sfiorò seguendo un lento percorso dal collo in giù e fermandosi al centro, nell'incavo della gola, dove il cuore le batteva come quello di un uccellino. Fu un istante infinito, abbagliante, elettrico.

Fu lui a distogliere per primo lo sguardo facendola quasi stare male dalla delusione. Gli sentì appena brontolare lo stomaco. «Scusa», le disse. «Sono andato oltre».

«No», sussurrò lei. «Non hai niente di cui scusarti».

«Vorrei che le cose fossero andare diversamente».

«Sì. Anch'io». *Se ne sta andando.* Le si affacciò quel pensiero alla mente. Si chiese se l'avrebbe sopportato. Si chiese come poteva essere tanto consumata dal desiderio di Edward, mentre suo figlio era scomparso. «A volte penso che se la polizia non ci avesse arrestato, forse sarei diventata una criminale. Forse ci sono portata». Gli rivelò così un altro segreto, uno di quelli che la perseguitava.

Edward la guardò di traverso.

«Ero terrorizzata di finire in galera. Ma me lo meritavo. Ho fatto quello che dicevano. Ero lì quando Jesse ha rapinato quel negozio e sparato a quel ragazzo. Il fatto che non sapessi cosa aveva intenzione di fare non è una giustificazione».

«Ti stai assumendo troppe responsabilità, e questo è il mio parere legale. Se sei colpevole di qualcosa, è solo di un errore di valutazione, come il novantanove per cento della popolazione».

Lily giocherellò col cucchiaio.

«Quando papà è venuto a Phoenix, si è portato dietro Paul. Avevano fatto tutto insieme diventando grandi amici. Sapeva che Paul era dell'Arizona e aveva delle conoscenze da quelle parti. Chiese qualche favore e io fui rilasciata». Lily ebbe un riflesso di antica amarezza. Non aveva mai voluto i favori di nessuno. «Nel giro di un mese ero di nuovo a casa, in Texas. Jesse morì in prigione un anno e mezzo dopo per una coltellata durante una colluttazione con un altro detenuto».

«E tu sposasti Paul».

«Era il prezzo della mia libertà», disse Lily.

«Vuoi dire che ti sentivi obbligata?». La voce di Edward sprizzava d'incomprensione.

«Io e papà ci sentivamo in obbligo nei suoi confronti, ma alle nozze si arrivò in modo molto più sottile».

Edward appoggiò il gomito sul tavolo e chinò la testa tra le mani guardandola, ancora incredulo.

«Ricordi quando hai fatto scagionare AJ e Paul gli ha dato l'ultimatum sul fatto di arruolarsi?»

«Te l'ha detto tuo padre di sposare Paul? Che è successo? Ti ha cacciata di casa a calci?»

«Non in questi termini, no. Potevo iscrivermi alla facoltà di agraria, al college. Ma l'idea di abitare nel campus con tutti quei ragazzi... ormai non mi sentivo più una ragazzina. Non mi sentivo più niente di niente, in realtà. Ero depressa, immagino. Arrabbiata con me stessa e con papà. All'epoca, Paul veniva spesso a trovarci. Andavamo a cavallo. A lui non piaceva; non era neanche bravo ma lo faceva per me, perché quello era l'unico posto in cui mi sentivo al sicuro, sul dorso di un cavallo. Dopo un po', chiese a papà se per lui andava bene che portasse avanti una relazione con me».

«Suona tanto... vecchia scuola. E tu eri d'accordo? Quanti anni aveva lui quando vi siete sposati: quaranta?».

«Quasi quarantadue. Io, diciannove». Lily allungò le braccia mangiucchiandosi con aria assente l'unghia del pollice. «Ero terrorizzata da quello che avevo fatto. Non avevo più fiducia in me stessa. Paul era una persona solida. Faceva una vita sana, una vita in cui potevo rientrare anche io». *Nascondermi.* Aveva voluto anche questo. Essere diversa, diventare un'altra. Una persona migliore, più intelligente. Invece, era diventata più timorosa. Aveva iniziato a soffrire d'ansia. A isolarsi, chiudersi in casa. Una volta, il ginecologo le aveva detto che forse soffriva un po' di agorafobia.

«Così tuo padre diede la sua benedizione». Nella voce di Edward c'era ancora un'eco di incredulità. «Voglio dire, sembra quello che è successo a AJ, un ultimatum».

«Papà si infurierebbe a sentirla in questi termini». Lily

ripensò al panico provato la mattina del suo matrimonio. Si rivide seduta sul letto a dondolarsi, terrorizzata dalla promessa che aveva fatto di sposare Paul, sapendo di non amarlo e chiedendosi se per farlo bastasse la gratitudine che provava nei suoi confronti. Winona si era seduta accanto a lei e, mentre le cosce nude di Lily si macchiavano di lacrime, le aveva preso la mano e accarezzato i capelli. Quando Win aveva saputo del matrimonio, ne aveva discusso in toni accesi con suo padre dicendo che Lily era troppo giovane per prendersi un impegno del genere, ma lui non si era smosso di un centimetro.

«Non credevo che… cioè, la felicità…», balbettò cercando di rendere il suo stato d'animo di allora. «Non era… essere felici non era un parametro per decidere. A Paul serviva una moglie, una che potesse…». *Fargli da schiava*. Per poco non lo disse, pur credendo che fosse stata quella l'intenzione di Paul – almeno, in parte – ma non poteva essere tanto sleale nei suoi confronti. «Nei primi tempi era gentile», finì zoppicante.

Edward non disse niente e per qualche minuto restarono seduti senza nemmeno guardarsi. Che ci facevano lì? Cosa sperava che accadesse lei? Forse anche Edward si stava chiedendo la stessa cosa.

«Tutti facciamo degli errori», le disse poi. «Ma non dovremmo pagarli rinunciando alla nostra felicità».

«Mi pento di non essere stata sincera con mio figlio. Forse avrebbe fatto la differenza».

«Sei sua madre, Lily, non miss perfezione. Almeno, è quello che io dico a me stesso. Tu puoi sempre recuperare con AJ. Lui fa ancora parte della tua vita».

«Se è vero, vale anche per te. Trova Charlie, prova a parlarci».

Edward si voltò a guardarla, senza farle capire esattamente cosa provasse.

«Scusa», gli disse. «Non dovrei dare consigli che non seguirei nemmeno io».

«Non li seguiresti perché dovresti rischiare. Non puoi sapere come reagirebbe AJ».

«No».

«Avere dei contatti con tuo figlio o, nel mio caso, non averne nessuno, è meglio che confessare la verità e rischiare di farsi odiare. In quel caso sarebbe reale, non qualcosa che ci limitiamo a immaginare».

Edward aveva appena descritto come si sentiva lei, ma Lily non rispose.

«Ho sempre creduto che la vita fosse un azzardo. Forse è questa la mia rovina, il mio tallone d'Achille ma, per me, o ti giochi le carte che hai o resti in panchina a guardare tutti gli altri. E questa, credimi, non è vita».

Lily lo guardò, lui le accennò un sorriso e in quel momento tra loro si accese un barlume di comprensione sul fatto che qualsiasi tentativo di riparare al danno che avevano fatto da genitori avrebbe comportato dei rischi. Allo stesso modo, riconobbero anche la loro fragilità di esseri umani che in quel momento ardevano di sincerità, in modo così viscerale che Lily ne ebbe la certezza, come se Edward le avesse preso la mano. Che invece teneva stretta sulle gambe.

In quel silenzio le vennero le pulsazioni alle orecchie.

Tornò la cameriera e Edward chiese il conto. Quando pagarono, accompagnò Lily alla macchina.

«Vuoi vedere cosa riesco a scoprire sulle indagini?», le chiese.

Avevano raggiunto la BMW. Lily si voltò e disse: «Lo faresti?»

«Sì, ma considera che potrebbero non essere buone notizie. Lo sai che Becca Westin era incinta».

«Sì, e sua madre dice che AJ e Becca stavano insieme alle spalle di Shea. Se è vero, e se AJ non voleva il bambino, significa che potrebbe aver avuto un movente».

«Quello che dice la madre di Becca è solo una diceria per la corte di un tribunale. Per provare la paternità a loro serve il DNA. A parte il computer e il cellulare che hanno trovato alla stazione, manca altro da casa sua?»

«Il suo furgone e la pistola, una 45».

Edward spostò lo sguardo puntandolo a media distanza. «Ho sentito che non c'erano segni di effrazione».

«No. Paul crede che sospettino di lui perché lui ha un mazzo di chiavi di quella casa, è ridicolo».

«Sì, ma è la procedura standard, prendere in considerazione i familiari. Il modo in cui è stata uccisa la ragazza...», Edward si interruppe. *Lo sai?* Domanda implicita nei suoi occhi.

«È stata accoltellata», disse Lily.

«Undici volte, e poi strangolata, ma non c'erano segni di lacci o fili. L'hanno fatto a mani nude. Dicono che forse è stata anche violentata».

«Oddio». Lily si sentì svenire. Le si annebbiò la vista e si appoggiò alla macchina. Edward la prese sottobraccio, quel contatto le diede forza.

«Chiunque sia stato ha lasciato un messaggio».

«Un messaggio?». Questo era un dettaglio nuovo per lei.

«È stato scritto... non col rossetto, con l'altra cosa, la matita. Dice: *Sistemata*».

Lily si prese un attimo per elaborare quella parola, *Sistemata*, arrovellandosi in più modi. «Gliel'hanno data proprio una sistemata».

«Io voglio aiutare te e AJ», disse Edward dopo un attimo, «ma non voglio farmi coinvolgere troppo, se non è d'accordo anche Paul».

Lily calò la testa.

Capiva cosa c'era in ballo. Se Paul scopriva che si era rivista con Edward, poteva sospettare che già l'avesse fatto altre volte, se già non lo pensava. Ma in fondo cosa c'era da sapere? Soltanto ora, per la prima volta, Edward le aveva conquistato l'anima. Lo sentiva ancora addosso, il tocco di quelle dita posate nell'incavo della sua gola.

Il telefono le squillò a pochi minuti di strada dal ranch. Accostò l'auto sul bordo della statale e lo pescò dalla borsa con il batticuore, all'idea che potesse essere Edward. Poi invece, vedendo che era suo padre, fu investita dall'ansia. *Ha scoperto qualcosa*, pensò.

«Papà?»

«Ah, grazie al cielo, Lily».

«Che c'è? Hai trovato AJ? Sta bene?»

«No, no, scusa. Niente del genere. La cassaforte, qui in casa... l'hanno ripulita».

«Cosa? Hanno scassinato la porta?»

«Non proprio. Prima di andarmene non l'avevo chiusa. A volte non la chiudo, sai, se non sto fuori per molto tempo».

L'hai dimenticato. Non glielo disse. Lily appoggiò la testa allo schienale.

«Si sono presi i gioielli di tua madre e circa cinquemila dollari in contanti che ci tenevo dentro».

«Hai chiamato la polizia?»

«Sì. Credono che, siccome la cassaforte non è stata forzata, chiunque sia entrato in casa conosceva la combinazione. Credono sia stato AJ».

Capitolo 10

Dopo aver chiamato il 911, Dru e le ragazze andarono in salone ad aspettare la polizia di Wyatt. Dru si sedette con Shea e Kate sul divano, mentre Leigh e Vanessa facevano su e giù per la stanza. Erano arrabbiate. Dru intuì che ce l'avevano con Shea. Anche sua figlia doveva essersene accorta, perché disse a tutte di andare via. «Possiamo gestirla mamma, Kate e io», disse e, benché tremasse e fosse pallida, Dru notò che teneva serrate le mascelle.

«Non vorrei fare altro, credimi, ma se là fuori c'è *lui*?», le chiese Leigh.

«*Lui*?», domandò Shea. «AJ? Vuoi dire AJ?»

«Il tuo fidanzato ha sbroccato». Fu Leigh a lanciare quella accusa, una piccola bomba.

«Zitta, Leigh», intervenne Kate.

«È inutile», disse Dru tenendo la voce bassa. *Tu*, voleva dire a Leigh, *tu sei inutile*. Poteva darle uno schiaffo, pensò.

«Leigh ha ragione, però». Vanessa – miss Lingua Lunga – aveva parlato. «È stato lui a dire che non riesce a fermarsi, no? Chi sarà la prossima? Una di noi?»

«Mio marito è terrorizzato», ammise Leigh. «Connor non vuole che stia qui. Quando l'ho chiamato mi ha detto di farmi portare a casa dai poliziotti. Ha detto che è l'unico modo per stare sicuri».

«Pensavo che fossimo amiche». Shea le fulminò con lo sguardo, prima Vanessa, poi Leigh.

«Lo siamo», protestarono all'unisono le due ragazze.

«Solo che AJ... ha qualcosa di difettoso», disse Leigh addolcendo la voce. Pensava che Shea le avrebbe dato ragione? si chiese Dru.

«Tu non te ne accorgi», disse Vanessa, «e lo capisco. Voglio dire, l'amore è cieco, no?».

Oh, quant'erano magnanime nel giudicare Shea e le sue scelte. Dru si irrigidì. A prescindere da come anche lei giudicasse AJ, non avrebbe mai torturato Shea con la sua opinione.

Per fortuna, in quel momento la parete opposta al divano fu inondata da un arcobaleno sbiadito rosso e blu che annunciava l'arrivo di una volante. Dru andò alla porta e aprì. Il sole basso illuminava il cielo terso con una luce pastosa. Fu lieta di riconoscere nell'uomo che uscì dal lato guida dell'autopattuglia di Wyatt Ken Carter. Era il fratello di Amy. Un viso familiare. Con lui c'era un altro agente, più basso e tarchiato di Ken.

«Sergente Daryl Henley», si presentò quando lei li invitò a entrare.

Poi, rivolta a Ken, disse: «Mi dispiace rincontrarci in questa occasione».

«Mi è dispiaciuto molto sapere da Amy del matrimonio», le rispose.

«Grazie», disse lei. «Venendo da Houston, pensavo che abitare a Wyatt mi avrebbe allontanata da crimini del genere. E certo, non pensavo di ritrovarmeli sotto casa», aggiunse.

«Ti capisco», rispose Ken. «Sai, con Amy siamo cresciuti qui e io sono entrato in polizia immaginando di farlo restare un posto tranquillo, ma questa indagine sta diventando grossa come quella dell'anno scorso. L'incidente d'auto, no?»

«Ricordo», disse lei. «Quei ragazzi, Jordy Cline e Travis Simmons, erano tutti e due in classe con me. È stato orribile quello che hanno passato le loro famiglie... quello che ha passato l'intera città».

«È stato un periodaccio, questo è sicuro. Il dipartimento sta ancora smaltendo la botta, dobbiamo ancora finire di stendere il rapporto».

La cosa non la sorprendeva. Dopo l'incidente di per sé già abbastanza tremendo, ci avevano pensato le varie ripercussioni legali ad amplificare i danni aprendo tutto un sistema di faglie impreviste. Conseguenze del genere avrebbero scosso anche il dipartimento di una grossa città. «Immagino che cose così accadano un po' ovunque», osservò Dru.

«Sissignora, specie in città come Wyatt, dove la popolazione è in aumento», precisò Ken.

Era bella la gentilezza spigliata e l'aria amicale di quel ragazzo. Rassicurante. «Siamo dentro», disse Dru facendo strada per il salone.

«Ehi, ragazze». Ken fece un cenno di saluto a tutte.

Certo che le conosceva, pensò Dru. Pur essendo molto più grande di loro, fare il poliziotto probabilmente gli permetteva di conoscere quasi tutti in città.

«Posso vedere il biglietto?». Ken si mise subito al lavoro.

Dru lo raccolse dal tavolino. «L'abbiamo toccato tutte», disse. Solo ora le venne in mente che forse non avrebbero dovuto passarselo di mano in mano.

Ken lo afferrò tenendolo tra il pollice e l'indice per studiarlo.

Daryl uscì a prendere una bustina per archiviare la prova.

«Sembra scritto con il rossetto», disse Ken.

«È matita per le labbra», spiegò Shea. «Ci esalti i contorni delle labbra e poi le riempi di rossetto. Cioè, non tu...».

«Ho afferrato», rispose Ken facendo un sorrisetto.

Daryl tornò in casa e Ken infilò con cura il biglietto in una bustina di plastica trasparente. Poi fece una serie di domande a Leigh: a che ora e perché era andata alla macchina? Aveva notato qualcosa di strano a parte il biglietto? A Dru le risposte parvero irrilevanti e nemmeno Ken sembrò tanto interessato.

«Cosa ci farete col biglietto?», chiese Kate.

«Lo portiamo in laboratorio per un controllo delle impronte, cercheremo di capire di che matita si tratta. Nessuna di voi la riconosce, vero? Magari il colore?».

Leigh e Vanessa negarono. Shea, guardando Kate, disse: «Somiglia un po' alla Revlon che abbiamo comprato prima di fare gli ultimi esami. Ne prendemmo una ciascuna, ricordi?»

«Per niente, no», rispose Kate.

«Hai uno scontrino?», chiese Ken.

«Non credo. È stato tre o quattro settimane fa. Non ricordo nemmeno il nome della gradazione. Un tono di rosa». Shea fissò Kate. «Sicura che non...»

«No», la interruppe Kate. «Non me lo ricordo, okay?»

«Okay». Shea non se la prese.

Erano tutte nervose, irritabili.

Ken rimise in tasca il taccuino.

«Dovremmo parlare coi vicini. Magari uno di loro ha visto qualcosa», suggerì Daryl.

Quando Leigh chiese se Ken e Daryl l'avrebbero portata a casa, Daryl rispose che sì, potevano scortare lei e Vanessa. «Organizzeremo anche una ronda», aggiunse. «Terremo gli occhi aperti sul quartiere monitorandolo il più possibile, nei limiti del nostro organico».

Ken proseguì: «Non esitate a chiamarci se vedete qualcosa di sospetto o che vi preoccupa. Arriverà subito qualcuno. Lo stesso, se vi vengono in mente altre cose a proposito di questo biglietto o su un altro dettaglio dell'indagine. Fatemelo sapere, non importa se lo ritenete insignificante. Per completare il puzzle a volte serve proprio la tessera più piccola». Le trafisse tutte con lo sguardo, una per una, come se intuisse che una di loro gli nascondesse qualcosa ma, dato che nessuna disse niente, si voltò per andare, seguito da Daryl e a ruota da Dru.

«Becca mi ha mandato un messaggio».

Dru riconobbe la voce di Kate.

Ken emise solo un «Ah», come per dire *Beccata*.

Si voltò di nuovo. Si voltarono anche Dru e Daryl.

Shea, Vanessa e Leigh stavano tutte fissando Kate, allibite.

«Prima che fosse uccisa?», chiese Ken. «C'entra con l'indagine?»

«Sì. Cioè, potrebbe». Kate si grattò energicamente le braccia.

Per un attimo restarono tutti in un silenzio che a Dru parve irreale.

«Voleva che ci incontrassimo martedì», spiegò Kate.

«Dove?», chiese Ken. «A Dallas?»

«No. Lei stava qui a Wyatt. Mi ha chiesto se potevamo vederci a casa sua».

«Siamo andate a prendere i barattoli martedì», disse Shea. «Quando ci sei andata a casa sua? Perché non me l'hai detto?»

«Non ci sono andata... più tardi mi ha mandato un altro messaggio per annullare l'appuntamento».

«Aspetta», frenò Ken. «Facciamo un passo indietro. Dimmi di martedì, raccontami tutto quello che è successo, in ordine».

Kate parlò della loro missione per andare a prendere i barattoli e di Becca che si era scusata di non accompagnarle, bloccata in teoria da un mal di pancia.

«Tu *sapevi* che non era vero». Shea era furiosa.

«Forse invece era vero», intervenne Vanessa. «Magari aveva la nausea mattutina».

Kate spiegò: «Non ho detto niente perché Becca me l'ha fatto promettere».

«Tu però non ci sei andata a casa di Becca Westin, giusto?», la fronte di Ken diventava sempre più scavata; faceva un effetto quasi comico. Era confuso dai dialoghi tra donne, come tutti gli uomini.

Kate rispose: «No. Le ho mandato un messaggio quando Shea mi ha lasciata a casa, al ritorno da Fredericksburg, le ho detto che stavo per raggiungerla ma mi ha risposto subito dicendo che doveva andare a Dallas».

«Ti ha detto in quale parte di Dallas andava, o chi doveva incontrare?», chiese Daryl.

«No. Ha detto solo che le dispiaceva e che sperava di non essere odiata da nessuno».

«Che voleva dire?», intervenne Shea.

«Non lo so. È stato strano».

«Sapevi che Becca era incinta e che martedì è rimasta a casa perché aveva la nausea?», domandò Ken.

«Se avessi saputo una cosa del genere te l'avrei detto, lo sai», rispose Kate rivolgendosi a Shea.

«Stai dicendo che Becca ti aveva fatto capire che non stava bene per un altro motivo? Qualcosa che non c'entrava col fatto di essere incinta?», insistette Ken.

«No, dico solo quello che hanno detto tutti. Ultimamente era molto stressata».

«Ricapitolando, martedì, quando vi siete scambiate quei messaggi, è stata l'ultima volta che l'hai sentita», disse Ken.

«Sì», confermò Kate.

«C'è un motivo per cui hai tenuto nascosta questa informazione?», gli occhi di Ken non la lasciavano nemmeno un secondo.

Lei abbassò lo sguardo.

«Sei in grado di spiegarmelo, Kate?», le ridomandò Ken.

«Non pensavo che fosse importante?». La voce della ragazza uscì come se lo stesse chiedendo a lui.

«Cos'è che ti ha fatto cambiare idea?». Ken non aveva intenzione di mollarla.

«Quello che hai detto prima, volevi sapere qualunque cosa ricordassimo, anche le cose insignificanti».

Risposta ragionevole. Kate continuava a guardare Ken, senza perdere il contatto visivo, ma era sfuggito qualcosa.

Dru ripensò al Natale di qualche anno prima, quando Rob aveva comprato a Shea un iPad. Si era perso subito, a capodanno, dopo che Shea aveva invitato una sera a dormire a casa sua per una festa varie ragazze, inclusa ovviamente la sua migliore amica, Kate. All'inizio Shea aveva pensato di averlo perso. Aveva cercato anche di non dirlo a Dru e a Rob, ma poi si era convinta che doveva essere entrato qualcuno in casa, nessuna delle sue amiche gliel'avrebbe mai rubato.

Quando Charla l'aveva ritrovato una settimana dopo, in fondo al beauty case di Kate che stava sotto il suo letto fin dalla serata a casa di Shea, Kate aveva guardato Dru dritto negli occhi dicendole che l'aveva preso per sbaglio, senza rendersene conto e, naturalmente, si era scusata in tutti i modi. Dru sapeva che, fermandosi un attimo a pensare, avrebbe certamente ricordato altri episodi in cui aveva avuto la sensazione che Kate non dicesse la verità. Così si era fatta l'idea che quella ragazza avesse sviluppato la tendenza a mentire, ma non ne era mai stata sicura.

«La polizia di Dallas potrebbe convocarti per un interrogatorio. Potrebbero voler controllare il tuo cellulare», la informò Ken. Anche lui sembrava diffidente.

«Perché?». Kate era visibilmente spaventata. «Ti ho detto tutto quello che ha detto Becca, tutto quello che è successo. Non so altro».

«Ci vediamo», tagliò corto Ken. Spostò lo sguardo su Dru. «Permetti?», le chiese intendendo chiaramente che lo seguisse per parlare da soli.

Dru accompagnò lui e Daryl sul portico di ingresso con un groviglio nello stomaco.

Il sole era sempre più basso, la luce ormai incerta. Dru non riusciva a interpretare l'espressione di Ken ma, quando parlò, lo fece in tono grave.

«Non volevo dirlo davanti alle ragazze... sono già abbastanza spaventate... ma oggi pomeriggio c'è stato un furto all'xL».

«Oh, no. Si è fatto male qualcuno?». Dru pensò a Jeb, al modo in cui era svenuto quella mattina.

«No. In casa non c'erano né Jeb né Lily». In strada passò un'auto e Ken la seguì con lo sguardo.

«Secondo te è stato AJ?», chiese Dru.

«Chiunque fosse, sapeva dov'era la cassaforte e conosceva la combinazione. Niente di più facile. È entrato ed è uscito». Ken si sfregò una mano col palmo dell'altra.

«Oltre ai contanti che Jeb Axel teneva lì dentro, si sono presi anche i gioielli della defunta moglie», precisò Daryl.

«Secondo noi, i responsabili tenevano d'occhio la zona e hanno visto Lily e Jeb uscire», disse Ken. «Sapevano che la casa era vuota e che lo sarebbe rimasta per un bel po'».

«Sapevano che in famiglia non chiudono mai le porte a chiave», aggiunse Daryl.

«Scommetto che d'ora in poi lo faranno», commentò lei.

In fondo alla strada, qualcuno gridava in cerca di Angie. Dru riconobbe la voce della madre. Aveva ragione, era buio già da mezz'ora. Le madri volevano i figli a casa. Passavano così in fretta, pensò, gli anni in cui si esercitava un certo controllo sulle vite dei figli. Un giorno gli cambi il pannolino e quello dopo, con le stesse mani, gli dai le chiavi della macchina.

«Non possiamo essere sicuri che sia stato AJ», disse Ken.

«Ma potrebbe essere», azzardò lei.

«Se è stato lui, ora ha tutto quello che gli serve per lasciare il territorio, e poi il paese, se vuole. Sa come espatriare. Potrebbe anche avere dei contatti...».

Dru lo interruppe. «Ma tu stai... la polizia sta controllando gli aeroporti, no?».

Ken annuì.

Daryl spiegò: «Ce la stanno mettendo tutta a Dallas, come noi qui a Wyatt. Il loro dipartimento ha in mano un grosso caso su un consigliere comunale, ma hanno diramato una segnalazione con la foto di AJ per trovarlo. L'allerta ormai riguarda la polizia dell'intero Stato».

«Questo non significa che stiamo cercando solo AJ», precisò Ken.

«Così mi hanno detto», disse lei e, quando Ken fece una faccia stranita, aggiunse: «Il detective che ha interrogato Shea a Dallas si è comportato come se sospettassero di lei. Me l'ha confermato anche Joy Westin, mi ha detto che la polizia di Dallas le ha chiesto di Shea, ma lei era qui, Ken, è stata con me tutta la sera del martedì. Non c'entra niente con quello che è successo a Becca, non sa niente di niente».

«È la prassi», disse lui, «interrogare le persone più vicine alla vittima».

«Tu però sai che Shea non è coinvolta, giusto?». Dru voleva la conferma di Ken, il suo sostegno. Lui non la assecondò.

«Non spetta a me», rispose, poi, forse cedendo un po', disse: «Senti, ancora è troppo presto per dare un ruolo preciso a chiunque in questa indagine, ma AJ Isley è al centro dell'attenzione, okay? Tu, tieni gli occhi aperti».

«Dici che AJ verrà qui per Shea?». Dru sentì un nuovo moto d'allarme.

«Possibile», rispose Ken. «Tu e Shea dovete stare attente, ma è un consiglio valido in ogni caso. Chiudete le porte a chiave. State in campana».

«Il biglietto che ha trovato Leigh è scritto con la stessa matita con cui hanno scritto sul corpo di Becca, vero?». Dru non ne aveva voluto parlare davanti alle ragazze. «Me l'ha detto Joy».

Ken sembrò seccato. «Serviranno delle prove per stabilire se i due messaggi sono stati scritti con lo stesso materiale, e solo un esperto può dire se è stata opera della stessa persona. Tu devi solo pensare a te e a tua figlia...».

La porta di casa si aprì. «Sergente Carter?». Era la voce di Leigh. «Van e io non vogliamo che ve ne andiate senza di noi».

«No», le rispose. «Se siete pronte, vi scortiamo a casa».

Quando se ne andarono, Kate e Shea accompagnarono Dru in cucina. A lei sarebbe piaciuto continuare a camminare, passando per la porta sul retro e uscendo fuori al buio della sera. Invece si fermò e si voltò per guardarle, appoggiandosi al ripiano della cucina in attesa della domanda inevitabile.

Perché Ken ha voluto parlare con te?

Fu Shea a chiederlo.

«Siete stati fuori un bel po'», osservò Kate facendo la vaga.

O era solo un'impressione di Dru? Cercò in tutti i modi di schiarirsi le idee, di trovare come uscirsene. Cosa poteva dire se non la verità? Ma davvero voleva ripetere quello che le aveva detto Ken in confidenza davanti a Kate, di cui non si fidava poi così tanto?

«Mamma?». Shea la incalzò in un tono un po' allarmato.

«Oggi pomeriggio c'è stato un furto dagli Axel. Qualcuno ha preso un sacco di soldi e dei gioielli».

Shea spalancò gli occhi. Ci volle solo un attimo perché lo stupore si consolidasse in accusa. «Quando dici qualcuno intendi AJ, vero?». Le tremava la voce. «È stato visto da suo nonno o dalla madre?»

«No. Erano usciti. Ken ha detto che ancora non hanno abbastanza elementi per dire chi è stato».

Shea si portò le dita sulle tempie scostando i capelli dietro le orecchie.

Kate le mise un braccio attorno alla vita, stringendola a sé. «Potrebbe essere stato chiunque».

«Se è stato AJ», disse Dru, «ormai ha preso quello che gli serve... il denaro per partire, lasciare il paese... gli Stati Uniti, se decide di farlo. È anche possibile che provi a contattarti, Shea, per convincerti a partire con lui».

«Be', non l'ha fatto, se è questo che mi chiedi», disse Shea, «dillo pure a Ken da parte mia».

«AJ potrebbe non essere lucido, tesoro. L'uomo che ricordi, di cui ti sei innamorata...».

«Basta». Shea alzò le mani per fermarla. «Non ci sarà più un matrimonio. Ho rinunciato a quello, ma non rinuncerò a AJ. Non. È. Stato. Lui. Non ha fatto niente di niente. Non so chi sia stato, ma non è stato lui».

«Va bene, d'accordo», la assecondò Dru. Andò al tavolo della colazione e recuperò i bicchieri di tè. Kate la aiutò a metterli dentro il lavello. Shea li caricò nella lavapiatti. Poi accompagnò Kate alla porta sul retro.

«Sicura che non vuoi dormire qui?», le chiese Shea. «Domani mattina te ne vai, no?»

«Sì, vorrei anche», le rispose, «ma ho promesso a Erik che ci saremmo incontrati al Bella Vista alle sei e mezza del mattino. Vuole riuscire a infilare una passeggiata insieme prima di entrare a lavoro». Kate lanciò un'occhiata a Dru. «Ciao, mamma Dru».

Dru sorrise. «Ci vediamo, Katie-chella».

Camminando insonne per casa, vegliando nelle ore precedenti l'alba, Dru non riuscì a non pensare al segreto di Kate sui messaggi che si erano mandate con Becca. Perché non parlarne con Shea, se davvero non erano importanti? Dru conosceva Kate, sapeva riconoscere quando aveva paura. E ora quella ragazza aveva paura, ci avrebbe scommesso. Ma di cosa, di chi?

Capitolo 11

Lily era quasi tornata al ranch quando le squillò di nuovo il telefono. Stavolta, sullo schermo vide il nome di Paul e il cuore le saltò in gola all'istante. Quanto poteva durare? Quante altre volte poteva succedere, prima che le schizzasse davvero fuori dal petto?

Quando rispose, lo sentì che ansimava; nemmeno la salutò. «Ti ha contattata la polizia locale?».

Pensando che parlasse del furto in casa, gli disse: «No. Hanno parlato con papà...».

«Se n'è andato?»

«Chi? Papà?», andò a tentoni Lily.

«No, cazzo. AJ. Senti, un tizio di lì che lavora in una pista di atterraggio privata ha chiamato Bushnell e gli ha detto di aver visto AJ parlare con un pilota che vola per una compagnia petrolifera di Lubbock».

«Qui, a Hill Country? Quando?»

«Meno di un'ora fa».

«In quale pista?»

«Non lo so. Bushnell ha accennato a un lago».

«Ci sono decine di laghi e piste private sparse in tutta Hill Country». Lily si fermò a riflettere. «Non era il lago Monarch, vero? È il lago più vicino al ranch. Ma lì non ci sono piste per gli aerei».

«Il nome del tizio... aspetta, l'ho scritto da qualche parte».

Lily sentì il fruscio delle carte che stava spulciando. Immaginò Paul alla scrivania. Era un tavolo enorme. Con un materassino sopra, lei ci aveva anche dormicchiato.

«Evers. Si chiama Wylie Evers. Ti dice niente?»

«È un nostro vicino. Il suo ranch, il Triple Oak, per un certo tratto confina con l'xL. Il lago era per caso l'Hershey? È quello vicino al Triple Oak, sul versante a nord».

«È lui», confermò Paul. «La pista è al lago Hershey».

«Wylie è sicuro che fosse AJ?»

«Non del tutto, stando a Bushnell, ma...».

«Ha proprio visto AJ salire sull'aereo?»

«No. Dove li prendeva tutti quei soldi? L'ho detto a Bushnell: mio figlio fa il cuoco, certamente non poteva...».

«Paul?», la voce di Lily si fece stridula, acuta. Non riuscì a evitarlo. «Oggi pomeriggio c'è stato un furto. Qualcuno ha aperto la cassaforte e ha rubato a papà cinquemila dollari e i gioielli di mamma».

«E tu dov'eri? Dov'era Jeb?»

«Papà era uscito a cercare AJ. Io ero a fare la spesa. Sono quasi di nuovo a casa ormai». La bugia fu rapida, grossolana, puzzava di vergogna. «Papà ha chiamato la polizia, la polizia di Wyatt», aggiunse, visto che Paul non diceva più niente.

Dopo qualche istante, capì che le stava dando la possibilità di vederla, l'ineluttabilità ripugnante della verità che sembrava prendere forma: che il loro figlio era un ladro e, peggio, colpevole di omicidio. Non era una vittima, ma un esecutore, un fuggitivo, un ricercato.

«Papà?», chiamò Lily entrando dal retro e posando la borsa e le chiavi sull'isola della cucina.

«Nello studio», rispose.

Era seduto alla scrivania a scrivere, la vide entrare e alzò la testa. «Vogliono un inventario», le disse.

Lily si sedette. «La polizia? Di quello che manca», ipotizzò.

Lui annuì.

«Non credo di ricordarmi tutti i gioielli. Tua madre ne aveva un mucchio».

«Tu continuavi a comprargliene».

«Li adorava», disse. «Te lo ricordi che diceva: niente si intona a jeans e stivali meglio dei diamanti? Aveva anche un debole per il turchese».

«Ricordo un anello con un grosso turchese a forma di triangolo».

«Lo comprai per il nostro decimo anniversario. Aveva già visto altre cose di quell'artista navajo...».

«Lee Yazzie». Lily ripescò il nome. La madre aveva amato molto le sue opere.

«Sì. Le feci fare da lui anche un braccialetto. Una manetta, la definì tua madre».

«Cosa ha detto la polizia?»

«Credono che AJ fosse nei paraggi, in attesa che in casa non ci fosse nessuno».

Pur aspettandosi già quella risposta, Lily soffiò via l'aria come se le avessero dato un pugno.

«Ho dovuto dirgli che AJ sapeva della cassaforte, conosceva la combinazione».

Lily incrociò il suo sguardo. «Credi che sia stato lui?».

Suo padre gettò la penna sul tavolo. *Forse.*

L'aveva scritta in faccia quella parola... quel dubbio. Se era stato davvero AJ, lui ne sarebbe uscito a pezzi. *Come avrebbe potuto fare una cosa del genere?* La domanda continuava a risuonare nella testa di Lily con foga, con rabbia. Come poteva averli messi nella condizione di fare quell'ipotesi, di chiedersi se... ne era davvero capace? Poteva essere stato lui a fare del male a quella ragazza? Se le cose stavano così, se lei avesse dovuto affrontare quella realtà, non ne sarebbe uscita integra. Nessuno ne sarebbe uscito integro.

«È intollerabile», disse lui, facendo eco ai pensieri di Lily. «I soldi, passino. Sta scappando, è spaventato. I soldi gli servono per tagliare la corda. Ma i gioielli di sua nonna? Che deve farci? Mica li può vendere, e non li può nemmeno impegnare senza che lo scopra la polizia. Se conoscesse un ricettatore... ma non AJ... lui non se l'è mai fatta con...».

«Non è questo, papà». Lily sentì le pulsazioni all'orecchio. «Se ha preso i soldi e i gioielli, se sta scappando, significa... significa che...». Si interruppe, non riuscì a finire.

Suo padre la fissò e, quando gli diventarono rossi gli occhi, lei capì che la guardava da un velo di lacrime. Era sbalordita. In tutta la vita non lo aveva mai visto piangere, nemmeno quando era morta sua madre. Winona aveva detto che all'epoca aveva pianto, solo che Lily non c'era.

Andò da lui e lo abbracciò da dietro stringendolo attorno alle spalle e premendo le guance sulle sue, che trovò umide. Lui chiuse le mani sulle braccia della figlia e rimasero così, stretti l'uno all'altra.

«Lo amo comunque, quel ragazzo», le disse con voce rauca.

«Sì», disse lei. «Anch'io».

«Lo troveremo, troveremo un modo per aiutarlo e... perdonarlo se ha fatto quelle cose terribili».

«Sì», disse Lily pur chiedendosi *Come? Come si fa... come si può perdonare una persona che deliberatamente si prende la vita di un altro?* La gente lo faceva; l'aveva letto sui giornali. Persino i sopravvissuti all'Olocausto avevano perdonato i loro torturatori. Ma quei mostri non erano loro figli. La sola idea che fosse questa l'orribile forma che avrebbe preso il futuro, le tolse il fiato dai polmoni. Credette di svenire, di gravare sul padre col suo peso morto, così recuperò da qualche parte le energie per raddrizzarsi e farsi indietro. Nel bagnetto trovò dei fazzoletti e glieli portò, tenendone uno per sé.

Lui li usò per asciugare gli occhi e soffiare il naso, sempre con gesti che esprimevano tutto il suo disgusto e il rancore.

Le cose sarebbero solo peggiorate, pensò Lily tornando a sedere davanti a lui. «Ho parlato con Paul», gli disse e, riassumendo quella conversazione più in fretta che poté, spiegò a suo padre che AJ era stato visto sulla pista del lago Hershey.

«Perché Evers non mi ha chiamato?». Il padre non aspettò alcuna risposta. «Quel bastardo ha dieci anni più di me ed è mezzo cieco. Non riesce nemmeno a leggere l'orologio». Rovistò tra le carte sulla scrivania. «Dove diavolo è il mio telefono?».

Lo cercarono entrambi per mezz'ora trovandolo poi fuori su una sedia a sdraio di legno, una delle due che stavano in un prato erboso a metà fra la casa e il fienile. Lily non sapeva cosa l'avesse portata a cercare lì. Quelle sedie non erano nei posti dov'erano stati loro, erano terra di nessuno. Suo padre fece il vago su come poteva essergli finito lì il cellulare. Forse si era fermato un attimo lì, andando o tornando dal fienile.

«Perché?», gli chiese Lily.

«Per guardare la fioritura del prato», rispose lui.

Poteva essere una risposta ragionevole per chiunque, ma non per uno come suo padre.

Mentre lei era in cucina a sbattere delle uova in una ciotola per fare un'omelette da mangiare a cena, il padre venne a dirle che aveva parlato con Wylie. Oltre alle uova, lei aveva trovato una busta di spinaci surgelati, un barattolo di funghi e un pezzo di formaggio gruviera. Non che uno dei due avesse fame. Ma perdersi nei gesti della preparazione di un pasto aveva un che di confortante.

«Per come l'ha descritto Wylie, poteva essere AJ». Suo padre andò verso il frigo, prese una birra, la stappò e bevve con foga.

Lily lo guardò scuotendo la testa per dirgli di no, quando le chiese se ne voleva una. Poi tornò alle sue uova sbattute. Per fortuna lui non si era accorto che gli scaffali del frigo erano ancora pressoché vuoti.

«Pensavo che Evers non vedesse AJ da anni. Come ha fatto a ricordarsi che aspetto ha?»

«Papà, lo sai com'è qui. Nell'arco di un mese è impossibile non incontrare tutti quelli che conosci».

«Sì. Wylie ha detto di aver visto AJ e Shea in città un paio di settimane fa, e di aver stretto la mano a AJ. Sa che era lui sulla pista. Come ha detto Wylie, c'è un sacco di traffico aereo in entrata e uscita laggiù: turisti, fanatici della natura, cricche di pazzi che comprano la terra e qualche capo di bestiame pensando di essere entrati nel settore dell'allevamento». Bevve un altro sorso di birra.

Lily non disse niente.

Suo padre parlò tra sé e sé. «Con cinquemila dollari si può andare dovunque. Messico. Canada. E da lì, chissà dove». Detto questo, gettò la bottiglia vuota nell'immondizia e ne prese un'altra. «Wylie chiedeva se il matrimonio è stato annullato».

«Spero che gli abbia detto di sì».

«Certo. Tutta la gente che sta per venire dev'essere avvertita no?».

Ci aveva pensato solo ora, a tutto quello che comportava annullare il matrimonio. «Dru e io ne abbiamo già parlato», gli disse.

Da quando era iniziata quella storia, Lily e Paul invece non avevano mai parlato del matrimonio. Come avrebbero espresso il loro dispiacere? *In quanto genitori dello sposo, ci dispiace informarvi della cancellazione del matrimonio di nostro figlio, non solo perché potrebbe aver ucciso una testimone della sposa, ma anche perché forse ora è un fuggitivo entrato nella lista delle dieci persone più ricercate dall'*FBI. Era socialmente accettabile come spiegazione? Poteva far stampare il messaggio sui suoi biglietti da visita con le iniziali e i bordi smussati e dorati. A un tratto le venne da ridere, così: l'impulso le batté sul petto e poi rincalzò in gola, sotto il pugno del dolore. Forse poteva aggiungere una richiesta: *Se a qualcuno capita di vedere AJ, vi prego di informare la polizia.*

«Lily?».

Si voltò verso suo padre. «Ti ho mai raccontato cosa mi disse una volta Millie Kramer? Era la moglie di Harvey Kramer, il presidente della banca che ha finanziato il grosso delle attività di Paul, ricordi?»

«Lui l'ho incontrato un paio di volte; sua moglie, mai».

«Io e Paul eravamo sposati nemmeno da un anno. Eravamo a cena fuori in un ristorante molto fine con tante altre coppie e davanti a tutti – pensando che fosse divertente, a mo' di battuta – Millie disse che quando Paul aveva detto a lei e Harvey che stava organizzando il matrimonio con me, il loro consiglio era stato che gli bastava farsi una Corvette rossa».

«E che voleva dire?»

«Una macchina sportiva sarebbe stata più economica, meno costosa da mantenere, sai... rispetto a una cercatrice d'oro come me. Mi vedevano così. E lo pensano ancora. Secondo loro, ho sposato Paul per i suoi soldi».

«Harvey non mi è mai piaciuto. È sempre stato un saputello, arrogante come non mai».

«Io non mi sono mai trovata con quella gente, papà. In tutto questo tempo, non mi sono mai fatta un amico. Sono tutti molto più grandi di me, ma non è nemmeno questo. Non abbiamo niente in comune». Lily si fermò lì, non le piaceva come suonavano le sue parole.

«C'entra con la cancellazione del matrimonio?».

Lei alzò le spalle. «Mi hanno criticata alle spalle per anni. Dovrei fregarmene di cosa pensano di me... di cosa ora dicono di me e AJ».

«È anche figlio di Paul».

«Sì, ma è venuto fuori male, deve aver preso da me. Non è riuscito a farsi ammettere alla Rice University né alla SMU o a Yale, o in qualunque posto quella gente mandi i suoi figli».

«Non aveva i titoli, ma poteva andare in un altro posto… in un college pubblico…».

«È stato arrestato, papà, proprio come me, ma di questo non si è mai parlato… del fatto che abbiamo questa cosa terribile in comune».

Suo padre sembrò confuso.

«AJ non sa niente di Jesse, né che sono stata in carcere per complicità in omicidio, proprio come è successo a lui quando aveva diciannove anni. Paul non voleva che lo sapesse; non ha mai voluto che questa cosa si sapesse in giro, ma io non potrò mai dimenticarla». Lily strinse il pugno e lo portò alla bocca.

Lui si avvicinò e la strinse forte. Il venticello del suo fiato le muoveva i capelli.

«Forse, se fossi stata onesta le cose sarebbero andate meglio». Lo disse in un unico sospiro contro il petto di suo padre. «Quando l'hanno arrestato la prima volta, avrebbe saputo che poteva parlare con me, che l'avrei capito. Forse, insieme, avremmo potuto impedire a Paul di costringerlo ad arruolarsi e il DPTS… non sarebbe mai esistito».

«Oh, stella, non rimproverarti in questo modo». Suo padre aveva la voce rotta, calante. Lei si chiese se stesse piangendo di nuovo.

Fece un bel respiro e si staccò dall'abbraccio asciugando il viso e ricomponendosi per il bene di suo padre. «Dovremmo mangiare qualcosa», disse. Tirò fuori il tegame di ghisa per friggere, versò dell'olio d'oliva e lo mise sul fuoco a scaldare.

Lily gli prende la manina e insieme entrano nell'acqua calda del lago Monarch finché non immergono tutte le caviglie. Sulla riva opposta, il sole sorge dalle creste lontane delle colline, un pallone dorato che rotola lungo una linea irregolare di alberi. AJ saltella coi suoi piedini paffuti e, quando lei gli sorride, lui ride di gusto pestando più forte sull'acqua e schizzando entrambi con una pioggia scintillante. Ridendo insieme a lui, lo prende in braccio e lo adagia su un fianco. «Sei pronto a imparare a nuotare come un pesce?».

Il piccolo annuisce, ma ha una faccia seria. La guarda dritto negli occhi e, pur avendo ancora solo due anni, ha uno sguardo saggio. Lei crede che riesca a leggerle dentro l'anima. Lo ama profondamente, più di quanto riteneva possibile.

«Nuoto?», le dice.

«Sì, ma io starò con te tutto il tempo. Okay?».

Lui annuisce di nuovo.

A Paul non piace, non gli piace che porti AJ al lago, ma lei lo fa comunque, ogni volta che vanno al ranch. Prima che imparasse a camminare, lei lo prendeva in braccio sulla battigia lasciando che l'acqua li avvolgesse entrambi; se la faceva cadere dalle dita battezzandolo. È il modo in cui sua madre le ha fatto conoscere l'acqua. Le ha insegnato a nuotare proprio qui, nello stesso punto.

Ora riporta AJ sulla trapunta che ha steso sotto una quercia e lo mette a sedere, mentre lui aspetta che la madre lo impiastri di crema solare. Butternut si è allontanato di un centinaio di metri sul bordo dell'acqua. Lily lo sente bere. Sono arrivati qui a cavallo poco dopo l'alba, col fagottino caldo di AJ infilato sulla sella davanti a lei. Il bimbo sta imparando a cavalcare e monta con la stessa naturalezza che aveva lei alla sua età, schiena dritta come un fuso in perfetta disinvoltura.

Senza paure.

Lily mette il tappo alla crema e la conserva nella bisaccia.

«Andiamo», dice lui con gli occhi splendenti.

Mano nella mano tornano in acqua e, anche se lei sprizza dalla gioia di stare con lui, è comunque semi spaventata dalla fiducia totale che il figlio ripone in lei e dalla consapevolezza che la sua incolumità e il suo benessere dipendono solo da lei. Paul la accusa sempre di essere troppo svagata, di perdersi nel mondo dei sogni. *Stai attenta*. Quella voce sbraita nella sua testa alimentando l'ansia. La tratta sempre come una bambina, tranne in camera da letto. Quello che le fa lì, il modo in cui le parla, con la voce bassa e ansimante mentre scalpita per averla, per passarle la bocca in tutte le parti del corpo... in quei casi non è più una bambina. È penoso; forse non è una brava moglie. Ferma sul bordo dell'acqua, pensa al giorno in cui porterà Paul qui e gli farà vedere come ha insegnato al loro figlio a nuotare. Immagina di vederlo stupito, forse anche pieno di rispetto per lei.

È un giorno della settimana; il lago è deserto, la superficie increspata dell'acqua riflette un cielo senza difetti. Ha scelto apposta quel tempo per la prima lezione di nuoto di AJ. Al contrario di come la pensa Paul, non è così giovane da mancare di buon senso, e non è nemmeno il tipo da prendersi rischi stupidi.

AJ le tira la mano, dicendo: «Andiamo, mammi», impaziente e autoritario per la fretta di intraprendere quell'avventura. Fa strada lui, marciando deciso sull'acqua trasparente, almeno finché non gli arriva alle ginocchia, poi si blocca e comincia ad ammiccare con aria interrogativa. Non sono mai andati tanto a largo, per colpa di Paul e la sua tiritera infinita sul fatto che lei non è un'insegnante di nuoto. Anche se quella mancanza di fiducia alimenta i suoi dubbi, Lily sa di essere una buona nuotatrice e sa che non proverebbe mai a insegnare a suo figlio, se non fosse in grado di farlo.

Issandolo sul fianco, lo porta avanti una trentina di metri dalla riva, finché l'acqua non le arriva alla vita. «Okay?», gli domanda guardandolo negli occhi.

AJ annuisce concentratissimo, intento a memorizzare ogni minimo dettaglio, ogni piccola sensazione.

«Ora mi metto in ginocchio». Si abbassa adagio studiando il viso di suo figlio in cerca di segni d'allarme, mentre l'acqua cresce arrivandogli alla vita. A questo punto lui spalanca gli occhi ed eccolo, quel luccichio di estasi nascente. Succede ogni volta che sperimenta qualcosa di nuovo e a lei quella luce mette sempre i brividi. Ogni volta si accorge che non aspettava altro. Gli fa un gran sorriso. Lo porta un paio di metri più a largo, fermandosi quando l'acqua gli arriva al petto. «Sai fare le bolle? Così?». Lily piega la testa e gli fa vedere.

Lui segue l'esempio, torna su ridendo e lo rifà ancora. E ancora. Lei perde il conto. Sembra che non abbia mai fatto altro, prende l'acqua con la stessa naturalezza con cui lei era montata per la prima volta in sella a Butternut con suo padre. «Vuoi fare il morto a galla?».

Lui annuisce entusiasta, così lo prende bene in braccio e poi lo adagia sull'acqua lasciando piano che sia il lago a sostenere quel peso piuma. Il bambino rilassa i piedi. Allarga le braccia aprendo le mani e facendo la stella marina grassottella. Il sole accende dei lustrini sull'acqua. Lei ne sente il calore sulle spalle. Trabocca di felicità, la sente espandersi tutta intorno. Lucido come una lontra, AJ salta sulla zattera delle braccia materne. Lily gli sente le sporgenze delle scapole, il rigonfio dei piccoli polpacci. Le ciocche sottili di quei capelli gli avvolgono la testa creando un'aureola di pallidissima alga marina. Lo guarda nei suoi occhi spalancati con stupore e pensa alla benedizione che ha portato nella sua vita.

In sottofondo si sente arrivare una barca. È una presenza chiara ma ancora troppo periferica per richiamare l'attenzione. Lei è concentrata, tutto il cuore e la sua mente sono votati all'unica sensazione del corpicino di AJ che galleggia tra le sue braccia aperte: per questo sussulta sentendo il rombo del motore della barca attorno a loro. Un attimo dopo, la barca entra nel campo visivo. A quel punto, Lily è terrorizzata perché la vede venire dritto verso di lei e AJ, piomba minacciosamente su di loro da destra, la chiglia tesa sulla superficie dell'acqua. È tanto vicino da farle capire che si tratta di un motoscafo; sul fianco c'è scritto il nome, SLAP SHOT. Il panico alimentato dall'adrenalina le paralizza le vene. Stringendo la presa su AJ, si volta e corre verso la spiaggia. L'acqua sembra fango, intralcia i movimenti. Ma lei ha AJ. Lui è un fagottino tranquillo, caldo e bagnato contro il suo petto… poi, sparisce.

Sparisce!

Lily si ferma e si guarda attorno sconvolta.

«AJ!», urla prima di tuffarsi. L'acqua è alta appena poco più di un metro. La barca ha sterzato di colpo allontanandosi, ma le onde sollevate da quelle manovre convulse hanno fatto ribollire insieme all'acqua una sabbia di detriti. Lily non riesce a vedersi le mani davanti alla faccia. I polmoni le scoppiano all'impatto con la superficie del lago. Incamerando un po' d'aria grida ancora quel nome, «AJ!». Ma è tutto inutile. Come può pensare che la senta?

Allora comincia a nuotare come una disperata strozzandosi con l'acqua del lago, con il suo stesso respiro e i singhiozzi di paura. Alla sesta bracciata, le mani si imbattono nel braccino di lui: lo solleva e, barcollando verso la riva, lo adagia a terra mettendosi in ginocchio lì accanto. È freddo, inerte e mortalmente pallido eccetto negli occhi, che sono incavati e azzurri come quelli di un fantasma. Anche le labbra sono azzurre, mentre la pancia è gonfia. Le si rivolta lo stomaco. Quasi in trance, senza rendersene conto, lo gira sul fianco battendogli forte la schiena, tra le scapole. Lo spasmo è immediato, uno scossone in tutto il corpo, e il bolo d'acqua che gli schizza fuori da naso e bocca è spaventoso. Lei aspetta, terrorizzata, e prega, *Ridammelo Signore, ti prego, non ti chiederò mai più niente. Ti prego, ti prego, ridammelo…*

È questione di secondi, ma nella sua mente passa una maledetta eternità prima che AJ cominci a tossire. Lily emette un gemito lancinante. Le guance del piccolo si colorano per miracolo di una tinta più rosea. Lei sente il sale delle loro lacrime mescolate.

«Oh Signore», sussurra. «Oh, graziegraziegrazie… non ti chiederò mai più niente…».

Lily si svegliò ansimando e con la tachicardia. Nella mente le continuavano a scorrere immagini del sogno in un film sconclusionato e fuori sincrono. Il lago, il sole sulle spalle, AJ tra le sue braccia... la raccapricciante assenza di peso quando le era scivolato via. La fatica fatta nuotando per cercarlo, la promessa a Dio, il suo primo inutile patto...

Quando rotolò coi piedi fuori dal letto e li mise giù, per poco non credette di toccare l'acqua. Sentiva ancora quegli odori, i profumi dell'acqua, della terra bagnata e di pesce. Vedeva la caletta riparata in cui era andata a nuotare per la prima volta con sua madre, dove aveva portato anche AJ lasciandolo quasi affogare.

Si alzò in piedi. Si era tolta solo i jeans e gli stivali quand'era salita in camera dopo la cena della sera prima, così ora rimise i jeans e infilò i piedi negli stivali. Non era più quella ragazza, e nemmeno AJ era più un bambino. Ma sapeva dov'era. Dopo quel sogno... talmente vivido... sapeva dove trovarlo.

Scese a pianterreno e prese le chiavi della jeep dal gancio accanto alla porta sul retro. Quel mattino di tanto tempo prima, lei e AJ avevano cavalcato Butternut fino al lago Monarch, ma ora non c'era il tempo di mettere la sella a Butternut. Né di lasciare un biglietto per avvertire suo padre.

Capitolo 12

“Sistemata...”.

“Mi dispiace ferirti. Sono nei guai e non credo di potermi fermare...”.

Dru era ossessionata dal contenuto dei biglietti, dalla loro implicita minaccia. Giovedì notte non era riuscita a chiudere occhio e si era addormentata poco prima dell’alba, solo per risvegliarsi di soprassalto neanche mezz’ora dopo, quando la luce del sole cominciò a filtrare dagli avvolgibili della finestra. Controllò in camera di Shea e, trovandola vuota, fece il giro della casa a piedi nudi, rapida e silenziosa.

Il profumo del caffè appena fatto impregnava l’aria, ma la cucina era deserta. Girò su se stessa, in preda all’ansia, poi udì la voce di Shea provenire dall’esterno. Mentre si incamminava verso la porta sul retro, sentì la necessità di passare all’offensiva. Aveva un solo pensiero in mente: ovunque AJ avesse deciso di scappare, non avrebbe portato Shea con sé. Se l’avesse messa alle strette, avrebbe preso la calibro 38; lo avrebbe fatto ragionare.

Dato che si era aspettata di trovarlo là fuori, non vederlo quando scostò la tapparella la lasciò un attimo perplessa. Lanciò un’occhiata verso lo spicchio di prato che riusciva a scorgere, un lato del garage, una parte del piazzale di cemento. Sembrava che nel breve lasso di tempo nel quale aveva dormito avesse piovuto, ma di AJ non c’era traccia. Shea era da sola, su una delle chaise longue, con il cellulare all’orecchio. Lo abbassò e lo accostò al ginocchio piegato mentre sua madre la osservava. Con chiunque avesse parlato, la telefonata era ormai finita.

Dru aprì la porta e si annunciò a gran voce, esclamando «Buongiorno, tesoro», come se fosse una delle mille normali mattinate che avevano trascorso insieme.

«Prendi un telo», disse Shea, «se ti vuoi sedere. Prima ha piovuto».

Dru fece dietrofront in cucina e prese il canovaccio dalla maniglia del forno. Tornata fuori, asciugò la seduta. «Non ho sentito niente», disse.

«Ha fatto uno scroscio violento, ma è durato poco», rispose la figlia.

Dru appese il canovaccio sul corrimano del portico e si accomodò sulla chaise longue. Allungò le gambe e incrociò le caviglie.

«Ha chiamato zio Kevin», proseguì Shea. «Ha ricevuto il tuo messaggio a proposito del matrimonio».

«Stavi parlando con lui?». Provò solo un briciolo di vergogna per i sospetti avuti in precedenza.

«Kara è all'ospedale, a Topeka. È la figlia minore, giusto?»

«Sì», disse Dru. «Ma perché a Topeka? Cos'è successo? Sta bene?»

«Sta bene. Appendicite. Hanno dovuto operarla d'urgenza. Zio Kevin ha detto che era felice che non si trovasse nel bel mezzo del nulla quando si è sentita male».

«Ma è comunque terribile che sia successo mentre era tanto lontana da casa. Kev vuole che lo richiami?»

«No. A meno che non possa darci una mano a risolvere i nostri problemi». Il tono di voce di Shea si tinse di una punta d'ironia.

«Alla fine non sarebbero riusciti a venire al matrimonio», disse sua madre.

«No», replicò lei.

Condivisero un attimo di silenzio.

«Prima ho provato a chiamare la mamma di AJ».
«Perché?». Dru era infastidita.
«Volevo chiederle del furto, cosa fosse stato rubato. Volevo sapere se è d'accordo con i poliziotti, se anche lei pensa che sia stato AJ».
«Te l'ha detto?»
«Non ha risposto e non ha richiamato. Mi pare strano. Dove può essere andata?»
«Non ne ho idea», rispose Dru. *A ingaggiare i migliori avvocati in circolazione per difendere suo figlio.* Fu quel pensiero bruciante ad aprirsi un varco nella sua mente. Con tutti i loro soldi, avrebbero tirato fuori AJ. Avrebbe fatto come OJ, dichiarato innocente a dispetto delle prove schiaccianti che dimostravano il contrario. Se non altro, quel processo aveva dimostrato che la giustizia statunitense poteva essere comprata e venduta come qualunque altro bene di consumo sul mercato. La faceva davvero imbestialire. Si alzò. «Vado a prendere un po' di caffè. Vuoi che te la riempia di nuovo?». Con un cenno del capo, indicò la tazza vuota appoggiata sul tavolino accanto al gomito di Shea.
La ragazza disse di no e declinò anche l'offerta del pane tostato. Non aveva fame.
Dovresti mangiare comunque... Finirai con l'ammalarti... Non ne vale la pena per quel ragazzo... Troverai qualcun altro... La mente di Dru fu attraversata da una pletora di consigli inutili e non richiesti. In piedi, abbassò lo sguardo sulla figlia. «Se AJ venisse a chiederti di seguirlo, andresti con lui?»
«Mi stai prendendo in giro? È questo che ti preoccupa?»
«Lo trovi tanto inverosimile? Tu lo ami, giusto?»
«Dio mio, mamma! Quante volte te lo devo ripetere?». Si alzò dalla chaise longue e afferrò la tazza. «Gli è successo qualcosa, qualcosa di terribile, altrimenti a quest'ora sarebbe già venuto qui o avrebbe chiamato». Si fermò davanti alla madre e, sui suoi lineamenti, la paura si mescolò al disgusto.

Dru sollevò una mano con l'intenzione di scostarle dietro l'orecchio la ciocca di capelli che le era caduta sul viso, con l'intenzione di dirle che non voleva far partire una discussione, ma Shea eluse il contatto e la oltrepassò, urtandola. Si voltò davanti alla porta.

«Hai deciso che AJ non ti piaceva cinque minuti dopo averlo conosciuto. Chissà perché. Perché è imparentato con Jeb Axel? Perché la sua famiglia ha tanti soldi? Perché non appena hai scoperto che aveva combattuto in Afghanistan, hai deciso che avesse problemi mentali... che fosse come papà?»

«No, aspetta...». Dru cercò di interromperla.

Shea non glielo permise. «Sei sempre pronta a dare giudizi».

«No», disse Dru. Oppure sì?

«Fin da quando ero piccola, non hai fatto altro che dirmi cosa avrei dovuto provare... di fronte alle persone, alle situazioni... Con papà, con Kate, persino con la povera Becca. Sei fatta così e basta. Ormai dovrei esserci abituata».

«Cosa c'è di tanto sbagliato nel desiderare che *tu* sia al sicuro?», urlò Dru all'indirizzo della porta, che sbatté, facendola trasalire. Le ginocchia le vennero meno all'improvviso, inspiegabilmente. Fu colta da un capogiro e, mentre si chinava, appoggiò le mani sulle cosce.

Un'ora dopo, mentre era seduta a tavola e stava cercando di unire l'elenco con gli indirizzi degli invitati del matrimonio al documento con la funzione lettere, Shea apparve sulla soglia. Dru tenne gli occhi incollati sullo schermo del computer. Era meno rischioso.

«Ha appena chiamato Erik», disse la ragazza.

Dru le lanciò un'occhiata.

«Voleva sapere se avessimo sentito Kate».

«Pensavo che stamattina volessero andare a fare un'escursione».

«Già. Stamani alle sei e mezza è andato a Bella Vista, all'inizio del sentiero, dove avrebbero dovuto incontrarsi, ma lei non si è presentata».

«Magari ha deciso di restare a dormire. L'hai chiamata?»

«Nessuna risposta. Le ho lasciato un messaggio». Shea la raggiunse e si sedette. «Stai lavorando sulle lettere?».

Sua mamma annuì. «Non riesco a usare la modalità stampa unione. Gli indirizzi non compaiono sulle buste preimpostate».

«Fammi vedere», disse Shea, e Dru girò il portatile verso di lei.

La ragazza esaminò la schermata e premette un paio di tasti. «Ecco». Le ridiede il computer.

«Come hai fatto? Ci ho armeggiato per un'ora».

«Sono in gamba». Sorrise.

Anche Dru sorrise. Allungò una mano e diede un buffetto sul braccio della figlia. Il tempo dei sentimenti feriti o delle parole dure non era ancora finito, ma, per il momento, avevano dichiarato una tregua.

«Magari mi faccio un po' di pane tostato». Shea si alzò. «Ne vuoi una fetta?»

«Lo prepari tu?»

«Sì». Tirò fuori il tostapane dal ripiano della credenza e lo infilò nella presa. «Dopo aver mangiato vado a cambiarmi e faccio un salto al ranch». Prese il burro dal frigorifero.

«Non penso che dovresti andare da sola. Non è sicuro».

Shea stava per controbattere, ma il cellulare cominciò a squillare, perciò porse il coltello da burro a sua madre. «Puoi finire tu?».

Stava mettendo i piatti in tavola quando la ragazza tornò in cucina stringendo con forza il telefono, bianca in volto.

«Cos'è successo?», chiese Dru.

Shea raggiunse il piccolo televisore che sua mamma teneva in un angolo del ripiano dove facevano colazione e lo accese, come se non l'avesse sentita. Dru si sentì attraversare da un brivido di paura. «Chi ha chiamato? Cosa c'è che non va?», pretese di sapere.

«Era Vanessa». Sua figlia prese il telecomando, alzò il volume. «Hanno trovato un corpo...».

«Ricapitolando», stava dicendo il presentatore, «stamani, alle prime luci dell'alba, due escursionisti hanno trovato il corpo di una giovane donna a Cedar Ridge Canyon Park, a meno di un chilometro dal lago Monarch. Per il momento la polizia non ha dichiarato ufficialmente se si tratti di una morte sospetta, ma un agente sulla scena, il sergente Ken Carter, ha affermato che saranno effettuate indagini approfondite. La donna è stata descritta come una giovane tra i venticinque e i trent'anni, di corporatura esile, con i capelli biondi. La sua identità non verrà diffusa fino a quando non saranno stati avvertiti i familiari».

Shea incrociò lo sguardo di sua madre. «Non può essere...».

«No», disse Dru. «Certo che non può essere Kate. È andata a passeggiare a Bella Vista».

«Ma Erik ha detto...».

«Non si sono incrociati», disse Dru, ma la sensazione di nausea che avvertì allo stomaco smentì il tentativo di rassicurazione.

Il telefono senza fili sul ripiano della cucina squillò, e lei e Shea lo fissarono. Ormai erano in pochi a contattarle al numero fisso. Operatori di telemarketing o sconosciuti in cerca di donazioni. Dru attraversò la cucina per rispondere con il cuore che le martellava nelle orecchie. Non riconobbe il numero del mittente sullo schermo dell'apparecchio. Rispose comunque. «Pronto?»

«Dru, sono Ken Carter, del dipartimento di polizia di Wyatt».

«Sì, Ken», rispose lei, poi si irrigidì, preparandosi a sentirglielo dire, a ricevere l'atroce conferma. Anche Shea ne era consapevole. Era come se una sorta di premonizione incombesse sulla stanza e l'avesse assorbita tramite un orribile processo di osmosi. Si avvicinò alla madre, che le cinse la vita con un braccio.

Ken cominciò a parlare del corpo che era stato ritrovato a Cedar Ridge Canyon Park, proprio come Dru aveva immaginato. Era davvero desolato di doverle informare che si trattava di Kate Kincaid.

«Ne sei sicuro?», fu la sterile domanda di Dru, come se chiederlo avesse il potere di alterare la realtà.

Ken glielo confermò.

Shea si ritrasse, sconvolta. «È Katie?».

Dru disse di sì, dolcemente. Le tornò in mente che Charla, a differenza di Joy, non aveva altri figli per i quali vivere, e l'ondata di dolore per la sua perdita la segnò in modo ancora più profondo, stringendole un nodo alla gola e facendole bruciare le palpebre. «Sua madre lo sa?», chiese a Ken.

«Li sta raggiungendo il fidanzato di Kate, Erik Ayala, giusto? Ci ha chiesto se poteva essere lui a comunicarlo ai genitori della ragazza. Ci è stato davvero di aiuto. Ci servono agenti sulla scena».

«Be', è una fortuna. A Charla, la mamma di Kate... lui piace molto».

«Sì, signora. L'ho sentito dire».

Le mani di Shea, sollevate a coprire la bocca, erano rigate di lacrime.

«Sarà Erik a dirlo ai suoi», le riferì Dru.

«Era con lei quando è caduta?», chiese la ragazza, e Dru girò la domanda a Ken.

«È arrivato poco dopo di me e del mio collega. Pare che abbiano fatto un po' di confusione nel decidere dove incontrarsi, e quando lei non si è presentata a Bella Vista, il ragazzo è andato a Cedar Ridge Canyon, immaginando che si trovasse lì. Ha accettato di venire alla centrale di polizia di Wyatt per rilasciare una testimonianza più approfondita non appena avrà parlato con il signore e la signora Kincaid. Dru, il motivo per il quale ti ho chiamato è questo». La voce di Ken assunse un tono più affilato. «Stiamo indagando sul caso; capisci, è saltato alla nostra attenzione a causa di quanto già successo».

«Pensi che la morte di Kate sia legata all'omicidio di Becca?», le si spezzò la voce. Era consapevole dei movimenti della figlia, che stava indietreggiando, scioccata, incredula.

«Non sto dicendo questo, non ancora, ma abbiamo trovato qualcosa, un medaglione attaccato a una catenina d'argento. Quando lo abbiamo mostrato a Erik, l'ha riconosciuto. Ha riconosciuto il fiore di loto del ciondolo e ha detto che apparteneva a AJ, che gli era stato regalato da tua figlia prima che si fidanzassero. La vista di quella collanina l'ha traumatizzato, te lo assicuro».

Dru lanciò un'occhiata a Shea e si sentì gelare al pensiero che, se glielo avesse chiesto, la ragazza le avrebbe potuto mostrare lo stesso identico medaglione con la stessa catenina d'argento. Si era messa alla ricerca dei ciondoli dopo aver scoperto che i fiori di loto simboleggiavano la rinascita. Era il loro amuleto, il loro portafortuna, aveva detto quando li aveva mostrati alla madre. Riusciva a rievocarne l'immagine, due fiori incisi con grande maestria su una placchetta d'argento non più grande dell'unghia del pollice.

Se quella mattina uno dei due ciondoli era stato rinvenuto a Cedar Ridge Canyon, l'unica spiegazione possibile non era forse che AJ si trovasse lì, che avesse qualcosa a che fare con la morte – se non che ne fosse addirittura responsabile – di Kate?

«So che è dura», stava dicendo Ken, «ma se mettiamo insieme gli elementi, capisci… ci sono stati il furto di ieri all'xL e il biglietto lasciato sull'auto di Leigh ieri sera. Le due giovani donne decedute avrebbero partecipato alla stessa festa di nozze. Evidentemente si erano scambiate qualche messaggio prima della morte di Becca, anche se Kate non era sembrata molto propensa a parlare dell'episodio».

«Anche a me è sembrato strano», disse Dru.

«Non possiamo escludere la possibilità che gli eventi siano legati. Anche se non conosciamo i movimenti precisi di Isley, il ritrovamento della collanina rende abbastanza palese che stesse seguendo Kate, forse la stava pedinando e perseguitando».

«Mia figlia è in pericolo?». Dru non attese la risposta di Ken. «Dovete trovarlo». La rabbia la fece accalorare. «I tuoi colleghi devono mettergli alle calcagna ogni agente di questo Stato...». Si interruppe e lanciò un'occhiata a Shea. Quando incrociò lo sguardo angosciato della figlia, si sentì morire dentro.

«Fidati di me», disse Ken, «stiamo stringendo il cerchio. Anzi, oggi abbiamo ritrovato anche il suo pick-up, verso l'ora di pranzo. Più o meno alla stessa ora in cui gli escursionisti hanno rinvenuto il corpo di Kate. Ed era anche nelle vicinanze».

«Dove?», domandò Dru.

«Al lago Monarch. Lo conosci? A sei o settecento metri a sud-ovest di Cedar Ridge Canyon».

Dru disse di avere familiarità con il lago. «Chi l'ha trovato?»

«La madre di AJ», rispose Ken. «Lily Isley».

Capitolo 13

Mentre Lily usciva di casa, un tuono rombò sopra la sua testa, e mentre saliva a bordo della jeep, il cielo si aprì. Le gocce di pioggia si abbatterono sul parabrezza, tintinnando come pallini da caccia e scrosciando sul vetro. Era felice che facessero tanto rumore. Aveva temuto che suo padre sentisse la macchina, che la raggiungesse, facesse domande o cercasse di fermarla, e non c'era modo di spiegargli dove stesse andando senza sembrargli pazza.

Avrebbe potuto raggiungere il cancello e seguire la strada principale fino alla deviazione per il lago Monarch, e prese in considerazione l'idea. Aveva senso, considerato il temporale. Invece, dopo aver messo in moto la jeep e ingranato la marcia, svoltò a destra e imboccò il vecchio sentiero che girava attorno al retro del fienile. Prima piegava in direzione sud-est, oltre la casa di Winona, poi curvava verso nord e infine verso ovest. Lo conoscevano in pochi; non lo usava quasi nessuno. Il percorso tortuoso e serpeggiante, ciò che restava di un'antica strada statale, era a malapena transitabile persino in buone condizioni climatiche, ma avrebbe ridotto il tragitto di qualche minuto.

Gli pneumatici della jeep sussultavano e scivolavano sul selciato sconnesso, sprofondando nelle buche ostruite dai depositi di carbonato di calcio e sobbalzando sui solchi fangosi. Passando accanto all'abitazione di Winona, Lily rimase sorpresa dalla lama di luce che vide filtrare dalle tende. Era tornata a casa? Ci sperò; pregò affinché fosse vero. Ma non poteva fermarsi per scoprirlo. Il sogno, la sensazione che AJ si trovasse al lago Monarch, che fosse nei guai e avesse bisogno di lei, era stato tutto troppo intenso. La vecchia strada terminava in prossimità della provinciale 440 e, svoltando a sinistra, Lily accelerò, sentendo che le gomme dell'auto aderivano meglio alla superficie più compatta della strada asfaltata. L'acqua si sollevò ai lati di entrambe le fiancate della macchina; si lasciò alle spalle una spuma bianca che ribolliva. Strinse il volante con le mani sudate e scivolose per la trepidazione e per la paura.

Le balzarono alla mente alcune scene del sogno, vivide e terrificanti. Era come se fossero passati solo pochi giorni dall'episodio, quando aveva quasi lasciato annegare suo figlio. Dopo l'accaduto, aveva avuto gli incubi per settimane. Anche AJ si era svegliato piangendo nel cuore della notte, ma solo per un breve periodo, poi aveva dato l'impressione di essersene dimenticato. Non c'erano state conseguenze durature. Neanche il timore dell'acqua. Prima della fine di quella spaventosa estate, aveva imparato a nuotare insieme a un istruttore qualificato della Croce Rossa, in una vera piscina. Paul aveva insistito; aveva proibito a Lily di riportare AJ al lago Monarch. Ma non era finita lì. No. Una mattina, poco dopo l'incidente, si era svegliata nella loro casa di Dallas ed era andata in camera di AJ, come era sua abitudine, ma il bambino non era nel lettino. L'aveva trovato al piano di sotto, in cucina, insieme alla tata che era stata assunta dal marito. Alle sue spalle, senza consultarsi con lei. Quel poco di fiducia in se stessa che le era rimasta, quel poco di orgoglio, erano andati in frantumi.

Non si era messa a discutere con Paul, e il conto che aveva dovuto pagare – così a caro prezzo – erano migliaia di preziosi momenti che avrebbe altrimenti condiviso con il suo piccolo, le sciocchezze sussurrate all'orecchio, i risvegli con le sue minuscole manine che le davano i buffetti sulle guance, la gioia stupefatta di fronte alle nuove scoperte. Affidandolo alla tata, aveva rinunciato a tutti quei preziosi ricordi, aveva rinunciato a *lui*, che Dio l'aiutasse, perché si era sentita incapace e spaventata all'idea di non essere in grado di proteggerlo. Si era ritratta dalla vita di suo figlio, l'aveva abbandonato sull'altra sponda. Ma in quel momento non poteva pensare al terribile torto che aveva fatto sia a lui che a se stessa.

La pioggia era diminuita, risalendo una collina, Lily intravide una porzione della sponda orientale del lago e, più avanti, il vivido luccichio dell'acqua. Trovò la deviazione e la seguì fino a oltrepassare l'area attrezzata con i tavoli da picnic, che a quell'ora era deserta proprio come l'ultima volta in cui era stata da quelle parti. La pioggia cessò e il cielo cominciò a schiarirsi. L'acqua aveva formato alcune pozzanghere lungo la strada e cadeva dagli alberi. Il parabrezza si stava annebbiando. Lily si protese in avanti e si sforzò di vedere qualcosa.

Aveva quasi superato la radura dove aveva portato AJ quando riconobbe la quercia della Virginia sotto la quale aveva disteso la coperta e, più avanti, la riva sassosa dove Butternut era andato ad abbeverarsi. Con il cuore che batteva forte, si fermò sull'argine infestato di erbacce e scese dalla jeep. La macchia di ginepri era molto più estesa di quanto ricordasse, e talmente fitta che solo le sommità erano verdi, come pennelli intinti nella vernice, mentre i rami più vicini al terreno erano secchi e si erano intrecciati in un groviglio inestricabile. Le rimasero impigliati ai vestiti mentre si faceva strada verso la sponda del lago.

Fu allora che la coltre di nubi si aprì di colpo, e la luce improvvisa le fece sbattere le palpebre. Tuttavia, mentre l'attimo si prolungava, scintillante, prese consapevolezza del profondo silenzio, di un senso di assoluta desolazione. Possibile che AJ fosse lì? Si stava nascondendo? Dall'acqua risuonò un grido; qualcuno stava piangendo. Guardò e non vide niente. *Il sogno*, le disse la testa. E giunsero altri spezzoni d'immagine, la trascinarono indietro nel tempo, ma quello non era il passato. AJ era lì, in quel momento. Ne percepiva la presenza. Doveva aver sentito gli scricchiolii prodotti da Lily mentre si apriva un varco in mezzo al sottobosco, che era rinsecchito malgrado la pioggia. Vedendola, sarebbe uscito allo scoperto. Avrebbe capito che con lei sarebbe stato al sicuro, proprio come l'aveva capito quando era un bambino.

«AJ?», chiamò a voce bassa, spostandosi lateralmente lungo la sponda. «AJ?». Più forte, adesso. Girò in circolo.

E fu così che lo intravide. A una cinquantina di metri dal punto dove aveva parcheggiato la jeep, con il muso parzialmente infilato nel boschetto di ginepri, c'era un pick-up. C'era qualcosa che non le quadrava. O forse si stava lasciando trarre in inganno dalle vestigia del sogno? La circondavano come un sudario, ostruendole la visuale. Chiuse un attimo gli occhi e avvertì la presenza di un odore molto particolare; impregnava l'aria, acre, penetrante. Il cervello elaborò gli odori: fumo, benzina, prodotti chimici, plastica. Era il genere di puzza irrespirabile che aleggiava dopo un incendio, il genere di sentore che diceva "Vattene". Invece mosse un paio di passi in direzione del veicolo, poi si fermò a esaminarlo. Era un pick-up bianco a quattro porte. Un Dodge. AJ guidava un pick-up Dodge bianco a quattro porte.

Stava correndo come aveva fatto ventitré anni prima, solo che al posto dell'acqua c'era un crudele labirinto di ginepri nel quale farsi largo. I rami morti, adunchi e affilati come le dita di una strega, le strapparono la camicia di cotone, le graffiarono la pelle, la fecero sanguinare. Quando emerse dall'ultimo tratto di boscaglia spinosa, a parecchi metri dal lato del conducente del pick-up, si fermò di colpo, ansimando, lambiccandosi il cervello nel prendere atto che la carrozzeria del mezzo sembrava relativamente intatta, in netto contrasto con l'abitacolo, che appariva nero come l'interno di una bara chiusa. I finestrini erano tirati su. Si trovava a dieci o dodici metri di distanza; la luce che si rifletteva sul vetro le rendeva impossibile vedere cosa ci fosse all'interno. Aveva paura di cosa avrebbe potuto trovare là dentro, non si voleva avvicinare. Un terrore latente cominciò a serpeggiarle nella mente, implorandola – intimandole – di andarsene. Se non avesse guardato, la ammonì una voce nella sua testa, non avrebbe mai saputo se c'era AJ lì dentro. Suo malgrado, mosse un passo verso il pick-up, poi una serie di passi, prima di fermarsi di nuovo. Come poteva fare una cosa simile?

Eppure quello era il veicolo di AJ. Se si fosse *trovato* lì dentro… ferito… o peggio…

Coprì la distanza che la separava dal pick-up con rinnovata premura e, quando la maniglia della portiera anteriore fu a portata di mano, la sfiorò con esitazione. Era fredda a contatto con i polpastrelli, eppure Lily ritrasse le dita. Lanciò un'occhiata alla sua sinistra, dove la superficie del lago era visibile in mezzo agli alberi, scintillante, serena. Ne sentiva fluire le acque contro la sponda. Si immaginò laggiù, con l'acqua che le lambiva il torace, sotto il seno. Sorreggeva il piccolo AJ, disteso sulla schiena, lo teneva in equilibrio e lo cullava tra le braccia. Vide il suo visino, la curva morbida delle guance, la bocca simile a un bocciolo, l'ombelico, quella minuscola e adorabile parte anatomica che un tempo li aveva legati.

Un verso – un singhiozzo, un grido? – le morì in gola. Serrò la mandibola e, tornando a voltarsi verso il pick-up, afferrò la maniglia della portiera, la strinse con forza, la tirò verso di sé. Non successe nulla. Provò con la portiera posteriore. Non ce n'era neanche una che cedesse. «*Nooo…*». La protesta si infranse contro i denti serrati. Si guardò attorno in cerca di un oggetto con cui rompere il finestrino. Il terreno era disseminato di sassi, ma non erano abbastanza grandi. Agendo d'impulso, prima di poter riflettere su cosa stesse facendo, accostò il viso al vetro, mise le mani a coppa all'altezza delle tempie e si sforzò di guardare con attenzione. Sebbene il finestrino fosse annebbiato dal fumo, riuscì a notare che la plastica del quadro era tutta bitorzoluta e che in alcuni punti la tappezzeria del sedile era bruciata fino all'imbottitura interna. Passò al finestrino posteriore. Il sedile era danneggiato, ma non più di tanto.

C'era qualcosa sulla pedana poggiapiedi.

Coperte? Un telo? Un tappeto? Provò un tuffo al cuore.

Diresse lo sguardo verso il lato del passeggero. I rami di ginepro si erano spezzati contro il finestrino, ma era stato il gancio sopra la portiera ad attirare la sua attenzione. Sorreggeva una serie di grucce avvolte in strisce di cartone, simili a quelle usate dalle lavanderie. Qualsiasi cosa ci fosse stato appeso sopra – le camicie eleganti di AJ, le sue giacche da chef? – era carbonizzato, sporco e coperto di plastica fusa.

Ma cos'era quella sagoma ingombrante sulla pedana?

Si sforzò di evitare di guardarla di nuovo.

Indietreggiò dal pick-up e lanciò un'occhiata sopra il tettuccio. Il panico la inchiodava sul posto. Ma doveva farlo; doveva vedere se ci fosse un modo per raggiungere e aprire le portiere dall'altro lato. Eppure era impossibile. Non appena fece il giro attorno al cassone del pick-up, si rese conto che era incastrato nella boscaglia e che non c'erano varchi dai quali passare.

Di ritorno alla jeep, aprì il bagagliaio e frugò nel vano di carico in cerca di un piede di porco o di qualsiasi altro strumento con il quale avrebbe potuto forzare le portiere del pick-up o rompere il vetro. Ma non c'era niente di utile. Tastò il contenuto del portabagagli: un singolo stivale di gomma crepata, una cassettina porta esche per andare a pescare. Stracci. Un paio di occhiali da sole con una lente mancante.

Raggiunse il posto di guida, prese il cellulare e compose il numero fisso del ranch. Non riuscì a inoltrare la chiamata. Guardò lo schermo. Niente campo. Provò il 911. Non avrebbe dovuto squillare a prescindere dal segnale? Accostò il telefono all'orecchio. Niente. Solo l'ansare spaventato del suo respiro. Si sentiva sull'orlo di una crisi isterica e, chiudendo gli occhi, si impose di calmarsi, di riordinare i pensieri. Dall'alto della strada principale giunse un suono, acuto e sottile, una sirena, pensò, e veniva da est, da Wyatt. Raddrizzò la schiena, ma l'ondata di sollievo fu soltanto momentanea. Non potevano raggiungerla. Nessuno sapeva cos'avesse trovato. Non aveva neanche lasciato un biglietto a suo padre. La sirena superò la sua posizione, invisibile, e proseguì verso ovest con caparbietà.

Un incidente stradale, forse. Da *quella* parte, però, c'era Cedar Ridge Canyon. Ci andavano un sacco di escursionisti. Magari era caduto qualcuno. Un ragazzino di terza media era morto a causa delle ferite riportate dopo una caduta.

Lily tornò a fissare il cellulare. Non sarebbe mai riuscita a prendere il segnale. Se avesse voluto chiamare aiuto, avrebbe dovuto lasciare la zona. Lasciare il lago, lasciare il pick-up di AJ e qualunque cosa si trovasse al suo interno.

Le ci volle mezz'ora per tornare sul sentiero del ranch. Strinse i denti e spinse la jeep alla massima velocità, perdendo aderenza in curva e sobbalzando sulle cunette. Suo padre si avvicinò alla porta sul retro mentre risaliva la strada.

«Dove sei stata?». Aprì la zanzariera sul portico. «Mi sono preoccupato da morire».

«Ho trovato il pick-up di AJ». Si fermò ai piedi dei gradini. «Ci serve un piede di porco, ma prima voglio chiamare la polizia, così possiamo incontrarci sul posto».

«Lily, calmati. Incontrarci dove? Dov'è il pick-up di AJ?». Risalì sul portico e afferrò il cappello appeso al gancio.

«Al lago Monarch». Lily appoggiò il palmo della mano sul plesso solare, sforzandosi di fare come le era stato suggerito, di calmarsi. «È stato dato alle fiamme», disse, poi gli riferì cos'era successo e ripescò il cellulare dalla tasca dei jeans. «Ho provato a chiamare il 911 da là, ma non sono riuscita a prendere il segnale».

«Non credo che riuscirai a prenderlo neanche qui. Il temporale ha fatto saltare le linee, sia quelle del telefono che quelle elettriche. Chissà quando ripristineranno il servizio». Suo padre scese i gradini, la oltrepassò e si incamminò verso il fienile, dove teneva i suoi attrezzi.

«Quando sono partita da qui non era così tremendo». Lei lo seguì.

«È peggiorato. Il vento soffiava come un dannato. Mi ha svegliato, e sono sceso a cercarti. Non riuscivo a credere che tu fossi uscita sotto il temporale».

«Mi spiace di averti spaventato. Ho fatto un sogno…». Si interruppe. Non c'era modo di spiegargli quella parte.

«Forse sarebbe meglio evitare di coinvolgere la polizia», disse suo padre.

«Non hai sentito cosa ti ho detto? C'era qualcosa, un tappeto o un telo… non riuscivo a distinguerlo, ma AJ potrebbe essere là dentro, ferito oppure…». *Morto.* Le era balzata in mente la parola *morto.* Le si oppose stringendo i denti.

«Stella». Suo padre si voltò a guardarla. «Pensaci. Se AJ ha preso i soldi e i gioielli di tua mamma dalla cassaforte, e se poi è andato alla pista di atterraggio e ha pagato un pilota per farsi portare via da qui, è possibilissimo che innanzitutto abbia fatto sparire il pick-up. È un buon nascondiglio. Il lago Monarch è a malapena conosciuto, e ancor meno frequentato».

«Ma non è propriamente nascosto. Prima o poi qualcuno l'avrebbe visto». Lily lo seguì dentro il fienile. «Se avesse davvero voluto sbarazzarsene, non avrebbe dovuto assicurarsi che le fiamme lo bruciassero del tutto?».

Suo padre era scomparso all'interno della stanza degli attrezzi senza risponderle.

Lily si fermò sulla soglia della selleria e ci pensò su. Doveva esserci stato del fumo, ma di notte era improbabile che qualcuno se ne fosse accorto. Stava pensando al fumo e stava cercando di stabilire a che ora potesse essere stato appiccato l'incendio quando notò le banconote impilate. Erano appoggiate sul vecchio banco da lavoro. Cinque mazzette chiuse con gli elastici, come se il loro posto fosse proprio quello, in mezzo al resto del disordine, un barattolo di grasso per selle e finimenti, un paio di spazzole, una sorta di unguento antibiotico in tubetto.

Entrò nella selleria e raggiunse il tavolo per assicurarsi di aver visto bene. Le finestre poste in alto avevano bisogno di essere pulite; l'illuminazione non era il massimo, ma era in grado di riconoscere una banconota e sapeva che quelli erano i soldi della cassaforte di casa. Gli stessi di cui suo padre aveva denunciato il furto, che la polizia locale era sicura fossero stati presi da AJ. Ma se fosse andata così, perché avrebbe dovuto lasciarli lì? In bella vista? Non aveva senso; a meno che la cassaforte non fosse stata aperta da qualcun altro. Non aveva mai creduto che fosse stato lui, o perlomeno non ci aveva mai voluto credere. Eppure, proprio mentre il cuore le si riempiva di sollievo, si sentì anche assalire dallo sgomento. Prese due mazzette, una in ciascuna mano, e le esaminò.

«Papà?», chiamò.

Lui fece capolino sulla soglia. «Andiamo. Ho preso il piede di porco e un mazzuolo, casomai dovessimo sfondare il vetro».

Lily sollevò le due mazzette di banconote.

All'uomo brillarono gli occhi. «Che diavolo?!».

«Sono i soldi della cassaforte, papà. Sono tutti. Cinquemila».

«Perché AJ avrebbe dovuto lasciarli qui?»

«Non li ha presi lui».

«E allora chi è stato?».

Lei non rispose.

Passò quasi un minuto intero prima che afferrasse il concetto, ma Lily fu testimone del momento in cui accadde: vide il lampo d'intuito che gli attraversò lo sguardo addolorato, seguito dall'ombra più cupa della vergogna. Ma la bocca si contrasse quasi nel medesimo istante e l'espressione si indurì, un cipiglio di ostinato rifiuto. «Andiamo, adesso non abbiamo tempo per parlarne».

Lily lo seguì fuori dal fienile, senza parole. Aveva bisogno che suo padre stesse bene, pregò che fosse così, che mantenesse la lucidità mentale e restasse concentrato sul presente.

Presero la jeep. Guidò lei e ripercorse lo stesso tragitto che aveva fatto prima dell'alba. Se non avesse assistito di persona alla pioggia, avrebbe stentato a credere che fosse caduta. La strada era asciutta; il cielo sopra le loro teste era terso e celeste, di un'innocenza quasi ridicola, tanto era privo di imperfezioni. Avvicinandosi alla casa di Winona, Lily disse: «Prima c'era una luce accesa».

Suo padre lanciò un'occhiata dal finestrino dal lato di guida. «Adesso non ce ne sono», replicò.

Una volta raggiunta la radura, dopo essersi fatto strada fino al pick-up, gli ci vollero alcuni minuti per aprire la portiera armeggiando con il piede di porco, poi fece ciò che sua figlia non sarebbe riuscita a fare: si protese all'interno dell'abitacolo, da entrambe le portiere, davanti e dietro, e rovistò tra i detriti carbonizzati in cerca di tracce dell'atrocità alla quale nessuno dei due aveva dato voce.

«Qua non c'è niente». Si ritrasse. Si era sporcato di nero fino agli avambracci. Persino il viso, coperto da una patina di sudore, sembrava impolverato di fuliggine.

Avrebbe dovuto indossare i guanti. Avrebbero dovuto portare dell'acqua. Quei pensieri distrassero Lily dal tormento dell'agitazione, che persino in quel momento era tinto da un senso di sollievo che la faceva sentire leggera. «Cos'è quella cosa arrotolata là dietro?»

«Un'incerata. Sotto ho trovato questo». Le mostrò un coltello, una lama da chef lunga venti centimetri, tenendone l'estremità argentata tra pollice e indice.

Il cuore le balzò contro la cassa toracica. Faceva parte di un kit Shun, una serie di coltelli da cucina che gli aveva comprato l'anno prima. Aveva fatto incidere le sue iniziali, AJI, sull'appoggio della lama.

«Lo riconosci?», domandò suo padre.

«È di AJ», rispose lei.

Lui incrociò il suo sguardo. «Quella ragazza è stata pugnalata».

«Sì», replicò Lily.

«Da quanto ho capito, non hanno trovato l'arma del delitto».

«No».

Suo padre si chinò e appoggiò con cautela il coltello a terra, tra loro.

«Cosa dovremmo fare?», chiese Lily quando si ritirò su.

«Non lo so», rispose lui.

«Dovremmo chiamare la polizia?»

«È quello che desideri?»

«Voglio essere sicura che AJ sia al sicuro».

Suo padre distolse lo sguardo. «Sai che quando verranno a sapere che abbiamo trovato il suo pick-up e scopriranno in quali condizioni versa, dato alle fiamme con un coltello all'interno, avranno una conferma dei sospetti che già nutrono?».

Lily si strinse nelle braccia e osservò il lago in mezzo alla vegetazione. «Vuoi sciacquarti? Nella jeep ci sono alcuni stracci». Andò a prenderli senza attendere una risposta. Quando tornò indietro, suo padre si era fermato al limitare del bacino d'acqua.

Disse: «Ricordi il giorno in cui AJ è quasi annegato… sai che non è stata colpa tua».

«Non avrei dovuto lasciare che il panico prendesse il sopravvento». Accovacciandosi, inumidì uno straccio, lo attorcigliò per strizzarlo e glielo porse. Lui ci si pulì il viso e il collo. Non appena ebbe finito, Lily lo riprese, lo bagnò, lo strizzò e glielo porse di nuovo. Ripeterono l'operazione altre due volte, finché suo padre non ebbe rimosso tutto lo sporco che era possibile eliminare. Ciononostante, non si allontanarono dalla riva, ma rimasero a osservare l'acqua, insieme. Fu allora che gli raccontò del sogno e di come, al risveglio, avesse capito di doversi recare lì.

«Era questo il punto? Tu e AJ eravate qui quando è successo?»

«Sì», rispose lei. «La barca arrivò da laggiù». Indicò un punto alla sua destra, pensava fosse l'est.

«Be', ti sarai anche lasciata prendere dal panico», disse suo padre, «ma ti sei ripresa. Hai fatto quello che dovevi fare. Hai stretto a te il tuo bambino e l'hai portato a riva. L'hai salvato. Chiunque la pensi in modo diverso è uno stupido».

Intendeva forse dire che Paul, tanti anni prima, era stato uno stupido a impedirle di prendersi cura di suo figlio?

«All'epoca non dissi la mia», proseguì, «ma avrei dovuto. Avrei dovuto», ripeté, e gli si spezzò la voce.

«Oh, papà», mormorò Lily, e gli posò una mano sulla schiena.

«Sei sicuro di volermi accompagnare alla stazione di polizia?». Lily osservò suo padre sporgendosi sopra il tettuccio della jeep.

Lui incrociò il suo sguardo.

Pensava che avesse compreso dove sarebbe andata a parare. «Danno per scontato che la cassaforte sia stata forzata», disse, «che sia stato AJ a prendere i soldi. Non possiamo permettere che…».

«Credi che sia stato io, che abbia aperto la cassaforte e non me lo ricordi. Pensi che io stia perdendo la ragione». Sembrava rassegnato, e quel tono fu quasi peggio della reazione furiosa che Lily aveva previsto.

«Penso che dovresti andare da un dottore», replicò lei.

L'anziano sollevò il cappello e si passò una mano sopra la

testa prima di risistemarlo come si doveva. «Già», disse. «Immagino che potremmo parlarne».

«Oggigiorno ci sono i farmaci, papà, possono essere d'aiuto. Ci sono cose che puoi fare con la dieta e con un po' di esercizio».

«Non sto perdendo lo stramaledetto senno». La guardò in cagnesco, ma stava tremando e aveva un'aria vulnerabile che Lily non aveva mai visto prima. Le si spezzò il cuore e, allo stesso tempo, si sentì pervadere dall'imperante bisogno di proteggerlo.

Salirono sulla jeep.

«Ti lascio al ranch, poi vado in città, alla stazione di polizia. Tanto volevo comunque prendere la mia macchina».

«Cosa racconterai?»

«A proposito dei soldi? Dirò che sono stata io, che ho tirato fuori il denaro e ho dimenticato di dirtelo».

«E i gioielli di tua madre? Non ho la più pallida idea di dove siano finiti...».

«Li troveremo. Ti aiuterò a cercarli non appena torno a casa».

Fece tamburellare le dita sul ginocchio. Era dispiaciuto, confessò. «Per tutto questo maledetto casino». Gli si era arrochita la voce.

Lei gli diede un buffetto affettuoso sulla mano. «Dispiace anche a me», disse.

Le chiese di nuovo se fosse sicura di voler andare dalla polizia. «Sai cosa andranno a pensare trovando il coltello nel pick-up di AJ».

«Non posso farci niente. Devo capire dove sia finito, se va tutto bene. Questa è l'unica cosa che conta».

«Magari non ti ringrazierà per averlo fatto».

Riportò di scatto lo sguardo su suo padre. Se fosse stato lui, se fosse colpevole di omicidio. Ecco cosa intendeva dire. «A questo penserò in un secondo momento».

«D'accordo, allora. Se ti sei messa in testa di volerlo trovare, ti serve l'aiuto della polizia».

Quando entrò nel parcheggio della stazione di polizia di Wyatt, Lily vide il SUV rosso sbiadito dal sole e le si fermò il cuore. Somigliava molto alla macchina guidata da Dru, quando lei e Shea, giovedì, erano andate all'xL. "È successo qualcosa", pensò. Risalì in fretta il marciapiede ma, varcando la porta, fu assalita da una corrente d'aria talmente gelida da lasciarla senza fiato. Si fermò e cercò di ritrovare l'orientamento. Il bancone di fronte a lei, che fungeva da banco dell'accettazione, era deserto. La centrale di Wyatt era perennemente a corto di personale.

«Signora Isley?».

Alzò gli occhi. Shea stava varcando una porta a spinta dietro il bancone, con Dru alle calcagna. Entrambe le donne avevano gli occhi arrossati. Per il pianto? Per la stanchezza? «Cos'è successo?», domandò Lily, ma poi, all'improvviso, capì. «La polizia ha trovato AJ».

«No», disse la ragazza.

«Allora di cosa si tratta?», chiese Lily con voce acuta, troppo angosciata per poterlo evitare.

«Kate, Kate Kincaid». Shea sollevò una mano per toccarsi il viso, o forse i capelli, ma esitò a metà strada, come se avesse dimenticato di averla alzata.

«Kate è… era… una testimone di nozze di Shea», spiegò Dru.

«Sì?». Lo sapeva.

«È morta». Shea abbassò la mano.

«Cosa?». Lily era incredula. «Quando?»

«Stamattina. Era andata a fare un'escursione a Cedar Ridge Canyon. Avrebbe dovuto incontrare Erik a Bella Vista, ma non si sono capiti, e quando non si è presentata all'appuntamento, Erik ha immaginato che fosse andata a Cedar Ridge per errore. È andato a controllare. La polizia era già arrivata sul posto. Una coppia di escursionisti aveva trovato Kate e chiamato il 911».

«Mi aveva appena parlato del loro fidanzamento». Lily si ritrovò senza fiato. «Dev'essere stato devastante. Per tutti voi. Mi dispiace così tanto».

La ragazza disse: «Non riesco a crederci. Era la mia migliore amica, era come una sorella».

«Erik è qui con voi?», domandò Lily.

«È a casa dei genitori di Kate», rispose Shea. «Non voleva che apprendessero la notizia da uno sconosciuto, o dai telegiornali. Io e mamma l'abbiamo saputo così. È stato terribile».

«La polizia non crede che sia stato un incidente», disse Dru con un tono che parve pungente, minaccioso.

Shea sfilò una sottile catenina da sotto la camicetta. «Ricorda che avevo comprato questi ciondoli con i fiori di loto, uno per me e uno per AJ...? Ne hanno trovato uno sul sentiero, sopra il punto dal quale è caduta Kate».

A Lily si gelò il sangue.

«C'erano segni di colluttazione», disse Dru. «La polizia pensa che sia stato AJ, che l'abbia aggredita, che la stesse seguendo».

«Ho sentito le sirene», mormorò. «Ero al lago Monarch. Io... ho trovato il pick-up di AJ...».

«Lily?».

Sollevò lo sguardo. «Oh, Clint». Aveva conosciuto Clint Mackie, il comandante del dipartimento di polizia di Wyatt, in circostanze diverse, più propizie, in qualità di amico di suo padre, con il quale andava a caccia. «Shea e Dru mi stavano giustappunto parlando di Kate».

«Jeb ha chiamato poco fa e mi ha detto che eri per strada».

Lo sguardo di Clint era penetrante, inquisitorio, come se Lily e suo padre, con le loro azioni, fossero diventati sospetti, e lei si rese conto di quanto sarebbe stato sciocco pensare che non fosse l'ennesimo avversario da affrontare. «Papà ti ha detto che ho trovato il pick-up?»

«Perché non vieni dentro con me e ne parliamo nel mio ufficio?»

«Possiamo parlare anche qui», disse Lily, perché Shea e persino Dru avevano il diritto di sapere cosa avesse rinvenuto. Tanto, a prescindere, l'avrebbero scoperto abbastanza presto.

«D'accordo». Mackie si appoggiò al bancone. «Jeb ha detto che il pick-up è stato bruciato?».

Shea fece un respiro talmente profondo che Lily si voltò subito verso di lei, per rassicurarla. «No, no, AJ non era lì dentro».

«Ma è sicuro che fosse il suo pick-up, giusto?», chiese la ragazza.

«Sì». Lily fece una pausa. Non voleva raccontare il resto, ma doveva farlo. «Abbiamo trovato un coltello, un coltello da chef, sotto una tela cerata. Del set Shun che avevo regalato a AJ l'anno scorso».

«Oh, mio Dio», commentò Dru. «Quale altra prova...».

«Ciò significa», si intromise Shea, «che chiunque abbia ucciso Becca ha preso il coltello dall'appartamento di AJ, il suo pick-up e lo ha rapito. Non capisci, mamma?». Lanciò un'occhiata al comandante Mackie.

Lui disse: «Il sergente Carter si sta recando sul posto per recuperare il veicolo. È molto probabile che venga portato a Dallas, insieme al coltello e a qualsiasi altra prova riescano a rinvenire».

«Quindi è così?». Lily alzò le mani al cielo. «Avete deciso; voi e le vostre controparti di Dallas avete deciso che è stato mio figlio a uccidere le due ragazze? Clint, tu conosci AJ. Sai che non ne sarebbe capace».

«Questa storia presenta aspetti dei quali potresti non essere a conoscenza, Lily. Per esempio, sai che è stato trovato un biglietto sul corpo della signorina Westin, scritto con una matita per le labbra?»

«Me l'ha appena detto», commentò Shea, indicando Clint.

«Ne ho sentito parlare anch'io», disse Lily, senza menzionare Edward, la sua fonte. "Sistemata..." Il messaggio del biglietto le ronzò in testa.

«Ieri sera è stato trovato un altro biglietto, sotto il tergicristallo dell'auto di Leigh Martindale», riferì Clint. «Ce l'ha lasciato qualcuno mentre la macchina era parcheggiata davanti alla casa dei Gallagher. Anche quello era stato scritto con una matita per le labbra».

«Diceva: *Mi dispiace ferirti. Sono nei guai e non credo di potermi fermare...*». Dru adottò un tono accusatorio, neanche fosse Lily l'autrice dei biglietti.

«Al di là di questo», proseguì Clint senza battere ciglio, «abbiamo prove del fatto che la signorina Kincaid e la signorina Westin si siano scambiate numerosi messaggi il giorno in cui Becca è stata assassinata».

«È un elemento sospetto?», domandò Lily.

«Non di per sé, ma se lo valutiamo insieme a tutto il resto...».

«A destare sospetti», disse Dru, «è il fatto che fino a ieri sera, quando la polizia è venuta a parlarci del ritrovamento del biglietto di Leigh, Kate non avesse menzionato che lei e Becca si fossero scritte. Non aveva detto neanche a Shea dei messaggi, e loro due si raccontavano tutto».

«Mamma, stai forse dicendo che sapesse qualcosa sull'omicidio di Becca?»

«No!». Dru sembrava orripilata all'idea, ma forse stava soltanto fingendo.

«Atteniamoci ai fatti», disse Clint. Tenne il conto con le dita mentre li elencava. «Un monile, un veicolo e la possibile arma del delitto usata per l'omicidio di Becca Westin, oggetti che appartengono a AJ, sono stati ritrovati in prossimità del sentiero sul quale stava passeggiando la signorina Kincaid».

«Comandante Mackie, perché AJ avrebbe dovuto seguire

Kate? Perché avrebbe dovuto pedinarla? Qual è il movente? Sa darmi una risposta? No, io non credo». Shea si era messa sulla difensiva.

«Continuerete a sorvegliare il nostro quartiere e a pattugliare quelli di Vanessa e di Leigh?», domandò Dru. «Nessuno di noi può dirsi al sicuro finché questo maniaco...». Esitò e lanciò un'occhiata in tralice a Lily, uno sguardo nel quale quest'ultima intravide l'accusa dell'altra, l'assoluta convinzione che il maniaco fosse AJ, «...questa persona», si corresse, forse per compassione, «non verrà arrestata».

Mackie disse che avrebbe inviato una pattuglia ogni volta che avrebbe avuto un agente libero a disposizione. «Siamo un po' a corto di uomini. Sapete come stanno le cose».

«Ciò che so», proseguì Dru, «è che c'è un assassino a piede libero, e pare che mia figlia e le sue testimoni siano diventate dei bersagli. Devi muovere il culo e prendere questo tizio prima che venga fatto del male a un'altra ragazza. Arrestare i cattivi, è per questo che vieni pagato, no?».

Clint arrossì e guardò Lily, neanche potesse giungere in sua difesa. Anche Dru le lanciò un'occhiata, ma lei abbassò lo sguardo a terra, tesa, furiosa. Come facessero ad aspettarsi – sia Mackie che Dru – di ricevere un appoggio da parte sua era un vero mistero. Invece, quando fu Shea a muovere un passo verso di lei, gliene fu riconoscente. Fu un gesto minuscolo, quasi impercettibile, ma era comunque una dimostrazione del suo sostegno.

Mackie menzionò l'effrazione. «Da quanto mi ha detto Jeb, immagino che non sia più un problema, giusto?».

Lily scrollò leggermente la testa, sperando di chiudere l'argomento. Non andò così.

«Ne ho sentito parlare», disse Dru.

Lily si sentì osservata. *Non sono affari tuoi.* Stava per dirglielo, per farglielo capire chiaro e tondo, ma Clint disse «Capisco», con un tono che le diede a intendere che suo padre era stato onesto. Non riusciva a immaginare quanto dovesse essergli costato ammettere di aver avuto un vuoto mentale, una cosa tanto umiliante. Eppure doveva aver pensato a AJ, al desiderio di scagionarlo almeno da quel sospetto.

Clint disse: «D'accordo, signore, se abbiamo concluso...».

«No», intervenne Shea. «Non abbiamo concluso». Ora stava fissando Lily con la fronte aggrottata, la mascella serrata con caparbietà. «So chi ha assassinato Kate e Becca. Gliel'ho detto», indicò il comandante con il pollice, «ma ha rifiutato di indagare».

«Se tu potessi portarmi prove concrete...», esordì Clint.

Shea sostenne lo sguardo di Lily. «Sia Becca che Kate sono uscite con un ragazzo... Becca ci è uscita solo un paio di volte, ma lui e Kate stavano cominciando a fare abbastanza sul serio, finché lui non ha abusato di lei».

«Come ti ho già spiegato prima, Shea, se tu potessi fornirmi qualche prova, un verbale della polizia. Il referto delle lesioni. Prima di poterlo interrogare, ho bisogno di qualcosa di più concreto della tua parola».

«Benissimo», disse Shea. «Lo farò io, allora». Poi si incamminò verso la porta.

«Non te lo consiglio», le urlò dietro Clint.

«Shea!». Dru seguì sua figlia.

«Sei sicura a proposito di questo tizio, sei certa che sia stato lui a fare del male alle ragazze? È lui ad aver preso AJ? Lo sai per certo?», chiese Lily, raggiungendo la ragazza e sua mamma all'esterno.

«Probabilmente sì», rispose Shea. «Ma nessuno mi crede. Neanche mia madre».

«Non ho detto che non ti credo», protestò Dru. «Devi lasciare che sia la polizia a occuparsi del caso, tutto qua. Se fosse vero, non stiamo parlando di piccole infrazioni di legge; quell'uomo è pericoloso. Potrebbe essere un killer, per l'amor di Dio. Non puoi andare da lui. Non permetterò che venga fatto del male anche a te».

«Due delle mie amiche sono morte». Shea si rivolse a Lily, stava quasi urlando. «Una di loro era la mia migliore amica, la migliore del mondo. E il mio fidanzato, l'uomo che amo più della mia stessa vita, è sparito, è stato abbandonato da qualche parte, nei guai, in guai grossissimi, e mamma vuole che me ne torni a casa e chiuda le porte a chiave».

«Voglio che tu sia al sicuro».

Lo so. La comprensione di Lily fu istintiva e viscerale, non aveva niente a che vedere con l'antipatia che provava nei confronti di Dru. Era una sensazione universale provata da tutte le madri, l'istinto di protezione verso la sua bambina. «Chi è?», chiese Lily.

«Harlan Cate», rispose Shea e, sentendole prendere rapidamente fiato, domandò: «Lo conosci?»

«Sì», confermò. «Lo conosco eccome».

Capitolo 14

«Harlan lavorava per mio padre», disse Lily.

Dru e Shea erano salite in auto per rifuggire la calura di mezzogiorno. Lily le aveva seguite su invito della ragazza. Se fosse stato per Dru, quella conversazione non avrebbe avuto luogo.

«Davvero?». Shea si era infervorata. «Che lei avesse notato, era... aveva un caratteraccio?»

«Ricordo che prese parte a un paio di risse. Ma era un gran lavoratore, perciò papà lo tenne con sé fino all'anno scorso, finché non vendette il bestiame». Lily si concesse un istante di pausa.

«Che c'è?», domandò Shea.

Dato che la stava osservando dallo specchietto retrovisore, lo notò anche sua madre: il velo d'apprensione che attraversò l'espressione della donna.

«Harlan non prese bene la notizia. Disse qualcosa a mio padre, del tipo che più un uomo era ricco, peggiore sarebbe stata la sua rovina».

«Sembrerebbe una minaccia», disse Shea.

«Hai detto che ha abusato di Kate. Ha fatto del male anche a Becca?», chiese Lily.

«Non che io sappia, ma una volta ha colpito Kate e le ha fatto male al braccio. Per lei è stato sufficiente. Ha troncato la relazione».

Per Dru era una novità. Ciononostante, come la maggior parte delle migliori amiche, le ragazze avevano sempre avuto qualche segreto.

«È successo di recente?», domandò Lily.

«Circa sei mesi fa, poco prima che Kate ed Erik cominciassero a uscire insieme. Harlan la perseguitava, ed Erik le disse di chiedere un'ordinanza restrittiva, ma Harlan smise di seguirla, o almeno credevano che avesse smesso. Ora non ne sono più tanto sicura».

Dru disse: «Ti rendi conto che trovare chi abbia fatto del male a Becca o a Kate, che ottenere giustizia… non le riporterà indietro».

«Non posso tornare a casa e fare finta di niente, mamma».

«Be', come io non posso ignorare quanto sia rischioso per te, per Vanessa o per Leigh. I loro genitori sono turbati, e lo sono anch'io». Dru incrociò lo sguardo di Lily nello specchietto retrovisore. «A proposito del furto al ranch… Ho sentito dire che sono stati rubati dei soldi e alcuni gioielli. È stato AJ, non è così?»

«È ciò che pensava la polizia, ma la verità è che papà…». Lily guardò fuori dal finestrino, a disagio. Dru era convinta che non le avrebbe fornito alcuna spiegazione, ma alla fine ritrovò il contatto visivo. «La verità è che papà ha qualche problema con la memoria».

«Stai dicendo che è stato *lui* a prendere i soldi dalla cassaforte?». Uno sprazzo di inattesa solidarietà addolcì il tono della donna.

«Sì», rispose Lily. «Di recente si sono verificati un paio di incidenti. Voglio… Spero di riuscire a portarlo da un medico».

«Be', è terribile… Un uomo come Jeb Axel…».

«AJ lo sa? Avrà il cuore a pezzi». Shea sembrava altrettanto affranta. «Ama così tanto suo nonno».

«Non gliene ho ancora parlato», disse Lily. «Ma ho intenzione di farlo. Io…».

Ormai non poteva più esserne tanto sicura, pensò Dru. Incrociò di nuovo lo sguardo dell'altra. «Come facevi a sapere che il pick-up di AJ fosse al lago?»

«Ho fatto un sogno. È stato stranissimo… talmente vivido. Stavamo nuotando…».

Dru la interruppe. «Ti ha chiamato di nuovo, non è così? Scommetto che sai dove si trova».

«No. No, non lo so», insistette Lily.

Eppure, il modo in cui eluse il suo sguardo, il movimento sfuggente delle spalle, la fecero apparire colpevole. Sapeva… *qualcosa*. Dru ne era convinta, e la infastidiva. Si voltò sul sedile. «Se tu sapessi dove si trova, lo diresti alla polizia?»

«Continuo a pormi la stessa domanda». Stavolta lo sguardo non tradì alcuna esitazione. «E tu sai cosa faresti al posto mio? Consegneresti Shea alle autorità?».

Dru non sapeva come si sarebbe comportata. Avrebbe protetto la sua bambina, ma fino a che punto? A quale prezzo?

«Ho la sensazione che Harlan Cate sia coinvolto in questa storia». Fu Shea a rompere il silenzio. «È lui a sapere dove si trova AJ».

«È un ragazzo grande e grosso», disse Lily.

«Come AJ», confermò Shea. «E ci sarebbe voluto un uomo di quella stazza per trascinarlo fuori dal suo appartamento».

Lily si protese verso di lei. «Magari, se venissi con te…».

«Non puoi dire sul serio». Dru la fissò dallo specchietto retrovisore. «Sai almeno dove abita?»

«Nel campo caravan di Little Grove», rispose sua figlia. «Sulla 1620, dopo lo sfasciacarrozze di Decker».

«So dove si trova», disse Dru, «e so che non c'è da scherzare con la gente che abita da quelle parti».

«Non penso che Harlan possa compiere gesti avventati se ci sono anch'io», disse Lily. «Quando minacciò papà, Clint, il comandante Mackie, andò a fargli visita. Harlan capirà che se dovesse capitarmi qualcosa, la polizia andrà subito a cercarlo».

«Se quanto dici è vero», Dru continuò a fissarla nello specchietto retrovisore, «perché adesso il comandante non avrebbe interesse a interrogare Harlan in merito al nipote di Jeb?»

«Mamma, ti prego. Se tu non vuoi venire, andrò con la signora... con Lily».

Dru lanciò un'occhiata alla figlia. L'aveva fatto, l'aveva chiamata per nome. Aveva già affrontato il problema, l'idea che Lily, non appena Shea avesse sposato AJ, sarebbe diventata una specie di seconda madre per la sua bambina, la famigerata suocera. Fino a quel momento, i loro rapporti erano stati freddi. Shea aveva commentato la sensazione, il disagio che provava in presenza di Lily. "Non so cosa dirle. Non credo di piacerle". Lei le aveva suggerito di darle un po' di tempo, malgrado avesse rimuginato con rabbia sul trattamento riservato da Lily a sua figlia. Ora di quel distacco non sembrava essere rimasta alcuna traccia.

Era un effetto collaterale delle calamità, pensò. Forgiavano i legami più improbabili. «Non so cosa vi aspettiate», disse, ma stava già ingranando la retromarcia. «Ma non penso che Harlan Cate ci inviterà a casa sua per un tè e una confessione».

La strada secondaria che conduceva al campo caravan era talmente ostruita dalla boscaglia che, se non ne avesse conosciuto l'esatta posizione, Dru l'avrebbe mancata. La strada in sé e per sé, stretta e asfaltata alla meno peggio, tagliava una foresta di querce altissime. Mano a mano che si addentravano nella zona, la luce si affievoliva e l'aria si raffreddava. Altri viottoli che si biforcavano dalla carreggiata principale scomparivano al di là di una curva o sprofondavano in strapiombi in penombra. Le case su ruote erano disseminate in modo del tutto casuale lungo i vari tracciati. Alcune apparivano schiacciate sul terreno, come se avessero percorso il loro ultimo chilometro. Avevano un'aria sporca, malconcia e in sfacelo. Dru non avrebbe mai vissuto dentro uno di quei caravan. Incrociò lo sguardo di Shea, poi quello di Lily, e nelle loro espressioni vide il riflesso della propria apprensione. Attese che una delle due lo dicesse, che non avevano alcun motivo per restare lì, che sarebbe stato meglio andare alla polizia e lasciare che fossero loro a occuparsi di Harlan Cate, ma non aprirono bocca.

Trovarono la casa di Harlan per puro caso, alla fine di un vicolo cieco. Shea individuò la sua moto nera con le finiture argentate che scintillava al sole, e Dru, seguendo le istruzioni della figlia, si fermò malgrado il buonsenso le dicesse di non farlo. L'uomo che abitava in quella specie di casa, in quella scatoletta malandata, con la nuova moto lucente parcheggiata accanto come un cane da guardia, doveva essere una sorta di rinnegato, uno scarto della società, un malvivente. Non il genere di persona con la quale teneva ad avere un confronto. «Dovremmo lasciare che se ne occupi la polizia», disse, poi alzò una mano per zittire la protesta di Shea. «Possiamo andare dallo sceriffo di Greeley. Interrogare questo tizio da sole è una vera e propria follia».

Lily si protese verso di lei. «Harlan mi conosce. Lasciate che sia io a parlare con lui. Tu e Shea potete aspettare qui».

Dru la guardò e prese in considerazione l'idea. «Io vengo con te», disse dopo un istante. «Ho la mia calibro 38 in borsa. Shea rimarrà qui».

«Mamma, per l'amor di Dio, non sono una bambina». La ragazza aprì la portiera del SUV e serrò la mascella con piglio ostinato.

Lanciando un sospiro, Dru e Lily scesero a loro volta dall'auto.

Si era alzato il vento. Sferzò le portiere della macchina e scompigliò i capelli di Dru. Le strattonò la camicia e le schiaffeggiò le gambe dei jeans strappati. La donna prese la borsa e la infilò sottobraccio. Aveva la bocca secca, il fiato corto. Fino a quel momento, l'unica cosa contro la quale aveva puntato la pistola erano i bersagli. Il suo istruttore gliene aveva parlato, il freddo distacco richiesto se mai avesse avuto la necessità di difendersi, se il bersaglio fosse diventato umano. Si era domandata se fosse in possesso di tanto sangue freddo, ma sapeva che se qualcuno avesse cercato di mettere a repentaglio la vita di Shea, avrebbe fatto quanto necessario. Avrebbe sparato senza esitazioni.

Lily si mise in testa al gruppo, ma la porta si aprì prima che potesse raggiungere i gradini d'ingresso. L'uomo che apparve sulla soglia era grande e grosso, proprio come l'aveva descritto Shea, ben oltre il metro e ottanta, con i capelli lunghi, tatuato e scalzo. Più avanti con gli anni di quanto Dru avesse immaginato. Sulla trentina abbondante, come minimo. E sorpreso di trovarle sul fazzoletto di terra disseminato di pietrisco davanti al suo camper.

«Chi diavolo siete?», domandò. «Siete venute a vendere qualcosa? Non voglio niente».

«Harlan? Sono Lily Isley. Ti ricordi di me? Sono la figlia di Jeb Axel».

«Sei venuta a offrirmi il mio vecchio lavoro?»

«Ehm, no...».

«Allora non ho niente da dirti, a parte che puoi riferire al tuo vecchio che può anche andarsene a fanculo». Indietreggiò e allungò una mano per chiudere la porta.

«Aspetta!», esclamò Lily.

E lui si trattenne, sorprendendo Dru.

«Noi... Io mi stavo chiedendo... non è che hai visto AJ? Magari a Ridge Canyon Park o nella zona del lago Monarch?»

«Cos'è, me lo chiedi perché pensi che io e tuo figlio siamo grandi amici? Cosa diavolo ti frulla per la testa?»

«Sai che è scomparso, conosci le circostanze». Lily avanzò di un passo.

Dru fece scivolare la borsa davanti al petto. Il battito del cuore le palpitava nelle orecchie.

Shea disse: «Cosa ci dici di Kate Kincaid o di Becca Westin? Quando è stata l'ultima volta che le hai viste?».

Dru avrebbe voluto tapparle la bocca; avrebbe voluto afferrare Shea per un braccio e scappare via. Invece infilò una mano nella borsa, strinse le dita attorno al calcio del revolver. Quando sollevò lo sguardo, incrociare gli occhi di Harlan la fece trasalire. Era sicura che si fosse accorto del movimento, sapeva di non essere all'altezza della situazione. Quanto erano state stupide ad andare lì.

«Credo che qualcuno abbia rapito AJ, che lo stia tenendo sotto sequestro». La voce di Lily era diventata sottilissima, come un filo sul punto di spezzarsi.

«Pensi che l'abbia portato qui? Mi stai prendendo per il culo?».

Lily non rispose. Si udiva soltanto il rumore del vento. Dru sentiva martellare il cuore nelle orecchie. *Cosa ci avranno mai trovato Kate e Becca in quell'uomo?* La domanda le balenò in testa.

«Dio Santo». Harlan scoppiò a ridere, sembrava divertito. «Stai facendo sul serio. Pensi che abbia rapito il ragazzino per ripicca, perché il tuo vecchio mi ha licenziato? Caspita, o magari che lo stia tenendo in ostaggio per chiedere il riscatto». Si zittì come se stesse valutando l'ipotesi. «Non è una cattiva idea. Avrei dovuto pensarci».

«E cosa mi dici di Kate?», domandò di nuovo Shea. «Quando l'hai vista per l'ultima volta?»

«Shea». Dru sussurrò il suo nome con un filo di voce. «Andiamo».

«No, mamma. Deve rispondere. Hai avuto una storia con entrambe le mie amiche, Harlan». La ragazza non aveva intenzione di fare marcia indietro. Dru strinse la presa sulla pistola.

«E allora?», chiese lui. «Quella troia di Kate mi ha scaricato per quel cazzo di ispanico di merda. Ho sentito dire che si sono fidanzati...».

«È morta. Sono morte entrambe, stronzo», replicò Shea con tono piatto, ma audace.

Harlan spalancò gli occhi; per un attimo parve spaventato, ma il momento svanì talmente in fretta che Dru pensò di esserselo immaginato.

«Dovete andare via da qui», disse.

«Ho parlato di te con i poliziotti in città», continuò Shea. «Ho detto al comandante Mackie che hai fatto del male a Kate. Ecco perché ha rotto con te. Gli ho raccontato che la perseguitavi».

«Smammate! Subito! Oppure volete costringermi a cacciarvi via?»

«Io non ho paura di te, Harlan Cate», disse la ragazza.

«Quella non è la cassetta degli attrezzi di AJ?». Lily parlò a voce talmente bassa che Dru ritenne di essere stata l'unica ad averla sentita. La cassetta di metallo grigio che aveva attirato la sua attenzione era appoggiata sopra un blocco di cemento accanto alla piazzola del caravan. Si avvicinò.

«Maledizione!», mormorò Harlan. «Voialtre siete fuori di testa, cazzo». Afferrata la cassetta, rientrò nel caravan e fece sbattere la porta alle sue spalle. Poi, all'improvviso, riapparve imbracciando una doppietta e gliela puntò addosso. Dru non avrebbe mai ricordato la scena, il momento in cui aveva estratto la calibro 38, eppure eccola lì, in bella vista. Lasciò cadere la borsa e si mise in posizione di tiro, come aveva imparato dal suo istruttore, con entrambe le mani serrate attorno all'impugnatura della pistola. «Shea, Lily, tornate alla macchina. Adesso!», urlò, dato che nessuna delle due si muoveva.

«È la cassetta degli attrezzi di AJ», disse Lily. «La riconosco».

«Tu sei pazza», disse Harlan. «E adesso sparite!». Brandì il fucile.

Dru fece scattare il cane della pistola. Quella mossa attirò l'attenzione di Harlan.

«Magari sei abbastanza fuori di testa da fare fuoco con quel maledetto aggeggio, dico bene?»

«Per favore, andate in macchina», ripeté Dru, rivolgendosi a Lily e alla figlia. Dopo aver afferrato la borsa con la mano libera, indietreggiò verso il SUV e provò un'ondata di sollievo nel vedere che le altre la stavano imitando, lentamente, tenendo il suo stesso passo.

Harlan scese nella piazzola del caravan.

Dru continuò a puntargli contro la pistola; non gli diede le spalle, nessuna di loro si voltò fino a quando non raggiunsero l'auto. E mentre lei restava di guardia, Lily corse dal lato di guida e spalancò la portiera, come se lo avessero prestabilito. Shea prese la borsa di sua madre, trovò le chiavi della macchina e le passò a Lily. Quando quest'ultima fece inversione con il SUV e cominciò a risalire la collina a tavoletta, Dru era a malapena riuscita a salire a bordo. Macinando la ghiaia, svoltò a sinistra sulla strada principale. Dru si voltò a guardare attraverso il lunotto posteriore, oltre il pallido ovale del viso di Shea, e cercò di individuare eventuali tracce di Harlan, lanciato all'inseguimento con la sua moto. Ma non lo vide apparire. Raggiunsero la provinciale, e Lily svoltò di nuovo a sinistra, facendo fischiare le gomme, quasi senza controllare se ci fossero auto in arrivo.

Dovettero arrivare a metà strada, in direzione della città, prima che Dru chiedesse: «State bene?». Si voltò verso Shea.

«È proprio un idiota», disse la figlia con voce tagliente, furibonda.

Dru si sentì sollevata.

Lily disse: «Quella era la cassetta degli attrezzi di AJ, lo so».

«Ne sei sicura?», domandò Dru, lanciandole un'occhiata. «Io ne ho una simile. Le vendono dappertutto, da Home Depot, da Lowe's. Io credo di averla comprata da Walmart».

Lily non rispose subito, attese un attimo, poi mormorò: «Forse ho soltanto desiderato che fosse la cassetta di AJ».

Sembrava esausta. Stremata, pensò Dru. Avrebbe tanto voluto poter credere che il colpevole fosse Harlan. Magari avrebbe persino pregato che fosse vero. In cuor suo, però, sapeva che la verità era un'altra. In cuor suo, a un certo punto, sarebbe scesa a patti con la consapevolezza che suo figlio non fosse un ostaggio, ma un assassino. E Shea… anche Shea avrebbe dovuto affrontare il fatto che AJ non fosse l'uomo, l'eroe, che riteneva di conoscere, ma un mostro che, fino a quel momento, si era nascosto alla luce del sole.

Capitolo 15

Di ritorno alla stazione di polizia di Wyatt, Lily parcheggiò il SUV di Dru accanto alla sua BMW.

«Io vado a parlare di Harlan con lo sceriffo di Greeley», le disse Shea quando sua madre scese dalla macchina per girarci attorno e raggiungere il posto di guida. «Vuoi venire con me?»

«Ormai ci sono talmente tante prove contro AJ». Il solo pensiero la faceva stare male.

«Non lo penserai davvero?».

Era un'accusa, o quantomeno interpretò come tale lo sbigottimento della ragazza. «Non so a cosa credere». A Lily sembrava di essere una traditrice. «Mi dispiace. Non avevo intenzione di deluderti».

«Non sta deludendo me, signora Isley, ma AJ».

Quelle parole, il fatto che Shea avesse ricominciato a darle del lei e a chiamarla signora Isley, ebbero l'effetto di uno schiaffo in pieno viso, e forse se l'era meritato. Dava l'impressione di essersi arresa, di aver abbandonato suo figlio.

L'aveva abbandonato?

«Quello sì che era guidare», osservò Dru quando Lily scese dall'auto.

«Grazie», replicò lei. «Sono felice che tu avessi una pistola. Non so se Harlan sia davvero coinvolto in qualche modo. Non mi fido di lui». Fissò un punto in lontananza. «Un tempo conoscevo una persona molto simile a lui. Era pericolosa, proprio come un serpente, non se ne potevano mai prevedere le mosse». Lily non sapeva perché stesse tirando in ballo Jesse, ma il ricordo era lì, nella sua testa, ancora vivido. Jesse e Harlan erano fatti della stessa pasta: uomini ai margini. Motociclisti, fuorilegge.

Dru salì in macchina. «Se vieni a sapere qualcosa...».

Lily annuì. «Anche tu».

Suo padre le telefonò mentre stava salendo sulla sua BMW.

«Dove sei?», chiese. «Mackie mi ha detto che hai lasciato la centrale di polizia di Wyatt insieme alle Gallagher, con Dru e sua figlia. Ha detto che c'è stata una specie di scenata».

«Mi sembra un tantino esagerato, papà. Clint ti ha detto che stamattina Kate Kincaid è stata trovata morta a Cedar Ridge Canyon?».

L'aveva saputo, disse. Era venuto a conoscenza anche dei ciondoli con i fiori di loto e di tutto il resto.

«Ormai ci sono talmente tante prove, papà, e puntano tutte contro AJ. La polizia rifiuta di prendere in considerazione altri sospetti».

«Già, ma si sbagliano di grosso. Mackie mi ha detto che non appena riuscirò a portargli prove che dimostrino il contrario, sarà disposto a valutarle».

«Shea gli ha fornito una nuova pista da seguire, ma ha rifiutato di indagare».

«Su chi?»

«Ricordi Harlan Cate?»

«Il ragazzo che lavorava per me? Ha una vena malvagia, ma qual è il suo legame con le ragazze?»

«Entrambe erano uscite con lui».

«Non sembrerebbe il loro tipo».

Lily fece scorrere un polpastrello sull'arco del volante. Neanche Jess sembrava il tipo giusto per lei. «Siamo andate da lui, io, Dru e Shea».

«Siete andate da Harlan? Per l'amor di Dio, Lily, quel ragazzo è come polvere da sparo».

«Sì, ma è proprio questo il punto. Ha l'indole giusta, una certa nomea. Era violento con Kate e dopo, quando lei l'ha lasciato, ha cominciato a perseguitarla. Ti ha minacciato. Potrebbe essere stato lui, papà. Avrebbe potuto portare il pick-up di AJ al lago dopo aver ucciso Becca. Avrebbe potuto lasciare il coltello a bordo e dare tutto alle fiamme. Avrebbe potuto spingere Kate giù dal crinale e lasciare il ciondolo con il fiore di loto sulla scena. Sta incastrando AJ, vuole spingerci a credere che sia stato mio figlio quando in realtà è stato *lui*».

Lily guardò un punto oltre il parabrezza. Era la verità? Era perlomeno plausibile?

«Gliel'hai chiesto?»

«Ha negato tutto». Lily decise di non menzionare le armi, né la calibro 38 di Dru né la doppietta di Harlan. «Forse Shea ha ragione. Dato che Clint non farà alcunché, dovremmo andare dallo sceriffo di Greeley».

«Ma le forze dell'ordine lavorano tutte insieme. Il muro blu dell'omertà, lo sai». Non sembrava incoraggiante.

«Ora torno a casa», disse lei. «Preparerò il pranzo. Poi possiamo pensare a come muoverci».

Suo padre si disse d'accordo. Conclusa la telefonata, Lily controllò i messaggi in segreteria.

Ce n'erano due. Uno era da parte di Paul: «Dove diavolo sei finita? Ho appena ricevuto una telefonata da Bushnell. Hai trovato il pick-up di AJ? Uno dei suoi maledetti coltelli da cucina? E devo venirlo a sapere da un poliziotto? Cristo. Chiamami».

Il secondo messaggio era di Edward. Aveva raccolto qualche informazione, diceva. Il suono della sua voce rievocò il ricordo del suo viso fin nei minimi dettagli. Adorava quel sorriso, l'espressione assorta che assumeva quando la guardava parlare, come se tenesse a ogni sua parola, come se ciò che aveva da dire per lui fosse importante. Gli aveva raccontato la propria storia, e lui le aveva prestato ascolto senza dare l'impressione di volerla censurare o giudicare. Anzi, le aveva offerto consolazione. Consolazione, niente meno.

Paul non era il tipo da offrire conforto, né da riceverne di buon grado. Ne avrebbe riso, sdegnato.

Sfiorò il numero di Edward sullo schermo.

«Ho qualche novità», disse quando rispose. «Forse sono notizie positive. Non ne sono ancora sicuro».

«Se fossero buone mi farebbero comodo», replicò lei.

«Ho sentito dire che hai trovato il pick-up di AJ e la presunta arma del delitto». Edward le si rivolse con tono gentile. «Come facevi a sapere di dover andare al lago Monarch?».

Lily gli raccontò del sogno.

«Non mi sorprende», disse lui non appena ebbe finito. «So che non ci credi, ma il legame che hai con AJ è più forte, più profondo, di quanto tu creda».

«Cosa ti spinge a dirlo?»

«Mi è bastato vederti insieme a lui nel mio ufficio. Tra voi c'era un affetto, una sorta di rispetto. AJ con suo padre era molto più formale, se riesci a capire cosa intendo».

«Sì», rispose Lily. «Il sogno che ho fatto... È come se AJ fosse là fuori, da qualche parte, e stesse cercando di dirmi qualcosa». Ora Edward sarebbe scoppiato a ridere; ne era sicura.

Invece non lo fece. Disse: «Forse hai ragione. Penso che in questo caso dovresti seguire il tuo istinto».

«Eppure è difficile vedere le prove sotto una prospettiva diversa rispetto a quella della polizia... non pensare che AJ sia colpevole».

«Le prove potrebbero essere infondate, e in questo caso è molto probabile. Nessuno ha mai accennato al diverbio che ha avuto luogo qua a Dallas, in mezzo al traffico, un paio di giorni prima dell'omicidio di Becca, tra Kate, Becca e un tizio al volante di un pick-up grigio chiaro, un nuovo modello di Ford F1?»

«No», rispose Lily.

«Conosci nessuno che guidi un pick-up come quello?».

Lily disse di no. «Non che io riesca a rammentare». A parte l'Harley, a casa di Harlan Cate non aveva visto altri veicoli.

«Be', pare che questo tizio sia proprio uno svitato. Le ragazze erano nella macchina di Becca, e lui afferma di averla vista scrivere al cellulare prima di invadere la sua corsia, dove l'ha quasi urtato. Le ha inseguite sull'Interstate 35 e su una strada provinciale, poi ha tirato fuori una pistola. Aveva messo entrambe in ginocchio quando un ufficiale di pattuglia impegnato a sistemare un autovelox li ha intravisti per puro caso ed è andato a controllare».

«Dio mio».

«Se non fosse stato per l'agente, avrebbe potuto uccidere entrambe, lì sul posto».

«Chi te l'ha detto?»

«Un aggancio nell'ufficio del procuratore che mi ha minacciato di morte se mai dovessi rivelare la mia fonte. Ma il punto, ed è un aspetto molto significativo, è che quel tizio è sparito nel nulla. La polizia ha diramato un mandato di cattura. Neanche sua moglie sembra sapere dove sia finito. Gira voce che si sia volatilizzato la notte in cui Becca è stata uccisa e in cui è scomparso AJ».

Lily provò un senso di vertigine. Era rimasta senza fiato.

«Ha precedenti di instabilità emotiva, Lily. A detta di sua moglie, la corte lo ha affidato alle cure di un centro psichiatrico perché ha aggredito l'autista dell'autobus su cui sale sua figlia. La donna ha sporto denuncia perché l'ha malmenata dopo che aveva redarguito la ragazzina, la quale non stava seduta al suo posto. Come ti avevo anticipato, è uno svitato».

Il sollievo di Lily, lo slancio di speranza, le apparve sbagliato e durò solo un istante. «Ha preso AJ», disse.

«È possibile», rispose Edward. «La polizia si è mobilitata per cercarlo».

Per certi versi, Lily non lo trovò troppo rassicurante. «È

difficile starsene ad aspettare senza far niente, in attesa che il telefono squilli».

«Mi dispiace tanto che tu stia vivendo una situazione simile, Lily».

Le si strinse la gola; le lacrime le graffiarono la parte interna delle palpebre. Era la gentilezza di Edward a scioglierla.

«Cerca di riposare. Mangia qualcosa».

«Sì», rispose lei. «Ci proverò».

«Lily, quello che ti ho detto a proposito del tuo istinto... non lo sottovalutare, d'accordo?».

Durante il viaggio di ritorno verso il ranch, Lily ripensò al consiglio di Edward. Forse era vero. Forse il vincolo che la univa a AJ, il legame che li aveva resi tanto affiatati quando era bambino, prima che Paul le proibisse di prendersi cura di lui, esisteva ancora. Ripensò al sogno che aveva fatto, all'incubo con il quale aveva rivissuto l'annegamento scampato al lago Monarch. L'aveva percepito come una sorta di rinnovato castigo. Come aveva potuto esporlo a un simile pericolo? Non meritava di essere sua madre. Se la sua vita era di nuovo a rischio, la colpa doveva essere attribuita a lei. Aveva provato tutte quelle sensazioni, come se una malattia si fosse abbattuta su di lei, che avesse senso o meno.

Forse, però, non era il vero significato del sogno.

Forse le era stato concesso di riesaminare il passato, come al vecchio Scrooge, affinché potesse capire che tanti anni prima, malgrado avesse messo AJ in pericolo, gli aveva anche salvato la vita, e che magari poteva disporre delle risorse necessarie per salvarlo di nuovo. Sembrava inverosimile. Riusciva a immaginare la reazione di Paul. Non avrebbe detto una sola parola. L'unico suono sarebbe stato uno schiocco della lingua in segno di disapprovazione.

A pranzo, Lily raccontò a suo padre dell'alterco stradale al quale avevano preso parte sia Becca che Kate. Aveva preparato alcuni tramezzini con il pollo e si erano seduti a mangiare in cucina, davanti all'isola. «Quando ne ho parlato con Paul, mi ha detto che avrebbe chiesto al detective Bushnell di approfondire le indagini».

«Paul è ancora contrario all'idea di rivolgersi a Edward per la difesa di AJ? Per quanto questa pista possa sembrare promettente, quando lo troveremo avrà bisogno di un avvocato».

«Non sto insistendo», disse lei. «Aspetterò finché non ne sapremo di più».

Suo padre portò i piatti nel lavello e li sciacquò. «Andrò a cavallo fino a Little Bottom Creek», disse, piegando la testa sopra la spalla. «Il fortino è da quelle parti. Ieri non ho avuto modo di andare a controllare. Vuoi venire?».

Stava per chiedergli per quale motivo continuasse a pensare che AJ si trovasse nei paraggi, ma nei suoi occhi brillava una luce che la spinse a trattenersi, una specie di malizia, un'acuta perspicacia che le fece rizzare i capelli alla base del collo. Rammentò le parole di Edward, che le aveva suggerito di fidarsi del proprio intuito. «Vengo anch'io», rispose, «ma dammi un minuto. Voglio chiamare Shea e Dru e riferire loro dell'incidente stradale». Tuttavia, nessuna delle due rispose, perciò Lily lasciò un breve messaggio in segreteria chiedendo di essere richiamata.

Quando lei e suo padre uscirono dalla scuderia, una cappa di nuvole gonfie del colore delle prugne mature si stava addensando nell'angolo nord-occidentale del cielo. Puntarono verso ovest. Il vento schioccava, come un lenzuolo invisibile appeso a un filo scosso con violenza sotto le chiome delle querce, e sollevava le foglie cadute, mettendone in mostra le pallide lamine inferiori.

«Non credo che riusciremo a evitare la pioggia», disse suo padre. «Forse è meglio se torni indietro, a meno che non ti importi di inzupparti».

Lily gli lanciò un'occhiataccia.

Non si rivolsero la parola fino a quando non guadarono il torrente Little Bottom. Suo padre si fermò sull'argine opposto, sollevò il cappello e si passò una mano tra i capelli.

«Ricordi dove si trova il fortino?», domandò Lily, raggiungendolo e fermandosi al suo fianco.

«Da quella parte, mi pare». Annuì senza troppa convinzione. «È da tanto che non ci vado arrivando da questa strada». La perplessità unita a un senso di sconfitta gli incrinarono la voce. Erano visibili anche nella piega ricurva delle spalle. Non voleva incrociare lo sguardo della figlia. Qualsiasi cosa li avesse spinti fin lì – che si trattasse dell'intuito o di uno slancio immotivato – era ormai svanita, proprio nel momento in cui Lily aveva cominciato a crederci.

Un fremito di irritazione le fece aggrottare la fronte. *Un viaggio a vuoto.* Il pensiero le balenò nella mente. Disse: «Penso che tu abbia ragione, la direzione è quella». Spronò i fianchi di Butternut con i talloni. Non ne era affatto sicura, ma non poteva sopportare l'idea di tornarsene a casa e di starsene seduta in attesa di sviluppi e di novità. Non si poneva il problema di quanto fosse insensato andare avanti con le ricerche; almeno si stava muovendo. Almeno stava facendo qualcosa.

Quando suo padre la seguì, udì lo scalpiccio degli zoccoli di Sharkey. Costeggiarono un boschetto di cedri, risalirono un pendio sassoso e sconnesso. Un rombo di tuono fece crepitare l'aria, borbottò, si dissolse. Gli uccelli si zittirono. Lily si aspettò di avvertire le prime gocce di pioggia, ma il tempo reggeva.

«Guarda». Suo padre si era fermato qualche metro dietro di lei.

Tirò le redini di Butternut e si voltò per seguire il suo sguardo. Al di là di un prato disseminato di rocce, scorse una schiera di querce antiche, fitte e compatte. Guardando più attentamente, riuscì a distinguere il profilo indistinto di un muro a circa tre metri e mezzo da terra. Sopra la pietra, un debole luccichio di luce offuscata dal temporale brillava sulla porzione spiovente di un tetto di metallo arrugginito. Tornò indietro per affiancare suo padre. «È quello?»

«Già», disse lui. «Non riesco a credere che sia ancora in piedi. Andiamo». La determinazione era tornata, sia nella voce che nella postura.

Eppure fu Lily a raggiungerlo per prima e, dopo essere scesa da cavallo, girò attorno agli alberi, le tre querce che fungevano da sostegno principale per il fortino, cercò un modo per salire e trovò una scala dall'altro lato.

«Stella, aspetta», la richiamò suo padre. «La scala potrebbe essere marcia. Non reggerà il tuo peso».

«Be', il tuo non lo reggerà di sicuro», replicò lei, e fu nel breve attimo di silenzio dopo il dissolversi di tali parole che lo sentì, un rumore che proveniva dall'alto, un leggero raschiare seguito da un rintocco sordo. E quella, quella non era forse una voce? Umana? Il verso di un animale? Il cuore le martellava nel petto. Appoggiò una mano e un piede sui pioli della scala e cominciò a salire.

«Lily! Non farlo».

Lanciò un'occhiata a suo padre, un dito accostato alle labbra in segno d'ammonimento. Intravide il lampo di luce seghettata di un fulmine, e qualche istante dopo il tuono scosse i rami dell'albero. La scala oscillò, e uno strillo allarmato le risalì in gola, ma per fortuna si fermò lì. I rumori raschianti aumentarono. Pensò di aver sentito ansimare, gemere, ma poteva essere stato il vento, oppure il sangue che le ribolliva nelle orecchie. Il fortino era piccolo, occupava una superficie di una decina di metri quadri, ed era costruito con ciocchi di cedro. Le pareti erano state erette sopra una piattaforma, con una rientranza di una cinquantina di centimetri che formava una piccola veranda. Quando la raggiunse, sbirciò oltre il bordo e vide che la porta e le finestre ai due lati dell'entrata erano aperte. Si abbassò di scatto e, sebbene lo schianto di un altro tuono l'avesse spaventata, provò sollievo all'idea che lo schiocco e il rumore del vento mantenessero celata la sua presenza. Si issò sulla sporgenza e lanciò un'occhiata a suo padre, mostrandogli il pollice: fin lì, tutto bene.

«Scendi giù». Il viso pallido e rivolto verso l'alto. Sillabò le parole senza emettere alcun suono.

Lily sollevò un dito. *Tra un minuto.*

Lui scrollò il capo e camminò in cerchio, frustrato.

A quattro zampe, avanzò carponi fino alla parete e ci si appiattì contro, per poi sporgersi oltre lo stipite della porta. All'inizio non riuscì a distinguere alcuna forma precisa, ma, non appena i suoi occhi si adattarono alla penombra, si sentì assalire da un'ondata di panico. Dopo pochi secondi che le sembrarono durare un'eternità, tornò strisciando verso la scala e urlò: «Papà! Oh, mio Dio, papà, vieni quassù!».

Capitolo 16

«Kate era la tua migliore amica, Shea». Dru lanciò un'occhiata a sua figlia. Erano sedute nella Camry bianca della ragazza e avevano parcheggiato sul ciglio della strada, a un isolato di distanza dalla casa dei Kincaid. Incolonnate a bordo strada c'erano parecchie auto, più di una decina. Altre riempivano il vialetto dei Kincaid. Dru riconobbe la Suburban di Joy e l'Explorer di Terri. Non sapeva quale fosse la macchina di Connie, la mamma di Vanessa, ma era sicura che ci fosse anche lei. Terri e Connie dovevano aver portato con sé le figlie, Vanessa e Leigh, le ultime due testimoni di nozze di Shea.

Si domandò se il coroner di Dallas avesse già restituito la salma di Becca alla mamma e al papà della ragazza. Si chiese se prima della sepoltura anche Kate sarebbe stata sottoposta a esami forensi. Era una prospettiva talmente atroce da prendere in considerazione. Chi sarebbe stata la prossima? Dru aveva paura per sua figlia, per chiunque avesse a che fare con il matrimonio. Un'occasione di pura gioia trasformata in un incubo orribile e perverso.

«Mamma, non posso andare là dentro». Shea alzò le mani dal volante. Quel gesto, l'impotenza che racchiudeva, le fecero perdere le staffe.

«Non si tratta di te, Shea. Si tratta di Charla e Kent, di esprimergli le nostre condoglianze, di porgergli i nostri omaggi. Anche Joy e Gene hanno bisogno di una nostra parola di conforto».

«Vai tu, allora».

Dru osservò la figlia, esasperata. «Prima o poi dovrai affrontare ciascuno di loro, che ti piaccia o no».

«Benissimo!», sbraitò Shea. «Ma è un errore. Non vogliono le mie condoglianze, fidati». Spalancò la portiera della Toyota, scese dalla macchina e risalì il marciapiede verso l'abitazione dei Kincaid con passo impettito.

Dru tenne a freno l'irritazione e sentì il bisogno impellente e bruciante di urlare: «Aspettami!».

Quando raggiunse la veranda all'ingresso, Shea aveva suonato il campanello, e le due attesero che qualcuno andasse ad aprire, fianco a fianco, con le espressioni torve e il fiato sospeso. Dru avvertì la morsa della paura che le attanagliava lo stomaco. Cercò la mano della figlia quasi senza riflettere. La stretta con la quale Shea ricambiò il gesto le tolse un peso dal cuore.

Non riconobbe la donna che apparve sulla soglia. Era anziana, con i capelli bianchi. Il dolore e la stanchezza le illividivano gli occhi. Le accolse e si presentò. «Sono Leona, la madre di Kent», disse.

Dru si presentò e le riferì anche il nome della figlia mentre la seguivano nell'atrio. Espresse il proprio dispiacere per essersi conosciute in circostanze tanto terribili. Si erano fermate sotto l'arco che separava l'ingresso dal soggiorno quando Leona si voltò a fissare Shea. «Tu sei la sposa». Da come lo disse, sembrava un'accusa.

Lo sguardo di Dru si perse oltre la spalla dell'anziana e studiò la folla, composta perlopiù da donne. Alcune si erano radunate in gruppo attorno al camino; altre erano sedute su un paio di divani poco distanti.

«Perché siete venute qui?». Charla si alzò da un'ottomana di pelle con i pennacchi.

Ignorando il brivido di inquietudine che le corse lungo la spina dorsale, Dru allungò una mano per porgerla alla padrona di casa. «Siamo venute… io e Shea siamo venute a dire quanto ci dispiace…».

«Andate via!». Charla scacciò via le mani protese di Dru. Poi si rivolse a Leona. «Perché le hai fatte entrare?»

«Non lo sapevo».

«Come osate presentarvi qui?». Joy cinse la vita di Charla con un braccio.

«Chi vi credete di essere?». Una donna della quale Dru non riusciva a ricordare il nome fece un passo avanti.

«Pensate di essere le benvenute?», volle sapere un'altra.

«Aspettate un attimo», esordì Dru, poi tentennò, cercando le parole giuste. Non ne trovò neanche una. Al suo fianco, Shea era ammutolita.

«Ma guardatevi». Lo sguardo beffardo di Joy scivolò da madre a figlia. «Voi siete sane e salve. Non verrà a cercarvi, vero? Il tuo adorato maritino, il mostro che non vedi l'ora di sposare. Sai dove si trova, non è così? Non mentire. Sei sua complice. Dico bene? Tu e quella santarellina di tua madre...».

«Basta così, Joy». Dru si mise davanti a Shea.

«Non dirmi cosa devo fare, Dru Gallagher. Tu hai ancora tua figlia».

Qualche secondo dopo, il silenzio assordante fu interrotto da un piccolo lamento, il miagolio di un micetto. Dru lo sentì e udì un rumore di passi, i passi di Shea che scappava via da lei, dalle altre donne, dai loro sguardi meschini e accusatori. La porta d'ingresso si aprì e si richiuse di colpo con un tonfo clamoroso.

Dru la seguì.

«Quando finirà?», urlò una voce.

«Quando tutte le nostre ragazze saranno morte?», gridò qualcun altro.

Dru si fermò sulla veranda dei Kincaid e i suoi occhi sbandarono in direzione della strada, su e giù. Mentre erano dentro casa, il cielo si era incupito. Si era alzato il vento, che sollevava nastri di polvere lungo il cordolo del marciapiede. Avvertì il rombo di un tuono. Dov'era finita Shea? Passarono alcuni concitati minuti prima che la intravedesse, tre porte più avanti, con le mani e le ginocchia affondate nel prato davanti alla casa di uno sconosciuto. Il vento le smuoveva i capelli e l'orlo della camicetta. Dru attraversò i due giardini che le separavano e, una volta raggiunta la figlia, si inginocchiò al suo fianco e le tirò indietro i capelli, scostandoglieli dietro la schiena e le spalle incurvate. Prima che Shea parlasse, prima che mormorasse a denti stretti «Ho cercato di dirtelo», Dru aveva pensato che il suo tremore fosse causato dai singhiozzi.

Invece no.

Shea era furibonda.

Ce l'aveva con lei.

Ritrasse il braccio, appoggiò le mani sulle cosce. La tenda della finestra che affacciava sul cortile si mosse. Dru pregò che chiunque le stesse osservando si facesse i fatti suoi, per quanto il testimone, molto probabilmente il padrone di casa, avrebbe avuto tutto il diritto di intromettersi.

Massaggiò la schiena della figlia, disegnandole cerchi esitanti tra le scapole. «Mi dispiace davvero tanto», disse. «Non capisco...».

«Sono proprio come te, mamma». Shea si sedette sui talloni e si asciugò gli occhi con un gesto stizzito. «Nell'istante in cui hanno saputo che Becca era stata assassinata, e dove, hanno deciso che la colpa fosse di AJ. È *lui* il mostro responsabile dell'accaduto. E anche della morte della povera Katie. Dio!». Incrociò lo sguardo di sua madre. «Perché fare una cosa simile, mamma? Perché uccidere le mie amiche? Perché fare in modo che AJ sembri colpevole? Dev'essere qualcuno che lo odia a morte».

«Harlan Cate lo conosce abbastanza da poterlo odiare?», domandò Dru.

Shea ci pensò su. «Non credo».

Dru le scostò una ciocca di capelli dietro l'orecchio. «Mi dispiace di non averti prestato ascolto».

«A proposito di AJ?».

Dru non poteva spingersi a tanto. «A proposito delle condoglianze a Charla. Non avrei mai immaginato che lei e Joy potessero... Pensavo che fossimo amiche».

«Non se lo meritano, mamma, non meritano di perdere le loro figlie in questo modo. Vogliono dare la colpa a qualcuno. Ma è quello che desidero anch'io... incolpare la persona giusta». La voce della ragazza divenne più affilata. «Voglio che chiunque sia stato venga arrestato e punito. Voglio giustizia per Becca e Kate».

«Sono davvero orgogliosa di te, del fatto che tu sia in grado di comprendere Charla e Joy».

«Proviamo le stesse sensazioni. Dentro ho così tanta rabbia. Sento che potrei uccidere chiunque ci stia facendo tutto questo».

«Oh, tesoro...».

«Katie mi mancherà talmente tanto, mamma». A Shea si incrinò la voce, e Dru la strinse in un abbraccio, colma di gratitudine per avere la possibilità di tenere la figlia tanto vicina a sé da riuscire a percepire il battito del suo cuore. Le appoggiò la guancia sulla sommità del capo e cercò di non pensare a Joy e a Charla, al fatto che nessuna delle due avrebbe più potuto godere di tale privilegio.

Un momento dopo, la ragazza raddrizzò la schiena, si tamponò il viso e si asciugò il naso.

Alzandosi in piedi, Dru disse: «Andiamo prima che il padrone di casa chiami la polizia».

Si incamminarono verso la Toyota e, quando Dru si offrì di guidare, la figlia le porse le chiavi. «Almeno non dovrai preparare da mangiare per i Kincaid», disse.

«Be', sì, direi che è già qualcosa».

Umorismo macabro. Una loro prerogativa. Si scambiarono un sorriso tetro.

Shea tirò fuori il telefono.

Dru si scostò dal marciapiede. Si rese conto che esisteva persino l'eventualità che nessun concittadino le chiedesse mai più di cucinare. Date le circostanze, si chiese se il pranzo di quel giorno in onore del corpo docente fosse stato tenuto comunque. Magari avevano buttato via le pietanze che aveva preparato. Non aveva avuto notizie da Amy. Era a casa di Charla? Non ricordava d'averla vista, ma significava ben poco, visto lo stato d'agitazione mentale nel quale si trovava.

«Oh, mio Dio. Senti qua».

«Che c'è?». Dru lanciò un'occhiata alla figlia, che stava leggendo qualcosa sul cellulare.

«È un messaggio da parte di Erik. La mamma di Kate ha dato di matto anche con lui. Gli ha detto di sparire da casa sua, proprio come ha fatto con noi».

«Perché? Lo adora».

«Ha accusato AJ di aver spinto Kate giù dal dirupo». Shea stava scorrendo il messaggio e lo leggeva a voce alta mano a mano che lo visualizzava. «Erik ha preso le sue difese e Charla gli ha detto di andarsene».

Per un fugace istante, Dru incrociò lo sguardo sconcertato della figlia. Non sapeva cosa dire.

«Me l'ha mandato più di due ore fa, quando eravamo al campo caravan. Chissà perché l'ho ricevuto soltanto adesso». Aveva chinato la testa; era assorta nella lettura. «C'è anche un messaggio da parte di Lily». Toccò lo schermo per accedere al servizio di segreteria telefonica e mise il vivavoce.

«Chiamami. Ho alcune novità», disse la voce di Lily.

Gli occhi di Dru saettarono verso Shea.

La ragazza sfiorò di nuovo lo schermo e accostò il cellulare all'orecchio.

Inoltrò la chiamata mentre sua madre attraversava un incrocio deserto. Dopo aver proseguito per qualche centinaio di metri, Dru svoltò a sinistra in una stradina asfaltata che serpeggiava tra i lotti di case del loro vicinato, e per quanto il cervello avesse registrato il movimento del pick-up di colore chiaro che le seguiva da parecchi chilometri, e che ora aveva girato a sua volta, la consapevolezza rimase relegata a un livello subcosciente. Stava prestando ascolto alla figlia, al messaggio che stava lasciando a Lily.

«Chissà cosa voleva. Sembrava ottimista... Forse». La ragazza stringeva il telefono appoggiato sulle gambe. «Non mi sto aggrappando a false speranze», aggiunse, neanche fosse riuscita a leggere nel pensiero di sua madre e a percepire un avvertimento.

Dru lanciò un'occhiata al pick-up attraverso lo specchietto retrovisore. Ora era molto più vicino, troppo vicino. Abbastanza da riuscire a scorgere con chiarezza il conducente, da capire che l'uomo – oppure una donna con spalle molto larghe – indossava un berretto da baseball calato sugli occhi. «Spiacente, amico, ma non andrò più veloce di così».

Il pick-up accelerò, arrivando a pochi centimetri dal paraurti di Dru. «Che sta facendo?»

«Chi?», Shea si voltò e lo osservò dal finestrino posteriore.

Il veicolo sgasò di nuovo e stavolta urtò il paraurti della Toyota.

«Cristo santo, mamma! Ci ha tamponate». La ragazza aveva sgranato gli occhi, allarmata.

Dru premette sul pedale dell'acceleratore e fece schizzare in avanti la Camry.

Il pick-up – non ne riconobbe il modello, sapeva solo che era di colore chiaro e che era enorme – tenne il passo e, quando urtò di nuovo la Toyota, Dru capì che non le aveva tamponate per sbaglio.

«Mi sta distruggendo la macchina!», strillò Shea.

Sua madre pigiò di nuovo sul pedale dell'acceleratore, facendo sbandare la macchina, ma si oppose all'istinto di controsterzare, chissà perché memore di un consiglio che le era stato dato da Rob tanto tempo prima.

Shea appoggiò il palmo della mano sul cruscotto e fece guizzare lo sguardo dalla scena alle loro spalle a sua madre, poi verso il parabrezza. «Cosa gli è preso?». La voce si era acuita a causa della paura. «L'hai fatto incazzare?»

«Non so come avrei potuto. Non gli ho né tagliato la strada né ho svoltato all'ultimo minuto». Voleva dire a sua figlia di aggrapparsi alla cintura di sicurezza, di prepararsi all'impatto. Ma non riusciva a formulare le frasi. Davanti a lei, la strada piegava in una sorta di curva a gomito prima di tornare in rettilineo, e la donna si irrigidì in preda alla trepidazione, pregando di riuscire ad affrontare il tornante a una tale velocità e di uscirne indenne. Il pick-up le tallonava. I paraurti dei due veicoli non cozzarono per un pelo. Se fosse riuscita ad arrivare a casa sana e salva – ma cosa avrebbe fatto una volta lì? – lei e Shea sarebbero state in trappola. Abbassò lo sguardo sulla borsa. Aveva la calibro 38. Provò una fugace sensazione di sollievo, fredda e pungente, ma svanì nel momento in cui la sua mente formulò il pensiero che quel pazzo, chiunque esso fosse, avrebbe potuto essere a sua volta armato.

Poi il pick-up le tamponò con violenza, al punto da farle scattare indietro la testa per il contraccolpo.

Shea strillò: «Oddio, mamma! Ci ucciderà!».

«No, non lo farà». Ora Dru era furiosa. Frenò di colpo, facendo fischiare le gomme e sbandare la Toyota, con la pistola in testa, concentrata su un unico pensiero: non appena si fossero fermati, gli avrebbe sparato. Gli avrebbe fatto saltare le cervella laddove era seduto senza dargli la possibilità di raggiungerle.

Neanche fosse in grado di leggerle nel pensiero, l'uomo si accostò e mandò a sbattere la pesante fiancata del pick-up contro la vettura più piccola, spingendola fuori strada. Il rumore del metallo che raschiava contro altro metallo, lo stridio ancora più acuto degli pneumatici, furono atroci, assordanti. Dru si aggrappò al volante, con le braccia rigide ed entrambi i piedi premuti con violenza sul pedale del freno, come se la semplice forza di volontà potesse permetterle di mantenere il controllo dell'auto e di restare in carreggiata. Il pensiero che le impazzava nella mente era che se la Toyota si fosse capovolta, sarebbe stata Shea a subire la maggior parte dei danni causati dall'impatto.

Ma nemmeno lei era al sicuro. Riusciva a percepire il calore emanato dal pick-up, la forza con la quale le premeva contro la portiera. La Camry era ormai finita fuori strada, slittò nella cunetta a ridosso del ciglio e sbandò nel giardino di un vicino, con il metallo che strideva. Spostò lo sguardo sul conducente dell'altro mezzo. Doveva essere un uomo. Ma chi era? Chi mai avrebbe fatto una cosa simile? La stava fissando, ma aveva il berretto calato sugli occhi, il viso in ombra. Non c'erano indizi che tradissero la sua identità. La berlina ondeggiò sull'asse centrale. Dru allungò un braccio verso Shea, trovò la sua mano, chiuse gli occhi, poi cessò tutto – il rumore, il movimento – e accadde talmente all'improvviso che impiegò un attimo prima di rendersene conto. Quando aprì gli occhi, vide che Shea aveva impugnato la pistola, stava puntando la calibro 38 che teneva stretta nella mano tremante, lo sguardo rivolto verso il finestrino dal lato di guida, oltre sua madre.

«Sta andando via», disse. «Devo sparare?»

«Cosa?». Dru si voltò di scatto verso il finestrino e capì che sua figlia aveva ragione. Il pick-up stava facendo retromarcia, indietreggiava in fretta sul ciglio erboso, smuovendo pezzi di terra, zolle d'erba e ghiaia mentre risaliva in strada a marcia indietro. Poi sparì in mezzo al fragore dello stridio di gomme. E quando si lanciò verso la curva a gomito, Dru avrebbe giurato di avergliela vista imboccare su due ruote.

Tornò a osservare sua figlia. «Dalla a me», mormorò con gentilezza, prendendo la calibro 38. «Passami il telefono. Chiamo la polizia».

Prima che Shea o Dru potessero muoversi, però, il cellulare

della ragazza cominciò a squillare. Rispose e disse a sua madre che era Lily.

La conversazione fu rapida e asciutta, convulsa, e durò meno di un minuto, ma quando riattaccò, prima che dicesse una sola parola, Dru aveva già capito che lo scenario era cambiato totalmente.

Capitolo 17

Il fetore era dovuto al sangue e alla carne in putrefazione, mescolato alla puzza di sudore. A Lily venne il voltastomaco, ma strinse i denti e strisciò verso il corpo in un angolo del fortino. Il corpo che credeva appartenere a AJ era disteso sulla schiena e giaceva immobile. Troppo immobile. *Ti prego ti prego ti prego...* parole ripetute come una preghiera, tanto una richiesta quanto una supplica.

Quando si fu avvicinata a sufficienza e vide che era suo figlio, le sfuggì un verso, un gemito a metà strada tra uno strillo e un lamento. Gli strinse la mano. «AJ?»

«È vivo?». Suo padre, che si era arrampicato sulla scala non appena gli aveva urlato di salire, era in piedi davanti alla porta del fortino, il volto scuro.

«Sì, respira a stento. Serve un'ambulanza».

«L'ho già chiamata. Gli ho detto di passare dal vecchio passo di servizio».

Lily annuì e osservò AJ, che lottava per respirare. Il battito era veloce, la pelle umida e appiccicosa al tatto. Giaceva stranamente a petto scoperto, e avvolta attorno alla coscia destra c'era una striscia di tessuto che somigliava molto a una camicia insanguinata. Era scalzo, e la caviglia destra era gonfia e coperta di atroci chiazze rosse e bluastre.

«Prenderò Sharkey e andrò ad aspettare i soccorsi per condurli fin qui. Riesci a capire cosa sia successo?». Suo padre si inginocchiò dall'altro lato del nipote. Ammesso che la scena lo stesse turbando, non lo lasciava trasparire.

«La ferita sotto quella camicia ha sanguinato parecchio», disse Lily.

«Forse è stato un colpo di pistola», commentò suo padre. «Sembra che la caviglia sia rotta o slogata. Difficile a dirsi».

«Mamma?»

«Sono qui, tesoro. C'è anche nonno».

«Abbiamo chiamato i soccorsi. Stanno arrivando, figliolo».

«Bene», disse AJ, poi sorrise – sorrise! – e aggiunse: «Perché sta cominciando a venirmi il mal di schiena a forza di stare sdraiato sul pavimento».

«Oh, AJ». Una risata spaventosamente vicina a una crisi isterica le riverberò nella cassa toracica, e lei la soppresse.

«Cos'è successo?», domandò suo padre.

«Forse non dovrebbe parlare», intervenne Lily.

«Penso di essere riuscito ad arrestare il sanguinamento», disse AJ. «È la caviglia che mi sta uccidendo. Ho cercato di uscire un po' di tempo fa; non ricordo quando. Ho perso la cognizione del tempo. Ma sono caduto da quella maledetta scala. Riuscite a crederci?»

«E qua?». La mano di Lily rimase sospesa sopra la coscia del figlio.

«Mi hanno sparato. Sanguinava moltissimo. Mi sono tolto la camicia…».

«E l'hai usata come laccio emostatico», concluse il papà di Lily.

«Già. Un giorno nei marines, soldato per sempre».

«*Semper fidelis*», disse suo nonno, e il nipote sorrise, chiudendo gli occhi.

Lo sguardo di Lily incrociò quello del padre.

«È forte, il nostro ragazzo. È stato bravo».

Lei annuì, sapendo che stava cercando di rassicurarla, di rassicurare tutti.

«Meglio che vada». Si alzò. «Tieni duro, campione. Prenditi cura di tua mamma. Sai com'è fatta».

«Già», mormorò AJ.

Lily continuò a tenerlo per mano e, quando il ragazzo strinse la presa, avvertì la pressione delle sue dita. «Vai», disse a suo padre. «Noi ce la caveremo».

AJ chiese di poter bere. «Ho raccolto un po' d'acqua piovana in una tazza». Lily la trovò e gliela accostò alle labbra. Dopodiché, il ragazzo si sdraiò e continuò a tenere gli occhi chiusi. Era più freddo al tatto e il colorito era sfumato dal bianco gesso al grigio. Le labbra erano bluastre. Era sotto shock. Lily ne riconobbe i sintomi e sapeva che avrebbe dovuto sollevargli i piedi, ma era spaventata all'idea di spostarlo, temeva che la ferita da arma da fuoco ricominciasse a sanguinare. Dov'era finita l'ambulanza?

«Quando sono caduto giù dalla scala», disse AJ, «sono arrivati i coyote. Penso. A meno che non me li sia sognati...».

«Riposa e basta». Lily gli scostò i capelli dalla fronte. Da quanto tempo era disteso lì dentro? Da quando Becca era stata uccisa? Da due giorni e mezzo?

«Shea?», domandò lui, e gli fremettero le palpebre; si spostò, come se volesse mettersi a sedere.

«Lei sta bene. Stai giù, stai fermo».

«So che è spaventata... tutti sono spaventati... preoccupati. Mi spiace per questo...».

«Va tutto bene, tesoro. Cerca di riposare», ripeté Lily. *Cos'è successo? Chi ti ha ridotto così? Come sei finito quassù?* Aveva un disperato bisogno di chiederglielo, ma non era niente in confronto al desiderio di sentire il rumore di suo padre di ritorno insieme all'ambulanza.

Alla fine, quando arrivarono, temette che i paramedici non sapessero come farlo scendere dal fortino, ma si rivelò essere una preoccupazione inutile. Erano venuti equipaggiati con funi di nylon e una cesta di salvataggio dalla struttura leggera. Attese insieme a suo padre accanto ai portelloni aperti dell'ambulanza e li osservò mentre lo calavano a terra con quanta più delicatezza possibile. AJ rimase privo di sensi per gran parte della discesa e gemette soltanto quando lo spostarono dalla cesta alla barella all'interno dell'ambulanza.

«Se la caverà?», chiese Lily a uno dei paramedici, l'unica donna in una squadra composta da tre elementi. Jeanette, diceva il cartellino.

«Adesso gli stiamo somministrando l'ossigeno e gli stiamo facendo una flebo, una soluzione salina. Gli stiamo dando la morfina per il dolore. È sotto shock, quindi terremo sotto controllo i parametri vitali». Jeanette snocciolò le varie informazioni. «Ha perso molto sangue, ma sembra che il proiettile abbia mancato l'arteria femorale, ed è un bene».

Quando una volante della polizia di Wyatt si avvicinò a sobbalzi, attraversando il prato, il trio si voltò a guardare. Alla guida c'era Clint Mackie. Lily provò un tuffo al cuore.

«Me ne occupo io», disse suo padre, ma Mackie li evitò e andò a parlare con un altro paramedico, un uomo più anziano. Dal modo in cui si salutarono, Lily pensò che dovessero essere amici. Forse Clint Mackie era più amico del paramedico che di suo padre.

«Probabilmente il comandante Mackie sta chiedendo ragguagli sulle ferite riportate da suo figlio. È la prassi, date le circostanze». Jeanette si espresse con gentilezza.

Lily si chiese quanto fosse al corrente delle circostanze. E se quella donna o il resto dello staff medico – i dottori, le infermiere – avessero pensato che il ragazzo fosse un criminale, un assassino? Lo avrebbero curato ugualmente? «Posso salire in ambulanza insieme a AJ?», domandò a Jeanette.

Il paramedico scosse la testa. «È contro le normali procedure», rispose.

Chi poteva dire se fosse vero?

Qualche istante dopo la partenza dell'ambulanza, Mackie apparve al fianco di Lily. «Se vuoi uno strappo in macchina, ti accompagno all'ospedale».

Lei lanciò un'occhiata a suo padre; non era sicura di voler salire in auto con il comandante della polizia.
«Vai pure», disse lui. «Io riporto a casa i cavalli e ti raggiungo».
«Non risponderò ad alcuna domanda». Lily si rivolse al comandante. «Non so nulla. AJ era a malapena cosciente».
«D'accordo». Mackie le aprì la portiera dal lato passeggero della volante. «Lo interrogherò personalmente non appena riprenderà conoscenza. Immagino che a breve arriveranno anche un paio di investigatori da Dallas per interrogarlo».

Lily chiamò Paul dall'ospedale, e lui si incamminò verso la macchina prima ancora che avessero riattaccato.
«Dovrei arrivare per le sette», disse. «Chiamami se ci sono novità».
Lily gli disse che l'avrebbe fatto.
«Dio, è un miracolo, vero?». Udì il rumore di una portiera che veniva sbattuta, poi quello della porta del garage che si sollevava. «Temevo che non l'avremmo più trovato».
«Lo so», confermò lei.
«Digli di non andare da nessuna parte, d'accordo?». La voce di Paul era rotta dall'emozione, ma Lily immaginò che stesse sorridendo.
Sorrise anche lei, come se potesse vederla. «Riferirò», disse.
Quando telefonò a Shea per dirle che AJ era stato ritrovato, la ragazza, a differenza di Paul, rimase in silenzio. Lily fu costretta a incitare una risposta. «Shea? Ci sei?»
«Sì. È solo che… Non avevo abbandonato la speranza, lo sai, ma…». Crollò, e Lily intuì che stesse cercando di ritrovare il controllo, facendosi forza. «Sta bene?»
«Gli hanno sparato, Shea, ma adesso sta ricevendo le prime cure mediche». Le parlò con tono concitato, riassumendole tutto ciò che sapeva. «Si è fatto male anche a una caviglia. Io

e papà l'abbiamo trovato nel vecchio fortino. Ha cercato di scendere dalla scala ed è caduto».

«Ma si rimetterà, giusto? Ti prego...».

«Ha perso molto sangue, è disidratato ed è sotto shock, ma è riuscito a parlarmi...».

Shea la interruppe. «Chi gli ha sparato? È stato Harlan?».

Lily le disse che non lo sapeva.

«L'altro giorno, quando io, tuo papà ed Erik siamo andati a cercarlo, stavamo andando da quelle parti. Se solo avessimo saputo... Ma come c'è finito? Non ha alcun senso».

«Lo so». Lily ci aveva riflettuto e non era arrivata ad alcuna conclusione. «Di sicuro non può esserci arrivato con le sue sole forze», disse.

«Almeno adesso la polizia capirà che stamattina non poteva essere nei pressi di Cedar Ridge Canyon. Qualcuno sta cercando di incastrarlo».

«Ma chi? Harlan?».

Shea non rispose. Lily udì alcune voci, persone che parlavano in sottofondo, chiunque esse fossero. «Shea?», la pungolò di nuovo.

«Poco fa, io e mamma abbiamo avuto qualche problemino. Un tizio, un uomo a bordo di un pick-up, ci ha fatte uscire fuori strada».

«Cosa?». Lily smise di passeggiare avanti e indietro davanti all'entrata del pronto soccorso.

«Mamma pensa che ci abbia seguite da casa di Kate. Eravamo andate lì per... per esprimere le nostre condoglianze, e lui ci ha seguite. Non sappiamo chi sia. Indossava un berretto calato sugli occhi, perciò non siamo riuscite a vederlo in faccia. Continuava a starci addosso, e quando abbiamo svoltato nel nostro quartiere, ci ha tamponate, ci si è accostato e ci ha urtato con la fiancata. Mamma stava guidando la mia auto, la mia Camry, e lui ci ha proprio fatte uscire di strada. È stato spaventoso».

«Avete chiamato la polizia?»
«Sì, Ken Carter è qui con noi».
«Shea, sai che un paio di giorni prima che Becca venisse uccisa, lei e Kate erano rimaste coinvolte in un diverbio stradale, e che un uomo le aveva minacciate?»
«Qui? A Wyatt?»
«No, a Dallas. L'uomo guidava un pick-up. Le ha fatte uscire fuori strada».
«Stai scherzando?». Dopo averle chiesto di restare in linea, la ragazza riferì a Dru quanto appena appreso.
Tra i mormorii della conversazione, Lily riconobbe il timbro più basso di una voce maschile. Ken Carter, pensò, l'agente che le aveva raggiunte; anche lui stava ascoltando.
Qualche istante dopo, Shea tornò al telefono. «Non ci crederai, ma il sergente Carter dice di aver visto il verbale dell'incidente». Sembrava incredula, allarmata e arrabbiata, tutto allo stesso tempo. Lily ebbe la sensazione che si stesse sforzando di mantenere la calma. «Gli ho detto che AJ è ricoverato al Wyatt Regional, e sapeva anche quello. Lo sapeva e non mi ha detto niente. Non penso che questi poliziotti abbiano la più pallida idea di cosa stia succedendo».
«No, sono d'accordo con te, Shea. Nessuno di noi sa cosa stia succedendo. Fai attenzione, d'accordo?», la ammonì. «Chiunque si nasconda dietro questa storia, è ancora là fuori».

Qualche minuto dopo, quando il dottor Kelvin Dermott la raggiunse, Lily era da sola nella sala d'aspetto del pronto soccorso.
Si alzò, provando un'ondata di sollievo. «Speravo che tu fossi di turno», disse. «Ti stai occupando di AJ? Come sta?».
Kelvin le prese entrambe le mani. Aveva un'aria cupa. Erano amici ed erano andati a scuola insieme. «Non ti prenderò in giro», disse. «Non è in gran forma. Adesso lo stanno por-

tando in chirurgia per rimuovere il proiettile e occuparsi delle ferite. Sarà Jim Matthews a operare. Lo conosci?».

Lily scosse la testa.

«È un brav'uomo…».

«Kelvin?».

Lily si lanciò un'occhiata oltre la spalla e vide che suo padre li stava raggiungendo.

I due uomini si strinsero la mano. Kelvin ripeté ciò che aveva detto a Lily. Suo padre gli chiese notizie sulla caviglia del nipote.

«Ha riportato una brutta distorsione, ma dovrebbe guarire senza problemi», rispose il medico. «Anche la ferita alla gamba dovrebbe tornare a posto, a meno di complicazioni».

«Grazie a Dio», disse Lily.

«È un bene che l'abbiate trovato abbastanza in fretta», disse Kelvin. «Data la perdita di sangue e il rischio di infezioni… Non è ancora fuori pericolo, ma se fosse rimasto là fuori più a lungo, le sue possibilità di ripresa sarebbero state molto inferiori. Se chi gli ha sparato avesse avuto una mira migliore, se avesse reciso l'arteria femorale…».

«Sì. Be', magari l'ha mancata di proposito».

«Cosa intendi dire, papà?»

«Quando si tratta di sparare a qualcuno, a un altro essere umano, si rischia di perdere la calma. In questa situazione, per come si sono messe le cose con AJ… Non lo so». Ci pensò su. «È solo che mi sembra un po' strano».

«Di sicuro Clint freme dalla voglia di interrogarlo», disse Kelvin.

«Puoi impedirglielo?», domandò Lily.

«Gli ho già detto che non ci sarà alcun interrogatorio senza un permesso da parte mia o di un altro medico in servizio, e lui ha replicato dicendo che devo aspettarmi di ricevere pressioni anche dal dipartimento di polizia di Dallas. Stanno arrivando un paio di investigatori».

«Sta arrivando anche Paul», disse Lily.

«Shea e sua mamma? Le hai chiamate?», chiese suo padre.

Prima che potesse rispondere, Kelvin si congedò e assicurò che li avrebbe tenuti informati.

Lily lo seguì con gli occhi fintanto che non scomparve alla vista, poi, voltandosi verso suo padre, gli raccontò cosa le aveva detto Shea a proposito dell'incidente con il pick-up. «Sembra quello che è accaduto a Becca e a Kate».

«Già. È un episodio troppo simile per essere una semplice coincidenza. Shea e sua mamma sono state fortunate». Suo padre si passò una mano sopra la testa. «Immagino che l'unico aspetto positivo sia che nessuno potrà addossare la colpa a AJ».

Il sollievo di Lily cominciò stranamente a sgonfiarsi.

Suo padre la strinse in un abbraccio. «Lo troveremo, stella», disse. «Arriveremo a lui prima che sia troppo tardi. È l'unica cosa che conta. Ora come ora, è l'unica cosa che conta».

Capitolo 18

«Posso avere notizie su AJ Isley?». Shea aveva posto la stessa domanda ad altre due infermiere, la prima al pronto soccorso e l'altra nel reparto chirurgia, senza successo.

Dru riusciva a percepire l'ansia che sembrava emanare sotto forma di scintille.

«È un familiare?», chiese l'infermiera – Kelsey, a detta del cartellino – della terapia intensiva.

«Quasi. Sono la sua fidanzata».

Il sorriso di Kelsey affiorò benevolo e improvviso, un regalo inaspettato. «Shea, giusto? Non fa altro che parlare di te. A volte capita quando i pazienti sono sotto anestesia. Parlano e parlano. Ti ha descritta con precisione assoluta». Stava esaminando il collo della ragazza, la rosa tatuata.

Dru si aspettò di vedere un cenno di disapprovazione, invece Kelsey disse che la trovava carinissima. «AJ ha parlato anche di un altro tatuaggio, un fiore di loto? Qui, giusto?». L'infermiera indicò il basso addome, tra l'ombelico e la sporgenza dell'anca. «Ne ha uno identico nello stesso punto. Molto carino».

Dru era sbigottita. Osservò sua figlia. *Due tatuaggi uguali? Sul serio?* Ma lo sgomento si dissolse nell'attimo in cui Shea scoppiò a ridere, un risolino strozzato, e si coprì la bocca. Sua madre la prese per mano.

«Quindi sta bene?», domandò a Kelsey.

«Be', dovete parlare con il dottor Matthews», rispose l'infermiera. «Detto tra noi, però, il tuo fidanzato ha un ottimo aspetto». Ammiccò, e a Dru venne voglia di levare gli occhi al soffitto. «Gli hanno tolto la pallottola dalla gamba e hanno arrestato l'emorragia. Sta facendo una flebo per il dolore e per reidratarsi, ma in linea di massima sta tenendo duro. È fortunato che la mamma e il nonno l'abbiano trovato giusto in tempo».

Shea la ringraziò e le strinse delicatamente il braccio.

Dru pensava che il passo successivo sarebbe stato abbracciare l'infermiera, invece Shea si gettò tra le sue braccia. «Hai sentito? Oh, mamma!». Ritraendosi e balbettando per la gioia, tornò a rivolgersi a Kelsey. «Posso vederlo?»

«Resterà in sala post-operatoria ancora per un pochino, ma gli è già stata assegnata una stanza». Diede un'occhiata alla cartelletta che si portava dietro. «Terzo piano, stanza 302. Dovrebbe essere portato in camera nel giro di un'oretta. Sua mamma e suo nonno sono già su, credo».

«Grazie ancora, grazie mille». Shea stava tremando in preda al giubilo. «È un miracolo, non pensi? Quello per il quale ho pregato tanto».

Dru non aveva il cuore di invitarla alla cautela, di dirle che poteva essere troppo presto per esultare.

La stanza 302, ovviamente, era a uso singolo. Gli Isley erano quel genere di persone; avevano quel genere di disponibilità economiche. *Dev'essere bello.* Ecco a cosa stava pensando mentre varcava la soglia. Poi si sentì meschina. A cosa serviva essere invidiosa di loro? Dato che erano ricchi, dava per scontato che le loro vite fossero semplici, ma il denaro non li aveva messi in salvo dalla paura e dal crepacuore, no? Qualcuno aveva sparato al figlio di Lily. Kate e Becca erano morte. Dru e Shea erano state spinte fuori strada. La minaccia era reale.

Incombente.

E non era AJ.

Dru doveva ancora scendere a patti con quella realtà. Era

terribile, ma si era detta talmente sicura; e per quanto sollievo avesse provato dopo aver avuto la dimostrazione di essersi sbagliata, era ancora certa che AJ avesse qualche problema. Magari non era il mostro che aveva ordito tanta spaventosa violenza, ma era pronta a scommettere che ci fosse una correlazione con lui, con qualcosa che aveva fatto. Non sapeva di cosa si trattasse e non avrebbe sollevato pubblicamente alcuna accusa, ma non riusciva neanche a scrollarsi di dosso la convinzione che il ragazzo fosse coinvolto.

Lily stava dicendo a Shea quanto fosse stato fortunato. «Il proiettile ha provocato alcuni danni ai tessuti, ma ha mancato le ossa e le arterie principali».

Dru lanciò un'occhiata a Jeb. L'aveva notato, appoggiato alla parete di fronte alla porta, ma non l'aveva salutato. In quel momento si limitarono a scambiarsi uno sguardo gelido. Anche i saluti a Lily furono altrettanto freddi. Non si scambiarono un abbraccio come avevano fatto lei e sua figlia. Dru non aveva fatto altro che accusare AJ – il ragazzo di Jeb e di quella donna – di crimini atroci. Avrebbe potuto giustificarsi, rammentare loro dell'esistenza delle prove. Dire che non era la sola, che anche la polizia – per giunta di due dipartimenti diversi – lo aveva ritenuto responsabile, che era sembrato ragionevole dubitare della sua innocenza. Ma le scuse che, in tutta probabilità, si aspettavano non sarebbero arrivate. Se Lily e Jeb avessero accusato Shea alla stessa maniera, Dru l'avrebbe preteso: che facessero ammenda, che riconoscessero il loro errore. Avrebbe voluto vederli in ginocchio. Eppure lei non riusciva a fare altrettanto.

«Gente?». Un inserviente fece capolino sulla soglia. «Stiamo portando dentro il ragazzo. È ancora un po' frastornato, quindi andateci piano, d'accordo?». Sorrise.

Il quartetto – Dru, Jeb, Shea e Lily – si spostò verso la parete di fondo, verso le finestre. Il senso di trepidazione rendeva elettrica l'atmosfera; la scarica di un fulmine a ciel sereno sarebbe apparsa più volatile. AJ fu spinto all'interno, a testa avanti. Shea si slanciò verso di lui.

«Lasciateci il tempo di metterlo comodo», le disse un'infermiera.

La ragazza annuì; ciononostante, stava tremando, e Dru avvertì quale agonia fosse per lei dover attendere un solo minuto in più.

L'infermiera e gli inservienti girarono attorno al lettino e sistemarono le flebo e i macchinari che monitoravano i parametri vitali di AJ. Il lenzuolo era piegato per lasciare scoperta la gamba destra, che era avvolta in una fasciatura contenitiva dalla sommità della coscia al piede. Non si radeva da giorni e il viso sotto la barbetta ispida aveva perso colore. Aveva le guance infossate. Sembrava macilento, deperito, come se avesse perso peso. Ma era vigile. Il suo sguardo guizzò da una parte all'altra della stanza, esaminandola. Finché non trovò Shea. Non appena la vide, il ragazzo trasalì, con la mandibola che tremolava e la bocca che si increspava nel tentativo di mantenere il contegno. Il cuore di Dru ebbe un sussulto.

Shea premette i polpastrelli contro le labbra e sostenne lo sguardo di AJ. Lo staff medico lasciò la stanza, e la ragazza lanciò un'occhiata a Lily, pronta a cederle il posto, ma la donna le fece cenno di avvicinarsi a suo figlio.

Era più generosa di quanto sarebbe stata Dru. Incrociò le braccia, reprimendo l'impulso di afferrare la figlia e correre con lei fuori dalla stanza.

Al capezzale di AJ, Shea era titubante e dimenava le mani attorno al viso e alle spalle del fidanzato. «Stai bene? Senti dolore?»

«Adesso no», rispose AJ e, sollevando il braccio privo di flebo, strinse delicatamente la mano di Shea, come se fosse un uccellino terrorizzato, se la portò alle labbra e ne baciò il dorso e poi il palmo, inspirando a fondo, come se così facendo potesse inalarne l'essenza. Lily e Dru si scambiarono uno sguardo, e quest'ultima capì che lei e l'altra donna stavano pensando la stessa identica cosa: se non fosse meglio lasciare la stanza, lasciare sola la coppia, ma nessuna delle due, e valeva anche per Jeb, sembrava in grado di allontanarsi.

«Avevo così tanta paura di non rivederti mai più», mormorò Shea.

«Nessuno può impedirmi di tornare da te». La voce di AJ era arrochita dall'emozione; dall'amore.

Nemmeno Dru poteva negare quanto amasse sua figlia. Ma era la persona giusta? Sarebbe stato buono con lei? Era davvero innocente?

«Non importa cosa pensiamo noi». Lily, al suo fianco, si espresse a bassa voce.

«No», concordò lei con sufficiente prontezza. Osservò la figlia che accarezzava le guance del fidanzato, si chinava per baciarlo. Serrò la mandibola. Non ne comprese con esattezza il motivo. Non che non volesse la felicità di Shea. Desiderava che fosse felice, lo voleva più di qualunque altra cosa al mondo.

«AJ non farebbe mai del male a Shea».

Si voltò verso Lily. Avrebbe detto la stessa cosa di Rob, ci avrebbe messo la mano sul fuoco, prima che le puntasse un fucile in faccia.

«Poteva andare molto peggio», disse AJ, rivolgendosi a tutti i presenti, includendoli con lo sguardo.

«L'ha detto anche il dottor Matthews», confermò Lily, girando attorno ai piedi del letto per fermarsi di fronte a Shea. Sfiorò la spalla del figlio. Gli appoggiò una mano sulla fronte. «Come stai, tesoro?»

«Se non fosse stato per te e nonno, a quest'ora non sarei qui, poco ma sicuro». Osservò prima sua mamma, poi Jeb, che l'aveva raggiunta.

«È stato tuo nonno a intuire dove trovarti», disse lei.

«Hai avuto uno dei tuoi presentimenti?», chiese AJ, sogghignando.

«Ah. Sì. Almeno una parte della mia testa continua ancora a funzionare».

Jeb Axel sembrava quasi imbarazzato. Dru si sentì assalire da un impeto di compassione nei suoi confronti, e ne rimase sconcertata. Quell'uomo, con la sua arroganza, l'egocentrismo, il passo caracollante da cowboy, non le era mai piaciuto.

«Spiacente di interrompervi, gente».

Dru alzò gli occhi mentre Clint Mackie entrava nella stanza. «Devo fare qualche domanda a AJ».

Jeb disse: «No, Clint, quello che devi fare è uscire da questo stramaledetto ospedale e trovare il vero colpevole».

«Io so chi è stato, nonno», disse AJ. Se prima aveva dato l'impressione di essere tanto felice, adesso la sua voce tradiva un'evidente sofferenza. «Mi aiuti a mettermi seduto?», domandò a Shea.

La ragazza gli sistemò l'inclinazione del letto e il cuscino sotto la gamba, poi, non appena ebbe finito, AJ tornò subito a catturarle la mano.

«Allora, figliolo, racconta», disse Mackie. «Chi ti ha sparato?»

«Erik. Erik Ayala».

«Cosa?», domandarono Shea e Lily all'unisono.

Dru si sentì mancare il fiato, ma fu la reazione di Jeb – il modo in cui raddrizzò di colpo la schiena, come se gli avessero sferrato un pugno nello stomaco – ad attirare la sua attenzione. Udì AJ dire che neanche lui riusciva a crederci, poi captò le parole di Lily e di Shea. Lily stava raccontando di aver visto Erik, il giorno prima: «Ha preparato il pranzo nella cucina di casa mia». E Shea stava dicendo che le aveva telefonato perché stava cercando Kate: «Voleva sapere se avessi avuto sue notizie, e invece lo sapeva, sapeva che era...».

Non si accorsero del movimento di Jeb, il quale aveva girato attorno ai piedi del letto per tornare a sostare di fronte alla finestra. Forse, però, l'uomo avvertì lo sguardo di Dru, perché si voltò a guardarla e il suo viso era sbiancato. Sembrava essere invecchiato di dieci anni nel giro di dieci secondi. Non riusciva a decifrargli l'espressione; nei suoi occhi albergava una sorta di angoscia, quella che avrebbe potuto essere una richiesta d'aiuto. Distolse lo sguardo, dubitava di ciò che aveva scorto, ma il presagio che aveva percepito era abbastanza reale, come un dito gelido che le solleticasse la spina dorsale.

«Perché? Perché Erik avrebbe dovuto fare del male a quelle ragazze?», domandò Lily.

«Perché avrebbe dovuto fare del male a te?». Shea fissò AJ.

«Erik mi odia. Voglio dire, mi odia sul serio, per quanto possa sembrare assurdo. Non so per quale motivo mi abbia lasciato in vita».

«Ti andrebbe di cominciare dall'inizio?». Quella di Mackie non era una vera e propria domanda.

AJ chiese di poter bere, e Shea riempì una tazza con la caraffa di acqua e ghiaccio lasciata dagli inservienti. Lo aiutò a bere, sorresse la tazza e spostò la cannuccia, e per quanto la gravità della situazione fosse lampante, quel momento racchiudeva anche una grande intimità; le attenzioni reciproche avevano una sfumatura allegra e giocosa. AJ non aveva bisogno dell'aiuto della fidanzata, ma fingere che fosse necessario faceva piacere a entrambi.

Era come se nella stanza, nel mondo intero, ci fossero soltanto loro due, pensò Dru.

Mackie tirò fuori il cellulare. «Non ti dispiace se registro la conversazione, vero? Poi vorrei che tu mi rilasciassi una deposizione formale, ma per adesso vorrei mettere agli atti questa dichiarazione».

«Fai quello che è necessario», replicò AJ. «Da dove vuoi che cominci?»

«Martedì eri di turno al Café Blue, giusto?»

«Sì. Non c'era molto da fare, perciò sono uscito prima».

Shea disse: «L'investigatore di Dallas ha tentato di dirmi che tu non fossi proprio andato al lavoro».

«Hanno detto la stessa cosa anche a me». Lily stava fissando Mackie.

«Be', ci sono andato. Potete controllare il cartellino timbrato».

«L'abbiamo già fatto. Inizialmente il dipartimento di polizia di Dallas non era ben informato sui fatti». Mackie fu sbrigativo. «Dunque, cosa hai fatto dopo essere uscito?»

«Ho chiamato la mia ragazza». AJ lanciò un'occhiata a Shea e le strinse la mano. «Penso che fossero le dieci e mezza, poi sono tornato a casa in macchina. Ero distrutto e volevo soltanto fare una doccia calda e andare a letto. Quando sono entrato nell'appartamento, però, ho visto Erik davanti al lavello della cucina. Il rubinetto dell'acqua era aperto. All'inizio non mi sono reso conto di cosa stesse facendo». Parlava lentamente.

Sembrava disorientato, pensò Dru, come se stesse cercando di unire i puntini. Non aveva avuto reazioni di fronte alla menzione della morte di Kate. Forse lo sapeva già, o magari, nel momento di concitazione, non ci aveva neanche fatto caso.

Mackie gli domandò cosa fosse successo.

«Erik se ne è uscito dicendo una cosa del tipo: "Oh, bello, sono felice che tu sia arrivato". Mi ha detto che c'era stato un incidente. Avevo visto tutto il sangue che aveva addosso e immaginavo che si fosse tagliato. Gli ho fatto: "Dio, cosa hai combinato?", ma poi l'ho guardato negli occhi. Erano... Non riesco neanche a descrivere la loro espressione. Freddi. Vuoti, come se dentro non ci fosse più niente».

«Vai avanti», lo incitò Mackie.

«Mi ha detto che aveva fatto qualcosa di brutto e mi ha chiesto di accompagnarlo in camera da letto. Quando siamo entrati, non riuscivo a capire cosa fosse successo. C'erano un corpo disteso sul letto e schizzi di sangue ovunque, e il mio coltello Shun, il mio coltello da cucina...». AJ piegò la testa a caccia dello sguardo di sua madre. «Del set che mi avevi regalato, ricordi?».

Lily annuì. «L'abbiamo trovato, io e nonno, era nel tuo pick-up».

«Avete trovato il mio pick-up? Dove?».

Lily glielo disse. «Era stato incendiato», spiegò. «Immagino che Erik abbia cercato di distruggere le prove».

Seguì un momento di assoluto silenzio, sbalordito, nauseato.

Fu AJ a infrangerlo. «Ho visto un sacco di cose in Afghanistan, ma lì c'era la guerra... per certi versi, era diverso». Ci pensò un attimo. «O forse no», si corresse a bassa voce. «Sanguiniamo tutti allo stesso modo».

«Sapevi che la vittima era Becca?». Mackie stava restando in carreggiata.

«Non finché non me l'ha detto».

«Ti ha spiegato perché l'avesse uccisa?»

«Non proprio. Ha detto che lei stava urlando e temeva che i vicini potessero sentirla e chiamassero la polizia. Era come se stesse dando la colpa a lei. Mi ha detto che aveva cercato di sbarazzarsi del corpo, che dovevo aiutarlo, che gli dovevo un favore. Ha detto che sapeva un sacco di cose sul nostro conto, che avrebbe potuto mandare in rovina la nostra famiglia».

«A cosa si riferiva?», domandò Lily.

«Vorrei tanto saperlo», rispose AJ. «Gli ho detto che stava dicendo delle assurdità, che avrei chiamato la polizia, ed è stato allora che ha dato in escandescenze. Ha preso la mia calibro 45... Sapeva che la tenevo nel comodino. Mi ha costretto a consegnargli il telefono, poi mi ha fatto uscire e abbiamo raggiunto il pick-up. Ha fatto guidare me, e ho pensato che magari avrei avuto la possibilità di... non lo so, di darmela a gambe o che so io, ma continuava a tenermi la pistola puntata contro la testa. Ha voluto che lo portassi da McDonald's. Siamo andati al McDrive, e quel figlio di puttana si è mangiato due Big Mac e due porzioni di patatine fritte. L'odore, vederlo mangiare... Non so come ho fatto a evitare di vomitargli addosso».

«Sembra che abbiate fatto conversazione, eppure mi stai dicendo che in tutto quel tempo non ti ha mai spiegato per quale motivo avesse assassinato Becca?». Mackie non si prese neanche la briga di nascondere il proprio scetticismo.

«No, Clint, non l'ha mai spiegato. Continuava a infilarsi i panini in bocca. A quel punto si era calmato, perciò ho ricominciato a pressarlo un po' dicendo che dovevamo andare alla polizia. Gli ho detto che avremmo potuto fingere che fosse stato un incidente. Gli avrei coperto le spalle. Avremmo potuto dire che Becca era caduta sul coltello, o una cosa simile, capite?». La risata di AJ era ironica, aspra. «Mi stavo aggrappando a qualsiasi cosa, le stavo provando tutte. Non so ancora perché non mi abbia ucciso».

«Grazie a Dio non l'ha fatto», sussurrò Shea.

«Non poteva», mormorò Jeb.

«Perché no?», chiese AJ.

Jeb sollevò lo sguardo, atterrito, come se non si fosse aspettato che qualcuno lo sentisse.

«Perché aveva perso la calma, intendi?». Lily abbracciò tutti i presenti con lo sguardo. «Prima papà ha detto che a volte la gente non riesce a trovare il coraggio di premere il grilletto».

«Sì», confermò Jeb. «Intendevo quello».

Eppure, osservandolo, Dru intuì che ci fosse qualcos'altro.

Il comandante Mackie chiese a AJ di tornare alla notte dell'omicidio di Becca, e il ragazzo raccontò che Erik l'aveva costretto a fare un giro per Dallas, finché non gli aveva ordinato di puntare verso sud, verso Wyatt, imboccando l'Interstate 35. Strada facendo avevano avuto tre piccoli scambi di battute. Quando erano arrivati in città, avevano girovagato senza meta proprio come avevano fatto a Dallas.

«Siamo passati da casa di tua mamma», proseguì AJ, guardando Shea.

Sapere quanto Erik e AJ fossero stati vicini a sua figlia, a casa sua, allarmò Dru. Erano una coppia di pazzi, pensò, perché come faceva a essere sicura che AJ non ne facesse parte, non fosse coinvolto in qualche modo? E anche Jeb Axel. Si stava comportando in modo talmente strano. Dru aveva un brutto presentimento. Era sempre peggio. Non sapeva se fidarsi o meno. E nemmeno di chi.

AJ disse che poi Erik aveva cominciato a parlare del fortino. Di quanto gli sarebbe piaciuto rivederlo, così loro due avrebbero potuto accamparsi nei paraggi come erano soliti fare ai vecchi tempi. «A quel punto ero talmente stanco», proseguì il ragazzo. «Fuori stava cominciando ad albeggiare. Io volevo soltanto smettere di guidare».

«Era con noi», disse Shea in un mormorio carico di incredulità. «Erik è venuto con noi quando siamo andati a cavallo da quelle parti, per cercarti».

«Dovevano essere passate solo poche ore da quando ti aveva lasciato lì», aggiunse Jeb. «Se solo l'avessi saputo, se solo fossi andato avanti, ti avrei trovato subito».

Il tetro stupore di Jeb sembrava genuino. Ma avrebbe fatto qualunque cosa per AJ, pensò Dru. Non aveva dubbi. Jeb Axel avrebbe mentito per proteggere suo nipote. Ripensò al contenuto della cassaforte scomparso dall'xL. C'era da supporre che Jeb stesse fingendo di avere problemi di demenza senile per assumersi la colpa e coprire AJ?

«Pensavo che voi due foste molto legati». Mackie era confuso.

«Sì, come fratelli, ma quando gliel'ho detto, Erik mi ha consigliato di aprire gli occhi, e poi mi ha sparato. Non ho ben capito cosa fosse successo finché non mi ha ceduto la gamba. L'ho sentito andare via, ma poi sono rimasto privo di sensi per un po'. Quando mi sono ripreso, era pieno giorno; avevo la bocca secca, come se avessi inghiottito della sabbia, e sapevo di aver perso molto sangue, che dovevo ricevere soccorsi. Ho usato la camicia per bloccare l'emorragia alla gamba, poi mi sono trascinato fino alla scala, pensando che sarei riuscito a scendere. Non è andata a finire troppo bene». AJ si guardò la caviglia. «Dopo essere caduto, sono svenuto di nuovo, e quando ho ripreso conoscenza era notte. Ho pensato di aver visto alcuni coyote. Mi sono spaventato al punto da decidere di risalire sulla scala».

«Erik aveva detto che saresti stato il suo testimone di nozze». La voce di Lily era flebile, incredula.

«Aveva anche detto di amare Kate», intervenne Shea, «eppure l'ha uccisa».

«Cosa?». AJ si voltò a guardarla. «Cosa stai dicendo?»

«Oh, no...». La ragazza era mortificata. «Non pensavo... Ma era ovvio che tu non lo sapessi...».

Dato che Shea non sembrava in grado di farlo, fu Lily a spiegare cosa fosse accaduto a Kate.

Shea sfiorò la pelle di AJ, nell'incavo alla base della gola. «Ha preso la tua collana...».

«Già, non so perché».

«Dopo aver spinto Kate giù dal crinale...».

«Presumibilmente».

Shea scoccò un'occhiata disgustata all'indirizzo di Mackie. «Erik ha lasciato lì il ciondolo per farti sembrare responsabile dell'accaduto», concluse, rivolgendosi a AJ.

«Sta cercando di incastrarmi?»

«Forse», disse Mackie. «Ma perché? Perché dovrebbe fare una cosa simile?».

Dru ebbe la sensazione che il comandante della polizia, un po' come lei, stesse soppesando le parole del ragazzo per capire se stesse dicendo la verità.

E lui tornò a ripetere che non lo sapeva. «Erik mi ha trascinato in questa storia per chissà quale motivo».

«Hai idea di dove sia?», chiese Mackie.

«Avete controllato il suo appartamento?»

«È stato il primo posto dove siamo andati, ma ammesso che sia in casa, non risponde alla porta. Non è neanche al lavoro».

«Penso che AJ dovrebbe riposare», disse Lily.

«Un altro paio di domande soltanto». Mackie riportò lo sguardo sul ragazzo. «Come pensi che abbia fatto a convincere Becca a venire nel tuo appartamento? Come hanno fatto a entrare?»

«C'è una chiave di scorta. Becca lo sapeva... Molte persone sapevano che la tenevo nascosta nel lume accanto alla porta».

«D'accordo, ma poniamo che Ayala volesse incastrarti. Doveva essersi reso conto che saresti rientrato prima che avesse finito. Mi pare strano che abbia aspettato l'ultimo minuto, quando mancava così poco alla fine del tuo turno di lavoro, prima di compiere la sua mossa».

«Sono uscito in anticipo, ricordi?»

«Hai visto il biglietto che le ha lasciato addosso, quello che diceva "Sistemata"?»

«No. Cosa significa?».

Mackie lo scrutò senza rispondere.

«Mi sospetti di qualcosa, Clint? È per questo che mi stai torchiando?»

«Ormai è chiaro che AJ non può essere coinvolto, no?». Shea era infastidita. «E immagino che adesso dirà anche che era lui alla guida del pick-up che ha mandato fuori strada me e mamma».

«Quale pick-up? Di cosa stai parlando?»

«Oh, AJ». Shea era desolata all'idea di averlo colto di nuovo alla sprovvista.

Stavolta fu Dru a spiegare l'accaduto, facendo apparire il faccia a faccia con il pick-up meno drammatico di quanto fosse stato. Una volta terminato il racconto, guardò Mackie e disse: «La polizia sta indagando sul caso».

«Era Erik?». Lo sguardo di AJ rimase incollato sul comandante.

«Ora come ora non lo sappiamo, come non sappiamo se ci sia un collegamento con lui».

«Il collegamento c'è eccome, comandante, puoi starne certi», esclamò AJ. Si agitò nel tentativo di sedersi. «Lo troverò...».

«AJ, no», intervenne Shea. Si chinò su di lui e gli sussurrò qualcosa. Dru carpì il succo del discorso, sua figlia voleva convincerlo a lasciare che fosse la polizia a occuparsene. «Se quel figlio di puttana osa farti del male», sentì dire al ragazzo, «lo ucciderò». Alla fine, però, si arrese e tornò a coricarsi, con il viso pallido e la mascella tirata.

Mackie disse: «Devo dirti come stanno le cose, AJ. Abbiamo una montagna di prove che indicano un tuo coinvolgimento».

Shea cercò di protestare.

Mackie la ignorò. «Per esempio, come giustifichi la telefonata che hai fatto a tua madre per chiederle di portarti il passaporto?»

«Non ero io. Non ero in condizioni di chiamare nessuno, per non parlare del fatto che l'ultima volta che ho controllato al fortino non c'era alcun segnale». AJ si voltò verso Jeb. «Ci hai installato un telefono, nonno?».

Il comandante non lo trovò divertente. Lanciò un'occhiata a Lily. «Ha giurato che fossi tu».

«Non credo di averlo giurato», dissentì lei.

Mackie riportò l'attenzione sul ragazzo. «Abbiamo alcuni testimoni che affermano di averti visto alla stazione degli autobus di Dallas, dove sono stati recuperati il tuo portatile e il cellulare. Hai idea di come possano esserci finiti?»

«No. Ti ho già detto che Erik mi aveva preso il telefono. Deve aver preso anche il portatile». AJ si indicò la gamba. «E comunque, se non sono riuscito a scendere dalla scala del fortino senza cadere di sotto, come avrei fatto ad arrivare fino a Dallas?»

«Abbiamo un'altra testimonianza per la quale ieri saresti andato a parlare con un pilota su una pista del lago Hershey. Vuoi venirmi a dire che non eri tu neanche in quell'occasione?»

«Te lo ripeto, Clint, come ci sarei arrivato?»

«Forse tu e Ayala siete complici in questa storia».

Dru rimase senza fiato. Sentendo dichiarare i propri sospetti in modo tanto audace, ebbe la sensazione che il cuore le fosse scivolato lungo la cassa toracica.

AJ fissò Mackie, stupefatto e a bocca aperta, come un pesce appena preso all'amo. Shea e Lily erano esterrefatte.

Il comandante restò impassibile. «Magari quelle ragazze, Kate e Becca, avevano qualcosa con cui ricattarvi. Sapevi, vero, che Becca Westin era incinta? Il bambino era tuo? Era di Ayala? Cosa stava succedendo?»

«Sul serio? Becca era incinta?». Gli occhi di AJ scattarono in cerca dello sguardo di Shea.

«È vero», disse lei.

Dru rimase sorpresa dal tremore nella voce della figlia. La sua fiducia stava forse cominciando a sgretolarsi?

«Stanno aspettando i risultati del test del DNA per capire con esattezza chi sia il padre», proseguì Shea.

«Potrei avere ancora un po' d'acqua?», chiese AJ.

Shea gliela versò, ma stavolta gli porse la tazza affinché bevesse da solo. Quando la prese, gli tremavano le mani.

«La morte del feto lo rende un duplice omicidio», continuò Mackie. «Pertanto, chiunque sia il responsabile, dovrà rendere conto di tre omicidi». Infilò il cellulare in tasca. Sembrava soddisfatto, pensò Dru, come se avendo lasciato tutti un po' scossi, avendoli messi sulla difensiva, avesse ottenuto proprio il risultato che desiderava.

Dru disse: «Magari Charla Kincaid potrebbe sapere dove si trova Erik».

«L'ho già contattata», replicò il comandante. «Ha dichiarato di non averlo più visto da stamattina».

«Sapete che Erik era andato da loro, si era offerto volontario per dare la notizia della morte della figlia ai genitori della ragazza. Perché avrebbe dovuto farlo se è stato lui a esserne responsabile?»

«Cosa stai cercando di dire, mamma?».

Dru alzò le mani al cielo. «Niente. Non sto cercando di dire niente». Eppure, persino adesso che aveva preso la parola, stava pensando a quanto poco senso avesse il coinvolgimento di Erik. Era l'unica a rendersene conto?

«Stamani credo di aver visto un paio di luci accese in casa di Winona», disse Lily. «Se è rientrata da Oaxaca, magari avrà parlato con Erik».

Il comandante Mackie disse: «Manderò qualche agente sul posto. E stiamo anche emanando un mandato di cattura per Ayala».

«Dovete trovarlo, Clint», intervenne Jeb, facendo trasalire tutti i presenti.

Era rimasto in silenzio talmente a lungo. Persino Dru si era dimenticata della sua presenza.

«Viste le condizioni in cui si trova, non c'è modo di prevedere le sue mosse». Jeb attraversò la stanza per raggiungere la porta e, voltandosi sulla soglia, si rivolse a Dru. «Se fossi in te, la terrei sempre vicina», disse, indicando Shea con un cenno del capo.

Capitolo 19

Lily seguì suo padre in corridoio e gli sfiorò un gomito. «Di cosa stavi parlando? Sai dov'è Erik, sai cos'ha combinato?».

Lui se la scrollò di dosso. «Shea deve fare attenzione, tutto qua. Se dietro questa storia c'è davvero Erik... Senti, ha già ucciso due testimoni di nozze. È ragionevole pensare...».

«Lily? Jeb?».

Si voltarono al suono della voce di Paul. «Come sta AJ? Com'è andata l'operazione?»

«Meglio del previsto», rispose Lily. «Tutto sommato, si sta riprendendo veramente bene».

L'abbraccio e il bacio sulla guancia di Lily furono frettolosi. Poi strinse la mano al padre della moglie.

«Lascio che sia mia figlia a metterti al corrente di tutto», disse Jeb quando Paul cominciò a porre l'inevitabile sequela di domande. «Devo andare a sistemare i cavalli. Ci vediamo dopo».

«Ho un paio di questioni scottanti di cui occuparmi e potrei dover tornare a Dallas in serata». Paul evitò lo sguardo di Lily.

Lei posò una mano sul braccio di suo padre. «Ciò che hai detto là dentro...».

«Ne parliamo dopo», replicò, poi li lasciò da soli, allontanandosi in fretta. I suoi passi e la sua postura tradivano una strana agitazione.

Lily lo osservò, a disagio. Dopodiché, sollecitata dal marito, si incamminò con lui verso la stanza di AJ, lo mise al corrente dell'accaduto e gli riassunse il succo della dichiarazione del ragazzo, sulla cui attendibilità il comandante Mackie sembrava nutrire qualche dubbio.

«Sai, ho sempre avuto la sensazione che Erik fosse geloso di AJ», disse Paul quando ebbe concluso.

«Allora sei l'unico». L'opinione contrastante del marito la infastidì. «Persino AJ ne è rimasto scioccato. Devastato, addirittura. Pensava che Erik fosse come un fratello».

«Persino due fratelli possono essere gelosi l'uno dell'altro, Lily. Magari sei troppo coinvolta dalla situazione, da loro due, per capire cosa stia succedendo realmente».

«Eppure, qualunque sia la motivazione di Erik, siamo andati un tantino oltre la gelosia, non trovi?». Continuava a spremersi le meningi in cerca di una causa nel passato del ragazzo, di un episodio abbastanza grave, abbastanza orribile, da spingerlo ad assumere un comportamento tanto mostruoso, ma non le venne in mente niente. Per tutto il tempo che avevano trascorso insieme al ranch, i ragazzi erano stati trattati allo stesso modo. Gli erano stati assegnati dei compiti e avevano ricevuto gli stessi compensi. Erano stati lodati o rimessi giustamente in riga quando avevano infranto le regole. Suo padre, specialmente, sapeva come gestire i ragazzi, sapeva quanto fosse necessario adottare un pugno duro e deciso. Se glielo avessero chiesto, Lily avrebbe detto che Erik rispettava suo papà, anzi, lo idolatrava. Adesso, invece, si domandava quanto lo conoscesse davvero, se l'avesse mai conosciuto.

«Quello è Mackie?», domandò Paul, indicando con un cenno del capo l'uomo in uniforme che stava uscendo dalla stanza di AJ.

«Sì», rispose Lily.

«Farò piantonare la porta della camera da un agente in servizio», disse il comandante della polizia, raggiungendoli.

«Perché? Pensi che AJ possa tentare la fuga?». Il sarcasmo indurì il tono di voce di Lily.

«È una precauzione», replicò Mackie. «Tanto per la sua incolumità quanto per quella di chiunque altro. Anche di Shea. Dice che vuole rimanere».

«Oltre a essere il comandante del dipartimento di polizia di Wyatt», disse Lily, rivolgendosi a Paul, «Clint è anche un amico di vecchia data di mio padre, e nonostante conosca AJ da una vita e sappia che genere di persona sia, ritiene che sia coinvolto nell'omicidio delle due ragazze, che lui ed Erik siano complici. E chi se ne importa se è stato raggiunto da un proiettile e abbandonato a morire dissanguato».

«Davvero», fu la caustica osservazione di Paul.

«Clint, ti presento mio marito», proseguì Lily. «Paul Isley».

Il cenno di saluto di Mackie fu sbrigativo. «A questo punto delle indagini, non possiamo escludere alcuna possibilità, signor Isley. Sia suo figlio che Erik Ayala erano stati sentimentalmente legati alla signorina Westin. Entrambi avevano legami con la signorina Kincaid».

«Perciò, se Ayala e AJ hanno agito in combutta, mi spieghi per quale motivo mio figlio si sarebbe beccato una pallottola. O magari pensa che AJ si sia sparato da solo?». Paul lanciò un'occhiata a Lily. «Questa sì che è un'idea».

«Potrebbero aver discusso», rispose Clint in modo abbastanza ragionevole. «Potrebbero essere andate storte un sacco di cose. Come ho già detto prima, non possiamo escludere niente».

Ci fu un attimo di silenzio, come se Mackie stesse dando a Paul il tempo per valutare le varie possibilità. Ma non aveva bisogno di tempo, giusto? Lily lo osservò, in attesa che dicesse che non c'era neanche uno straccio di prova che suggerisse che AJ aveva avuto un ruolo qualsiasi nell'omicidio delle due ragazze.

Invece Paul disse: «Lasci che le dica una cosa, Mackie», e Lily si irrigidì, messa in apprensione dall'arroganza del marito. «Se dovesse succedere qualcosa a mio figlio o alla sua fidanzata, la colpa ricadrà su di lei. Le toglierò il posto di lavoro. Mi ha capito?».

Lo sguardo di Clint si indurì, ma, quando rispose, parlò con tono civile: «Comprendo il suo turbamento».

Paul sollevò di scatto una mano, liquidando lo sforzo compiuto dall'agente per apparirgli gentile, liquidando l'uomo in sé per sé, considerato immeritevole di attenzioni. «Se vuole scusarmi, vado a vedere come sta AJ».

Lily provava imbarazzo per il violento attacco verbale di suo marito, eppure, sebbene a un livello diverso, anche lei sentiva il bisogno di esprimere un ultimatum: *Proteggi mio figlio, oppure sarà peggio per te.*

«Ci terremo in contatto», disse Mackie.

«Il pick-up», aggiunse Lily, «quello che prima ha quasi mandato fuori strada Shea e Dru...».

«Cosa?»

«Sapete che Becca e Kate hanno vissuto un'esperienza simile a Dallas, poco prima che Becca venisse uccisa?»

«Stiamo collaborando con il dipartimento di polizia di Dallas per indagare sull'accaduto, Lily. Fidati di me, stiamo facendo il nostro lavoro, malgrado quanto possiate pensare tu, tuo marito o Jeb. Se esiste un collegamento con quell'incidente stradale o con altri episodi, lo scopriremo. Andremo fino in fondo».

«No. Se non riuscite a guardare al di là di AJ, non scoprirete niente».

«Non mi sto accanendo contro di lui, d'accordo? Voglio arrivare alla verità, come chiunque altro».

Mackie sembrava abbastanza sincero. Il problema, pensò Lily mentre lo guardava allontanarsi, era che la gente si sarebbe potuta inventare qualsiasi cosa, e che in genere, quando si trattava di salvarsi la pelle, l'avrebbe fatto eccome.

Aveva raggiunto la soglia della camera di AJ e stava per varcarla quando sentì menzionare il nome di Edward e si rese conto che Paul e suo figlio stavano parlando di lui. Indietreggiò e si voltò per appoggiarsi al muro, conscia delle palpitazioni e del rossore che le scaldava il viso e il collo.

«Ha già fatto un ottimo lavoro e mi ha aiutato in passato, papà», sentì dire a AJ. «Se avessi bisogno del sostegno di un legale, non vedo per quale motivo dovremmo cercarne un altro».

Lily non aveva il coraggio di unirsi al figlio e di prendere le difese di Edward. Si chiese se sapesse che adesso il ragazzo era al sicuro. Lanciando un'occhiata in fondo al corridoio, si domandò se le sarebbe stato possibile ritagliarsi un paio di minuti per chiamarlo. Poi, però, sentì Dru che diceva «Shea mi ha detto che sei già stato arrestato», con tono tagliente e accusatorio, e si scostò dalla parete. *No, non ti permetterò di fargli una cosa simile, non adesso.*

«Non ha niente a che vedere con questa storia», disse Paul, e quando Lily varcò la soglia, non la degnò neanche di uno sguardo. «Le accuse sono state fatte cadere».

«Lo sa», intervenne Shea. «Mamma, te l'avevo detto…».

«È inquietante». Dru si scostò dalla finestra. «Cioè, che sia già stato accusato di omicidio, e adesso siamo da capo».

«È stato scagionato…», esordì Lily.

«Mamma, ti prego». Lo sguardo di Shea era in parte furioso e in parte implorante.

Dru agitò una mano dinanzi alla figlia. *Vabbè.* «Penso che dovremmo andare, per consentire a AJ di riposare».

«Io resto», disse Shea, «tu vai pure. So che sei stanca».

«Non posso lasciarti qui, Shea. Non sappiamo dove sia finito Erik, ammesso che ci sia lui dietro a tutta questa storia». Dru fissò AJ con sguardo truce.

«È stato lui, signora Gallagher, per quanto mi faccia stare male. Ogni cosa che ho detto al comandante Mackie è vera. Vorrei che lei riuscisse a credermi. Vorrei tanto sapere dov'è finito Erik. Voglio che lo arrestino tanto quanto lo desidera lei».

«Spiacente», e non sembrava esserlo neanche un po', «ma non sono disposta a correre rischi quando c'è in ballo la vita di mia figlia».

«Aspetti...».

Paul cominciò a parlare malgrado Lily stesse dicendo: «È ingiusto...».

La voce di Shea si sovrappose a quella di entrambi. «Non spetta a te decidere, mamma. Ma a me. Per favore, vai a casa».

Passò un istante prima che Dru capitolasse. Lily le vide abbassare lo sguardo, poi le spalle. Lanciò un sospiro, e Lily ebbe la sensazione che le stesse richiedendo uno sforzo; stava rinunciando all'autorità genitoriale. Ma ormai Shea era una donna adulta. Dru non aveva scelta.

«Mi dispiace». Ripeté alcune parole di scuse mentre attraversava la stanza, poi si fermò sulla soglia per lanciare un'occhiata a sua figlia. «Se sono nel torto, sarò la prima ad ammetterlo».

Con la sua partenza, calò un silenzio imbarazzato.

Fu AJ a infrangerlo. «Non ho niente a che vedere con questa storia». Stava osservando il padre e, seguendo il suo sguardo, la notò anche Lily, l'ombra del dubbio di Paul, una mancanza di fiducia che somigliava tanto a quella di Dru, e che aveva condannato solo pochi istanti prima.

Appoggiò una mano sulla spalla del figlio. «Tuo papà e io lo sappiamo, tesoro». Smussò i denti seghettati della propria collera ammorbidendo il tono di voce.

«Ti serve un consulente legale, AJ». Paul fu altrettanto freddo. «Prima è, meglio è. Faccio qualche telefonata».

«No, papà...».

«Paul?», lo interruppe Lily. «Dato che rimarrà Shea a tenere d'occhio AJ, penso che dovremmo andare». Il suo sguardo si posò dapprima sul figlio, poi sulla ragazza. «Il comandante Mackie ha promesso che lascerà un agente di guardia davanti alla porta. Sarete entrambi al sicuro».

«Grazie», disse Shea. «Grazie per avermi concesso di restare qui».

«Non hai cancellato le nozze, vero?», chiese AJ.

Sua madre e la ragazza si scambiarono un'occhiata, e Lily capì che la domanda aveva colto entrambe impreparate.
«Ne abbiamo parlato», rispose Shea, tentennando.
«Non avrai cambiato idea?». AJ sembrava in preda al panico.
«No. No!», ripeté lei. «Non potrei mai. È solo che...».
«Be', grazie a Dio». Le baciò la mano e se l'accostò a una guancia. «Perché il dottor Matthews dice che mi dimetteranno tra un paio di giorni. Potrei arrivare all'altare con le stampelle. Percorrerò la navata strisciando, se necessario, ma ci sposeremo. Tra due settimane a partire da domani, giusto? Oggi è venerdì?»
«Sì, e lo desidero tanto, AJ, più di ogni altra cosa al mondo, ma sono successe talmente tante cose».
«Lo so, ma...».
«È solo che... La gente... Gli altri pensano...».
«Non me ne frega niente di quello che pensano», replicò lui.
Ma Lily percepì quanto fosse consapevole del fatto che l'opinione dell'intera città fosse contro di lui. Come aveva detto Clint, le prove andavano a sostegno della colpevolezza di AJ. Paul riteneva che avesse bisogno dell'aiuto di un avvocato. Persino lei aveva vacillato. Solo Shea continuava a dimostrare una fiducia incrollabile, e Lily l'adorava proprio per tale ragione.
«Il nostro futuro insieme... è l'unica cosa a cui ho pensato mentre ero intrappolato nel fortino». La voce del ragazzo era bassa e roca. «Sei la mia vita, piccola».
Lily lanciò un'occhiata a Paul, ma era occupato con il cellulare. Quando alzò lo sguardo, lei gli indicò la porta e si lanciò in una serie di saluti frettolosi. Si incamminò con il marito verso l'ascensore. Lui premette il tasto per scendere.
Gli scoccò uno sguardo carico d'odio.
«Che c'è?»
«Come pensi che si senta sapendo che lo ritieni colpevole?»

«Non posso preoccuparmi dei suoi sentimenti, Lily. Voglio evitare che finisca in prigione. Tu no?».

Lei non rispose.

Paul premette di nuovo il tasto dell'ascensore. «Immagino che verrò con te al ranch», disse.

«Benissimo», replicò lei. «Andrò a prendere qualcosa per cena».

Capitolo 20

Sabato mattina, di buon'ora, Dru era seduta a tavola nell'angolo in cui facevano colazione quando Shea fece capolino dalla porta sul retro e sbirciò dentro. Aveva un'aria esausta, felice, contrita.

«Sei arrabbiata?», domandò.

«Non sono mai stata arrabbiata, Shea», rispose sua madre. «Sono preoccupata e spaventata, ma non arrabbiata».

«Un poliziotto è rimasto fuori dalla stanza di AJ per tutta la notte».

«Chi ti ha riportata a casa?»

«Vanessa. Ieri sera ho telefonato sia a lei che a Leigh per raccontare loro di Erik, affinché sapessero di dover stare in guardia da lui».

«Non hai saputo niente di nuovo?»

«No. Faccio una doccia veloce e torno in ospedale... cioè, se posso prendere in prestito la tua macchina».

«Se puoi aspettare un po', il dipartimento di polizia ti dovrebbe portare un'auto sostitutiva in tarda mattinata».

L'espressione di Shea si annuvolò.

«D'accordo», disse Dru. «La userò io».

«AJ vuole andare fino in fondo con il matrimonio». La ragazza si sedette. «Stamani l'hanno fatto alzare con l'aiuto delle stampelle. È probabile che lunedì lo dimettano».

Dru ne rimase sconcertata. «Ma i funerali... I funerali di Becca e Kate... si terranno la settimana prossima, se non prima. Nessuno vorrà venire al matrimonio».

Shea distolse lo sguardo e si schiarì la gola. «C'è un po' di caffè? Vuoi che ti riempia la tazza?». La prese ed entrò in cucina.

«Magari potremmo posticipare le nozze di un mese o giù di lì, invece che cancellarle». Dru aspettò una replica. Poi, visto che sua figlia non rispondeva, aggiunse: «Non capisco come potremmo celebrare un matrimonio quando Erik è ancora a piede libero. È pericoloso».

«Non credo che ieri sia stato lui a spingerci fuori strada, mamma. Penso che abbia lasciato la città dopo la piccola messinscena al ranch, giovedì». Shea portò il caffè a tavola e tornò a sedersi. «Ieri sera gli investigatori di Dallas sono venuti a interrogare AJ e hanno detto che ogni dipartimento delle forze dell'ordine del Texas si è messo sulle tracce di Erik. Se fosse rimasto nei paraggi, a quest'ora l'avrebbero già trovato».

«Be', magari è semplicemente bravo a nascondersi. Spero che tu non abbassi la guardia».

La ragazza mescolò la crema di latte nel suo caffè. «Non credo che gli investigatori di Dallas sospettino ancora di AJ, ma tu sì, vero?». Alzò gli occhi. «Pensi ancora che sia coinvolto».

«Tesoro, devi valutare le prove da un punto di vista razionale, senza lasciarti coinvolgere emotivamente...»

«E tu devi smetterla di giudicare AJ attraverso il filtro distorto dell'esperienza che hai vissuto con papà. Quanti anni sono passati? Quindici?»

«Ne sono passati dodici», rispose Dru. «È questo che pensi?»

«Nella tua testa, ogni uomo è una pistola pronta a sparare. Non hai mai superato l'accaduto, non hai mai perdonato papà».

«E allora cos'avrei dovuto fare, Shea?». Adesso era stanca, a corto di pazienza e infastidita. «Restare con tuo padre, sperare che non mi avrebbe più minacciata con una pistola? Forse ho sbagliato a lasciarlo, ma avevo una bambina piccola da proteggere e ho preso l'unica decisione che, a mio avviso, avrebbe garantito la tua incolumità e la mia. Aspetta di avere figli tuoi». Si alzò, spinse la sedia sotto il tavolo e appoggiò le mani in equilibrio sullo schienale.

«So che è stato spaventoso, mamma. Hai fatto la cosa giusta portandoci via da lì. Se non l'avessi fatto, forse papà non avrebbe mai ricevuto l'aiuto di cui aveva bisogno».

La donna strinse i denti. Non era l'unica a sforzarsi di trattenere le lacrime.

«Anche lui era spaventato, lo sai, mamma?», mormorò Shea.

Dru non rispose.

«Da allora non ha più minacciato nessuno».

«Da allora non ha più avuto alcuna relazione».

«Perché ama te, mamma, solo te».

Dru prese in considerazione l'idea, l'amore di Rob, ed ebbe la certezza che fosse reale, che le parole di sua figlia fossero vere. Ma non poteva ammetterlo.

Al trillo del campanello, lei e Shea si scambiarono un'occhiata. Nessuno suonava mai alla porta principale, a parte i testimoni di Geova e la polizia. L'ultima volta che qualcuno aveva suonato il campanello era stata la sera in cui Ken Carter e il suo collega si erano presentati a casa loro, dopo la telefonata al 911 per il criptico messaggio ritrovato da Leigh sull'auto. "Mi dispiace ferirti. Sono nei guai e non credo di potermi fermare…". Kate era ancora viva quando Leigh aveva rinvenuto il biglietto, mentre adesso non lo era più. «Vado io», disse alla figlia. «Tu vai a fare una doccia».

Ma Shea non seguì le istruzioni della madre. Era ancora seduta a tavola quando Dru accompagnò Ken Carter in cucina. Lui e la ragazza si salutarono.

«Hai detto di avere novità», lo incitò Dru.

«Abbiamo esaminato il computer di Kate, abbiamo passato al vaglio le mail e cose di questo tipo. Aveva creato un file chiamato "Diario". Una specie di agenda con le sue attività quotidiane. Eri al corrente del fatto che tenesse quel genere di annotazioni?». La domanda di Ken era rivolta a Shea.

«No, ma non mi sorprende», disse la ragazza. «Era sempre impegnata a scribacchiare qualcosa».

«Be', le voci più recenti indicano che volesse chiudere la sua storia con Erik Ayala».

«Davvero? Perché?», chiese Shea.

«Non abbiamo ancora trovato una risposta definitiva, ma nell'ultimo inserimento, di giovedì sera, ha scritto che avrebbe cercato un confronto con lui, magari venerdì, durante la loro escursione. Speravo che tu potessi sapere di cosa si trattasse».

«Non lo so», disse lei. «Ci raccontavano praticamente tutto, o almeno così credevo».

«A eccezione dei messaggi tra lei e Becca. Di quelli non ti aveva detto niente».

«No», confermò lei.

«Sapevi che una sera Erik era uscito con Becca, a marzo? A detta del diario di Kate, lei e il ragazzo avevano litigato perché lui voleva buttare un po' di soldi in un quad».

«Kate mi aveva raccontato della lite e del fatto che lui fosse uscito a fare un giro insieme a Becca, ma non fu niente di serio. Lui le chiese scusa, tornò da lei strisciando, in pratica. I soldi del quad li spese per comprare un braccialetto a Kate. La convinse a tornare con lui. Ma lei era fatta così, era un tipo pragmatico».

«Ti ha mai raccontato di aver visto Erik e Becca litigare nel parcheggio di Starbucks, accanto alla scuola di cucina di Dallas, circa tre settimane fa, prima che si concludesse il semestre?»

«No». Shea lanciò un'occhiata a Dru, ma sua madre dovette limitarsi a scrollare le spalle. «Il diario di Kate spiega per quale motivo stessero litigando?»

«Soldi. Pare che Becca gli avesse chiesto di prestarle qualche centinaio di dollari. Quando Kate chiese a Erik perché non le avesse parlato del prestito, lui dichiarò di aver taciuto perché non voleva che si arrabbiasse con l'amica. Kate, però, sospettava che ci fosse dell'altro. Pensava che Erik la tradisse con Becca, che fossero usciti più di una volta, ovvero l'occasione della quale lei era al corrente. Nel suo diario, quando ha descritto la discussione, Kate ha usato la parola "intimità". Ha scritto che sembravano troppo presi e coinvolti per aver discusso a causa del denaro».

«Perché Katie non mi ha detto niente?». Shea era sconvolta.

«Be', e non è finita qui. Non è stata del tutto sincera a proposito dei messaggi che si erano scambiate, quando ci ha raccontato che era stata Becca a chiederle di organizzare un incontro. In realtà era Kate a volerla vedere. A detta del diario, la ragazza aveva intenzione di affrontarla e discutere la possibilità che lei ed Erik stessero portando avanti una... be', qualcosa».

"Eravamo migliori amiche che avrebbero sposato migliori amici. Era talmente perfetto...". La voce di Kate risuonò nella mente di Dru. *Era* perfetto, non *è* perfetto. Perché quella sera, quando Kate era andata a cercarla in cucina per parlarle dei progetti che aveva con Erik, non si era accorta che avesse usato il passato? Ciò che aveva notato era che la ragazza le era sembrata inquieta e scoraggiata. Ma erano tutte in ansia.

Shea disse: «Se Erik l'avesse tradita, Kate avrebbe rotto il fidanzamento».

«E se avesse rotto con lui, quale pensi che sarebbe stata la reazione di Ayala?», domandò Ken.

«Non avrebbe reagito bene», rispose la ragazza.

Dru ricordò l'euforia del ragazzo quando avevano parlato di Kate nel vialetto di casa, solo pochi giorni prima. «L'avrebbe devastato», disse.

Abbastanza da ucciderla? L'ovvia domanda rimase sospesa nell'aria, inespressa.

«Il punto è questo», proseguì Ken. «Il medico legale sostiene che la gravidanza di Becca fosse intorno alla quinta settimana. Ciò significa che il concepimento è avvenuto ad aprile, più o meno nel periodo in cui Kate ed Erik si erano lasciati».

Shea sembrava sbigottita. «Stai dicendo che il bambino era suo?»

«Non possiamo esserne certi...»

«Kate lo sospettava?». Shea gli parlò sopra. «Se avesse pensato che Erik avesse ucciso Becca per quel motivo, perché avrebbe accettato di incontrarlo? Perché non ne ha parlato con me, con la polizia, con qualcuno?»

«Non aveva prove, proprio come noi. Finché non otterremo i risultati del test del DNA, non sono che speculazioni. Leggendo il diario di Kate, l'ultimo inserimento, abbiamo scoperto che aveva parlato con Erik, gli aveva espresso i propri sospetti. Ha menzionato la matita per le labbra. Evidentemente ricordava benissimo che le avevate comprate insieme, stessa marca, stessa tonalità. L'aveva detto anche a Erik. A giudicare da quanto scritto, era sicura di poterlo spingere a ragionare, di poterlo convincere a consegnarsi alle autorità. Affermava che il ragazzo si sarebbe detto d'accordo, che dopo aver parlato, se lei gli avesse fatto capire che la cosa migliore da fare fosse andare alla polizia, lui l'avrebbe fatto. Non credo che avesse compreso il livello di instabilità mentale con il quale si stava confrontando. Dai suoi appunti, non emerge che l'idea di esporsi a un potenziale pericolo le avesse mai attraversato la mente».

Dru si spostò al fianco della figlia. «Avete qualche idea su dove si trovi Erik?»

«Non ancora. Ci stiamo dando da fare per ottenere un mandato di perquisizione per il suo appartamento, ma voi dovete prestare più attenzione del solito, perché pensiamo che Ayala sia ancora in zona, e il dipartimento di polizia di Dallas si è detto d'accordo. A questo punto, il ragazzo deve essere abbastanza disperato. Riteniamo possibile che tenti di fuggire nell'Oaxaca, dalla madre e dalla famiglia di lei, e stiamo cercando in ogni modo di ottenere informazioni a tal proposito, ma per adesso non abbiamo avuto fortuna. Non siamo neanche riusciti a rintracciare la signora Ayala».

"Quella non è la mia gente... l'Oaxaca non è il mio paese", aveva detto Erik a Dru, e adesso che ci ripensava, le era quasi sembrato offeso. Come se la semplice allusione al fatto che esistesse un collegamento con loro lo avesse riempito di risentimento.

«Dubito che sia andato nell'Oaxaca», disse.

«Avete prosciolto AJ dalle accuse, vero?». Shea si asciugò gli occhi.

«Ricordi il biglietto ritrovato da Leigh? Siamo riusciti a stabilire con certezza che è stato scritto con la matita per le labbra e abbiamo trovato un'impronta digitale, un reperto parziale, sufficiente a escludere AJ, ma non è ancora stato rimosso dall'elenco dei sospettati».

La ragazza tentò di replicare.

Ken sollevò una mano. «La legge funziona così, Shea. Devi solo fare buon viso a cattiva sorte, d'accordo? Lasciaci fare il nostro lavoro e arriveremo al proscioglimento».

«L'impronta sul biglietto potrebbe appartenere a Erik?», domandò Dru.

«Lo stiamo verificando. Le sue impronte dovrebbero essere state schedate quando si era arruolato nell'esercito, ma per il momento non siamo ancora riusciti a recuperarle. Forse perché lo hanno espulso. Non lo so».

«È sempre stato così gentile e premuroso», disse la donna. «Non avrei mai immaginato...».

«È possibile che in lui sia scattato qualcosa», osservò Ken. «A volte capita, in alcuni soggetti. Non posso sottolineare a sufficienza quanto sia pericoloso in questo momento. Dovete restare in guardia. Se avete una pistola e sapete come usarla, tenetela carica e a portata di mano».

«AJ è più in pericolo di noi», disse Shea. «Erik ha già tentato di ucciderlo».

«Abbiamo lasciato un agente con lui, ma speriamo di prendere Ayala al più presto».

Il cellulare della ragazza cominciò a squillare. Lo recuperò dalla borsa. «È AJ», li informò.

Prima di incamminarsi verso la porta, Ken e Dru aspettarono di essere certi che la telefonata non li riguardasse. «Se possibile, io terrei Shea a casa», disse Ken.

«Fidati», replicò Dru. «Non la perderò di vista neanche per un istante».

Avrebbe dovuto sapere che non sarebbe stato possibile. Sua figlia uscì per tornare in ospedale da AJ non appena ebbe finito di fare la doccia e di cambiarsi d'abito.

Capitolo 21

Per cena, di ritorno all'xL, Lily prese una pizza con salsiccia, formaggio e olive nere. Non aveva fame. Immaginava che neanche suo padre o Paul ne avessero, ma avrebbe comunque preparato qualcosa da mangiare. Si aspettava di trovare entrambi in cucina, ma seduto davanti all'isola c'era soltanto suo marito. Aveva il cellulare in mano e stava scrivendo un messaggio, ma, quando la vide, lo spense immediatamente, e la furtività del gesto le fece venire un brutto presentimento.

«Dov'è papà?». Appoggiò la pizza sul ripiano. Il profumino del formaggio e della salsiccia le fece torcere lo stomaco.

«È andato a distendersi un po'», rispose Paul.

«Sta bene?»

«Sì. È soltanto stanco, penso».

Temeva che il problema fosse più grande, forse molto più grande. E se suo padre avesse cominciato a perdere la ragione? Prese in considerazione l'idea di condividere le proprie preoccupazioni con Paul, ma, quando riprese la parola, l'unica cosa che disse fu: «Preparo un'insalata».

«Non disturbarti per me», disse lui.

Lily sostenne il suo sguardo. L'atmosfera che si era creata tra loro era densa di parole che era necessario pronunciare. Ma era esausta, proprio come suo padre. Per quanto fosse più che sollevata al pensiero che AJ fosse al sicuro, era affranta per Erik; il fatto che avesse potuto compiere simili atti di violenza, che avesse ucciso quelle ragazze e ferito AJ, le risultava altrettanto incomprensibile e inaccettabile come se il responsabile fosse stato suo figlio. Non riusciva neanche a pensare a Winona, alle ripercussioni che avrebbe avuto su di lei, all'enorme devastazione che avrebbe causato.

«Dobbiamo parlare», disse Paul.

«Prima voglio andare a vedere come sta papà», replicò Lily. «È andato di sopra?»

«No. È nel suo studio, credo».

Mentre usciva dalla cucina, si sentì addosso gli occhi del marito. Provò il perverso desiderio che se ne andasse. *Sparisci. Puf!*

Aprì la porta dello studio di suo padre e sbirciò dentro. La stanza era in penombra; la luce era traslucida, verdognola, offuscata. Lui stava dormendo, ma il viso era teso, la fronte corrucciata come se fosse afflitto da una terribile costernazione. Le palpebre si contrassero in uno spasmo che a Lily parve allarmante. Notò che stringeva il cellulare con talmente tanta forza da essersi fatto sbiancare le nocche.

Oh, papà...

Abbassò una mano per sfiorargli la fronte, la lasciò sospesa a mezz'aria.

Cosa stava succedendo nel suo cervello? Nella sua mente? In quella testa forte, affidabile e straordinaria?

Prese un plaid leggero dallo schienale del divano e lo coprì, telefono e tutto, prima di lasciarlo riposare e di chiudere delicatamente la porta. In quel momento non poteva riflettere sui problemi del padre, non con Paul in cucina; Paul, il quale le avrebbe detto che in suo padre non c'era nulla che non andasse, che si stava preoccupando per niente.

Quando rientrò in cucina, si era rimesso a scrivere al cellulare. Alzò gli occhi. «Un cliente», disse, neanche glielo avesse chiesto.

Lily recuperò i piatti, i tovaglioli e le posate e li appoggiò sull'isola.

«Ho dato un colpo di telefono a un paio di avvocati penalisti di Dallas».

«AJ non avrà bisogno di un rappresentante legale, Paul».

«Forse dovresti essere tu a parlare con Mackie e Bushnell».

«Cosa significa?».

Paul sostenne il suo sguardo.

«Sospettano ancora di AJ, si tratta di questo? E tu sei d'accordo con loro. Dio, sei incredibile». Lily gli diede le spalle, si voltò di nuovo. «Prima non ti ho forse sentito lanciare un ammonimento a Clint, quando hai detto che avrebbe dovuto temere per il suo posto di lavoro se a AJ fosse successo qualcosa?»

«È vero, e dicevo sul serio. E allora?»

«Pensi sul serio che AJ abbia ucciso quelle ragazze, vero?». Il groppo stretto dalla paura le pulsava in gola e le martellava a ritmo di parata all'altezza delle tempie.

«Non capisco cosa ci sia di male a non lasciare niente al caso. Ha bisogno di un avvocato; gliene troverò uno. E non sarà Edward Dana», aggiunse Paul.

«Ha bisogno di suo padre e della sua fiducia».

«Ma a me non importa se è colpevole o meno. È mio figlio ed è mio dovere proteggerlo, in qualunque caso».

«Quindi, se tu sapessi che ha commesso un omicidio, lo copriresti?»

«Non lo sto coprendo. Sto assumendo un consulente legale. Come ti ho già detto prima, farò tutto il possibile per evitare che finisca in prigione, per evitare che infanghi il suo nome, la sua reputazione e la sua fedina penale, proprio come ho fatto l'ultima volta, e come ho fatto per te tanti anni fa».

«Ma a te non importano il suo nome o la sua reputazione, e neanche la mia, giusto? L'unica cosa che conta è il tuo nome. Il nome degli Isley».

«Come pensi che sarebbero state le nostre esistenze se avessi permesso a te o a AJ di trascinare il nostro buon nome nel fango?»

«Il tuo buon nome».

«D'accordo. Allora mettiamola così. Che razza di stile di vita pensi che avresti condotto in tutti questi anni se fosse diventato di dominio pubblico che eri stata complice di un omicidio? Se si fosse venuto a sapere che eri la ragazza di un delinquente, un tizio che ha derubato un negozio e ha ucciso il commesso, un ragazzino di diciassette anni, perché gli servivano soldi per il paio di stivali da cowboy che desideravi tanto?»

«Di cosa stai parlando?», domandò Lily. «Non avevo la più pallida idea di cosa avrebbe combinato Jesse, e tu lo sai».

«Ah, ma vedi, Lily, invece non lo so affatto. A detta di Jesse, l'idea era stata tua. Volevi quegli stivali. Erano fatti a mano, in pelle di coccodrillo. Ricordi, vero? Un commerciante lungo l'autostrada li aveva messi in saldo. Seicento dollari al paio. Jesse non aveva tutto quel denaro, ma quando è uscito dall'autostrada per fermarsi al negozio di alimentari, gli hai detto che non doveva far altro che estorcere un po' di soldi al commesso, che lui glieli avrebbe consegnati. Jesse mi ha detto che ridevi mentre gli spiegavi il piano».

«Perché stavo scherzando». Il cuore di Lily batteva a un ritmo talmente irregolare da renderle difficile respirare. «Come fai a saperlo?»

«Sono andato a fargli visita prima che lo mandassero in prigione. Volevo sapere come fossero andate realmente le cose quel giorno, non la verità detta in aula. Fu felice di raccontarmi tutto in cambio di, non ricordo, forse un paio di bigliettoni da cento? Soldi per le sigarette, li chiamò».

«E quando ti ha detto che lo avevo incoraggiato, tu gli hai creduto». Non era una domanda. «Pensi davvero che io sia capace di fare una cosa simile».

Lily abbassò lo sguardo, incapace di guardare Paul o di parlare a causa della vergogna, che le stringeva la gola e le lasciava un sapore amaro sulla lingua. Aveva espresso ammirazione per quegli stivali. Quando aveva detto a Jesse di chiedere i soldi al commesso, lo aveva preso in giro. Gli aveva detto che una volta ottenuto il denaro, avrebbero ripreso l'autostrada e sarebbero andati a comprare gli stivali. Era stata una stupida, una ragazzina di diciotto anni, sconsiderata e irresponsabile, una fuggiasca incosciente che pensava di sapere tutto. E un ragazzo era morto a causa sua. Ma non avrebbe mai potuto immaginare che Jesse avrebbe preso alla lettera la sua battuta. Quando era entrato nel negozio, non sapeva che fosse armato e intenzionato a compiere un furto. Era convinta che avesse lasciato la pistola nel sellino della moto, dove la teneva sempre.

«Volevi rovinarti la vita a tutti i costi, Lily. Se non fosse stato Jesse, ti saresti trovata qualche altro perdente. Da questo punto di vista, AJ è come te. Quando si tratta di scegliersi le giuste compagnie, non ha alcun buonsenso».

«Quindi tu saresti il nostro salvatore, non è così?». Lily si scostò i capelli dietro le orecchie.

«L'unica fine che avresti fatto sarebbe stata in prigione. E valeva anche per AJ. Un maschio, quantomeno, può essere spedito lontano da casa per fare il militare. Immagino che tuo padre avrebbe potuto fare lo stesso con te...».

«Oppure avrebbe potuto darmi in moglie a qualcuno. Il militare, o persino il carcere, sarebbero stati una soluzione più semplice. Almeno a quest'ora sarebbe finita».

Paul rise, una risata breve e amara.

«Sei mai stato innamorato di me?». Lily si posò il palmo della mano sul petto. «Non dell'idea che ti eri fatto di me. Non della donna nella quale hai cercato per anni di trasformarmi...».

«Eri bella, Lily, e malgrado le tue innumerevoli ribellioni, eri così innocente. Fragile e vulnerabile».

«Con te è sempre stata una questione di autorità da esercitare, vero?», domandò lei dopo un istante. «Non volevo rendermene conto, ma ci ho fatto l'abitudine; ho lasciato correre. Lo faccio sempre». Stava parlando più tra sé e sé che con suo marito. Voltandosi verso di lui, si appoggiò sopra il ripiano della cucina con le braccia rigide. Ormai si era fatto buio e la finestra sopra il lavello era nera. Non c'era niente da vedere, se non il proprio riflesso spettrale. «Sono stata talmente cieca a dare retta a te, persino a mio padre… Io per prima non so più chi sono».

«Be', penso che tu stia esagerando un tantino», replicò Paul, e Lily lo detestò per il tono paternalistico della sua voce, per la condiscendenza con la quale la trattava.

«Credo che tu debba andare», disse con tono sommesso, voltandogli le spalle.

«Adesso?»

«A Wyatt c'è un motel, se non vuoi tornare a Dallas di notte».

Sfiorò con il gomito i piatti che Lily aveva appoggiato sull'isola della cucina, giocherellò con le forchette. «Volevo aspettare che si sistemassero le cose con AJ, ma forse a questo punto mi toglierò subito dai piedi».

Chissà per quale motivo, lei intuì cosa le avrebbe detto subito dopo, ma non si espresse al posto suo. Non gli avrebbe semplificato le cose.

«Penso che ci dovremmo separare».

«Da come lo dici, sembra quasi che per noi ci sia ancora una possibilità. Pensi che sia così?»

«La verità?».

Paul incrociò il suo sguardo.

Lily aspettò.

«Sto frequentando una persona. Mi sono innamorato di lei. Non avevo previsto che accadesse, ma le questioni di cuore…».

«Ti prego, basta».

Paul chiuse la bocca. Nei suoi occhi affiorò una sorta di

annoiata impazienza. Voleva farla finita con lei, con il loro matrimonio. Le tornò in mente una vecchia battuta di Groucho Marx: "Il matrimonio è un istituto meraviglioso, ma chi vorrebbe vivere in un istituto?". Ma se le cose stavano così, Paul aveva spento le luci e aveva abbandonato l'edificio. Aveva chiuso la porta su ventisette anni di idillio coniugale, senza preavviso. Eppure immaginava che i campanelli d'allarme ci fossero stati; aveva preferito ignorarli.

«Chi è?». Non sapeva perché glielo avesse chiesto.

«Pilar Dix, se proprio ti interessa saperlo».

«La moglie di Jerry?»

«Ex moglie. Hanno divorziato l'anno scorso».

«E a lui non dà fastidio?»

«No».

«Pilar non ha appena avuto due gemelli?»

«Tre anni fa. Non sono figli miei, se te lo stai chiedendo». Rabbrividì appena.

Lily si domandò se pensasse realmente di potercela fare, di poter fare da padre a due bambini piccoli. Avrebbe assunto una tata, poco ma sicuro.

Paul si alzò e ripescò le chiavi dalla tasca. «Ti chiamo», disse.

Lei annuì.

Non si salutarono.

Non pensava di riuscire a dormire, invece si addormentò, superando la soglia dello stato cosciente e cadendo in un abisso talmente profondo che, quando sentì squillare il telefono, l'apparecchio in corridoio, ebbe la sensazione che stesse suonando da ore e ore. Svegliarsi, fare leva sulle braccia per poi mettersi seduta, le costò un grande sforzo.

Si passò le mani tra i capelli arruffati dal sonno e notò il bagliore dei numeri rossi, le 6:25, dell'orologio digitale sul comodino. Si sentiva assonnata e intontita. Quando si alzò, malferma sulle gambe, vacillò un po' e appoggiò una mano sulla toeletta con lo specchio per ritrovare l'equilibrio.

Sentì i movimenti di suo padre in prossimità delle scale.

«Rispondo io, papà», gli disse.

Lui accese la luce in corridoio, e i loro sguardi si incrociarono. Sbatterono le palpebre. Negli occhi di lui, Lily vide il riflesso della propria preoccupazione.

Sollevò la pesante cornetta. «Pronto?»

«Lily! Oh, Lily, grazie a Dio!».

«Winona?»

«Sì, sì. Puoi venire? C'è Erik. È qui».

«Dove sei?»

«A casa. Sono arrivata un paio di ore fa. Non mi aspettavo di trovarlo qui. Quando sono entrata, mi ha spaventata. Se ne stava seduto sul divano, al buio. Erik... Lily, Erik ha una pistola. Ha detto di aver fatto del male a AJ. È vero?»

«Oddio, Win! Devi stare lontana da lui. Dove sei adesso? Lui dov'è? Hai chiamato la polizia?»

«No. Io sono in bagno. Lui è ancora in salotto, credo. Mi ha detto... mi ha detto che le ragazze, Becca e Kate, le amiche di Shea e di AJ... Erik dice che sono morte, che lui... lui...». La voce di Winona si spezzò, riducendosi a una serie di flebili uggiolii disperati.

«Win? Oh, Win...». Lily cercò di non lasciarsi prendere dal panico. «Aspetta lì, d'accordo? Sto arrivando. Chiamo la polizia. Basta che tu stia lontana da lui, d'accordo? Non è... non è in sé, non ragiona lucidamente».

«Lo so. Dice cose assurde, che mi sparerà. Che si toglierà la vita. Cos'ha che non va? Tu lo sai? L'ultima volta che ci siamo sentiti, ieri, stava bene. Penso che fosse ieri...»

«Cosa sta succedendo? È Erik? È lì con lei?».

Lily lanciò un'occhiata a suo padre. «Sì. Ha una pistola. Dice che ucciderà entrambi».

«Dille che sarò da lei in cinque minuti».

«Serve la polizia».
«Chiamala, ma io vado adesso. Quando impazzisce un cane, non si aspetta l'arrivo della polizia». Scomparve giù per le scale.
«Lily? È vero? Tutte le cose terribili che Erik sta dicendo sono vere? Non ha mai fatto del male a nessuno in vita sua. Voglio che qualcuno mi svegli, che mi dica… Oh, no…». La protesta di Win si tramutò in uno strillo acuto.
«Win?». Con il cuore che le martellava selvaggiamente nel petto, Lily la chiamò per nome. Udì uno schianto, come se si fosse spezzato del legno. Poi sentì alcune grida furiose e riconobbe la voce di Erik. Udì un rumore metallico, come se il telefono di Winona fosse caduto sulle piastrelle del bagno, dopodiché… non sentì più niente.
Niente.
«Winona?».
Lily strinse i denti, rimase in attesa.
Niente.
Lasciando cadere la cornetta sulla forcella, urlò: «Papà? Papà, aspetta, vengo con te». Andò in camera da letto, infilò gli stivali e prese il cellulare. Compose il 911 mentre scendeva di corsa le scale. In cucina non c'era nessuno. Schizzò fuori dalla porta sul retro proprio nel momento in cui suo padre stava facendo girare la jeep attorno al fienile, diretto verso il vecchio sentiero.
Urlò, gli corse dietro, agitò le braccia. Era prossima a darsi per vinta quando l'auto si fermò. Raggiunta la jeep, spalancò la portiera e si gettò di peso sul sedile.
«Vai!», disse. «Svelto».
Quando la centralinista del 911 glielo chiese, Lily le fornì l'indirizzo di Winona e un rapido resoconto dell'accaduto. Ma non si rivelò necessario. Alla menzione di Erik Ayala, la donna dichiarò che la polizia lo stava cercando.
L'operatrice la tenne in attesa per parecchi istanti, e quando

riprese la linea, fu per avvisarla che le pattuglie erano per strada. «Quanto siete distanti dalla città?», domandò.

«Siamo a una trentina di minuti di viaggio, come minimo», rispose Lily.

«In trenta minuti può succedere un'infinità di casini», disse suo padre.

Lily lo guardò, poi osservò la doppietta incastrata tra i due sedili.

Capitolo 22

La casa di Winona sembrava deserta. La veranda era immersa nell'ombra, le finestre buie. Al di là dello scricchiolio lento e ritmato delle ruote della jeep sulla ghiaia di caliche, non si avvertiva alcun rumore. Neanche gli uccellini erano svegli.

«Papà, aspettiamo la polizia», disse Lily.

«Non tenterà gesti avventati in mia presenza». Suo padre si fermò sulla strada a una quindicina di metri dalla veranda. «In caso contrario, ho il fucile».

«Ma là dentro c'è Winona».

«Resta in macchina, stella». Le diede l'ordine mentre stava scendendo dall'auto e, quando vide che non aveva alcuna intenzione di ubbidire, aggiunse: «Non dovevo permetterti di venire».

Lei sostenne il suo sguardo. «Winona ha detto che l'avrebbe uccisa, papà, e che poi si sarebbe tolto la vita».

«Non farà del male a un accidente di nessuno finché avrò voce in capitolo».

La porta principale si aprì all'improvviso, facendo trasalire Lily. Suo padre sollevò la doppietta.

Erik uscì sulla veranda. I vestiti, sporchi e sgualciti, erano gli stessi che aveva indossato giovedì, quando aveva preparato il pranzo nella cucina dell'xL. «AJ è mio fratello», aveva detto in quell'occasione, «tu per me sei stata come una madre», le aveva confidato. Per assurdo, era uscito a piedi scalzi e, per un attimo, l'attenzione di Lily fu catalizzata da quel particolare, dai suoi piedi. Poi, però, il giovane disse: «Mi stavo chiedendo quando saresti arrivato, vecchio mio», e lei sollevò lo sguardo, imbattendosi dapprima nella pistola che impugnava in una mano – riconobbe la calibro 45 di suo figlio – prima di risalire fino al viso del ragazzo. Teneva gli occhi fissi su suo padre. Si chiese se fosse consapevole della sua presenza.

«Metti giù la pistola, Erik», disse Jeb.

Lily sentì il rumore degli pneumatici sulla strada sterrata e pregò che fossero le volanti della polizia, ma quando si lanciò un'occhiata oltre la spalla, vide un SUV rosso sbiadito che imboccava la curva ad alta velocità, con la polvere che si sollevava nella prima luce dell'alba.

Dru? Invece no, alla guida c'era Shea, e poi scorse AJ seduto dal lato del passeggero.

«Cosa ci fate qui?», domandò non appena suo figlio riuscì a scendere dall'auto. «Dovresti essere a letto. Sei bianco come un cencio».

«Tornate in ospedale».

«No, nonno». AJ si aggrappò al bordo superiore della portiera del SUV per sorreggersi.

«Ha insistito affinché lo portassi qui». Shea recuperò le stampelle adagiate sul sedile posteriore. «Altrimenti avrebbe rubato un'ambulanza o combinato chissà cosa».

«Ma come avete fatto a…?». Lo sguardo incerto di Lily oscillò tra Shea e suo figlio. Lui indossava una divisa da infermiere. La gamba destra del pantalone era stata tagliata alla meno peggio all'altezza della coscia per lasciare spazio alla fasciatura contenitiva.

AJ indicò Erik con un'alzata di mento. «Ha chiamato Shea e le ha detto che avrei dovuto sapere alcune cose prima che si togliesse la vita».

Lily si avvicinò di qualche passo, come se volesse costringerlo a risalire in macchina. «Stai sanguinando».

Lui abbassò lo sguardo sulla macchia rossa che gli si era formata al centro della coscia. «Sto bene».

«Scommetto che fa un male cane», disse Erik.

«Erik, metti giù la pistola e parliamone». La voce del padre di Lily era calma. Era il tono di voce che usava con i capi di bestiame, quando si spaventavano e correvano il rischio di perdere la testa.

«Col cavolo, vecchio. Io e mamma abbiamo finito di ascoltarti, abbiamo finito di mantenere i tuoi segreti. Tanto non erano altro che menzogne e cazzate, non è così, vecchio stronzo?».

Lily fissò Erik, non riusciva a credere che quell'uomo feroce e sboccato fosse lo stesso ragazzo che conosceva fin dai tempi dell'infanzia. Sembrava una trasformazione impossibile; le fece girare la testa.

Winona fece capolino dalla porta aperta, e Lily vide il proprio shock riflesso negli occhi della donna. Ma c'era anche un altro elemento che si stava facendo strada sui lineamenti del viso. Era rimorso? Dispiacere? *Di cosa sta parlando suo figlio?* Aprì la bocca per chiederglielo, ma l'attenzione di Winona si era spostata altrove, ora stava osservando suo padre. Si era fermato a pochi passi da lei, alla sua destra, leggermente più vicino alla veranda. Per quanto imbracciasse il fucile con una certa noncuranza, lei sapeva che sarebbe riuscito a caricarlo in meno di un secondo, in meno di un battito di ciglia. Era un tiratore provetto.

AJ si avvicinò alle spalle di Lily, e madre e figlio si scambiarono uno sguardo. Il cuore martellava con talmente tanta forza che si domandò se anche lui riuscisse a sentirlo.

«Non possiamo parlare finché non metti giù quella pistola», disse Jeb a Erik.

«Io posso parlare tranquillamente». Il ragazzo puntò la calibro 45 contro AJ. «Pensi di essere un grande eroe del cazzo. Chi è l'eroe adesso, eh?»

«Perché non ci dici cosa hai in mente e la fai finita, Erik? Qua siamo tutti amici». AJ gli tenne testa, e Lily rimase meravigliata dal fatto che ne fosse capace.

«Ah! Siamo molto più che amici, *vato*».

«Cosa significa?», domandò AJ.

Winona varcò la soglia e uscì sulla veranda. «Erik, no...».

«È finita, *mamita*. È finita per entrambi. Non capisci? Non vedremo neanche uno schifoso centesimo. Jeb ti ha mentito».

Stava parlando di un'eredità? Lily immaginava, anche se in realtà non lo sapeva con certezza, che Erik fosse stato incluso nel testamento di suo padre, al pari di Winona. Suo papà non li avrebbe mai tagliati fuori. Erano una famiglia.

Una famiglia...

Quella parola le riecheggiò nella mente. Il suo peso, il suo possibile significato, le si posarono in fondo allo stomaco come un macigno. Si sentì gelare, all'improvviso si sentì davvero gelare. «Papà?». Gli scoccò un'occhiata in tralice.

Ma lui non l'avrebbe guardata. Il mento era abbassato quasi fino a sfiorare il petto; gli occhi erano chiusi. Appariva stremato, esausto; anziano e fragile. Lily non aveva mai pensato che fosse una persona fragile. Neanche il giorno prima, quando era caduto.

«A che razza di gioco stai giocando, Erik?». AJ saltellò in avanti con le sue stampelle. «Hai ucciso Becca e poi Kate. Mi hai sparato. Hai alterato le prove, hai cercato di incastrarmi...».

«Quella è stata la parte facile. Il fatto che ti avessero già arrestato mi ha agevolato. Hai visto come ha abboccato la polizia... come hanno abboccato tutti».

«Eravamo amici, Erik. Nonno è sempre stato buono con te e tua madre. Ti ha dato tutto. Ha costruito questa casa...».

«Vuoi sapere perché? Senso di colpa».

Winona afferrò il braccio del figlio. «No, *hijo*. Non così. Non così».

Si aggrappò a lui nel disperato tentativo di metterlo a tacere.

Se la scrollò di dosso. «Senso di colpa», ripeté.

«È pazzo», mormorò AJ, come se si stesse rivolgendo soltanto a sua madre.

Lei lanciò un'occhiata a Shea, che lo affiancava dal lato opposto e sembrava sconvolta. Lo erano tutti. Dov'era finita la polizia?

«Winona, puoi spiegarci cosa sta dicendo?». Lily fece appello alla mamma di Erik.

Ma la donna si limitò a scrollare la testa e a crollare in ginocchio, come se non avesse più le forze necessarie per reggersi in piedi. La treccia si era sciolta e la punta dei capelli fu trascinata nella polvere sul pavimento della veranda. Chissà perché, quell'immagine fece riaffiorare il ricordo di una mattina di tanto tempo prima. Lily doveva aver avuto quindici o sedici anni. Era entrata nel bagno di suo padre, il bagno che un tempo aveva condiviso con sua mamma, e aveva trovato un accappatoio – l'accappatoio di Winona – appeso a un gancio dietro la porta. Sapeva che era suo, perché spesso era rimasta a dormire a casa della donna.

Quando era arrabbiata con suo padre.

Quando sentiva il bisogno di un tocco materno, di un'amica con la quale parlare. Di un'altra donna.

Win aveva incarnato tutte quelle figure.

Ora, fissandola negli occhi, Lily fu colta da un'illuminazione e Winona, accorgendosene, distolse di colpo lo sguardo.

Lily guardò suo padre. «Erik è tuo figlio?», domandò. «Tuo e di Winona?»

«Ci sei arrivata, Lily». Il ragazzo si era infervorato. «Ecco la maledetta risposta alla domanda da un milione di dollari su chi cazzo io sia in realtà; il tuo fratellastro e lo zio di AJ». Rise, ma fu una risata aspra, spezzata. «È assurdo, eh? Ma è vero; ci sono i documenti».

«L'hai scoperto di recente?». Si rivolse a Erik come se credesse a ciò che le stava dicendo. Come se la discussione, la situazione, fossero razionali e comprensibili, quando in realtà, in fondo all'anima, stava vacillando.

«Lo so da una vita, in pratica, ma *mamita* diceva che non potevamo confidarlo a nessuno. Diceva che se si fosse sparsa la voce, la bella vita che conducevamo qui sarebbe finita e saremmo stati costretti a tornare nell'Oaxaca dalla sua famiglia. Non ci sarei tornato neanche morto, quindi ho mantenuto il segreto. Faceva parte dell'accordo».

«Pensavamo che fosse la cosa migliore per lui, per tutti». Il papà di Lily riprese la parola dopo un lungo silenzio.

Lei lo fissò, ammutolita.

Anche AJ sembrava incapace di replicare.

«Stronzate! Tu non mi hai mai voluto».

«Erik». La protesta di Winona era velata di sofferenza.

Le si rivoltò contro.

«Tu magari potrai anche stargli a cuore, ma io sono stato trattato come una merda per tutta la mia vita». Il ragazzo osservò ciascun presente. «Come si fa ad avere un figlio, vederlo crescere sotto il proprio naso e non riconoscerne mai la paternità? Non chiamarlo mai figlio? Lui è mio padre», gli si incrinò la voce, «ma non ho mai potuto chiamarlo papà. Sapete cosa si provi?»

«Di quale accordo stavi parlando?», chiese AJ.

«Magari potremmo entrare in casa…».

«No, nonno. Lascia che Erik ci dica qual è il suo problema».

«Lo vuoi sapere, *vato*? Mi ha escluso dal testamento. Ecco qual è il mio problema. Anni e anni passati a mantenere il segreto, a tenere la bocca chiusa sulla mia identità, immaginando che ne sarebbe valsa la pena. Avrei ottenuto una parte della proprietà, che si aggira intorno a un quarto di milione. Questo era l'accordo, la promessa che aveva fatto a mamma. Se non mi fossi mai lasciato sfuggire che ero un Axel tanto quanto te o Lily, mi avrebbe tenuto in considerazione per la mia parte di patrimonio. Non è forse così, vecchio?»

«Tu non volevi una parte del ranch, Erik. Ti avevo chiesto di venire a darmi una mano come caposquadra, ma tu hai respinto l'offerta senza mezzi termini. Tre volte. Non mi hai lasciato scelta. Non lascerò l'xL a una persona alla quale non gliene frega un cazzo».

«Non mi pare che AJ abbia accettato il lavoro da caposquadra, eppure non l'hai tagliato fuori dal testamento, no?». Erik si voltò a guardare il ragazzo. «Sai quanto sia stata dura per me, eh? Ascoltarti mentre lo chiamavi nonno, vedere con quanto rispetto ti trattasse, come se per lui significassi qualcosa. Come se non fossi al pari della polvere sotto il tacco del suo stivale?»

«Cristo, Erik», esordì AJ, «io non ne sapevo niente».

«Non sei mai stato un cazzo per me». La voce dell'altro divenne più acuta, infrangendosi come tante schegge di vetro. «Eri una scocciatura. Un moccioso al quale dovevo prestare attenzione. L'ennesima responsabilità del cazzo che Jeb mi aveva fatto gravare sulle spalle».

Lily si avvicinò a suo figlio, come se volesse fargli scudo dalle sferzate verbali di Erik. Avrebbe voluto parlare, allentare la tensione, ma era come se avesse la lingua incollata al palato.

«E così ci siamo arruolati nei marines, giusto?». Acquietandosi, Erik si asciugò gli occhi e si passò una mano sotto il naso. «Io sono stato cacciato via, mentre tu sei tornato a casa da eroe, perciò ho dovuto affrontare da capo le solite stronzate: perché tu sei migliore, più forte, più sveglio. Sono stanco. Sono stanco di starti sempre dieci passi dietro come uno stramaledetto lacchè».

«Ma perché hai ucciso Becca e Kate?». Anche AJ alzò la voce. «Per nuocere a me o cosa?»

«Ti sarai accorto che Becca era innamorata di te, no? Cioè, era pazza di te, era ossessionata».

«Ne dubito, Erik», rispose AJ. «Siamo usciti insieme, ma non c'è mai stato niente di serio. E comunque, cosa c'entra con...».

«Era incinta, *vato*. Mi disse che avrebbe voluto che fosse figlio tuo. E invece no, cazzo, con la solita fortuna di merda che mi ritrovo, il bambino era mio, e lei non faceva altro che ripetere che dovevo "fare la cosa giusta"».

«Voleva che tu la sposassi, non è così?», domandò AJ. «E allora? Ti sei incazzato?»

«Avrebbe detto a Kate del bambino. Non potevo permetterlo. Kate era la cosa migliore che mi fosse mai capitata, e quando ho visto come mi aveva inculato Jeb, lei era l'unica cosa che mi fosse rimasta, l'unica cosa bella. Ho detto a Becca che avrei pagato per l'aborto. Cazzo, le ho dato i soldi il mese scorso».

«Non era un semplice prestito», mormorò Shea.

Erik la guardò.

«Kate teneva un diario. Ha scritto che quando ti ha visto litigare con Becca, ha capito che il problema non era soltanto il prestito».

«Pensava che la tradissi con Becca. Riuscite a crederci? Ha rotto con me, lo sapete? Quando le ho detto che avevo sbagliato soltanto una volta, lei non mi ha creduto. Non voleva lasciar correre. Giovedì scorso ha scritto un messaggio a Becca e le ha detto che dovevano vedersi. Becca si è spaventata e ha chiamato me, lanciandomi ogni genere di minaccia. Le ho chiesto di poterci vedere a casa di AJ. Sapevo che lui sarebbe stato al lavoro e credevo di avere tempo a sufficienza per farla ragionare. Ma no, cazzo. Non appena ho pronunciato la parola "aborto", ha cominciato subito a dare di matto e mi ha chiamato assassino. Le ho detto: "Ora te lo faccio vedere io un assassino, stronza". Quando l'ho afferrata per il collo, stavo soltanto scherzando. Volevo solo farle capire che dicevo sul serio, che non volevo il bambino.

Dopo un minuto, ho provato ad allentare la pressione, ma urlava come una cazzo di iena. Temevo che i vicini la sentissero». Erik cominciò a muoversi verso Winona, un tragitto brevissimo.

«Dammi la pistola, *hijo*», disse lei, allungando una mano. Lui la ignorò e risalì i gradini della veranda.

Lily vide suo padre che appoggiava il calcio del fucile contro la spalla. "No", pensò. Lui abbassò l'arma, come se l'avesse sentita. O magari non aveva il coraggio di sparare a Erik. "Quando si tratta di sparare a qualcuno, a un altro essere umano, si rischia di perdere la calma". Gliel'aveva detto venerdì, in ospedale, nemmeno quarantotto ore prima, riferendosi a AJ, ed era ironico, visto che non sapeva né poteva neanche sospettare che l'uomo armato al quale era mancato il sangue freddo fosse Erik. Ora suo padre si trovava nella stessa posizione e puntava l'arma contro una persona alla quale dichiarava di volere bene. Suo figlio.

Suo figlio. Tale rivelazione aveva la stessa saldezza di un palloncino al vento.

«Continuava a dibattersi». Erik risalì i gradini camminando all'indietro. «Volevo soltanto che si sottoponesse a quel maledetto aborto e tenesse la bocca chiusa. Sono stanco morto della gente che mi mette i bastoni tra le ruote, sapete?». Li osservò con trepidazione, in attesa di vederli concordare con lui, come se ciascuno di loro dovesse ammettere che al suo posto avrebbe avuto la stessa reazione, lucida e giustificata.

Ignorando il battito sordo del proprio cuore, Lily drizzò le orecchie in cerca del suono di una sirena, pregò di sentirla, ma non si udiva niente, neanche in lontananza. Forse i poliziotti non l'avrebbero accesa, pensò. Magari erano già arrivati, tra gli alberi, e sarebbero usciti allo scoperto da un momento all'altro, con le pistole sguainate.

«Alla fine, Becca ha smesso di divincolarsi», proseguì Erik. «Devo ammettere che è stato un sollievo. Poi, però, mi sono spaventato. Cioè, e se si fosse ripresa? Ho visto il tuo coltello sul lavello della cucina», si rivolse a AJ. «L'avevi lasciato fuori». Fece spallucce. «Dovevo essere sicuro».

«E Kate invece?». Shea fece un passo avanti. «Hai appena detto che era la cosa migliore che ti fosse mai capitata, eppure l'hai uccisa. Perché, Erik?».

La sua espressione si addolcì; incurvò le spalle. «Tu e Katie... Voi ragazze eravate così carine, cazzo, lo sai? Così dolci e divertenti». Sorrise, ma i suoi occhi erano pozzi neri di rimpianto, orribili e senza fondo. Osservò AJ. «Ricordi come ci aspettavamo che andasse, *vato*, noi quattro? Saremmo stati vicini di casa, avremmo cresciuto insieme i nostri figli? Ricordi quanto ne parlavano? Kate e Shea? "Migliori amiche che avrebbero sposato migliori amici", ecco cosa dicevano. Le nostre ragazze ridarelle. Ricordi che le chiamavamo così?»

«Ricordo ogni cosa, fratello mio», disse AJ con voce roca, sofferente.

Erik si rivolse a Shea. «Giovedì sera, quando ho lasciato il biglietto sull'auto di Leigh...».

«Quello che volevi dare a intendere fosse stato scritto da AJ?». Un impeto di rabbia la fece accalorare.

«Kate mi ha telefonato dopo aver lasciato casa tua. Aveva intuito... Be', non era sicura che fossi stato io a uccidere Becca, ma sapevo che non ci sarebbe voluto molto prima che lei... prima che ciascuno di voi capisse che non era stato AJ». Erik si passò una mano sopra la testa. «Dio, ero spaventato. A quel punto avevo capito che ero fregato, che era finita. Kate avrebbe rotto il fidanzamento. Perdere lei, il nostro futuro insieme... è stata la cazzo di ciliegina su questa torta di merda che è la mia vita».

Fece una pausa carica di tensione, di fragilità.

Fu lui stesso a riempire il silenzio. «L'ho convinta ad andare a fare quell'ultima escursione, a concedermi la possibilità di parlarne di persona. Le ho detto che avrei potuto spiegarle tutto, e che se dopo avesse pensato che mi sarei dovuto consegnare alla polizia, l'avrei fatto. Ha voluto fare un tentativo. Sapete com'era fatta».

«La storia che hai raccontato, il fatto che Kate si fosse confusa a proposito del punto di ritrovo, te la sei inventata, vero?», domandò Shea.

«Già, è venuto fuori un casino. Non pensavo proprio che l'avrebbero ritrovata tanto in fretta. Ma ho commesso così tanti errori. Come portare AJ al fortino. Avrei dovuto immaginare che sarebbe stato il primo posto nel quale il vecchio sarebbe andato a cercarlo». Erik indicò AJ. «Avrei dovuto ucciderti subito, *vato*, ma non ci sono riuscito, sai?»

«Katie invece sei riuscito ad ammazzarla, no?». Shea era angosciata, furibonda.

«Non potevo permettere che andasse alla polizia. E sono una merda per questo. Lo so». Si puntò la calibro 45 alla testa.

«No, *hijo*!» Winona si rialzò, incespicando. «Dalla a me, *por favor, te lo suplico*».

«Non farlo, Erik».

Lily lanciò un'occhiata a suo padre, il quale mosse un passo in avanti, poi un altro, sul terreno accidentato.

«Non so cosa abbia scatenato tutto», disse, «ma adesso è finita. Dai la pistola a tua madre».

Winona disse: «Hai lasciato il testamento sulla scrivania, e lui l'ha visto, Jeb. Ecco cos'ha scatenato tutto, quando ha capito che eri venuto meno alla tua promessa…».

«No. Non farei mai una cosa simile».

«Non volevo crederci nemmeno io, ma Erik non mi avrebbe mai mentito. Volevi fare in modo che lo vedesse, vero? Non riuscivi ad ammettere di averci mentito per tutti questi anni, non riuscivi a dircelo in faccia, né a lui né a me, giusto? Per te non vale niente, non è così? Tuo figlio…».

«Mio padre, e suo padre prima di lui, hanno versato sudore e sangue su questa terra. Hanno creato il marchio dell'xL e l'hanno fatto diventare importante. Io ho portato avanti la tradizione, ho sgobbato come un mulo, perché è così che si fa. Erik, invece, non sa cosa significhi il duro lavoro. Non vuole sporcarsi le mani. Preferisce vendere macchine».

«Da come mi hai parlato di loro, tuo padre e tuo nonno non avrebbero mai infranto una promessa. Non avrebbero mai spezzato il cuore di un altro uomo, il suo spirito. Tu invece sì, Jeb Axel. Qui, quest'oggi...». Il movimento del braccio di Winona abbracciò ogni presente. «Tutto ciò che Erik ha fatto. Sei stato tu a spingerlo ad agire in questo modo. Come hai potuto?».

Lily, ciascuno di loro, aspettò che suo padre replicasse, ma si udì soltanto il rumore del vento che faceva frusciare gli alberi come una mano scostante.

AJ disse: «Erik, dai la pistola a tua madre. Oppure dalla a me». Saltellò in avanti con le sue stampelle.

Erik scostò la calibro 45 dalla propria testa e la puntò contro di lui.

Lily sentì suo padre gridare: «No, maledizione!».

Si accorse del movimento di Shea che girava attorno a suo figlio, come se volesse fargli da scudo. Per Lily fu istintivo allungare le braccia per sorreggerlo e, così facendo, si ritrovò a cingere entrambi, sia lui che Shea, con la schiena rivolta verso Erik, un bersaglio.

Poi ci fu uno spaventoso attimo di stallo.

L'atroce secondo si trascinò all'infinito, e lei attese il rumore del proiettile che avrebbe lacerato l'aria, che le avrebbe spezzato la spina dorsale. E una preghiera le attraversò la mente, sperò che non la trapassasse e colpisse anche AJ o la ragazza. Se Dru avesse perso Shea, la figlia per la quale avrebbe indubbiamente sacrificato la vita, ne sarebbe rimasta devastata. Anche Winona avrebbe dato la vita per Erik, a prescindere dalle sue azioni mostruose. In quanto madri, condividevano quel sentimento, la devozione assoluta verso i loro figli. A prescindere dall'età, sarebbero sempre stati i loro bambini. Lo sarebbero sempre stati, a prescindere dagli errori o dagli orrori commessi. Lily pregò per Winona, perché anche se avesse dato la vita per suo figlio, non lo avrebbe mai salvato da ciò che aveva fatto.

«Lascia la pistola, Erik!».

Era suo padre a urlare.

AJ si liberò dalla stretta della madre, caracollò, per poco non cadde.

E poi risuonò lo sparo. Alla fine. Schiantò l'aria, seguito dal grido di AJ: «Nonno!».

Voltandosi, Lily vide suo padre accasciato accanto alla veranda, Erik carponi, che boccheggiava per prendere aria. Winona torreggiava sopra di loro e stringeva la calibro 45 con mani tremanti. AJ riuscì a raggiungere per primo la veranda e, sfilando l'arma dalle mani di Winona, ordinò a Erik di sedersi contro la parete.

Lily e Shea salirono di corsa i gradini del portico. La ragazza raggiunse il fidanzato, mentre Lily si inginocchiò accanto a suo padre. Lo fece voltare sulla schiena.

«Sto bene», disse. «Sono solo a corto di fiato». Si rialzò.

«Erik non ti ha sparato?»

«No, non ci è riuscito. All'ultimo minuto, ha sparato in aria. L'ho placcato, e Win gli ha tolto la pistola».

«Grazie a Dio». Lily si sedette sui talloni e, udendo il suono delle sirene in lontananza, si sentì assalire da un'ondata di feroce sollievo. Si lanciò un'occhiata oltre la spalla e vide Winona che piangeva sommessamente, poi osservò Erik. Non diede cenno di essersi accorto della sua attenzione. I suoi occhi erano vitrei, paurosamente privi di espressività.

Ricordò un episodio di tanti anni prima, durante una visita estiva, quando si era preso un'infezione alla gola. Anche allora i suoi occhi erano apparsi privi di vita, annebbiati dalla febbre che, toccando il picco, era salita a 40. Lo aveva imboccato con un cucchiaio, facendogli succhiare alcuni pezzetti di ghiaccio. Lei, Win e suo padre si erano dati il cambio per dormire su una poltrona accanto al letto del ragazzo. Alla fine, quando la febbre era scesa, avevano capito che le sue condizioni stavano migliorando perché era riuscito a esprimere una richiesta gracchiante, voleva un gelato. Il papà di Lily era andato a comprarlo in città e, senza bisogno di chiederlo, aveva preso il suo gusto preferito. Aveva preso anche i ghiaccioli all'uva e i budini al cioccolato. E quando anche a AJ era salita la febbre, poche ore dopo che Erik aveva cominciato a riprendersi, avevano ricominciato da capo. Quando entrambi i ragazzi erano guariti, aveva piovuto per giorni e giorni. Si erano dedicati ai puzzle e avevano giocato un'infinità di partite a Risiko sulla veranda, e Jeb aveva lasciato che AJ ed Erik vincessero a turno.

Se avesse chiuso gli occhi, avrebbe sentito l'eco delle loro risate gioiose e spensierate, avrebbe rivisto i loro capelli scompigliati dal vento umido. Non li chiuse.

Aiutò suo padre a rialzarsi, e i due si scambiarono uno sguardo, con il quale riconobbe l'enormità dei segreti che non aveva condiviso né con lei né con AJ. Avrebbe anche dovuto ammettere il tradimento nei confronti del nipote, di Erik e di Winona; avrebbe dovuto offrire qualche spiegazione, a prescindere da quanto gli costasse farlo. Quando spostò lo sguardo su Winona, lei lo imitò. Gli occhi della donna erano angosciati; per Lily fu come ricevere una pugnalata al cuore.

Negli occhi di suo padre, invece, vide l'amore per quella donna. Vide quanto avrebbe desiderato raggiungerla, offrirle consolazione, e l'avrebbe fatto, ma il linguaggio del corpo di Winona, le spalle squadrate, la schiena rigida, gli intimavano di tenersi a distanza. Forse a quel punto avrebbero dovuto dirsi qualcosa. Nei primi momenti successivi all'orrendo episodio appena vissuto avrebbero forse dovuto rivelare qualche spiacevole verità. Erano tutti vulnerabili, in balìa di un vortice di emozioni volatili, ma la polizia di Wyatt arrivò proprio in quell'istante, due volanti, cinque agenti, quasi l'intera squadra al completo; da quel momento in poi, tutte le parole pronunciate furono destinate a loro.

Capitolo 23

Lily era seduta nella sala degli interrogatori e stava fornendo al sergente Ken Carter un resoconto degli eventi che avevano avuto luogo in mattinata, a partire dalla telefonata di Winona, ricevuta prima che albeggiasse. In mezzo al tavolo graffiato c'era un registratore portatile, e Lily si rivolse all'oggetto, riassumendo a bassa voce i dettagli che rammentava. Dato che continuava a tremare, Ken le portò una coperta sottile, e lei se l'avvolse attorno alle spalle. Le spiegò che i tremori erano un effetto dovuto sia al calo dell'adrenalina all'interno del suo organismo che all'aria condizionata.

Tornando ad accomodarsi, sfogliò i propri appunti e le lesse cosa avevano trovato perquisendo l'appartamento di Erik, più o meno allo stesso orario in cui Winona aveva composto il numero di telefono del ranch. Tra i vari effetti personali, c'erano alcuni vestiti insanguinati e una lettera scritta dal ragazzo, indirizzata "A chi di competenza", nella quale divagava sulle presunte ingiustizie che riteneva di aver subìto fin dalla nascita.

Ken disse: «Abbiamo trovato una matita per le labbra che sembra essere dello stesso colore di quella usata per scrivere i biglietti, sia quello trovato da Leigh sotto il tergicristallo della sua auto che quello rinvenuto con Becca. È possibile che appartenesse alla vittima, o che fosse quella di Shea o di Kate. La manderemo in laboratorio per vedere se combaciano. Abbiamo anche parlato con un vicino di casa di AJ, il quale ha detto che la sera dell'omicidio di Becca, Erik ha chiesto di poter prendere in prestito il suo motorino. Glielo ha visto caricare sul cassone di un pick-up».

«Ecco com'è tornato in città dopo aver dato fuoco al pick-up di AJ. Aveva un motorino», disse Lily.

«Deve aver pianificato ogni singolo dettaglio. Magari gli omicidi non erano premeditati, ma il tentativo di incastrare AJ lo era senz'altro». Ken fece una pausa e sembrò riflettere sulla questione.

«Cosa?», domandò lei.

«Be', sai cos'ha fatto. È come se avesse persino valutato l'idea di inscenare anche una violenza sessuale».

«Per come è stata ritrovata Becca, parzialmente nuda», commentò Lily. Meglio che dire che le avevano calato le mutandine fino alle caviglie.

«Già», confermò Ken, «ma il medico legale non ha trovato tracce di abusi».

Era una magra consolazione che Becca non avesse subìto l'umiliazione di un'ulteriore profanazione, pensò Lily. Disse: «È stato Erik a chiamarmi per chiedermi il passaporto».

«Sì, e ha abbandonato il portatile e il cellulare di AJ alla stazione degli autobus. Ha parlato anche con il pilota. Erik e AJ hanno più o meno la stessa altezza e la stessa corporatura. Da lontano, con una felpa con cappuccio, possono assomigliarsi parecchio agli occhi di chi non li frequenta con regolarità».

«Ha lasciato il ciondolo in un punto nel quale la polizia lo avrebbe ritrovato dopo aver… dopo aver…».

«Spinto Kate incontro alla sua morte. Già».

Lily si strinse la coperta attorno alle spalle. «Mi toglie il fiato, pensare a ciò che ha fatto. Era sconvolto e straziato dal dolore come tutti noi. Com'è possibile arrivare a tanto?»

«È difficile da comprendere, soprattutto quando si pensa di conoscere una persona. Forse dentro di lui è scattato qualcosa leggendo il testamento di Jeb, scoprendo in quel modo di essere stato tagliato fuori».

Non le piacque l'idea che Ken fosse a conoscenza del contenuto del testamento di suo padre, un aspetto tanto personale per la sua famiglia, ma da quel momento in poi le loro esistenze sarebbero state messe a nudo, date in pasto alla macchina dei pettegolezzi. A Wyatt funzionava così. «Gli ho insegnato a legarsi le scarpe», mormorò.

Passarono alcuni istanti.

Poi Lily incrociò di nuovo lo sguardo di Ken. «Ero talmente scioccata quando ho visto AJ presentarsi a casa di Winona. Non doveva esserci un agente di guardia davanti alla porta della sua stanza?»

«Be', a quel punto avevamo concluso la perquisizione nell'appartamento di Ayala e avevamo capito che AJ non era coinvolto negli omicidi, perciò avevamo richiamato l'agente. Nessuno l'ha visto uscire dall'ospedale».

«Shea ha detto che non ci sarebbe stato modo di fermarlo neanche volendo. Spero solo che non abbia aggravato le sue condizioni di salute».

«Non credo. È tornato nella sua stanza, è stato visitato dal medico. Si riprenderà. Shea è con lui, sono in compagnia di un sergente al quale rilasceranno le loro deposizioni. Non ti preoccupare».

«E papà? Come se la sta cavando?»

«È con il comandante Mackie. Dovrebbero aver concluso». Ken spense il registratore. «Questa storia, avervi chiamati qui per raccogliere le vostre testimonianze, è una semplice formalità. Ormai abbiamo un quadro completo della situazione, o quantomeno di gran parte degli elementi».

«Non è un quadro molto positivo, vero?». Lily strinse i denti, si rifiutava di cedere alle lacrime davanti a quell'uomo. Aveva già visto cosa si celasse nelle profondità più oscure del cuore della sua famiglia. Gli era stato concesso di varcare la soglia di quelle stanze piene di segreti, un luogo nel quale lei per prima si era addentrata con disgusto. Ripensò al tradimento di suo padre e alla devastazione che aveva causato, che aveva giocato un ruolo fondamentale nelle azioni compiute da Erik. Ripensò ai sogni del ragazzo. Desiderava una cosa talmente semplice: Kate e i bambini nel giardino di casa, a poche porte di distanza da Shea e AJ. Loro quattro, buoni amici che si costruivano una famiglia insieme. L'eredità che gli era stata promessa... ci avrebbe fatto affidamento per offrire una sicurezza economica alla sua famiglia. Suo padre, però, gliel'aveva strappata via, e poi Becca e Kate avevano minacciato di denunciarlo, e in lui era scattato qualcosa, proprio come aveva detto Ken. Se solo suo padre avesse riconosciuto la paternità di Erik; se solo avesse ammesso pubblicamente che era sangue del suo sangue, un Axel, un erede equamente riconosciuto. Invece no. Suo papà aveva scelto di mantenere segreto il vero rapporto che lo legava al ragazzo, come se fosse motivo di vergogna. E Lily temeva di conoscerne il motivo, che l'avesse fatto per lei. Aveva forse pensato che non sarebbe riuscita a sopportarlo? Aveva avuto paura del suo giudizio?

Oppure era l'opinione che aveva di sé, il proprio giudizio, l'aspetto che non riusciva ad affrontare?

«Winona... è ancora qui?», domandò a Ken.

Lui annuì. «È un vero casino, cioè... quello che ha fatto suo figlio, ma sta tenendo duro. È una donna forte».

«Sì», confermò Lily. Lei e Winona non si erano rivolte la parola prima che le portassero in centrale. Non riusciva a immaginare in quale stato di sofferenza e di confusione si trovasse. Non riusciva neanche a immaginare cosa ne sarebbe stato di loro, come sarebbero andate avanti dopo l'accaduto. «Ed Erik? Anche lui è qui?»

«Sì, ma è probabile che in settimana venga trasferito a Dallas per la citazione in giudizio; il giudice leggerà i capi d'accusa che gli saranno imputati e fisserà la cauzione, oppure no, dipende. Io propenderei per il no».

«Posso vederlo?». E poi si chiese: lo voleva davvero?

«Be', ha chiesto di essere lasciato da solo. Non vuole nemmeno vedere sua mamma».

Lily annuì, sollevata, come se l'avessero dispensata da un onere gravoso. Non sapeva neanche cosa avrebbe potuto dire. *Ti perdono?* Per quello era davvero troppo presto.

Un agente li riaccompagnò a casa di Winona. Il papà di Lily si sedette davanti. Lei e Winona salirono dietro, le teste girate verso i rispettivi finestrini, come se il paesaggio fosse interessante. In auto con loro c'era un bagaglio troppo grande, troppe valigie cariche d'emozioni che prendevano spazio, rubavano l'ossigeno. Lily lo percepiva. Quanto fosse opprimente. Trasalì vedendo che suo padre si voltava verso Winona, girandosi sul sedile. «Pagherò io», disse. «Un avvocato. Le spese legali per Erik. Se il giudice disporrà un rilascio su cauzione, me ne occuperò io».

«Non lo farà», replicò Winona con un tono inespressivo, rivolta verso il finestrino. Era piegata su se stessa; la treccia schiacciata contro il sedile. Lily avrebbe voluto liberarla. Avrebbe voluto avvolgerla a coroncina, come la portava di solito. Avrebbe voluto riportare indietro la vecchia Win, restituirle la dignità, il suo animo gentile.

Appoggiò la mano sul sedile, tra loro.

Pensava che suo padre si sarebbe voltato, ma non lo fece. E non disse nient'altro, non subito. Percorsero parecchi chilometri prima che riprendesse la parola. «Mi dispiace», disse, abbracciando con lo sguardo sia la figlia che Winona.

«Lascerò il ranch», disse la donna. «Non ho intenzione di tornare a vivere lì. Puoi disporre della casa come meglio credi. Io non la voglio. Se invece vuoi aiutare Erik, accetto la tua offerta. Sì, la accetterò perché è tuo figlio, l'abbiamo concepito e l'abbiamo cresciuto insieme, ed è giusto che adesso lo aiutiamo come meglio possiamo. Dobbiamo provare...», esitò. «Dobbiamo provare... ad aggiustare le cose».

A Lily si strinse la gola. Si sentì sfiorare le dita dalla mano di Winona, ma non riuscì a guardare. Se avesse guardato, sarebbe crollata, e non era giusto nei suoi confronti.

Lily tornò a casa al volante della jeep. Suo padre, con la nuca appoggiata contro il poggiatesta, tenne gli occhi chiusi, come se in tal modo potesse fermarla, evitare l'interrogatorio di cui doveva di certo aspettarsi l'inevitabilità, perché sarebbe stato molto più difficile rispondere alle domande della figlia che a quelle poste dalla polizia.

«Come hai potuto tenerlo nascosto per tutti questi anni? Non dico a me, ma come hai potuto fare una cosa simile a tuo figlio e alla donna di cui presumo tu sia innamorato?».

Fermerò questa macchina. Stava per dirglielo, avvertirlo che si sarebbe fermata finché non le avesse risposto, ma lui la precedette. «Non volevamo farvi soffrire». Raddrizzò la schiena, appoggiò la testa su una mano e si pizzicò il naso.

«Pensavi che mi sarei arrabbiata? Anche se fosse, ci sarei rimasta male per mamma, ma alla fine l'avrei superato. Dovresti sapere come sono fatta, papà. Non sono il tipo che giudica fino a questo punto. Dopo la morte di mamma, sarei stata felice di sapere che avevi trovato un'altra persona. Soprattutto Winona. Per me era come una madre. Lo sai».

«Non era la tua opinione a preoccuparmi, stella. Era quella di tutti gli altri».

«E da quando te ne importa un fico secco di cosa pensano gli altri?»

«Non avevo paura di cosa avrebbero pensato di me, ma dell'idea che si sarebbero fatti di Win, di cosa avrebbero detto sul suo conto se avessero saputo di noi due. Non volevo che lei o Erik, dopo la sua nascita, venissero sfiorati dai pettegolezzi».

«Nessuno ci avrebbe visto niente di male se tu l'avessi sposata. E anche se tu non l'avessi fatto. Ormai non importa più a nessuno. Win viveva all'xL. Era sola, tu eri solo. Lei è bellissima. È probabile che metà città sospettasse già qualcosa. È il segreto a essere tanto... tanto tremendo. Anzi, è insopportabile. È come se tu ti vergognassi di loro».

«Ho costruito una casa per loro in modo da averli vicini».

«Per salvare le apparenze, suppongo». Il sarcasmo inasprì il tono di voce di Lily.

«Per quanto mi sia stato possibile, gli ho fatto da padre sotto ogni punto di vista. L'ho sfamato, gli ho comprato i vestiti, l'ho aiutato con i compiti della scuola, gli ho insegnato ad andare a cavallo e a sparare. Gli avevo affidato qualche lavoretto, delle responsabilità, ma era pigro».

«Ti ho sentito dare del pigro anche a AJ».

«Sì, forse in qualche occasione, ma AJ ci mette il cuore, ha passione per il suo lavoro. Erik no».

«E quindi l'hai escluso dal testamento senza neanche consultarti con sua madre».

«È stato stupido da parte mia, una mossa stupida. Non so cosa fare, come rimediare. Posso pagare l'avvocato che lo difenderà, lo farò. Offrirò a lui e a Win qualunque cosa di cui abbiano bisogno».

«Sì», disse Lily. «Ma non so se riuscirai mai a rimediare fino in fondo».

Più tardi, quando chiamò Paul, Lily non si addentrò nelle spiegazioni e si limitò a dire che la miccia che aveva fatto esplodere Erik era legata a una questione di famiglia e aveva radici nel passato. Era finito dietro le sbarre; AJ era libero e al sicuro, quell'odissea era finita.

«E io non faccio più parte della famiglia, immagino».

«Per tua scelta».

«Quindi cosa pensi di fare?»

«Ora come ora, niente», disse lei. «Resterò qui. AJ ha bisogno di me».

«Cosa gli dirai? Per quanto riguarda noi due, intendo».

«La verità», rispose Lily. «Che hai una relazione con Pilar Dix».

A Paul quella risposta non piacque. Lo capì dal modo in cui prese fiato, con impazienza, dallo schiocco prodotto dai denti quando aveva richiuso la bocca. La verità non avrebbe giovato alla sua immagine. Peccato, pensò lei.

«Avevo intenzione di tornare in città in serata, ma magari aspetterò un po'. Potresti riferire a AJ che...». Si interruppe, sembrò ripensarci.

Lily cercò di immaginare cosa avrebbe dovuto riferire al ragazzo: che non aveva mai dubitato della sua innocenza? Era una menzogna. Che anche se aveva tradito sua madre, meritava ancora il rispetto di suo figlio? Anche quella era una bugia. Volendo essere onesti, persino lei aveva tradito Paul con Edward. Anche se non era andata oltre il coinvolgimento emotivo, non ne andava orgogliosa. Ma se c'era una cosa che non avrebbe mai fatto, era tirare suo figlio in mezzo ai loro problemi coniugali, costringendolo a scegliere un genitore a scapito dell'altro. AJ era un adulto; poteva arrivare da solo a capire che razza d'uomo fosse suo padre.

Capitolo 24

Dru andò in ospedale di domenica, la sera prima che AJ venisse dimesso. Shea era l'unica persona nella stanza e, quando si accorse della presenza di sua madre, spalancò gli occhi. Non le aveva detto che sarebbe passata. Si avvicinò al letto del ragazzo e si fece coraggio.

A differenza di Shea, AJ incrociò lo sguardo di Dru, come se avesse atteso quel momento. La donna si aggrappò alla sponda del letto. «Mi dispiace», disse, e udì la flebile esclamazione di stupore della figlia. «Sono saltata a conclusioni infondate».

«Non si preoccupi», replicò lui. «Se avessi una figlia come Shea, sarei esattamente come lei».

«Per me è difficile, a causa del papà di Shea». Dru le lanciò un'occhiata.

Anche AJ la osservò. «Me ne ha parlato», disse, poi fece una pausa, si prese un attimo. Si asciugò il viso, lanciò un sospiro. «So di avere i sintomi del disturbo post-traumatico da stress, e so che probabilmente avrei bisogno di aiuto».

Aveva fatto fatica ad ammetterlo. Dru se ne accorse.

Shea gli accarezzò la mano.

«Non lo volevo ammettere. Ho paura di come mi possano vedere gli altri, di cosa possano pensare di me. Pensavo di potercela... di dovercela fare con le mie forze, sa com'è, che avrei dovuto essere capace di tenere sotto controllo le emozioni, la rabbia. Voglio dire, sono un soldato, no? Un marine. Dovrei affrontare la cosa, tirare avanti...».

«Sei un essere umano, AJ». La giustificazione era sorta spontanea, nell'impeto della solidarietà appena sbocciata, e Dru ne rimase sorpresa. Ma dovette riconoscere di non esserne pentita. Stava soltanto dicendo la verità. «Mio Dio, quando ci si ferma a riflettere su cosa devi aver affrontato in guerra, su cosa dovete passare voi soldati, per non parlare di ciò che è appena successo. Potresti essere morto…».

«Ho paura di esserlo». AJ la fissò, e Dru riuscì a scorgere la paura che gli annuvolava gli occhi, ma c'era anche qualcos'altro a velargli l'espressione. Qualcosa di più tenace e determinato. «Le prometto che non farò mai del male a Shea, signora Gallagher».

«Dru», lo corresse lei.

«Si farà aiutare, mamma, proprio come ha fatto papà. AJ ricomincerà ad avvalersi dell'assistenza psicologica e collaborerà con il progetto Soldati feriti».

«Farò tutto il necessario per Shea», proseguì lui, «per il nostro futuro, per i nostri bambini… per garantire la loro sicurezza. Voglio tornare a casa, signora… Dru, voglio tornare a casa con la testa».

Dru allungò un braccio – non riuscì a trattenersi – per accostargli le dita alla guancia, e le lasciò indugiare un istante prima di ritrarre la mano e schiarirsi la gola. «Rob vuole che lo accompagni alle sedute della terapia di coppia».

«Ci andrai?», domandò Shea.

«Sì». Dru aveva deciso in quel preciso istante, e sapeva che era stato merito di AJ, che erano stati l'onestà e il coraggio dimostrati dal ragazzo di fronte alla vulnerabilità a farle prendere quella decisione. Non aveva idea di cosa ne sarebbe stato di lei e di Rob in quanto coppia durante la terapia, ma era certa che suo marito, come AJ, meritasse il suo sostegno, la sua partecipazione… la sua fiducia.

Entrò un'infermiera, e il trio rimase in silenzio mentre controllava i parametri vitali del ragazzo.

Quando se ne fu andata, Dru disse: «Prima Ken è passato da casa. Ha detto che Erik ha confessato tutto. Ha anche provato a rinunciare al suo diritto di farsi difendere da un avvocato».

«Si voleva suicidare. Ha lasciato un biglietto nella sacca con i vestiti insanguinati», aggiunse Shea. «Ken te ne ha parlato?».

Dru le disse di sì. Ne aveva già sentito parlare. Dato che i giornalisti avevano dato poco rilievo al caso, non sapeva come mai il contenuto della lettera fosse venuto alla luce, ma l'onda d'urto della notizia si era abbattuta su Wyatt. Il fatto che Jeb Axel e Winona Ayala avessero intrapreso una relazione parecchi anni prima non aveva causato grande scalpore. La maggior parte degli abitanti del posto lo immaginava già da tempo. Alcuni avevano persino suggerito che Erik fosse figlio di Jeb. Erano i gesti compiuti dal giovane, la crudeltà dei suoi crimini, a dare il capogiro. Non riuscivano a credere che il ragazzo cresciuto alle porte della loro città, che aveva frequentato le scuole di Wyatt, il giovane uomo con la risata pronta che era sempre disposto a dare una mano al prossimo – quello che un tempo correva per strada insieme ai loro figli, per l'amor del cielo – avesse ucciso due giovani ragazze del posto.

Com'era accaduto? Quali segnali erano passati inosservati? Persino Dru se lo domandava. Ripensò agli incontri con il ragazzo al negozio di mangimi, quando aveva avuto bisogno di consigli su come prendersi cura degli asini. Si era dimostrato talmente affabile e paziente con Kate e Shea, che ridacchiavano e lo guardavano con adorazione. Come chiunque altro, anche lei mise in discussione la facilità con la quale si era lasciata abbindolare dal fascino di Erik, tratta in inganno dal suo bell'aspetto, dall'atteggiamento amichevole. Eppure, come aveva detto Lily qualche momento prima, quando si erano incrociate nel parcheggio dell'ospedale, chi poteva mai dire quale fosse l'aspetto di un assassino?

Le aveva anche detto che se c'era qualcuno che avrebbe dovuto conoscere Erik, quella era lei. Aveva fatto parte della sua vita dal momento in cui era nato. Dru le aveva consigliato di non addossarsi alcuna colpa, le aveva detto quanto fosse dispiaciuta per aver giudicato male suo figlio. Lily aveva liquidato le scuse con un cenno della mano e, per quanto l'inspiegabile noncuranza della donna fosse stata un sollievo, l'aveva anche lasciata perplessa. Possibile che si mostrasse tanto comprensiva?

«Spero che tu mi possa perdonare», disse a AJ. L'incalzare delle lacrime e l'improvvisa leggerezza del cuore, in netto contrasto, la meravigliarono.

«Ma certo», rispose lui. «E io spero che un giorno tu riesca a fidarti di me».

Dru trovò un fazzolettino e si asciugò gli occhi. «Può essere». Sorrise. «Magari prima di quanto tu pensi».

Shea raggiunse sua madre e la abbracciò. «Grazie, mamma», sussurrò.

Dru spinse il carrello della spesa tra i reparti del supermercato. Si rese conto che erano passate due settimane dall'ultima volta che era andata a fare compere, di martedì, il giorno prima che Becca fosse trovata morta nell'appartamento di AJ. Ormai ragionava così. La sua mente divideva la vita nel prima e nel dopo, e il ritorno alla solita routine, per quanto confortante, le sembrava anche strano. Quando ripensava a Joy e a Charla, e al fatto che le loro vite non sarebbero più state le stesse, provava un tuffo al cuore. Dru pensava anche a Winona Ayala; anche la sua esistenza era stata irrevocabilmente alterata dalle azioni del figlio. Poi, girando l'angolo verso il bancone della gastronomia, intravide proprio Win. Era seduta a un tavolo, uno dei tanti banchetti per la degustazione dei cibi che erano sparpagliati per l'intero supermercato. Stava dispensando monoporzioni di *tamales* infilzate sugli stuzzicadenti.

«Li prepara lei? Posso acquistarli qui?», domandò un compratore, un uomo che Dru non riconobbe.

«Sì», rispose Win. Prese una confezione dal banco frigo e gliela porse.

L'uomo l'accettò. «Sono i migliori *tamales* che io abbia mai mangiato», disse.

A posteriori, Dru avrebbe sempre pensato che fosse stato l'enfatico complimento rivolto dall'uomo ai *tamales* di Winona a gettare le basi di un progetto che non sapeva di aver messo in moto. Mentre si avvicinava, i loro sguardi si incrociarono. Intuì che Win fosse spaventata; spostò gli occhi sulla porta al di là del banco della gastronomia, come se stesse valutando l'idea di fuggire.

«Va tutto bene», disse, ed era ridicolo. Dubitava che ora come ora nella vita di Winona ci fosse qualcosa che andasse bene, ma voleva rassicurarla.

«Vuoi assaggiare un boccone?», domandò Winona.

«Mi piacerebbe molto». Dru si servì da sola e dichiarò che era delizioso. «Vendi i tuoi *tamales* attraverso il supermercato?»

«Ho appena cominciato. Venderò anche altre cose. *Barbacoa*, *garnachas*. Li preparo ogni mattina con i prodotti freschi. Soprattutto specialità dell'Oaxaca che ho imparato a cucinare da *mi abuela*, mia nonna».

«Ma se speri di portarti a casa qualcosa, è meglio che tu arrivi prima di mezzogiorno». L'uomo, Dru stavolta riconobbe il responsabile del supermercato, espresse il commento mentre le passava accanto.

«Ha fatto parecchi assaggi prima di assumermi». Il sorriso di Winona non riuscì a dissipare del tutto l'ombra di dolore che le annuvolava lo sguardo. Dru avrebbe voluto affrontare il problema, l'origine della sua tristezza. Avrebbe voluto aiutarla, offrirle una parola di conforto. «Hai la possibilità di fare una pausa?», chiese. «Potremmo andare a prendere un caffè, offro io».

Rimase sorpresa da entrambe le cose, dall'invito e dal fatto che Win l'avesse accettato.

Aveva bisogno di un'amica, le disse qualche momento dopo. Si erano sedute nell'auto di Dru con i loro caffè. L'aveva suggerito Winona. In genere le persone erano gentili, ma la fissavano, disse. Farsi vedere al supermercato era difficile, ma doveva lavorare. Win le disse che adesso abitava in città, nel vecchio appartamento di Erik.

«Stare lì è dura, ma non so dove altro andare. Non posso tornare al ranch con Jeb. Non più».

Dru non insistette. «Sui miei terreni c'è un piccolo cottage», disse. «Potresti vivere lì. Potresti venire a lavorare con me. Stavo pensando di ampliare il giro d'affari del mio servizio di catering e mi piacerebbe tanto offrire ai clienti le favolose pietanze della tua cucina oaxacana».

Winona la fissò. «Dici sul serio?»

«Sì», rispose l'altra, e si rese conto di non essere mai stata tanto sicura in vita sua. Provò un brivido d'eccitazione. Rimasero a lungo sedute a parlare, elaborarono un progetto, ne delinearono i dettagli.

«Non riesco a credere che tu stia facendo una cosa simile per me», disse Win. «Non sapevo come avrei fatto a tirare avanti». Abbassò lo sguardo sulla sua tazza di polistirolo, ormai vuota. «I soldi non sono l'unica cosa di cui ho bisogno».

No, pensò Dru. Era dura pensare a ciò che stava affrontando e ai momenti terribili che l'aspettavano in futuro. Il legale dell'accusa di Dallas assegnato al caso di Erik stava chiedendo la pena di morte. A detta dei notiziari, il ragazzo aveva rifiutato l'offerta di Jeb Axel di pagargli le spese legali e aveva accettato l'aiuto di un avvocato d'ufficio solo perché era stato costretto a farlo. Tale legale, che veniva da Greeley, dal foro giudiziario della contea di Madrone, si stava appellando all'infermità mentale. In quanto madre, Dru non riusciva neanche a immaginare come ci si dovesse sentire in una simile situazione. Allungò una mano e la posò sul braccio di Winona.

«Voglio bene a Erik», mormorò. «È mio figlio e lo amerò sempre, ma non so se riuscirò a perdonarlo». Lanciò un'occhiata all'altra donna, poi distolse lo sguardo. «Spero di sì. È l'unica cosa per la quale prego ogni giorno. Per quello e per la serenità. Serenità per i genitori di Becca e di Kate. Serenità per tutti noi».

Dru guardò fuori dal parabrezza. Era una bella preghiera, pensò. Forse l'unica possibile.

Più tardi, quel pomeriggio, mentre Shea si trovava all'xL con AJ, Dru e Amy stavano scaricando il SUV di Dru e stavano portando in casa le stoviglie per il ricevimento di nozze di sabato quando una macchina si fermò accanto al marciapiede. Amy era ai piedi dei gradini della veranda e fu la prima a vederle. «Sono Charla e Joy», disse.

«C'è anche Gene?». Dru si voltò a guardare.

«No. Dopo quello che ha fatto? Non ne avrà il coraggio».

Date le piccole dimensioni di Wyatt, Dru sapeva che un incontro sarebbe stato inevitabile, ma non avrebbe mai immaginato che sarebbero andate a cercarla.

«Vuoi che resti con te?», chiese Amy.

«Sì, per favore. Altrimenti le cose potrebbero sfuggirci di mano».

La settimana prima, lei e Shea avevano preso parte alle due cerimonie funebri per Becca e Kate, ma erano arrivate tardi, si erano intrufolate in una panca in fondo alla chiesa ed erano andate via subito. Per quanto a quel punto Charla e Joy – anzi, l'intera cittadina – avessero ormai appreso che AJ era del tutto innocente, Dru aveva preferito evitare un confronto. Non si fidava di se stessa, della sua rabbia. E per quanto fosse in pena per entrambe le madri, il modo in cui avevano trattato lei e Shea a casa di Charla le era rimasto sullo stomaco, sebbene riuscisse a comprenderlo, soprattutto alla luce del fatto che i suoi sospetti nei confronti del ragazzo erano svaniti solo di recente.

Ciò che non capiva e che per il momento non riusciva a perdonare era come fosse possibile che quello stesso sospetto avesse spinto Gene, il marito di Joy, a mettersi al volante del suo pick-up e a cercare di mandare fuori strada lei e sua figlia. In pratica, aveva tentato di ucciderle. Avrebbe potuto farlo molto facilmente. La settimana prima, quando si era fatto avanti e aveva confessato al comandante Mackie di essere il responsabile dell'incidente, era stato un vero e proprio shock. L'aveva addotto al dolore per la perdita della figlia e aveva dichiarato di ricordare poco o niente dell'accaduto. Aveva detto di essere arrivato a un passo dalla follia, di aver avuto bisogno di un capro espiatorio. Voleva che Dru e Shea pagassero, per quanto la scelta del bersaglio potesse sembrare irrazionale. Il comandante Mackie aveva confidato a Dru che Gene aveva pianto. Da allora, non aveva più avuto sue notizie. Come aveva detto Amy, non aveva il coraggio di affrontare lei e Shea.

Joy e Charla, invece, erano lì, ai piedi degli scalini della veranda, e la osservavano dal basso. Due donne legate da un dolore comune. A Dru si strinse il cuore per entrambe. Chi era lei per giudicarle? Non si era trovata nella loro situazione. La preghiera che levava con fervore era di non trovarcisi mai. Non aveva ringraziato Iddio migliaia di volte per aver risparmiato Shea? Non si era ritenuta fortunata?

«Vi andrebbe di entrare?», domandò, e percepì lo sguardo allarmato di Amy.

Charla la ringraziò. «Volevo soltanto scusarmi di persona per quello che ho detto a te e a Shea. Le prove sembravano indicare...».

«Anche io e Gene siamo dispiaciuti». Joy la interruppe, come se fosse ansiosa di togliersi il pensiero. «Anche lui... voleva venire, ma è... ciò che ha fatto è stato spaventoso. Non esistono giustificazioni. Lui... Noi risarciremo i danni dell'auto di Shea».

«Non abbiamo ancora avuto notizie dalla compagnia assicurativa». Dru avrebbe tanto voluto avere sufficienti mezzi economici per dire a Joy di non preoccuparsi, ma la verità era che riparare la macchina avrebbe messo in difficoltà lei e la figlia.

«Vogliamo pagare i danni», disse Joy. «È il minimo che possiamo fare».

Dru aggrottò la fronte. Non capiva a cosa si riferisse.

«Il comandante Mackie ci ha detto che non hai voluto sporgere denuncia contro Gene. Ritiene che, alla luce dei recenti avvenimenti, il procuratore non porterà avanti le accuse, perché gli hai detto che non testimonierai se Gene dovesse sottoporsi a un processo». Joy distolse lo sguardo e sbatté le palpebre.

Charla l'attirò a sé e la cinse con un braccio.

A Dru si strinse la gola. Intuì che anche Amy si stava sforzando di mantenere un contegno.

«Ho spinto Kate tra le braccia di Erik», disse Charla. Per quanto l'aver preso la parola sembrasse averla turbata, andò avanti. «Le avevo detto che non avrebbe mai trovato un uomo migliore, un uomo più affascinante».

«Ha ingannato tutti noi». Joy si liberò dall'abbraccio dell'altra donna. «Quando Becca andò a Dallas, sapevo che c'era qualcosa che non andava. Voleva credere che AJ tenesse a lei, ma era talmente evidente che Shea fosse… L'ho lasciata andare comunque. Non ho alzato neanche un dito per fermarla, e anche se è stato un altro uomo a farle del male, anche se è stato Erik e non AJ, io sapevo che quella storia non sarebbe andata a finire bene».

«Non vi potete addossare certe responsabilità», intervenne Dru, e quando scese i gradini per raggiungerle, si avvicinò perché era rimasta sconvolta dalla loro angoscia. Le tre donne si strinsero in un abbraccio imbarazzato, madri che offrivano conforto ad altre madri. Si unì anche Amy. Fu un abbraccio improbabile, ma cos'altro restava da fare se non aggrapparsi l'una all'altra in mezzo alla tempesta?

Il legame si spezzò con la stessa rapidità con la quale era stato forgiato.

Joy disse: «Sai chi è in realtà... Erik».

Dru capì dove sarebbe andata a parare e serrò la mandibola.

«È il figlio avuto da Jeb Axel con quella donna messicana che lavora per lui».

«Conosci Winona Ayala?», domandò Dru. «Di persona, intendo».

«No», rispose Joy. «Ma che razza di donna...».

«Erano entrambi single e maggiorenni, dico bene?». Dru sorrise.

«E sono affari loro, no?», aggiunse Amy.

Dru proseguì: «Ciò che ha fatto Erik, i gesti orribili e imperdonabili che ha compiuto, non possono ricadere su sua madre. Anche lei sta soffrendo».

«Non credo che riuscirò mai a perdonarlo», mormorò Charla.

«Spero che gli diano la pena di morte», disse Joy.

«Ho sentito dire che l'hanno messo sotto sorveglianza perché a rischio suicidio», mormorò Amy.

Dru guardò altrove, seguì con gli occhi i movimenti di un vicino, un giovanotto che intravedeva sempre nel tardo pomeriggio. Correva lungo il ciglio della strada. Riuscì a sentire il tonfo dei passi sulla terra morbida. Ripensò alla preghiera di Winona per la serenità di ciascuno di loro e ne trasse conforto.

Capitolo 25

Era venerdì pomeriggio, il giorno delle prove della cena. Avrebbero dovuto portare a termine i preparativi, mettere le tovaglie sui tavoli che avevano sistemato sul terreno da pascolo, impilare i piatti e le posate sul carrello che sarebbe stato agganciato al trattore, rendere più agevole il tragitto da e verso il ranch. Il profumino del maiale arrostito avrebbe dovuto impregnare l'aria. Il tempo era perfetto. Al calare del sole, si era alzato un venticello delizioso. Avrebbe fatto danzare la luce delle candele, avrebbe portato con sé il suono delle risate e il brusio delle conversazioni. L'odore dei profumi. La musica. Lily a quel punto si sarebbe dovuta far trovare al piano di sopra, dove avrebbe indossato la gonna scamosciata color verde smeraldo e gli stivali in coordinato che aveva in programma di sfoggiare.

Invece era seduta sul dondolo, sul portico, di fronte a AJ e a Shea, che si erano accomodati sulle sedie a dondolo accanto alla porta d'ingresso. Lei e la ragazza avevano preparato le lasagne, che stavano cuocendo in forno. Suo padre stava facendo un pisolino. Ultimamente lo faceva spesso. Forse ne aveva bisogno, ma poteva anche avere a che fare con il desiderio di evitare di affrontare la propria parte di responsabilità nel casino che era stato combinato. Per come la vedeva lei, il malessere emotivo non era diverso da quello fisico. Per riprendersi era necessario riposare.

AJ si era svegliato e aveva raggiunto lei e Shea pochi istanti prima. Avevano cambiato la fasciatura ed entrambi avevano osservato quanto fosse migliorato l'aspetto della ferita. Non era più rossa e gonfia come all'inizio. Anche la caviglia, per quanto fosse ancora chiazzata e indolenzita, sembrava stare molto meglio.

«Domani potresti addirittura reggerti in piedi abbastanza a lungo da riuscire a sposare la tua consorte», disse Lily, prendendolo in giro.

Il ragazzo sorrise. «Penso di averlo già detto… Anche se dovessi strisciare».

«L'hai già detto». Shea lo prese per mano. «Spero che ci aspetti un'altra bella giornata di sole».

Anche se non stavano portando avanti le prove, avevano deciso di andare fino in fondo con il matrimonio. Nella concitazione dei giorni passati, non avevano fatto alcunché per cancellare le nozze. Non c'era stato tempo per pensarci, né il desiderio di affrontare il problema. Il protocollo sociale… chissà qual era in una situazione come quella. Si sarebbero ritrovati nel giardino di Dru all'orario indicato sulle partecipazioni e avrebbero lasciato che le cose seguissero il loro corso. Giusto o sbagliato, era la decisione che avevano preso. Era ciò che AJ e Shea desideravano.

Il vento divenne più pungente, scompigliò i capelli di Lily e insinuò le proprie dita gelide sotto il colletto della sua camicia. Smosse l'erba del prato che, dall'ultima pioggia del giovedì precedente, presentava chiazze ondulate di fiordalisi ritardatari e una spruzzata di paulonie. Poi in mezzo all'erba sarebbero sbucate le monarde, le gallardie, la genziana e le margherite selvatiche. Quando era piccola, aveva cinque o sei anni, aveva aiutato sua madre a piantare i semi nel prato per trasformarlo in una distesa di fiori selvatici autoctoni. Un giorno, quando i semi avevano cominciato a germogliare, si erano affacciate sul portico e sua mamma l'aveva presa per mano. «Rifioriranno ogni anno», le aveva detto, «come la speranza».

Lily lanciò un'occhiata a suo figlio. «Devo dirti una cosa. È... è destabilizzante, e stavo aspettando il momento giusto. Prima volevo essere sicura che tu stessi bene».

AJ la osservò con aria assorta, e lei ebbe la strana sensazione che già sapesse, o quantomeno sospettasse, cosa stava per comunicargli, ma quando disse «Io e tuo padre stiamo divorziando», lui la fissò con espressione vacua.

«Volete che me ne vada?», domandò Shea.

«Assolutamente no», rispose Lily. «Sei un membro della famiglia, o lo diventerai presto».

«Non ne sono tanto sorpreso». Ora che aveva afferrato il concetto, AJ sembrava rassegnato. «Non ho mai pensato che tu e papà foste felici insieme».

«Davvero?». Lily lo osservò, sgomenta. Non si era resa conto che se ne fosse accorto. «Ha trovato un'altra», disse, poi distolse lo sguardo, perché la situazione per certi versi la imbarazzava, anche se non sapeva per quale motivo dovesse vergognarsi, dato che era Paul a esserle stato infedele.

«Chi?», chiese AJ.

«La moglie di Jerry Dix, o meglio l'ex moglie, Pilar».

«Stai scherzando? Avrà sì e no trent'anni, no? Non ha appena avuto un bambino?»

«Gemelli. Ha due gemelli di tre anni».

AJ sbuffò. «A papà neanche piacciono i bambini».

Lily appoggiò i piedi sul pavimento del portico e fece oscillare il dondolo.

«Si sposeranno?»

«Dovrai chiederlo a lui».

«Non mi sono mai sentito tanto legato a lui». AJ incrociò il suo sguardo. «A nessuno di voi due, a dire la verità. In casa nostra ognuno ha sempre pensato a se stesso».

Per un momento, Lily provò una fitta di rimpianto, ma quando cominciò a farsi un'idea della vera profondità della solitudine di AJ, divenne una furia. Era colpa di Paul. Era stato lui a far sì che suo figlio si sentisse abbandonato, quando, nei giorni successivi all'episodio nel quale era quasi annegato, le aveva impedito di prendersi cura del bambino.

Lei, però, glielo aveva permesso.

Che Dio la perdonasse, ma aveva abbandonato il suo bambino, aveva permesso che le schiere di tate assunte da Paul prendessero il suo posto. Come aveva potuto fare una cosa simile? Pensare che si fosse lasciata convincere tanto facilmente della propria inadeguatezza come madre la disgustava. Prima di poter cambiare idea, raggiunse AJ, si inginocchiò di fronte a lui e gli prese entrambe le mani. «So come ti senti, ne conosco il motivo, e non ho giustificazioni. Non c'è niente che io possa dire per cambiare le cose, ma se puoi perdonarmi, mi piacerebbe avere la possibilità di ricominciare da zero. Vorrei che io e te cominciassimo a conoscerci, se non è già troppo tardi».

Lui distolse lo sguardo.

Lily non riusciva a scorgere la sua espressione. Avvertì il suo sdegno, forse, o magari era disgusto. Di sicuro doveva essere dubbioso. Forse sospettava che stesse cercando di manipolare le sue emozioni, proprio ciò che stava evitando di fare con tutte le proprie forze. Era ovvio che fosse troppo tardi. Ormai era un adulto, non era più un bambino. Non poteva blandirlo con le promesse o persuaderlo con le lusinghe. Accennò l'intenzione di volersi rialzare, ma quando vide che aveva gli occhi velati di lacrime, crollò di nuovo in ginocchio. Allungando le mani, con esitazione e delicatezza, gliele asciugò con i pollici; non sapeva cosa dire né da dove cominciare. «Ci sono cose che dovrei... Che avrei voluto dirti...». Fece una pausa, ci pensò su. No. Non era il momento adatto per parlare del passato – di Jesse, dell'odissea al lago Monarch – e di quanto ciascuno di quegli episodi fosse costato a lei e, in definitiva, anche a lui. «Ti voglio così tanto bene», si limitò a dire. «Dal giorno in cui ho saputo di averti concepito...». Le si strinse la gola, strozzando ulteriori parole.

AJ si abbandonò tra le braccia della madre, appoggiandole la fronte contro la spalla. Il respiro le riscaldava l'incavo della gola, sotto il mento, e quando le parlò, quando le disse «Mamma?», la sua voce risuonò bassa e rotta dall'emozione.

Lei chiuse gli occhi. «Sono qui, tesoro».

«Ho davvero bisogno del tuo aiuto», disse lui. «Ci sono un sacco di cose che devo superare, e non parlo soltanto di quanto successo con Erik, lo sai, ma anche di quello che ho vissuto oltre oceano, in Afghanistan. Vivere quelle esperienze mi ha traumatizzato».

«Oh, AJ». Per un attimo, la pena che provava per lui, per il suo dolore, fu veramente schiacciante; non riuscì a dirgli altro. Lo cinse tra le braccia con movimenti maldestri. «Sono qui, sono qui con te», ripeté, e lo sostenne meglio che poteva. Era cresciuto talmente tanto dall'ultima volta che lo aveva abbracciato. Erano impacciati, e anche lei stava facendo i conti con il peso del dolore e del rimpianto. Eppure, per quanto fosse inesplicabile, un impeto di gioia le sgorgò dal cuore, e fu come se gli anni di incomprensioni – tutti quegli anni passati a tenersi a distanza da lui – si stessero dissolvendo.

Il tocco leggero di una mano sulla spalla la spinse ad alzare gli occhi, e Lily vide che Shea stava sfiorando anche quella di AJ in una sorta di benedizione, di beneplacito. Si sorrisero, sbatterono le palpebre per ricacciare indietro le lacrime, e in quel momento provò un amore istantaneo e privo di riserve nei confronti della ragazza.

AJ sollevò la testa e si asciugò gli occhi, il naso. Si guardò attorno. «Che razza di imbecilli», disse.

«Una famiglia di imbecilli», lo corresse Shea, e risero.

Era passata la mezzanotte quando Lily, vedendo una luce accesa in cucina, scese al piano di sotto e trovò suo padre seduto davanti alla vecchia isola con la superficie di marmo. Scivolò sullo sgabello accanto al suo.

«Non riesci a dormire nemmeno tu?».

Lei fece cenno di no con la testa. «Se per te va bene, mi piacerebbe restare qui finché non capisco cosa fare della mia vita».

«Non c'è bisogno di chiedere il permesso, stella».

«Papà?». Lily appoggiò i gomiti sull'isola.

«Mmm?»

«Mi stavo chiedendo... Pensi che io sia troppo vecchia per tornare a scuola? Per studiare veterinaria?».

Le lanciò un'occhiata sghemba. «Quando la loro attività prenderà piede, AJ e Shea avranno bisogno di una persona capace di prendersi cura dei loro capi di bestiame».

«Non ci avevo pensato».

«Da quando è morto il vecchio dottor Forsythe, in zona non ci sono più stati veterinari specializzati nel bestiame».

«Oh, papà».

Le diede un buffetto sulla mano. «Magari finiremo entrambi a lavorare per AJ».

Lei rise.

Suo padre non la imitò. «È una fortuna che non mi detesti».

Da quel punto di vista, anche Lily si reputava fortunata.

«Vuole capire, vuole una spiegazione da parte mia», proseguì suo padre. «Non so se ne sarò in grado. Non so se la mia spiegazione gli sembrerà sensata».

Lily incrociò il suo sguardo.

«Non voglio che rovini il nostro rapporto», disse lui.

«Allora dovrai trovare un modo per parlargli di Winona e di Erik, proprio come io dovrò trovare un modo per parlargli di Jesse e di Phoenix».

«È un grosso peso da fargli gravare sulle spalle, specie dopo tutto lo schifo che ha passato».

«Lui... prima abbiamo parlato dell'Afghanistan. Si è aperto

con me, più o meno». Osservò suo padre. «Sono così felice, capisci? Non per la guerra. Quella la odio, odio le ripercussioni che ha avuto su di lui, ma se potessi aiutarlo, se solo me lo permettesse...». Le si spezzò la voce. Poi, ritrovando il contegno, aggiunse: «Desidero così tanto ricreare un rapporto con lui, ottenere il suo perdono, il suo... rispetto».

«A questo mondo, la maggior parte delle cose importanti richiede tempo, stella».

«Gli ho detto del divorzio».

«Come l'ha presa?».

Invece di rispondere, Lily si lanciò in un impetuoso torrente di parole, dando voce ai primi pensieri che le balzavano in mente. «Dobbiamo farla finita con i segreti, papà. Dobbiamo trovare la forza di dire la verità e accettarne le conseguenze. Dobbiamo fare tesoro dei nostri errori. Non voglio che i figli di AJ crescano circondati da piccole bugie solo perché abbiamo paura di perdere la faccia, di perdere l'autorità. Siamo esseri umani, non siamo infallibili...», usò le parole di Edward, «...e la vita è un casino. I bambini lo devono capire. Devono capire che continuiamo a crescere; non siamo perfetti, ma per quanto vecchi possiamo diventare, non perdiamo mai i nostri bisogni, né la capacità di provare compassione o di offrire il perdono».

«Hai ragione», replicò suo padre.

«Avrei voluto dire la verità a AJ fin dall'inizio. Avrei tanto voluto essere *a conoscenza* della verità».

Suo padre le massaggiò la schiena con movimenti circolari. «Mi dispiace, stella. Vorrei aver avuto il coraggio di dirtelo».

Si protese verso di lui e appoggiò la fronte sopra la sporgenza della sua clavicola.

«Sai», continuò lui, rivolgendosi alla sua testa chinata, «malgrado quanto successo, ora sembra più tranquillo, più sereno. L'hai notato?»

«È merito di Shea», disse Lily, raddrizzando la schiena.

«Adoro quella ragazza. Per lui è un toccasana. Un vero toccasana, punto. Sto persino cominciando ad affezionarmi a sua madre».

Suo padre le scoccò un'occhiataccia.

«Dru è se stessa. È sincera e non finge di essere ciò che non è; prendere o lasciare». Indirizzò altrove il proprio sguardo. D'ora in avanti, era così che anche lei voleva vivere la propria vita. Non voleva più scendere a compromessi. Mai più. Per nessuno.

«Hanno trasferito Erik, l'hai saputo?», disse suo padre dopo qualche istante. «Per cominciare lo giudicheranno a Dallas per l'omicidio di Becca».

«Me ne ha parlato Clint. Mi ha detto che lo hanno messo sotto sorveglianza perché a rischio suicidio. Per Win è veramente dura. Erik non vuole vedere né lei né nessuno di noi». Da quanto ne sapeva lei, Erik non parlava con nessuno se non con la polizia e, forse, con il suo avvocato. Non voleva essere rappresentato da un legale. Anzi, prima che gli assegnassero un avvocato d'ufficio per la sua difesa, aveva rilasciato una piena confessione, nella quale aveva ammesso sia di aver commesso gli omicidi di Kate e di Becca che di aver tentato di incastrare AJ. Il fatto che avesse rinunciato al diritto di sottoporsi a processo e avesse chiesto la pena di morte era pura speculazione. Uno psichiatra nominato dal tribunale lo aveva dichiarato capace di intendere e di volere, ma Lily nutriva qualche dubbio. La gente sana di mente non commetteva un omicidio. L'atto in sé richiedeva una dose di follia, anche se solo temporanea.

«Non mi ero mai reso conto che per lui fosse tanto importante… chiamarmi papà, intendo».

Avresti dovuto, pensò Lily, ma che senso aveva dirglielo adesso?

«Dubito che Win riesca a perdonarmi», proseguì lui. «Neanche dovrebbe. Nessuno di voi dovrebbe perdonarmi».

«Dalle tempo, papà». Lily raccolse un fazzolettino solitario e se lo fece scivolare tra le dita.

«L'amavo.... La amo ancora. Amavo anche tua madre. È solo che... quando se n'è andata, mi sembrava... Non lo so, risposarmi mi sembrava sleale...».

«Mentre era giusto concepire un figlio, un bambino che non avevi intenzione di riconoscere».

«Ho sbagliato. Passerò i giorni che mi restano a rimpiangere il modo in cui ho gestito la situazione».

Lily ripiegò il fazzolettino. Non avrebbe mai immaginato di sentir pronunciare a Jeb Axel quelle due parole: "Ho sbagliato".

«Dovessi anche impiegarci tutto il resto della mia vita, rimedierò al male che le ho fatto. O almeno ci proverò».

Si scambiarono un'occhiata.

Lily disse che avrebbe scaldato del latte. «Ne vuoi un po'? Potrebbe aiutarti a dormire». Si alzò.

Le afferrò una mano. «Mi dispiace per te e Paul, stella. Non solo per il divorzio». Fece una pausa, cercò i suoi occhi, forse cercò anche le parole adatte per esprimere ciò che le voleva dire.

Per lei fu difficile sostenere il suo sguardo; era talmente vulnerabile, talmente schietto e implorante. Vederlo tanto sperduto arrivò quasi a spaventarla.

Le lasciò andare la mano, lo sguardo. «Quando morì tua madre, non riuscivo a parlarne. So che tu ne avresti avuto bisogno; avevi bisogno di ricordarla insieme a me, ma per me era talmente doloroso... troppo doloroso». Alzò gli occhi e sbatté le palpebre. «Non è una giustificazione...».

«Va tutto bene, papà». Non ne era tanto sicura, ma voleva porre fine alla sofferenza, voleva evitare ulteriori recriminazioni. «Ti ho causato un sacco di problemi e mi dispiace per questo».

«Quando è successa quella cosa, sai, a Phoenix, Paul era...

conosceva le persone giuste. Sapeva cosa fare. Mi promise che ti avrebbe fatto fare una bella vita. Pensavo che avrebbe saputo offrirti più protezione di me».

Lily lo strinse tra le braccia. «Se non avessi sposato Paul, non avremmo avuto AJ, perciò come possiamo dispiacerci per l'accaduto?»

«Vuoi ancora scaldare quel latte?», domandò, staccandosi da lei e asciugandosi il viso.

Lei gli disse di sì.

«Allora vado a prendere il brandy».

Capitolo 26

Non era il tempo ideale per un matrimonio all'aperto. Quindici minuti prima dell'inizio della cerimonia, che era stata fissata per le sei, il cielo azzurro e fino a quel momento immacolato era stato consumato dall'imponente presenza di maestosi, ma minacciosi, nuvoloni neri. Sotto la coltre di nubi, la luce era argentata, del colore delle monete opache. Le torce hawaiane accese in precedenza da Paul e da Rob, il padre di Shea, guizzavano nel venticello capriccioso.

«Nervoso?». Lily sorrise a suo figlio. Lei e Paul, al quale AJ aveva chiesto di fargli da testimone al posto di Erik, stavano aspettando nel giardino di Dru, alla destra del pergolato spiovente che sarebbe stato usato come altare. I pali nodosi di ginepro erano sepolti sotto il fogliame rigoglioso di una vecchia rosa in fiore, di un bel rosso profondo, e il loro profumo si diffondeva nell'aria.

«Spero soltanto che il tempo regga», rispose il ragazzo. «Se cominciasse a piovere, Shea ne morirebbe».

«Magari il vento soffierà via le nuvole». Paul esaminò il colletto della camicia del figlio e gli diede un leggero strattone.

Grazie al cielo, era venuto senza Pilar. Lily non aveva saputo cosa aspettarsi, e chiederglielo avrebbe dato l'impressione che fosse un dettaglio importante. Non voleva che lo pensasse; riteneva che, in generale, non lo fosse.

«Mi meraviglia che così tanti invitati abbiano affrontato il viaggio da Dallas». Paul lanciò un'occhiata compiaciuta alla folla che si radunava. Salutò con un cenno del capo una coppia che aveva appena preso posto dal lato della sposa e andò a dare loro il benvenuto. Lily riconobbe Millie e Harvey Kramer e li salutò agitando una mano. Le incertezze sul proprio futuro la sconfortavano, ma sapere che da quel momento in poi la sua strada non avrebbe più incrociato quella dei Kramer e dei loro simili le regalò un assoluto senso di sollievo.

«Ecco i genitori di Kate», commentò AJ. «Io e Shea ci eravamo chiesti se sarebbero venuti».

Dru si avvicinò alla coppia e li abbracciò. Malgrado la distanza, Lily pensò che il loro dolore, al pari del loro coraggio, fosse lampante. La madre di Kate tirò fuori un paio di fazzolettini dalla borsa, uno per sé e uno per Dru, e si tamponarono gli occhi. Lily deglutì.

«Sto talmente male per loro, e per i genitori di Becca, e per Win». AJ strinse i denti e sbatté le palpebre. «Sembra ingiusto essere tanto felici».

Lily gli strinse una mano. «Lo so», disse. «Vale anche per me, ma...».

«No, mamma». Liberò la mano, ma sostenne il suo sguardo. «Perché Erik non ha ucciso anche me? Perché non sono morto in Afghanistan come tanti altri miei compagni?».

Lei lo fissò. L'improvvisa desolazione era sbucata apparentemente dal nulla, ma la riconobbe. Aveva fatto ricerche e sapeva che il senso di colpa avvertito dai sopravvissuti faceva parte della normale sintomatologia del disturbo post-traumatico da stress. «Non lo so, tesoro». Era difficile spingere le parole oltre il nodo che le si era formato in gola a causa della paura, della preoccupazione per suo figlio – il pensiero che avrebbe passato il resto dei suoi giorni provando quelle stesse sensazioni – ma meritava la sua onestà. «Voglio credere che ogni cosa abbia un senso, e se ti è stata risparmiata la vita significa che c'è una ragione, ma non so quanto sia vero».

AJ scrutò gli occhi di sua madre, e Lily ebbe la sensazione

che stesse cercando un significato, una risposta in grado di fornirgli un briciolo di pace.

Proseguì con una certa esitazione. «Voglio credere che, dando tempo al tempo, ogni ferita abbia la capacità di rimarginarsi; a patto di essere pazienti e gentili gli uni con gli altri, a patto di perdonarci e di dirci la verità, a patto di coltivare l'amore che serbiamo nei nostri cuori. Vivendo in questo modo non cambieremo il passato, né cancelleremo quelle terribili perdite, ma il dolore che senti, che ciascuno di noi sente, non sarà altrettanto affilato».

AJ fissò un punto sopra la testa di Lily. «Grazie», disse, riportando gli occhi su di lei.

«Per cosa?»

«Per non avermi propinato qualche banalità, per non avermi detto che non è colpa mia se sono sopravvissuto mentre loro sono morti. Per non avermi detto che sono fortunato e che dovrei essere felice di avercela fatta».

«Be', io ne sono felice», disse lei, sforzandosi di mantenere il contegno.

La replica lo fece sorridere. Quando le fece scivolare un braccio attorno alle spalle, le tolse un peso dal cuore.

Paul tornò a unirsi a loro. Se anche aveva notato qualche traccia d'emozione sul viso di Lily, o nell'atmosfera tra lei e AJ, non espresse commenti in merito.

«Papà», disse il ragazzo qualche istante dopo. «Penso che sia arrivato il momento». Indicò la casa con un cenno del capo, dove Dru, che ricopriva il ruolo di testimone per Shea, stava aspettando il testimone dello sposo per accompagnare la sposa all'altare.

Lily stava esaminando la folla quando intravide Edward, in piedi al limitare dei posti a sedere. Quando i loro sguardi si incrociarono, lui le sorrise, e lei si sentì assalire da un'ondata di piacere, di trepidazione persino, anche se un attimo dopo pensò di non avere il diritto di provare né l'una né l'altra sensazione. Si domandò per quale motivo fosse venuto lì, chi lo avesse invitato.

AJ le sfiorò il gomito. «Ho chiesto a Edward di venire», disse, come se avesse intuito la sua perplessità. «Immaginavo che dovesse essere presente, dato che è l'uomo che ha reso possibile il mio matrimonio».

Sua madre si voltò a guardarlo, ancora frastornata.

«Se non fosse stato per Edward, il giorno in cui ho conosciuto Shea sarei stato rinchiuso nella cella di un carcere». Sostenne il suo sguardo. «Non ti dispiace, vero?»

«Certo che no», rispose lei. «È il tuo matrimonio».

«Immaginavo che non avresti avuto da ridire». Il sorrisetto del ragazzo era provocatorio, come se sapesse qualcosa.

Cosa? Cosa sa? Come fa a saperlo?

A Lily avvamparono le guance. Distolse lo sguardo, cercando di ritrovare la calma e di acquietare il cuore che martellava. Quando suo padre e Winona presero posto a sedere sulle panche con gli addobbi floreali destinate ai familiari dello sposo, si unì a loro. Qualche istante dopo, il trio di jazzisti che stava suonando in attesa dell'arrivo degli invitati si interruppe, e la canzone scelta da Shea e AJ come marcia nuziale cominciò a suonare: *A Thousand Years*.

Dru fu accompagnata all'altare da Paul. Leigh e Vanessa la seguirono. Poi Shea apparve al braccio di suo padre, e mentre le intense melodie del pianoforte e del violoncello si fondevano nella tiepida aria preserale, tutti i presenti si alzarono in piedi. Il mormorio collettivo d'ammirazione si intrecciò alle note del crescendo della canzone. Lily congiunse le mani. Con l'abito da sposa di sua nonna, un vestito morbido con un soprabito di pizzo realizzato con un tulle sopraffino, Shea era una visione angelica. Anche la gonna a sirena era stata realizzata con metri di pizzo delicato e si allargava all'altezza delle ginocchia. Dru le aveva acconciato i capelli, raccogliendoli in uno chignon a conchiglia, e al posto del velo portava un pettinino sovrastato da ranuncoli rosa pallido e boccioli di rose bianche, gli stessi fiori che componevano il suo bouquet. Parecchi giorni prima, Lily aveva ritrovato i gioielli di sua madre in un cassetto della toeletta mentre puliva il bagno di suo padre, e aveva chiesto a Shea di indossare uno dei bracciali, una sottile catenina d'oro con un minuscolo pendente a forma di cuore. Scintillava al polso della ragazza, e quando incrociò lo sguardo di Lily, i suoi occhi traboccavano di gioia.

Poi, però, li posò su AJ, e da quel momento in poi non ebbero occhi che l'uno per l'altra.

Avevano scritto le rispettive promesse nuziali e le lessero a voce alta, parole sull'amore che li legava ma che li rendeva al contempo liberi di essere loro stessi; separati, e tuttavia uniti. Quando il pastore Ingalls li dichiarò marito e moglie e diede a AJ il permesso di baciare la sposa, il ragazzo prese il viso di Shea tra le mani e la baciò come se fosse il suo tesoro, un dono prezioso. Poi si voltarono entrambi, tenendosi per mano, e risero di gusto, come se fossero due bambini.

«Signore e signori», esclamò il pastore Ingalls, «ecco a voi AJ e Shea, il signore e la signora Axel Jebediah Isley».

Lily sorrise sebbene le fosse salito un groppo in gola. Successe anche a suo padre e a Winona. Molti invitati ebbero una reazione simile. Soprattutto la gente del posto. Conoscevano le tragiche circostanze antecedenti. Molti di loro conoscevano Kate e Becca di persona. Avevano preso parte ai funerali delle ragazze, avevano pianto insieme ai loro familiari. In una piccola comunità come Wyatt, la notizia aveva sconvolto tutti, chi più e chi meno. Adesso, però, si rallegravano per quel nuovo inizio. Era impossibile farne a meno.

Paul aveva ragione. Al termine della cena, le nuvole si erano dissolte e lasciavano intravedere una volta celeste disseminata di stelle. Una flebile mezzaluna crescente brillava in un angolo del cielo. I tavoli sui quali era stato servito da mangiare furono rimossi dalla grande piattaforma adibita a pista da ballo che il papà di Shea aveva allestito con chiodi e martello per l'occasione. Il DJ sistemò la sua attrezzatura. Le danze avevano sempre fatto parte del programma del matrimonio, e sebbene Shea temesse che si sforzasse troppo, AJ aveva tutta l'intenzione di lanciarsi nel primo ballo con sua moglie. Avevano scelto la canzone mesi prima, *Amazed*, e quando cominciarono a risuonare le prime note, lui la guidò in pista. Aveva abbandonato le stampelle in favore di un bastone, ma lo porse a Lily mentre le passava accanto. «È l'unica occasione che avrò», disse.

Applaudirono tutti. Osservare Shea e AJ, una speranza in movimento, riempì tutti di commozione. Dopo un paio di minuti, la coppia fece un cenno agli invitati, e alcuni di loro li raggiunsero in pista. Più tardi, durante il corso della serata, Lily ballò con suo padre, con Kevin Dermott e anche con Paul, prima che se ne andasse per tornare a Dallas. Mentre lo guardava andare via, si lasciò prendere momentaneamente dal panico. Provò l'improvvisa necessità di corrergli dietro e chiedergli di ripensarci. Al di là del suo ruolo di moglie, chi era davvero? Aveva assunto quel ruolo molto prima di riuscire a capire chi sarebbe potuta diventare se fosse stata da sola. Dentro di lei, però, era cambiato qualcosa, un aspetto che sembrava immutabile. Non poteva tornare alla vita che Paul aveva modellato per lei. Quello era il suo passato, non il suo futuro. Ora spettava a lei scoprire cosa le avrebbe riservato.

«Ti spiace se mi unisco a te?».

Al suono della voce di Edward, le si riempì il cuore di gioia. «Speravo di avere l'occasione di parlarti», disse Lily.

«Oh?».

Di fronte all'inflessione canzonatoria di lui, l'imbarazzo le arrossò le guance. «Volevo ringraziarti per tutto quello che hai fatto, per esserti occupato del caso di AJ».

«Non ho fatto niente di che, e comunque si è rivelata essere la pista sbagliata. Sono felice che sia tornato a casa tutto d'un pezzo».

«Sì, grazie», ripeté lei, e si fece rabbia da sola. C'erano talmente tante cose che avrebbe voluto dire, le affollavano la mente e le restavano intrappolate in gola.

La musica parve dilatarsi oltre la bolla di silenzio che li racchiudeva. Al suo interno, Lily prese consapevolezza della vicinanza di Edward, del leggero profumo del suo dopobarba, del luccichio lunare che gli metteva in risalto la mandibola e profilava il contorno dei muscoli degli avambracci, nudi sotto le maniche arrotolate della camicia bianca.

Gli lanciò un'occhiata. «Volevo dirti...».

«Ho ingaggiato un investigatore privato», disse lui nello stesso istante.

«Davvero?»

«Sì, ma vai prima tu».

«No, tu...».

«Troverò Charlie e cercherò di spiegargli la situazione, se me ne darà modo», proseguì Edward. «Mi hai ispirato», aggiunse.

«Sul serio?». Lily dubitava di essere mai stata fonte di ispirazione per qualcuno.

«Sì», replicò lui, e tornò a calare il silenzio.

Osservarono i ballerini in pista.

«Immagino che tornerai presto a Dallas, giusto?», le stava chiedendo.

«No, per il momento resterò al ranch, fino a quando non troverò una sistemazione permanente».

Quando Edward si limitò ad annuire e a lasciar correre, si sentì sollevata. La decisione era talmente fresca che lei per prima non ne aveva ancora sondato le profondità. Le domande di Edward l'avrebbero soltanto scombussolata.

Cominciarono a diffondersi le note di una nuova canzone, una delle sue preferite, un vecchio brano di Garth Brooks,

The Dance. Rimase colpita dal testo; qualcosa a proposito del fatto che nella vita era meglio lasciare tutto al caso. Percepì il calore dello sguardo di Edward.

«Immagino che non ti dispiacerebbe ballare, giusto?». Si voltò verso di lui. «Ma devo avvisarti, è rischioso». Lui le sorrise. «Non sono molto bravo».

«Bene». Anche lei sorrise. «Una volta qualcuno mi ha detto che la vita è una scommessa».

«Oh?». Le fece scivolare una mano sul gomito. «E tu ci hai creduto?».

Invece di rispondere, Lily osservò la pista da ballo improvvisata, dove AJ stringeva Shea tra le braccia. Non c'era più traccia dell'agitazione di prima, anche se era molto probabile che si sarebbe ripresentata. Almeno avevano riallacciato i rapporti. Per quanto tenui e fragili, avevano l'opportunità di ricominciare da capo. Sarebbe stata presente, lo avrebbe aiutato in ogni modo possibile. Stava pensando a quello, al dono che le era stato offerto, quando rimase colpita dal fatto – dalla sua atroce ironia – che era stata la stessa tragedia che aveva devastato altre tre famiglie a rimettere in sesto la sua, per quanto in veste diversa rispetto al passato. Non ci aveva mai pensato, e adesso che lo faceva si sentì venire meno le ginocchia, le cedettero abbastanza da spingere Edward a stringere la presa sul suo braccio.

«Calma», le disse. «Va tutto bene?».

Lily sostenne il suo sguardo. Sospettava che se gli avesse detto cosa la turbava, il fatto che anche lei, come AJ, si domandasse perché le fosse stato risparmiato il dolore che aveva straziato le altre famiglie, lui le avrebbe ricordato che non poteva cambiare le cose. Che non poteva riportare indietro ciò che le altre famiglie avevano perduto. Sapeva che Edward le avrebbe detto che l'unica cosa da fare era andare avanti. Non aveva la minima idea di quale sarebbe stata la reazione di AJ quando sarebbe venuto a conoscenza del suo passato, apprendendo che glielo aveva tenuto segreto proprio come suo nonno aveva tenuto nascosto il suo vero legame con Erik. Non sapeva neanche cosa sarebbe capitato alla sua famiglia, se AJ si sarebbe mai ripreso del tutto, o come se la sarebbero cavati se suo padre avesse perso la lucidità. Non lo voleva sapere, pensò. Le parole della canzone avevano ragione. Meglio lasciare tutto al caso. Tornò a guardare AJ e Shea, il modo in cui suo figlio, sorridendo, stringeva la sposa e la faceva piroettare. La gonna della ragazza si allargò, Shea rise e agitò la mano, e la felicità di Lily eruppe insieme alla loro gioia, parve sbocciarle nelle viscere, un caldo bozzolo d'amore che le premeva contro le costole.

Edward pronunciò il suo nome, la incitò, e lei, sorridendo, fece scivolare la mano sopra la sua. «Penso che dovremmo ballare», disse.

Ringraziamenti

Sebbene figuri soltanto una persona come autrice di questo romanzo, il libro non sarebbe mai stato scritto senza l'aiuto di tante altre persone. Devo sempre ringraziare Barbara Poelle, perché senza di lei questo magico viaggio non avrebbe mai avuto luogo. Sono debitrice nei confronti della mia editor, Kelli Martin. È il secondo libro al quale lavoriamo insieme, e in entrambe le esperienze abbiamo collaborato dando il cuore e l'anima. Scrivendo questo romanzo, ho lavorato per la prima volta insieme a una editor che mi ha aiutato a sviluppare le idee, Melody Guy, e le sono davvero grata per avermi guidata con esperienza e per l'attenzione con cui ha dato forma alla storia.

Un enorme ringraziamento va alla mia redattrice, Sara Brady, e alle correttrici di bozze, Jill Kramer ed Elise Marton, per lo splendido lavoro fatto nel perfezionamento dei dettagli: le voci, la chiarezza, la coerenza e tutto il resto. Ragazzi, la revisione e la correzione di bozze non servono soltanto per gli errori di battitura o di grammatica! Sara e Jill hanno fatto molto di più! E un immenso ringraziamento va anche all'artista che ha realizzato la mia copertina, Rex Bonomelli, perché è riuscito a catturare il cuore e lo spirito di questa storia in un'unica immagine, facendo un lavoro fantastico.

Ringrazio anche il resto del mio fantastico team di Amazon/Lake Union, solo per citare alcuni nomi: Dennelle, Danielle, Gabby, Michael e Gabe. Sono loro e gli innumerevoli ragazzi che lavorano dietro le quinte a dare le ali che permettono a questi libri di volare.

Vorrei ringraziare anche il docente di spagnolo Robert Wedding e la scuola superiore Paschal di Forth Worth ISD per l'aiuto fornito con la traduzione e l'utilizzo della terminologia spagnola. Qualsiasi inesattezza in tal senso è un errore mio. Senza l'aiuto di mia sorella, non avrei mai conosciuto Roberto. Grazie a Susan Harper per averci messo in contatto, e per una vita di libri prestati e di chiacchiere tra sorelle.

Di recente, leggendo un post su Facebook, sono stata commossa fino alle lacrime dalle splendide parole di un'amica, insegnante e mentore, Guida Jackson, che ha elogiato il mio percorso di scrittura. Il punto è che non avrei mai perseverato senza la sua ispirazione, il suo incoraggiamento e la sua fiducia. È una luce sul mio cammino, ed è molto più luminosa di quanto immagini.

Ringrazio David, come sempre, per avermi ascoltata pazientemente e all'infinito mentre riflettevo a voce alta sulla trama, e per avermi fatta ridere. I suoi commenti sono illuminanti, la vera scintilla di cui ho bisogno. Stavolta non credo che sarei riuscita a trovare il vero cuore pulsante della storia senza il suo aiuto. Ringrazio Heather Wilson per l'instancabile sostegno e l'incoraggiamento, e nel caso di questo libro in particolare per la scelta delle canzoni. *The Dance* di Garth Brooks riassume perfettamente l'intera storia.

Infine, un immenso grazie di cuore ai miei lettori. Molti di voi mi seguono fin dal primo romanzo, o ne hanno letto uno e hanno poi cercato gli altri. Avete lasciato recensioni, mi avete scritto messaggi, e non ci sono parole per esprimere quanto, nel lungo termine, abbia significato e significhi per me il vostro sostegno. Mando a ciascuno di voi un pensiero affettuoso, gioioso e riconoscente, e ai lettori di tutto il mondo dico: grazie!

Indice

Nuova Narrativa Newton

Ultimi volumi pubblicati

Fabio Sorrentino, *L'ultima battaglia*
James Becker, *Il tesoro scomparso dei templari*
Ted Dekker, *A.D. 30. L'anno del Messia*
José Rodrigues Dos Santos, *L'enigma di Einstein*
Max e Francesco Morini, *Nero Caravaggio*
Melissa Scrivner Love, *Lola*
Mel Sherratt, *La ragazza della porta accanto*
Anthony Riches, *L'impero. La vendetta dell'aquila*
Matteo di Giulio, *La congiura delle tre pergamene*
J.T. Ellison, *Nessun colpevole*
Andrea Frediani, *Il custode dei 99 manoscritti*
Ali Land, *Una ragazza bugiarda*
Jordi Nogues, *Colosseum*
Mario Giordano, *Mistero siciliano. Le indagini della zia Poldi*
T.R. Ragan, *La tela dell'assassino*
Federica Introna, *La congiura*
Benet Brandreth, *La spia di Venezia*
Robert Bryndza, *La donna di ghiaccio*
Dot Hutchison, *Il giardino delle farfalle*
Mario Mazzanti, *I 444 scalini*
Gavino Zucca, *Il mistero di Abbacuada*
Agnès Michaux, *Codice Botticelli*
Marcello Simoni, *L'eredità dell'abate nero*
Stuart MacBride, *Il cadavere nel bosco*
Marieke Nijkamp, *Un giorno tranquillo per uccidere*
Rua Martin, *L'enigma del libro dei morti*
Massimo Lugli, *Il criminale*
Simon Scarrow, *Revolution Saga. La battaglia dei due regni*
Simon Scarrow, *Revolution Saga. Il generale*
Simon Scarrow, *Revolution Saga. A ferro e fuoco*
Simon Scarrow, *Revolution Saga. L'ultimo campo di battaglia*
A.J. Banner, *Era una moglie perfetta*

M. R. C. Kasasian, *Il giallo di Gaslight Street*
G. L. Barone, *Il settimo enigma. Codice Fenice saga*
Eric Giacometti - Jacques Ravenne, *Il regno degli illuminati*
Debbie Howells, *La donna silenziosa*
James Douglas, *La piramide del faraone maledetto*
Ben Kane, *Nel nome dell'impero*
Jones Philip Gwynne, *Il ponte dei delitti*
Esmeralda Batacchi, *Il tempio perduto dei templari*
Vittoria Haziel, *La mappa Da Vinci*
Scarlett Thomas, *Il drago verde*
Pam Jenoff, *Il circo dei sogni impossibili*
Matteo Strukul, *I Medici. La decadenza di una famiglia*
Andrea Frediani, *Missione impossibile*
Angela Marsons, *La ragazza scomparsa*
Leopoldo Mendívil López, *Codice Vaticanus. Il complotto*
Carmelo Nicolosi De Luca, *La congiura dei monaci maledetti*
Fabio Delizzos, *Il cacciatore di libri proibiti*
Andy Weir, *Artemis. La città segreta sulla luna*
Unni Lindell, *Il caso della bambina scomparsa*
A.G. Riddle, *Epidemia mortale*
Giulio Castelli, *Il guerriero del mare*
Ann Cleeves, *L'isola dei cadaveri*
Christopher Golden, *Missione Ararat*
Massimiliano Colombo, *Centurio*
Harry Sidebotton, *Il guerriero di Roma. Il trionfo dell'impero*
Tami Hoag, *Alibi di ferro*
Mikaela Blaey, *Incubo di famiglia*
Lorenzo de' Medici, *La pergamena perduta*
James Wilde, *Pendagron. Dark Age*
Douglas Jackson, *Nel segno di Roma*
Elsebeth Egholm, *Una città tranquilla*
Gilly MacMillan, *Era il mio migliore amico*
David Gibbins, *Testament*
Benjamin Monferat, *Il mistero della Torre Eiffel*
Alex Connor, *Caravaggio enigma*
Barbara Taylor Sissel, *La finestra sul parco*
Patricia Gibney, *L'ospite inatteso*
Barbara Frale, *I sotterranei di Notre Dame*
Vito Bruschini, *Rapimento e riscatto*
Caleb Carr, *L'alienista*

Barbara Taylor Sissel

Una fredda mattina d'inverno

Volume rilegato di 384 pagine. € 9,90

In una fredda mattina di ottobre, Lauren Wilder arriva a un pelo dall'investire Bo Laughlin, che cammina lungo il bordo della strada. Bo, un giovane molto conosciuto nella piccola città di Hardys Walk, sembra non aver riportato danni, anche se il sesto senso di Lauren le suggerisce il contrario. La verità è che la donna non si è più ripresa veramente dall'incidente che ha avuto due anni prima e non è in grado di fare affidamento sulle sue capacità mentali. Succede, però, che Bo scompare e la polizia cerca di appurare se la sparizione possa essere ricollegata a lei. Lauren è terrorizzata, non tanto da quello che ricorda, ma soprattutto da ciò che non riesce a mettere a fuoco. Proprio perché non sa ricostruire cosa sia successo davvero, Lauren inizia la sua indagine personale per trovare la soluzione del mistero della scomparsa di Bo. Ma la verità può rivelarsi scioccante più di qualunque menzogna, e purtroppo non sarà lei la sola ad affrontarne le conseguenze...

NEWTON COMPTON EDITORI